新　潮　文　庫

幻　影　の　書

ポール・オースター
柴　田　元　幸　訳

新　潮　社　版

9293

幻影の書

人は同じひとつの生を生きるのではない。
多くの、端から端まで置かれた生を生きるのであり、
それこそが人間の悲惨なのだ。

――シャトーブリアン

I

誰もが彼のことを死んだものと思っていた。彼の映画をめぐる私の研究書が出版された一九八八年の時点で、ヘクター・マンはほぼ六十年消息が絶えていた。一握りの専門家と、古い映画のマニアを除けば、彼がかつて存在していたことすら知る人はほとんどいないように思えた。『ダブル・オア・ナッシング』は、サイレント時代末期に撮った短篇喜劇十二本の最後の一作で、一九二八年十一月二十三日に公開された。その二か月後、友人にも仕事仲間にも別れを告げず、一通の手紙も残さず、今後の予定を誰に知らせることもなく、彼はノースオレンジ・ドライブの借家を出てそれっきり姿を消した。青いデソートはガレージに入っていたし、借家契約はあと三か月残っていて家賃もすでに払ってあった。台所には食べ物が、リカーキャビネットにはウィスキーがあって、寝室のたんすにも服はそっくりそのまま残っていた。一九二九年一月十八日の『ロサンゼルス・ヘラルドエクスプレス』によれば、ちょっとそこまで散歩に出ただけのような、いまにも帰ってきそうな様子だった。だが彼は帰ってこなかった。それを境に、ヘクター・マンはこの世界から消えてしまったように思えた。

失踪《しっそう》後の数年間、彼の身に何があったかに関してさまざまな説や噂《うわさ》が流れたが、そうした憶測はすべて憶測のままに終わった。一番ありそうな、自殺した、誰かに殺されたといった説は、何しろ遺体が発見されたわけではないので、実証も反証も不可能だった。ほかにもいろいろ、このような事件に漂うロマンチックな雰囲気を反映して、もっと大胆な、夢のある説もあった。ひとつの説によれば、ヘクターは祖国アルゼンチンに帰って、田舎の小さなサーカスの団長になっていた。またある説では、共産党に入党して、ニューヨーク州ユーティカで偽名を使って活動し、酪農労働者のオルグに努めていた。さらに別の説では、大恐慌《だいきょうこう》の時代らしくホーボーの一人となって、貨物列車に乗って旅を続けていた。これでもしもっと有名なスターだったら、きっとこれらの憶測も語られつづけたことだろう。彼をめぐって人々が口にするさまざまな物語のなかでヘクターは生きつづけ、だんだんと、集合的記憶の地下世界に棲《す》む象徴的人物の一人になっていったことだろう。若さと、希望と、運命の呪《のろ》わしい転変とを具現する存在になっただろう。だがそうしたことはいっさい起こらなかった。結局のところ、ヘクターのキャリアがとだえたとき、彼はまだハリウッドで頭角を現わしはじめたにすぎなかった。己の才能を十分活《い》かすには世に出るのが遅すぎたし、自分の存在と能力を大衆の脳裡《のうり》に焼きつけるには活躍した時期が短すぎた。さらに何年かが過ぎ、人々はヘクターのことを考えなくなっていった。一九三二年、三三年ごろにはもう、ヘクターは絶滅した宇宙に属していた。彼の痕跡《こんせき》が何か残っているとしても、それはもはや、誰も読まない地味な本の脚注のなかだけだった。この時期には映画もトーキーになり、物言わぬ過去のお気楽な作品は忘れられた。道化も、パントマイムも、聞こえもしないオーケストラのビートに合わせて踊る可愛《かわい》いフラッパーも姿を消した。いなくなってほんの数年だというのに、もはや彼らは、人類がまだ洞窟《どうくつ》で暮らしていたころ地上を闊歩《かっぽ》していた、有史前の生物のごとくに思えた。

私は自著で、ヘクターの生涯についてはあまり多くを書かなかった。『ヘクター・マンの音なき世界』はあくまで彼の映画の研究書であり、伝記ではない。スクリーンの外でのヘクターの活動についてささやかな事実を盛り込んだとしても、それらはみな、映画百科事典、回想録、ハリウッド初期を扱った映画史といった、ごく標準的な情報源からそのまま引いたものだった。私がこの本を書いたのは、ヘクターの作品に対する自分の熱狂を他人と分かちあいたかったからだ。彼の人生の物語は、私にとって二義的でしかない。彼に何が起きたか、起きなかったかについて憶測を逞《たくま》しくすることは控えて、映画そのものの詳しい分析に専念した。生まれたのが一九〇〇年、そして一九二九年以来ずっと消息不明となれば、ヘクター・マンはまだ生きている、などと言う気になるわけがない。死人は墓から這《は》い出てきたりしない。こんなに長いあいだ隠れていられるのは死者だけだ。私にとってはそれに尽きる話だった。

本がペンシルヴェニア大学出版局から刊行されて、このあいだの三月で十一年になる。十一年前、出版されて三か月後、映画専門誌や学術誌にぽちぽち書評が出はじめたころ、郵便箱に一通の手紙が現われた。封筒はそのへんの店で売っているのより大きく、より正方形に近かった。厚い高級な紙だったので、結婚式の招待状か赤ちゃん誕生の報《しら》せだろうか、ととっさに思った。私の名前と住所が表一杯に、優雅な、豊かにうねった字で書いてある。プロの代書人の仕事でないとすれば、上品な筆跡の効能を信じている人間、昔流の礼儀作法をしつけられた人間が書いたものであることは明らかだった。消印はニューメキシコ州アルバカーキになっていたが、裏の上部に記された差出人住所を見ると、書かれたのはどこか別の場所であるらしかった——そんな場所が本当にあって、その町の名が本物であるとすれば。二行にわたって、そこに書いてあったのは、ニューメキシコ州ティエラ・デル・スエーニョ　ブルーストーン農場という地名だったのだ。これを見て、私は思わず笑みを漏らしたかもしれないが、それについてはもう思い出せない。差出人の名前は書いていなかった。中に入っているカードを読もうと封筒を開けると、ほのかに香水の匂《にお》いが、ラベンダーのエッセンスのかすかな香りが立ちのぼってきた。

ジンマー教授殿、とその短い手紙ははじまっていた。ヘクターがあなたの御著書を拝読し、あなたにお会いしたいと申しております。私どものところにおいでになる気はおありでしょうか? かしこ　フリーダ・スペリング(ヘクター・マン夫人)。

私はそのカードを六回か七回読んだ。それからそれを机に置いて、部屋の向こう端まで歩いていって、戻ってきた。もう一度手に取ったとき、言葉がまだそこにあるかどうか、あるとしてもまだ同じ言葉かどうか確信が持てなかった。私はそれをさらにまた六回か七回読み、まだ何の確信もないまま、これはただの悪戯《いたずら》だと片付けることにした。次の瞬間、疑念に襲われ、その次の瞬間にはその疑念を疑いはじめた。ひとつの考えを抱くことはその反対の考えを抱くことにつながり、第二の考えが第一の考えを打ち消したとたんに第三の考えが湧《わ》いてきて第二の考えを打ち消した。ほかにすることも思いつかないので、車に乗り込んで、郵便局へ行った。アメリカ中すべての市町村名は郵便番号簿に載っている。もしティエラ・デル・スエーニョが載っていなければ、あっさりカードを捨てて何もかも忘れてしまえる。だがそれは載っていた。第一巻の一九三三ページ、ティエラ・アマリーリャとティヘラスのあいだの行にあった。郵便局があって、五桁《けた》の郵便番号を持っているちゃんとした町なのだ。むろんだからといって手紙が本物だということにはならないが、少なくともそれなりの信憑《しんぴょう》性は生じた。家に帰りつくころには、返事を書くしかないと私は覚悟を決めていた。こういう手紙を無視するわけには行かない。いったん読んだら、しっかり腰を据えて返事をしないことには、一生それについてくよくよ考えつづける破目になるのだ。

自分が書いた返事の写しは保存していないが、手書きで書いたこと、なるべく短く数センテンスにとどめようとしたことは覚えている。さして考えもせずに、いつの間にか私は、相手と同じ平板な、ぶっきらぼうなスタイルを用いていた。この方が、自分をさらけ出していない気になれたし、この悪ふざけを――悪ふざけだとして――仕掛けた人間に笑い者にされる恐れも少ない。細かいところは違っているかもしれないが、だいたいこんな返事だった――フリーダ・スペリング様　もちろんヘクター・マンさんにはお会いしたいです。ですが、彼が生きているなどと、どうして確信できるでしょう？　私の知る限りもう半世紀以上人前に姿を見せていないはずです。詳細をお知らせください。敬具　デイヴィッド・ジンマー。

人はみな、不可能なことを信じたがる。奇跡は起こりうる、みんなそう思いたいのだろう。ヘクター・マンについて書かれた唯一《ゆいいつ》の書物の著者である私が、ヘクターがまだ生きていると信じるチャンスに飛びつくものと誰かが考えたとしても、べつに不思議はあるまい。だが私としてはとうてい飛びつく気分ではなかった。あるいは少なくとも、そういう気分ではないと思っていた。私の本は大きな悲しみから生まれたのであり、本を書き終わったいまも、悲しみはまだ残っていた。喜劇映画について書くというのは、ひとつの口実でしかなかった。一年以上にわたって、自分のなかの痛みが万一鈍ってくれればと思って毎日飲みつづけた奇抜な薬にすぎなかった。そして薬は、ある程度効いた。だがフリーダ・スペリングは（あるいは誰であれフリーダ・スペリングの名を騙《かた》っている人物は）そんなことを知るはずはない。一九八五年六月七日、私の結婚十周年記念日のわずか一週間前に、私の妻と息子二人が飛行機事故で死んだことなど、彼女にわかるわけはない。本が彼らに捧《ささ》げられていることは見たかもしれないが（ヘレン、トッド、マーコを偲《しの》んで）、それらの名前は彼女にとって何の意味もなかったはずだし、たとえかりに、著者にとってこれらの人物が大切であったことは見当がついたとしても、著者にとってそれらの名が、人生において何らかの意味を持つすべてを体現していたことまで——そして、三十六歳のヘレンと七歳のトッドと四歳のマーコが死んだときに彼の大部分も一緒に死んだことまで——わかるはずはないのだ。

彼らはヘレンの両親を訪ねにミルウォーキーへ向かっていた。私はちょうど学期が終わったところで、レポートに赤を入れて成績を提出するためにヴァーモントに残った。仕事なのだから仕方ない。私はヴァーモント州ハンプトンにあるハンプトン・カレッジ比較文学科の教師だった。いつもなら二十四日か二十五日に四人揃《そろ》って行くところなのだが、その年はヘレンの父親が脚の腫瘍《しゅよう》の手術をしたばかりだったので、娘と孫二人だけでもなるべく早く行った方がいいということになったのだ。トッドは二年生の授業最後の二週間を休むことになるので、その許可をもらうために、ややこしい交渉がぎりぎりのタイミングで必要となった。女性の校長先生ははじめ渋っていたが、結局はこちらの事情を理解して、折れてくれた。事故のあと、私はこのことに何度も思いをめぐらした。もしあそこで彼女に拒まれていたら、トッドは私と一緒に家にとどまらざるをえず、死なずに済んだだろう。少なくとも一人は命拾いしていたのだ。少なくとも一人は空から一万メートルの高さを落ちずに済んで、四人いるはずの家に私が一人残されることもなかったのだ。もちろんほかにも、くよくよ考えてしまう事柄はいくつもあった。自分を苛《さいな》む種となる偶然の要素には事欠かなかった。私はいつまでも、飽きずに同じ行きどまりの道を歩きつづけた。何もかもが絡《から》んでいた。義父の脚の腫瘍や、その週の中西部の天候から、飛行機の切符を取ってくれた旅行代理店の電話番号に至るまで、すべてがその因果関係の連鎖のなか、おぞましい出来事の欠くべからざるひとつの鎖だった。何より悪いことに、私自身が、彼らが直行便に乗れるようボストンまで送っていくと言い張ったのだ。バーリントンからでも飛べたのに、私はそれを望まなかった。十八人乗りのプロペラ機でニューヨークまで行って、そこからミルウォーキー行きの便に乗り替える。小さい飛行機はよくないよ、と私はヘレンに言った。ああいうのは危険だ、僕抜きで君たち三人をあんなのに乗せるなんて耐えられないね、そう私は言ったのだ。というわけで、彼らはそれに乗らなかった——私の心配を鎮《しず》めるために。そして代わりにもっと大きい飛行機に乗った。あまつさえ、その機に間に合うよう、私はすさまじいスピードで車を飛ばしたのである。その朝は道が混んでいて、やっとスプリングフィールドまで来てマサチューセッツ高速道に上がるころには、時間内にローガン空港に着くよう制限速度をはるかに越えて走らねばならなかった。

その夏、自分の身に何があったのか、私にはほとんど記憶がない。数か月のあいだ、アルコールに浸された悲しみと自己憐憫《れんびん》の靄《もや》のなかで暮らし、家からめったに出ず、ろくに食べもせず髭《ひげ》を剃《そ》りも着替えもしなかった。大学の同僚はおおむね八月なかばまで戻ってこないので、幸い彼らの訪問はそれほど多くなく、悲しみを共に分かちあう、というあの苦痛でしかない儀式にはそれほどかかわらずに済んだ。もちろん彼らに悪気はなかった。友人が誰か訪ねてくるたび、むろん中には入ってもらったが、涙ながらの抱擁と長く気まずい沈黙は何の足しにもならなかった。独りにしておいてもらうのが一番だった。自分の頭の闇《やみ》のなかで日々を耐え抜くのが最善だった。酔っ払っているか、居間のソファに寝そべってテレビを見ているかでなければ、家のなかをふらふら歩いて回った。子供部屋に入って床に座り込み、息子たちの持ち物に囲まれていた。直接彼らのことを考えたり、意識的に彼らの姿を呼び起こしたりする気にはなれなかったが、彼らのパズルで遊んだり、彼らのレゴを使ってどんどん複雑さと奇怪さを増していく建築物を組み立てていると、自分がまた一時的に彼らを生きている気になれた。彼らがまだ肉体を有していたときに携わっていた営みを反復することによって、彼らに代わってそのささやかな幻の生を継続している気になれた。私はトッドのおとぎ話本を読み、彼の野球カードを整理した。マーコのぬいぐるみを、動物の種、色、大きさに従って分類し、部屋に入っていくたびに分類法を変えた。そのようにして何時間もの時間が過ぎていき、まる一日が忘却のなかへ溶けていった。もうそれ以上耐えられなくなると、居間に戻ってもう一杯酒を注いだ。たまに、ソファの上で酔いつぶれていない晩があると、たいていはトッドのベッドで寝た。自分のベッドで眠ると、いつもかならず、ヘレンが一緒にいる夢を見た。彼女に触れようと手をのばすたび、私はぎくっと目を覚ました。両手は震え、肺は空気を求めて喘《あえ》ぎ、溺《おぼ》れかけていたような気分になった。自分たちの寝室に、暗くなってから入っていくことはできなかった。だが昼のあいだはずいぶん多くの時間をそこで過ごした。ヘレンのクローゼットのなかに立って彼女の服に触《さわ》り、ジャケットやセーターを並べ直し、ハンガーからドレスを取り上げて床に並べた。あるときには一着を自分で着てみたし、また一度は彼女の下着を着て彼女の化粧品を顔につけてみた。それはひどく心地よい体験だったが、さらに実験をくり返してみると、口紅やマスカラより香水の方がいっそう効果があることが判明した。香水の方が、彼女をより生き生きとよみがえらせてくれるように、より長時間彼女の存在を喚起してくれるように思えた。

幸いその年の三月、私はヘレンの誕生日のプレゼントにシャネルの五番を補充していた。一日に二度、少量に限定することで、その一壜《びん》を夏の終わりまで持たせることができた。秋学期は休職したが、旅行に出たり心の助けを求めたりはせず、そのまま家にとどまって、ますます沈んでいった。九月末か十月はじめには、毎晩ウィスキーをボトル半分以上飲むようになっていた。おかげでいろんなことを感じずに済んだが、と同時に、未来に対する感覚も奪われることになった。人間、今後に何の楽しみも持てなくなったら死んだも同然である。一度ならず私は、ふと気がつくと、睡眠薬や一酸化炭素をめぐる混み入った白昼夢にふけっていた。実際に行動を起こすところまでは一度も行かなかったが、あのころのことをふり返ってみるたび、どれほどその近くまで行ったかがいまはわかる。睡眠薬は薬棚にあったし、三度か四度は壜を棚から下ろしもしたし、錠剤を手のひらに空けたこともあったのだ。ああした状況がもっと長く続いていたら、いつまで持ちこたえていられたか怪しいものだと思う。

そんな日々に、ヘクター・マンがいきなり私の人生に入り込んできたのである。彼が何者かも全然知らなかったし、これまで彼の名を目にしたこともなかったが、冬がはじまる直前の、木々もすっかり落葉し今にも初雪が降ろうかというある夜、テレビで彼の映画の一場面を見たのだ。それを見て、私は笑った。どうでもいい話に聞こえるかもしれないが、私は六月以来一度も笑っていなかったのだ。予期しない痙攣《けいれん》が胸をのぼってきて、肺のなかでカタカタ鳴り出すと、自分がまだどん底まで墜《お》ちていないことを私は悟った。私のなかのどこか一部分が、まだ生きたがっているのだ。笑いがはじまってから終わるまで、ほんの数秒の出来事だったと思う。笑いとしては格別騒々しくも持続的でもなかったが、それでも私は意表をつかれた。自分がそれに抗《あらが》わなかったこと、ヘクター・マンが画面に映っていたわずかな時間おのれの不幸を忘れたのを自分が恥じなかったことからして、私のなかに、いままで想像していなかった何か、混じり気なしの死以外の何かがあるのだと考えざるをえなかった。これは単に、漠たる直観とか、こうなっていたらという感傷的な願望とかを言っているのではない。私は実体験に即してひとつの発見を為《な》したのであり、そこには数学的証明の重みがしっかり備わっていた。私のうちに笑う力があるのなら、まだすっかり麻痺《まひ》しきってはいないということだ。私はまだ、もはや何ものも入ってこれぬほどすっかり自分を閉ざしてしまってはいないのだ。

十時を少し回ったところだったと思う。私はソファの定位置に陣取って、片手にウィスキーのグラスを持ち、もう一方にリモコンを持って何も考えずにチャンネルを次々変えていた。と、はじまってから少し経《た》ったらしき番組に行きあたったが、それが無声映画のコメディアンたちをめぐるドキュメンタリーだと見当をつけるのに大して時間はかからなかった。チャップリン、キートン、ロイド、と見慣れた顔が次々出てきたが、それに加えて、聞いたこともない喜劇役者の珍しいフィルムも現われた。ジョン・バニー、ラリー・シーモン、ルピノ・レーン、レイモンド・グリフィス。私は一種覚めた距離をもってさまざまなギャグを眺めた。本気で注意を払ってはいなかったが、ほかのチャンネルに移らない程度には引き込まれていた。ヘクター・マンが登場したのは番組も終わり近くになってからで、映されたクリップもひとつだけだった。『行員物語《テラーズ・テール》』なる、銀行を舞台としヘクターが働き者の下《した》っ端《ぱ》行員を演じる作品の、二分間にわたる一シーンである。なぜそれが私の心を捉《とら》えたのか、自分でも説明できない。だが、白いトロピカルスーツを着て、細い黒の口ひげを生やした彼が、テーブルの前に立って金の山を勘定し、すさまじい能率、目にも止まらぬ速さ、狂気じみた集中力でもって仕事するのを見ていると、もう目が離せなかった。二階では修理工たちが支店長室に新しい床板を入れている最中である。部屋の向こう側では可愛い秘書が机に向かって、大きなタイプライターの陰で爪《つめ》を磨いている。はじめのうちは、ヘクターが記録的スピードで作業を完了するのを妨げるものは何もないように見えた。ところがやがて、ほんの少しずつ、おが屑《くず》の小さな流れが彼の上着に降ってきはじめ、その数秒後には、秘書の姿がやっと彼の目に入る。ひとつだけだった要素が、にわかに三つとなって、これ以後物語は、仕事、見栄《みえ》、色恋から成る三角形のリズムで目まぐるしく進行していく。金を数えつづけようとする奮闘、一張羅《いっちょうら》を護《まも》ろうという努力、女の子と目を合わせたいという欲求。時おり、ヘクターの口ひげが驚きにびくっとひきつり、かすかなうめきや呟《つぶや》きのように、ストーリーの進行にメリハリをつける。それはどたばたやアナーキーよりも、むしろキャラクターとペースを身上とするギャグであり、物、体、心が巧みにつなぎ合わされてひとつのまとまりを作り上げていた。どこまで数えたかわからなくなってしまうたびにもう一度はじめからやり直さねばならず、そのせいで今までの倍の速さで数えねばという気にヘクターは駆られる。顔を上げて天井を仰ぎ、いったいどこから埃《ほこり》が落ちてくるのか見ようとするたび、そのタイミングは、修理工たちが新しい板を入れて穴を埋めた直後の瞬間と重なってしまう。そして女の子の方にチラッと目をやるたび、彼女は別の方向を向いている。にもかかわらず、ヘクターは終始どうにか落着きを保ち、これらささいな苛立《いらだ》ちの種のせいで目的を見失ったり自尊心に穴を開けられたりはしない。私としても、これまでに見たなかで最高に驚くべきコメディだなどと言う気はなかったが、それでもぐいぐい引き込まれ、やがてはすっかり魅せられて、ヘクターの口ひげが二度目か三度目にひきつるころには声を上げて笑っていた。

ナレーターの声が割り込んできたが、物語に夢中になっていたせいで、言われたこと全部は頭に入らなかった。ヘクターが映画界から謎《なぞ》の失踪《しっそう》を遂げたこと、彼が短篇コメディ最後の重要人物と評されていることなどが述べられたと思う。一九二〇年代に入ると、人気もあるクリエイティブな喜劇俳優たちはすでに長篇映画へ移行していて、短篇コメディの質は著しく低下していった。ナレーターはさらに、ヘクター・マンはこのジャンルに何か新しい要素をつけ加えたわけではないが、コメディアンとしての才能は広く認められていて、特に肉体のコントロールの見事さには定評があり、無声映画時代の末期に登場したとはいえ、そのキャリアが唐突に終わりを告げることがなかったら大きな成果を挙げていたかもしれないと言っていた。その一言とともに場面も終わり、私はナレーターの言葉にもっと注意を払いはじめた。何十人というコメディアンのスチル写真が画面上をロールしていくとともに、サイレント時代のかくも多くの作品が失われたことを声は嘆いていた。ひとたびトーキーの時代に入ると、無声映画は地下室で朽ちるがままに放置され、火事で焼失し、ただのゴミとして運び出され、何百というパフォーマンスが永久に失われました。ですがすべての希望が失われたわけではありません、と声は言い足した。古い映画は時おりひょっこり姿を現わすものであり、近年でも目ざましい発見がいくつかなされているのです。たとえばヘクター・マン。一九八一年まで、世界中で彼の作品は三本しか見ることができなかった。残り九本は、新聞の紹介記事、映画評、スチル写真、シナリオ梗概《こうがい》といった二次資料にその痕跡《こんせき》を残していたものの、フィルム自体は失われたものと考えられていた。ところが、八一年の十二月になって、パリのシネマテーク・フランセーズの事務所に匿名《とくめい》の小包が届いた。ロサンゼルス中央のどこかから発送されたと思われるその包みには、ヘクター・マン十二作のうち第七作『ジャンピング・ジャックス』の新品同様のフィルムが入っていた。その後の三年間、不規則な間隔で、同様の小包が八つ、世界の主要フィルムアーカイブに送られてきた。ニューヨークの近代美術館、ロンドンのブリティッシュ・フィルムインスティテュート、ロチェスターのイーストマン・ハウス、ワシントンのアメリカン・フィルムインスティテュート、バークリーのパシフィック・フィルムアーカイブ、そしてふたたびパリのシネマテーク。一九八四年にはもう、これら六つの組織を合わせればヘクター・マンの全作品が行きわたっていた。小包はそれぞれ異なる、クリーヴランドかと思えばサンディエゴ、フィラデルフィアの次はオースティン、ニューオーリンズとシアトル、とたがいに遠く離れた都市から送られていた。手紙もメモもいっさい添えられていなかったから、寄贈者の身元は知りようがなかったし、その人物が何者であってどこに住んでいるかの仮説さえ立てられなかった。神秘の人物へクター・マンの生涯とキャリアにまたひとつ謎が加わったわけだが、それが大きな益をもたらしたことは確かであり、映画界としては感謝するほかありませんとナレーターは言った。

神秘だの謎だのはどうでもよかったが、番組の最終クレジットを見ていると、ふとそれらヘクター・マンの作品を見てみるのも悪くないかもしれないという思いが浮かんだ。十二本の作品が、ヨーロッパとアメリカの六つの都市に散らばっているわけで、全部見るためには相当な時間を割かねばならない。一週間や二週間では済むまい。ひと月かひと月半はかかるだろう。その時点で、自分がまさかヘクター・マンについての本を書くことになるなどとは夢にも思っていなかった。私はただ、何かすることを、仕事に復帰するまでの時間を埋める無害な用事を探していただけだった。自分自身がどんどん墜ちていくのを、これまで半年近く見てきた。これ以上続けていたら死んでしまうことはわかっている。何をやるのか、そこから何が得られるのかはどうでもよかった。この時点ではもう、何を選ぶにしても何ら根拠はありえなかっただろうが、とにかくその晩こうしてひとつの考えが頭に浮かんだのであり、二分間の映像と一回の短い笑いを頼りに、サイレント喜劇を見るために世界を回ることを私は選びとったのである。

私はべつに映画マニアではない。二十代なかばの大学院生時代に文学を教えはじめて、その後もずっと、書物、言語、活字に関連する仕事に携わってきた。ヨーロッパの詩人を何人か翻訳して（ロルカ、エリュアール、レオパルディ、ミショー）、時おり新聞雑誌に書評を書き、研究書を二冊刊行していた。一冊目の『交戦地帯の声』は政治と文学をめぐる評論であり、ハムスン、セリーヌ、パウンドの作品を、第二次大戦中の彼らの親ファシスト活動との関連において検討した書物である。二冊目の『アビシニアへの道』は書くことを放棄した作家を論じた本、沈黙をめぐる考察である。ランボー、ダシール・ハメット、ローラ・ライディング、J・D・サリンジャー等々、並外れた才能がありながら、何らかの理由で書くのをやめてしまった詩人や小説家。ヘレンと子供たちが死んだときは、三冊目としてスタンダール論を構想中だった。べつに嫌っていたわけではないが、映画が私にとって重要だったことは一度もなかったし、十五年以上教えたり書いたりするあいだ、映画について語りたいという欲求に駆られたことは一度もなかった。ごく人並に好きだというだけの話である。ほんの気晴らし、動く壁紙、ただの娯楽、それだけだ。時にこの上なく美しい、強烈な映像に出会うことはあっても、言葉のように力強く惹《ひ》きつけられはしなかった。映画ではあまりに多くが与えられてしまい、見る側が想像力を働かせる余地が少なすぎる気がした。映画が現実を模倣すればするほど、逆に世界を表現することから遠ざかってしまうように思えた。結局のところ世界とは、我々の周りにあるのと同程度に、我々のなかにもあるのだ。だから私はかねてから、カラーより白黒の映画、トーキーよりサイレントの方が好みだった。映画とは視覚の言語であり、二次元のスクリーンに画像を投影することによって物語を語るメディアである。音と色が加わったことで、三次元の幻想が生じはしたが、同時に画像から純粋性が失われた。もはや画像がすべての仕事をやる必要はなくなり、その結果完璧《かんぺき》な混合メディア、最良の空想世界が生まれるかと思いきや、音と色によって高められるはずだった言語がむしろ弱められてしまったのだ。その夜、ヴァーモントの居間で、ヘクターたちコメディアンがそれぞれの芸を披露するのを眺めていると、自分がいまや死んだ芸術形態を、もはやすっかり消滅した二度と実践されないであろうジャンルを目にしていることに私は思いあたった。にもかかわらず、以後さまざまな革新がなされたものの、それらの作品は発表された当時と同じみずみずしさと生気を保っている。それはこれらコメディアンが、自分が語っている言語を知りつくしていたからだ。彼らは目の文法を、純粋な動きのシステムを発明したのであり、服装、自動車、古風な家具などを別とすれば、何ひとつ古びはしない。それは行動へと翻訳された思考であり、人間の身体を通して自らを表現している人間の意志であり、ゆえに時代を超越している。サイレント喜劇の大半は、ストーリーを語る気などはじめからない。それらは詩に似ている。夢を表現したようでもあり、入り組んだ精神の舞踏のようでもある。そして、いまや死せる芸術であるがゆえに、おそらく当時の観客に訴えた以上の強さで私たちに訴えてくる。忘却の大いなる溝の向こうから我々は見るほかない。音声の不在、色の欠如、ぎくしゃくした速すぎるリズム等々、我々と作品を隔てているものこそが、それらをこの上なく印象深くしている。どの要素も障害であって、見るのもそのぶん困難になるわけだが、反面それらのおかげで、映像は現実を再現する義務から解放される。それらが映画と我々のあいだに立ちはだかっているせいで、我々はもはや、自分が現実の世界を見ているふりをする必要はない。平たいスクリーンはそれ自体世界であって、その世界は二次元で存在している。三つめの次元は我々の頭にあるのだ。

いったん決めたら、次の日に荷物をまとめて出発することへの障害は何ひとつなかった。今学期は休みをとったのだし、次の学期は一月なかばまではじまらない。私は何をしようと自由であり、気の向くままにどこへでも行ける。実のところ、もっと時間が必要だったら、一月を過ぎても、いや、その次の学期がはじまる九月を過ぎてもまだ動きつづけたっていい。好きなだけ、あらゆる九月、あらゆる一月を過ぎても続けていい。これこそ私の理不尽にして悲惨なる人生の大きな皮肉だった。ヘレンと息子たちが死んだとたん、私はいっぺんに金持ちになったのだ。まず、生命保険の金が入ってきた。それは私がハンプトンで教えはじめてまもなく、保険屋に口説かれてヘレンと二人で入った保険であり――心の安らぎのために、とその男は言った――大学の医療保険に付帯しているため保険料も大したことはなく、私たちはろくに考えもせず毎月若干の額を納めていたのである。飛行機が落ちたとき、そんな保険に入っていたことすら忘れていたが、それから一月もしないうちに、一人の男が家にやって来て、数十万ドルの小切手を私に手渡した。その後まもなく、今度は航空会社が遺族と示談をまとめ、事故で三人の家族を失った人間として私は、無作為の死、不慮の天災の代償として、超ビッグ残念賞、大当たりブービー賞を手にした。ヘレンと私はずっと、私の大学の給料と、彼女の時おりの原稿料とで何とかやりくりしてきた。どの時点でも、たとえば千ドル余分に入るだけで、ものすごく違っていたことだろう。それがいま、その何百倍もの金が手に入ったわけだが、それには何の意味もない。小切手の金が口座に振り込まれると、私は半分をヘレンの両親に送ったが、彼らはそれを即座に送り返してきた。お気持ちは嬉《うれ》しく思うけれど私たちには必要ないのです、と手紙が添えてあった。私はトッドの小学校に運動場用具を寄付し、二千ドル分の本と最新式の砂箱をマーコのデイケアセンターに贈り、ボルティモアに住む姉と音楽教師をしているその夫を説き伏せて「ジンマー死亡基金《デス・ファンド》」から多額の現金を受けとらせた。金を与えるべき親族がもっといたらきっとそうしていただろうが、両親はもういないし、きょうだいは姉のデボラ一人だった。そこで今度は、ヘレン名義の助成金をハンプトン・カレッジに作ってもらおうと、まとまった額を供出した。ヘレン・マーカム旅行助成金。発想はごく簡単である。毎年一人、学部卒業生のなかで文科系科目に秀《ひい》でた人物に現金を支給する。金は旅行に使わないといけないが、それ以外には何らルールも条件もなく、果たすべき義務もない。いくつかの学科（歴史、哲学、英文学、外国語）の教授が持ち回りで委員を務め、委員会によって受給者一名が選ばれ、とにかく外国へ旅行するのに使う限りどう利用しようと自由であり、あれこれ詮索《せんさく》されたりもしない。設立には莫大《ばくだい》な金額が必要だったが（給料四年分の額）、それも私の資産に小さな凹《へこ》みを作った程度だった。そのほかにもいろいろ、意味があると思えるやり方でそれなりの額を配っても、私は依然、自分でもどうしたらいいかわからないほどの金を抱えていた。グロテスクと言うほかない状況だった。おぞましい富の過剰、その一セント一セントが血と引き替えに得られたものなのだ。計画が突然変わらなかったら、たぶん文なしになるまでそうやって施しを続けていたことだろう。ところがそこで、十一月はじめの寒い晩、ひとつ自分でも旅行をしてみようと思い立ったわけである。むろん、実行できるだけの蓄えがなかったらそんな衝動的な企《たくら》みをやり遂げられはしなかっただろう。それまで、金は私にとって苦痛以外の何ものでもなかった。それがいまにわかに、金は薬に、心の末期的崩壊をしばし食い止めてくれる慰めの源に見えてきた。毎日ホテルに泊まり、レストランで食事するのは相当高くつくだろうが、今度ばかりは金が足りるかどうか心配する必要もない。絶望した不幸な人間ではあったが、私はまた、自由な人間でもあった。懐《ふところ》にたっぷり金が入っているからには、その自由の諸条件を、自分の好きなように設定できるのだ。

作品の半数は、家から車で行ける距離にあった。ロチェスターへは西へおよそ六時間。ニューヨークとワシントンは真南で、まず五時間ぐらいで第一の目的地に着き、さらに五時間で第二目的地に着く。まずはロチェスターからはじめることにした。冬はすでに迫っていたし、ロチェスター行きを延ばせば延ばすほど、吹雪やら凍った道路やら、北国特有の苛酷《かこく》な天候に巻き込まれる危険も増す。翌朝私はイーストマン・ハウスに電話して、コレクションのなかの作品を見せてもらえるかどうか訊《たず》ねてみた。この手の依頼はどういう手順を踏むのか、何も知らなかったが、あまり無知な人間に思われても嫌なので、電話で名乗ったときにハンプトン・カレッジの教授だとつけ加えた。そう言えば向こうもそれなりに恐れ入ってくれて、出し抜けに電話してきた変人ではないと（実はまさにそれ以外の何ものでもなかったわけだが）考えてくれるのではと思ったのだ。まあそうですか、と電話に出た女性は言った。ではヘクター・マンについて論文か何かをお書きになっているのですか？　可能な答えはひとつしかありえないような訊《き》き方だった。一瞬《ま》間を置いてから、相手が予期しているとおりの言葉を私はもごもご呟《つぶや》いた。ええそうです、と私は言った。そのとおり、そうなんです。ヘクター・マンについて本を書いているところでして、リサーチのために作品を見る必要があるんです。

すべてはこのようにしてはじまった。やり出してすぐにこうしたやりとりが生じたことは幸いだった。というのも、ロチェスターで作品を見てみると（『ジョッキークラブ』と『探偵《ザ・スヌープ》』）、これは単なる時間つぶしではないことを私は悟ったのである。ヘクターはすべて私の期待どおりの、才能も実力もある人物だった。ほかの十本もこの二本と同じ水準だとすれば、まさに本一冊が書かれてしかるべき存在であり、再発見のチャンスを与えられる権利は十分にある。したがって、私ははじめから、ヘクター・マンの作品を単に見るのではなく、じっくり吟味した。ロチェスターの女性とあの会話を交わさなかったら、そういう姿勢を採ることなど思いつきもしなかっただろう。当初の計画はもっとずっと単純だったのであり、そのやり方だったら、クリスマスか新年あたりで何もかも終わってしまっていただろう。だがこの方法に切り換えたせいで、十二本全部を見るのに二月なかばまでかかった。最初の案ではそれぞれ一度見れば終わりだったが、どの作品もくり返し何度も見たし、アーカイブで何時間か過ごしておしまいではなく何日も通いつめ、フラットベッドやムヴィオラにフィルムを通して、午前ずっと、午後ずっとヘクターの姿を見つづけ、それ以上目を開けていられなくなるまで何度も何度も巻き戻した。メモをとり、資料を調べ、びっしりコメントを書き、カットやカメラアングルや照明の位置などを詳しく記録し、すべてのシーンのあらゆる部分を、ごく瑣末《さまつ》な要素に至るまですべて検討した。これでもう大丈夫、もうフィルムの一インチ一インチ全部頭に入ったと思えるまで次へは進まなかった。

こんなことを本当にする価値があるのか、などと自問したりはしなかった。とにかくやることが見つかったのであり、唯一《ゆいいつ》大事なのは、やりつづけること、最後までやりとおすことだった。ヘクターがマイナーな存在であり、落伍者《らくごしゃ》のリスト、不運に終わった競争者一覧表への付け足しでしかないことはわかっている。そうとわかっていても、彼の作品に感嘆する思い、彼とともに時を過ごすことの楽しさが減じはしなかった。作品は一年にわたって月一本のペースで量産され、予算もごくわずかで、サイレント喜劇のトレードマークである壮大な軽業シーンや息もつかせぬシークエンスなどおよそ論外だったから、とにかく映画が出来上がっただけでも驚きであり、ましてや十分鑑賞に耐える作品が十二本生まれたのは奇跡と言っていい。資料によれば、ハリウッドにやって来たヘクターは、まず道具係、背景描きなどからスタートし、時おりエキストラをやっているうちにいくつかの喜劇に端役《はやく》で出演するようになり、やがて自作の監督と主演を務めるようになった。こうしたチャンスを彼に与えたのはシーモア・ハントという男である。シンシナティで銀行を経営していたこの人物は、映画業界進出をめざして一九二七年初めにカリフォルニアへ移り住み、映画製作会社〈カレイドスコープ・ピクチャーズ〉を設立した。明らかに威張り屋で二枚舌の人物であったハントは、映画のことなど何も知らなかったし、会社経営についてはもっと知らなかった（カレイドスコープ社は創立後わずか一年半で倒産し、株券詐欺《さぎ》と横領の容疑で逮捕されたハントは公判前に首《くび》吊《つ》り自殺した）。資金も乏しく、人手も足りず、ハントからの絶えざる干渉に悩まされながらも、ヘクターはチャンスを精一杯活《い》かそうと努めた。むろん脚本もなければ、あらかじめ展開が決められてもおらず、アンドルー・マーフィとジュールズ・ブラウスタインというコメディアン二人と組んで、すべて即興で撮り進めていった。時間は夜中、セットも借り物、スタッフは疲労困憊《こんぱい》、設備も中古といった状況も珍しくなかった。自動車を一ダース壊したり、牛の群れを逃走させたりなどできるわけがないし、家が崩壊したり建物が爆発したりといったシーンも問題外。洪水もハリケーンもなければ、異国風の舞台もなし。エキストラもごく少数だったし、アイデアがうまく行かなくてもあとで撮り直す贅沢《ぜいたく》は許されなかった。すべてをスケジュールどおりに次々ひねり出すしかなく、別の案を試す余地はなかった。注文どおりのギャグ、一分間に三回の笑い。それができたらまたメーターにコインを一枚入れてもらえるのだ。障害は多々あったが、制限を課されたことはヘクターをむしろ活気づけたように思える。スケールはささやかであれ、彼の作品にはある種の親密さが備わっていて、それが見る者の心を捉《とら》え、有無を言わせず反応を迫る。映画研究者たちが彼の作品に敬意を払う理由を私は理解した――そして、なぜ誰一人熱狂しないのかも。ヘクターは何ら新しい地平を切り拓《ひら》きはしなかったし、こうして彼の全作品が見られるようになっても、当時の映画史を書き換える必要がないことは明らかだった。ヘクター・マンの作品は映画芸術に対するささやかな貢献でしかなかった。といって、無視してよいものでもない。作品を見れば見るほど、そこにある優美さ、微妙なウィットに、ヘクター自身の剽軽《ひょうきん》で人なつっこい雰囲気に私は惹かれていった。じきわかったのだが、全作品を見た人間はまだ誰もいなかった。最後の何本かが送られてきたのはごく最近のことであり、アーカイブや博物館を訪ねて世界中を回ろうなどという気を起こした物好きは一人もいなかったのである。私が計画を完遂すれば、世界初というわけだ。

ロチェスターを発《た》つ前に、私はハンプトンの学部長のスミッツに電話をかけて、休職をもう一学期延ばしてほしいと願い出た。はじめ相手は少し気を悪くした様子で、もう授業案内にも載っているのだからと渋っていたが、実は精神科の治療を受けていて、と嘘《うそ》をつくと、一転して謝りはじめた。汚い手口だったとは思うが、私としても何とか生き延びようと必死だったのであり、無声映画を見ることがなぜ急にそれほど自分にとって重要になったかを説明する余力はとうていなかった。我々は親しくお喋《しゃべ》りを交わし、早く元気になってくれたまえよとスミッツも言ってくれた。が、二人とも秋には私が復帰するような口ぶりだったものの、私がすでに離れていきつつあること、私の心がもはや大学にないことはスミッツも感じとっていたと思う。

ニューヨークで『スキャンダル』と『田舎の週末』を見て、次はワシントンに行って『行員物語』と『ダブル・オア・ナッシング』を見た。デュポン・サークルにある旅行代理店で残りのルートの交通機関を予約したが（アムトラックでカリフォルニア、クイーンエリザベス二世号でヨーロッパ）、翌日の朝、いきなり湧《わ》いてきた向こう見ずのヒロイズムに駆られて、それをみなキャンセルして飛行機で行くことにした。愚行もいいところだったが、せっかく幸先《さいさき》のいいスタートを切った勢いを削《そ》ぎたくなかったのだ。いったんはもう絶対やらないと誓ったことを、もう一度やるよう自分を説き伏せないといけないわけだが、それでも構わなかった。ペースを緩めてはならないのだ。薬を飲んで解決するものなら、ノックアウトパンチみたいな薬を山ほど飲んでみせる。アメリカン・フィルムインスティテュートに勤務する女性から医者の名前を教わった。診断には五分か十分しかかかるまい。睡眠薬が要る理由を伝えれば、向こうが処方箋《しょほうせん》を書いてくれる。飛行恐怖はごくありふれた症状であり、ヘレンと息子のことを語る必要、医者に向けて私の魂をさらけ出す必要はないはずだ。こっちはただ何時間かのあいだ神経中《ちゅう》枢《すう》をシャットダウンしたいだけだ。処方箋なしでは買えないから、紙切れにサインしてもらうために医者が要る、それだけのこと。ところがドクター・シンは、何事も徹底して行なう人物であった。血圧を測ったり心臓の鼓動に耳を澄ましたりしながらあれこれ質問してきて、結局診察室に四十五分とどまらされた。あまりに知的な人物であるがゆえ、彼としても詮索せずにはいられなかったのであり、結局少しずつ真実が明るみに出たのだった。

人はいずれみな死ぬんですよ、ミスター・ジンマー、とドクター・シンは言った。どうして飛行機で死ぬと決めるんです？　統計を信じるなら、単に家にいて死ぬ確率の方が高いんですよ。

死ぬのが怖いとは言っていません、と私は答えた。飛行機に乗るのが怖いと言ったんです。その二つは違います。

でも飛行機が墜《お》ちないのなら、なぜ心配なんです？

もう自分を信用していないからです。自制を失うのが怖いんです。みっともない真似《まね》をやらかしたくありませんから。

よくわかりませんね。

自分が飛行機に乗り込むところを想像してみると、まだ席にもつかないうちから切れ、切れてしまう姿が見えるんです。

切れる？　どういう意味で？　精神的にですか？

そうです、四百人の他人の前で自分が抑えられなくなって、我を忘れてしまうんです。無茶苦茶をやり出すんです。

どういう無茶苦茶をやっている姿が見えるんです？

場合によります。金切り声を上げるときもあるし。人の顔を殴りつけたり。操縦室に乱入してパイロットの首を絞めようとすることもあります。

誰か止めに入りますか？

もちろん。みんなワッと群がってきます。私を床に押さえつけて、コテンパンに叩《たた》きのめします。

ミスター・ジンマー、あなた、最後に殴りあいの喧嘩《けんか》をやったのはいつです？

思い出せませんね。きっと子どものころでしょうよ。十一か、十二か。校庭でやる普通の喧嘩です。クラスのガキ大将相手に、自分を護《まも》ろうとしたんです。

で、いまになってまた自分が喧嘩をやり出すと思う理由は？

何もありません。ただ直感的にそう思うんです。もし何か癪《しゃく》に障《さわ》ることがあったら、自分を止められないと思うんです。何が起きるかわかりません。

でもなぜ飛行機なんです？　なぜ地上で自制を失うことは怖くないんです？

　飛行機は安全だからです。誰だって知っていることです。飛行機は安全で、速くて、能率的で、いったん空に上がれば何も起こりえません。だから怖いんです。死ぬんじゃないか、と思うからじゃなくて――死なないとわかっているからこそ怖いんです。

ミスター・ジンマー、あなた自殺を企てたことは？

ありません。

考えたことは？

もちろんあります。なかったら人間じゃありません。

今日ここに来たのもそのためですか？　何か都合のいい、強力な薬の処方を手に入れて、ご自分を始末しようってわけですか？

ドクター、私は無意識状態を求めているだけです、死じゃありません。薬で眠らせてもらう。意識がないあいだは、自分が何をやっているのか考えずに済む。そこにいても、そこにいない。そこにいない限りにおいて、私は護られているんです。

　何に対して？

私自身に対してです。何も起こりはしないとわかっていることの恐怖に対して。

何事もない、平穏なフライトになるとあなたは思っている。やっぱりまだ、どうしてそれが怖いのかわかりませんね。

なぜなら私は勝つに決まっているからです。私は無事に離陸して、無事に着陸することになる。目的地に着いたら生きたまま飛行機から降りる。それでいいじゃないかとおっしゃるでしょうが、そうしてしまったら、それは私が信じるものすべてに唾《つば》を吐くことになるんです。死者を侮辱することになるんです、ドクター。一個の悲劇を、単なる不運の問題に変えてしまうんです。これでおわかりですか？　死者たちに、君たちはまったく無駄に死んだんだ、そう言うことになってしまうんです。

医者は理解した。はっきり言葉で説明されなくとも、この医師は知的で繊細な精神の持ち主だったから、残りは自分で考えてくれたのだ。王立医科大学卒業生、ジョージタウン大学病院のレジデント内科医、几帳面《きちょうめん》な英国風アクセントと若くして薄くなりかけた頭髪を持つJ・M・シン医師は、蛍光灯の光に包まれた、さまざまな金属の表面が光を放つその小部屋において、私がずっと言わんとしていたことを一気に理解してくれた。私はまだ診察台の上に乗っていて、下を向いてシャツのボタンをはめていた（相手と目を合わせたくなかったし、ばつの悪い涙を流す危険も冒したくなかったのだ）。と、そのとき、長く気まずい沈黙と思える時間が過ぎた末に、相手は片手を私の肩に載せた。申し訳ありません、と彼は言った。本当に申し訳ありません。

誰かに体を触《さわ》られたのは何か月ぶりかだった。触られて、何となく不快だった。憐《あわ》れみの対象にされてしまったことに、ほとんど嫌悪《けんお》のような気持ちを覚えた。同情は要りません、と私は言った。薬が欲しいだけなんです。

医者はわずかに顔を歪《ゆが》めて身を引き、それから、隅の丸椅子《まるいす》に腰を下ろした。シャツの裾《すそ》をたくし込み終えてそっちを見てみると、彼は白い上衣《うわぎ》のポケットから処方箋用紙の束を取り出している最中だった。処方を書くのは構いませんが、お帰りになる前にもう一度考え直してみてもらえませんか。あなたがどんな目に遭われたか、少しは見当がつくつもりです。ですからミスター・ジンマー、そうした大きな苦痛をもたらしかねない立場にあなたを送り込むことに、私としてもためらってしまうのです。移動の手段ならほかにもあるじゃありませんか。当面、飛行機は避けた方が賢明ではないでしょうか。

そういったことはもう考えました、と私は言った。考えて、よそう、と決めたんです。とにかく距離がありすぎます。次の行先はカリフォルニアのバークリー、そのあとロンドンとパリに行かないといけないんです。西海岸に列車で行けば三日かかります。往復でその倍、加えて大西洋を渡って戻ってくるのに十日。全部で最低十六日は失われるわけです。そのあいだずっと、何をしていろって言うんです？　窓の外をぼーっと見て風景でも味わえと？

ゆっくり行くのもそんなに悪いことじゃないかもしれませんよ。プレッシャーを減らすにも役立つだろうし。

でも私にはむしろプレッシャーが必要なんです。ここで気を緩めたら自分がばらばらになってしまいます。四方八方に自分が飛び散って、もう二度と元に戻らなくなってしまう。

こうした言葉を発した私の様子に、何かひどく張りつめたものがあったのか、私の声にひどく切羽詰まった、狂気じみたものがあったのか。とにかく医者は、ほとんど笑顔に近いものを浮かべた。少なくとも、笑みを抑えているように見えた。まあ、そうなってしまっては困りますよね、と彼は言った。どうしても飛行機に乗りたいとおっしゃるなら、結構、お乗りなさい。ですが、今回は片道だけということにしようじゃありませんか。不意の思いつきとも思えるその一言とともに、医者はポケットから万年筆を取り出し、こりこりと紙の上に判読不能な印をいくつか書いた。そして、さあどうぞ、と言いながらそれを破りとって私の手のなかに入れた。安定剤航空《エア・ザナックス》の搭乗券です。聞いたことありませんね。

ザナックスですよ。強力な、かなり危険な薬です。指示どおりに使ってくださいよ。そうすればゾンビに、自己なき存在に変身できます。まるっきりの木偶《でく》の坊になります。これがあれば、大陸を横断しようが海を越えようが、地面を離れたことさえ気づきません。

翌日の午後なかばには、私はもうカリフォルニアにいた。それから二十四時間と経《た》たないうちに、ヘクター・マンの喜劇をさらに二本見るべくパシフィック・フィルムアーカイブの私設上映室に入っていた。『タンゴ・タングル』はヘクターの作品のなかでもとりわけ野放図で威勢のいい一本だったし、『暖炉と家庭』はとりわけ丹念な作りだった。私はこの二本に二週間以上を費やした。毎朝十時きっかりにアーカイブに戻っていって、休館日(クリスマスと元旦《がんたん》)にもホテルで資料を読んだりいままでのメモをまとめたりして次の旅程に備えた。一九八六年一月七日、ふたたびドクター・シンの魔法の薬を飲んでサンフランシスコからロンドンへの直行便に乗った。緊張病《カタトニア》エクスプレス、ノンストップ六千マイルの旅。今回は薬もこのあいだ以上の量が必要だったが、私はそれでも足りないのではと不安になって、搭乗の直前に一錠余計に飲んだ。医者の言い付けにそむいたらまずい、くらいの知恵は働いてしかるべきだったのだが、飛んでいる最中に目が覚めたらと思うと何とも恐ろしくて、危うく永遠に自分を眠らせてしまうところだった。古いパスポートを見れば、一月八日に英国に入国した証拠は残っているのだが、着陸の記憶はまったくないし、税関を通過した記憶も、どうやってホテルに着いたのかの記憶もない。一月九日の朝、目が覚めたら見たこともないベッドに寝ていて、そこから人生が再開されたのである。自分の動向をここまで徹底的に見失ったのは初めてだった。

残る作品はあと四本、ロンドンの『牛使い《カウボークス》』と『ミスター・ノーバディ』とパリの『ジャンピング・ジャックス』と『道具係』である。この四本を見るのは、今回が最初で最後の機会であることに私は思いあたった。アメリカのアーカイブなら、いざとなったらまた行くこともできるが、英仏《えいふつ》を再訪するのは論外だ。今回は何とかヨーロッパまで来たが、こんな大仕事をもう一度やる力はない。そんなわけで、結局ロンドンとパリには必要よりずっと長くとどまることになった。合わせて七週間、冬のほぼ半分を、狂った地下動物のように穴蔵にこもって過ごした。それまでもむろん念入りに、綿密に仕事はしていたつもりだが、ここにおいて次元は一段上がり、ほとんど強迫観念というに近い烈《はげ》しさで作業に没頭した。表向きはあくまで、ヘクター・マンの映画を徹底的に見てその内容を頭に叩き込むのが目的だったが、実のところそれは、集中ということを独学で身につける作業、ひとつのことだけを考えつづけるよう自分を鍛える作業だった。それは偏執者の生活だったが、崩壊することなくやって行ける生き方はほかになかった。二月にようやくワシントンに戻ってくると、空港のホテルで眠ってザナックスの効果を抜いてから、翌朝すぐに、長期駐車場に預けておいた自分の車を出してニューヨークへ向かった。まだヴァーモントに戻れる態勢ではなかった。本を書くのなら、閉じこもる場所が必要だ。そして世界中のどの都市よりも、ニューヨークは一番私の神経に障らなさそうな街に思えたのだ。マンハッタンのアパートメント探しに五日つぶしたが、何も見つからなかった。当時はウォール街の好景気もピークで、八七年の大暴落はまだ二十か月先のことであり、賃貸マンションや転貸《サブレット》は不足していたのである。結局、川向こうのブルックリン・ハイツまで足をのばして、見せられた最初の物件を借りることにした。ピアポント・ストリートにあるワンベッドルームのアパートで、ちょうどその日の朝に出たばかりだという。家賃も高く、薄汚くて作りもお粗末だったが、とにかくあるだけありがたかった。一方の部屋にマットレスを、もう一方の部屋に机と椅子を買って、私は入居した。契約期間は一年。三月一日に契約はスタートし、さっそくその日から私は本を書きはじめた。

2

体より前にまず顔があり、顔より前に、鼻と上唇のあいだにのびた細く黒い線がある。さまざまな不安がぴくぴく震える線条《フィラメント》にして、かつ形而上学的《けいじじょうがく》縄跳び、じたばた踊る糸たるその口ひげは、ヘクターの内面を伝える地震計にほかならない。笑わせるだけでなく、彼が何を考えているかを伝え、彼の思考のメカニズムのなかへ人を招き入れるのだ。目、口、綿密に測られたよろめきやつまずき等々、ほかの要素もたくさんある。だが口ひげこそがコミュニケーションの道具であって、それが話すのは言葉なき言語であっても、くねくねひらひらしたその動きは、モールス信号で送られたメッセージに劣らず明快で了解可能だ。

カメラの助けがなかったら、これもいっさい不可能だろう。物言う口ひげの親密さはレンズの産物にほかならない。ヘクターのどの映画においても、さまざまな瞬間にアングルはいきなり変わり、ワイドショットやミディアムショットから一気にクロースアップに移る。顔がスクリーンを埋め、周囲の状況はすべて消滅して、口ひげこそが世界の中心と化す。口ひげは動き出し、そして、抜群の技術が駆使されて顔のほかの部分の筋肉が完璧《かんぺき》に制御される結果、口ひげは独自に動いているかのように、独立した意識と意志を有する小動物であるかのように見えてくる。口は両隅が心持ちめくれ上がり、鼻孔もほんの少し膨らむものの、口ひげがその剽軽《ひょうきん》なくねくねに携わるなかで顔は基本的に不動であって、その不動ぶりを通して、人は鏡を見るかのように自分自身を見る。こうした瞬間にこそヘクターはもっとも十全に、説得力豊かに人間的であるからだ。その姿は、内面において一人きりになった人間みなのありようを映し出す。こうしたクロースアップは、物語の山場のここぞという場面、緊張や驚きが一番高まるシーンに用いられ、長く続いてもせいぜい四、五秒である。これが現われると、ほかのいっさいは停止する。口ひげはその独白を開始し、そのわずかな、かけがえのない時間のあいだ、行動は思考に道を譲る。我々はヘクターの心の中身を、あたかもそれが画面上に文字で大書きされているかのように読むことができる。つかのま可視となっているあいだ、その文字は建物のように、ピアノのように、顔に叩《たた》きつけたパイのようにはっきりと見えるのだ。

動いている口ひげは、すべての人間の思いを伝える道具である。静止している口ひげは単なる装飾品でしかない。それは世界においてヘクターの占める位置を示し、彼が演じるべき人物の性格を設定し、他人の目に映った彼という人物を規定する。とはいえそれは、畢竟《ひっきょう》ただ一人の人間に属す口ひげ以外ではなく、しかも異様なまでに細い、脂《あぶら》ぎった口ひげであるがゆえ、それがいかなる人物であるかを疑念の余地なく伝えている。彼は南米出身の伊達男《だておとこ》であり、ラテン系の色男、熱い血をたぎらせた浅黒い風来坊である。これにべったりなでつけた髪と、いつも必ず着ている白いスーツが加わった結果生じるのは、活力と上品の独特の混合である。そこに映像の魔力がある。意味は一瞬にして伝わる。マンホールの蓋《ふた》が外され、葉巻が爆発するこの地雷だらけの宇宙にあって、出来事は否応《いやおう》なしに連鎖する。白いスーツを着た男が道をやって来たとたん、そのスーツが男をいまにもトラブルに陥《おとしい》れようとしていることを我々は悟るのだ。

口ひげに次いで、スーツは二番目に大事な要素である。口ひげが彼の内的自己への経路であり、内なる衝動、思考、心の嵐《あらし》を表わす換喩《かんゆ》だとすれば、スーツは彼が社会とのあいだに有している関係を体現する。周囲の灰色や黒を背景にした、ビリヤード玉のごとくまぶしいその白は、視線を引きよせる磁石にほかならない。ヘクターはすべての作品で同じスーツを着ていて、すべての作品で一度はかならず、その白さを保とうとすることから生じる危険をめぐって長いギャグが展開される。泥に自動車のオイル、スパゲティソースに糖蜜《とうみつ》、煙突の煤《すす》に水たまりの撥《は》ねかかり、ありとあらゆる濃色の液体や固体が、入れ替わり立ち替わりヘクターのスーツのまっさらな威厳を脅《おびや》かす。スーツは彼の何より自慢の所有物であり、彼はそれを、自分の格好よさを見せつけようという気でいる人間の小粋《こいき》で垢抜《あかぬ》けた雰囲気とともに着ている。騎士が鎧《よろい》に身を入れるがごとくに毎朝そのスーツに袖《そで》を通し、その日世の中で自分を待ち受けている種々の戦いに備えて態勢を整えながら、ヘクターは一度も、意図していることの正反対を自分がやっていることに気づきはしない。やって来るであろう攻撃に対して身を護《まも》るどころか、自分を絶好の標的に、身の回り百メートルで生じうるあらゆる災難の焦点に仕立ててしまっているのだ。白いスーツはヘクターの無防備さの徴《しるし》である。白いスーツが存在するせいで、世界が彼に対して仕掛けるジョークには、ある種の悲哀が加わることになる。己のエレガンスにヘクターはあくまで固執し、このスーツが自分をこの世で誰より魅力的でダンディな男性に変身させているものと信じきっている。虚栄心もここまで来れば、観衆みんなが共感しうる大義へと高められる。『ダブル・オア・ナッシング』で恋人の家の呼び鈴を鳴らすヘクターが、ありもしない埃《ほこり》を上着から指先で弾《はじ》き飛ばす姿を見てみるがいい。それはもはや単なる自己愛の発露ではない。自己意識の苦悩を我々は目にしているのだ。白いスーツはヘクターを負け犬に変える。そして観衆は彼の味方に回る。役者がひとたびそれを成し遂げれば、あとは何をしても通る。

根っからの道化役者となるにはヘクターは背が高すぎたし、ほかの喜劇俳優のように無邪気でドジな男を演じるにはハンサムすぎた。表情豊かな黒い瞳《ひとみ》、優美な鼻には、二流の主演男優といった趣がある。意欲満々のロマンチック・ヒーローが、間違った映画のセットに迷い込んできたような観があるのだ。彼は大人であり、そういう人物の存在そのものが喜劇の定石に背いているとも言える。コメディアンといえば、チビか不格好かデブ、と相場は決まっている。小鬼か道化、阿呆《あほう》か落ちこぼれ。大人に変装した子供、あるいは頭の中は子供である大人。ファッティ・アーバックルの子供じみた肥満体、間の抜けた笑みに彩《いろど》られた内気ぶり、女性的に紅を塗った唇を考えてみるがいい。女の子に見つめられるたびに、彼の口のなかに飛び込む人差し指を思い出すがいい。それから、名コメディアンたちのキャリアを支えた小道具や装身具をリストアップしてみるがいい。チャップリンの浮浪者ならドタ靴にボロ着、ロイドの妙に度胸ある優男《やさおとこ》は角縁の眼鏡、キートンのとろい若者は平べったい帽子に凍りついた顔、ラングドンの薄馬鹿《うすばか》はチョークのように白い肌。彼らはみな世間からずれた人間であり、我々は彼らに威嚇《いかく》も感じなければ嫉妬《しっと》も覚えない。だからこそ、彼らが敵に打ち勝ち、女の子のハートを勝ちとるのを見て喝采《かっさい》を送るのだ。唯一《ゆいいつ》気になるのは、ひとたび女の子と二人きりになったとき、女の子相手に何をしたらいいのか彼らがちゃんとわかっているのか、どうにも心もとないことである。ヘクターについては、そういう心配はいっさい無用。彼が女の子にウィンクを送れば、女の子がウィンクを返してくる確率は五十パーセントを越える。その際、二人とも結婚のことなど考えていないのは明白だ。

といって、笑いが百パーセント保証されているわけではない。ヘクターはいわゆる愛すべき人物という外見ではないし、誰もがつい同情してしまうタイプでもない。見る者の共感を彼が勝ちとるとすれば、それは、あきらめる潮時というものを彼が全然わかっていないからである。働き者で、陽気で、「凡人」の完璧な具現たる彼は、世界と歩調がずれているというより、むしろ環境の犠牲者と言うべきである。不運に行きあたる才能を無尽蔵に有する男である。彼はつねに何かしら計画を抱えていて、やっていることにはかならず目的がある。ところが、いつも決まって何かが起きて、目標の達成は妨げられる。ヘクターの映画では、奇怪な物理的事件や途方もない機械的トラブルが頻発し、物たちはしかるべくふるまうことを拒む。これほど自信ある人間でなかったら、あっさりこうした障害に屈してしまうところだろうが、時おり苛立《いらだ》ちを爆発させる（それも口ひげの独白に限られる）のを別とすれば、ヘクターは絶対に弱音を吐かない。ばたんと閉まるドアに指をはさまれ、蜂《はち》に首を刺され、彫像が爪先《つまさき》に落ちてきても、そのたびに、不運を払いのけるかのようにあっさり肩をすくめ、先へ進んでいく。そのしぶとさ、逆境でこそ現われるほとんど霊的な落着きにはやがて誰しも感嘆させられるが、まず我々の目を捉《とら》えるのは彼の動き方である。その無数の異なったしぐさに我々は魅了される。足どりも軽く、すばしっこく、どうでもいいさと言いたげに悠然と、ヘクターは人生の障害物競走をくぐり抜けていく。ぎくしゃくしたところも、怖がっている様子もまったく見せずに突如方向転換し、ひらりと身をかわして見る者を唖然《あぜん》とさせる。出し抜けに体をねじり、パヴァーヌを舞うごとくに突進し、一瞬遅れてギョッと立ちどまり、ホップ＝ステップの二段跳びを決め、ルンバよろしくクルッと身を回転させる。その指がコツコツそわそわ動くさまを見てほしい。絶妙のタイミングで吐く息を、何か予想外のものが目に入ったときの首の傾き具合を見てほしい。これらミニチュアの軽業は、むろん人柄の発露にほかならないが、それ自体見ていて楽しいということも間違いない。ハエ取り紙が靴底にくっつき、小さな男の子に投げ縄で捕らえられても（かくして両腕は脇腹《わきばら》に釘付《くぎづ》けにされる）、ヘクターは並外れた優美さと落着きをもって動き、じきにこの難局から身をふりほどけるものと信じて疑わずにいる——実は隣の部屋で、次の難局が待ちかまえているというのに。気の毒というほかないが、物事はそういうふうになっているのだ。肝要なのはどれだけ上手《うま》くトラブルを避けられるかではなく、来てしまったトラブルにどう対処するかなのである。

たいていの場合、ヘクターは社会の最下層に位置している。結婚しているのは二作品だけだし（『暖炉と家庭』と『ミスター・ノーバディ』）、『ザ・スヌープ』で探偵を演じ『牛使い』で旅回りの手品師を演じるほかは、他人に雇われた、安給料で働くしがない労働者である。『ジョッキークラブ』のウェイター、『田舎の週末』のお抱え運転手、『ジャンピング・ジャックス』の訪問販売員、『タンゴ・タングル』のダンス教師、『行員物語』の銀行員、大半はいまだ人生に乗り出したばかりの青年である。将来もおよそ有望とは言いがたいが、それでも決して敗者という印象は与えない。敗者に見えるには、身のこなしがあまりに誇りに満ちている。自分の能力を信じて疑わぬ人間らしくテキパキと有能に仕事をこなしていくその姿を見れば、これはいずれきっと成功を遂げる人間だということが伝わってくる。したがって、ヘクターの映画の終わり方は二つに一つである。すなわち、女の子の愛を勝ちとるか、英雄的行為をなし遂げて上司の目を惹《ひ》くか。かりに上司がどうしようもない阿呆で、ヘクターの離れ業に気づかなくとも（金や権力のある人間はおおむね愚かに描かれている）、女の子は目にとめてくれるのであり、それで十分な報いなのだ。愛と金とのどちらかを選ぶ必要がある場合、最後はつねに愛が勝つ。たとえば『ジョッキークラブ』でウェイターとして働くヘクターは、花形女性飛行士ワンダ・マクヌーンを主賓とする晩餐《ばんさん》のテーブル数卓を囲む酔っ払い客たちをサーブしながら、見事宝石泥棒をつかまえる。左手に持ったシャンパンの壜《びん》で泥棒をノックアウトしつつ、右手でデザートをテーブルに運ぶものの、コルクが壜から飛び出してヴーヴクリコを丸一本ヘッドウェイターの全身に浴びせてしまい、ヘクターは失業の憂《う》き目に遭う。だがそれでいいのだ。元気一杯の女性ワンダは、ヘクターの偉業をちゃんと見ていて、電話番号を書いた紙を彼の手のなかにこっそり滑り込ませる。最後のシーンで、二人は一緒にワンダの飛行機に乗り込み、雲に向かって旅立つ。

しばしば予測不能にふるまい、たがいに矛盾する衝動や欲望を抱え込んだヘクターのキャラクターは、のんびり安心して眺めるにはあまりに複雑である。すぐ了解できる典型的人物でもなければ、見慣れたありきたりのキャラクターでもない。納得できるふるまいがひとつあるたびに、我々を混乱させ不安にさせるふるまいがひとつある。働き者の移民らしいやる気満々の野心も十分見せて、アメリカのジャングルにあって不利な条件を乗り越え何とか自分の地位を確保しようと奮闘する反面、美しい女性を一目見ただけでたちまち軌道から外れてしまい、練りに練った計画もあっさり捨ててしまう。どの作品でもヘクターの性格は変わらないが、何を好み何を大事に思うかの順番は定まっていないし、次にいかなる気まぐれに囚《とら》われるかも予想しがたい。庶民的にして貴族的、好色家にして隠れたロマンチスト。几帳面《きちょうめん》で、小うるさいと言ってもいいほどその一挙一動が精緻《せいち》でありながら、壮大な大見得を切ることも辞さない。路上の乞食《こじき》に最後の十セントを与える人間ではあるが、同情だの共感だのに動かされているというよりは、むしろその行為自体の格好良さに惹かれている。どれだけ懸命に働き、あてがわれた卑《いや》しい、しばしば馬鹿げてもいる仕事を勤勉にこなしていても、そこにはつねに醒《さ》めた雰囲気が漂っている。自分をどこかからかい、同時に祝福している、そんな案配なのだ。クールさととまどいが入り混じったかのように、世界にしっかりかかわっている反面ひどく遠くから傍観しているようにも思える。おそらくもっとも笑える作品である『道具係』では、こうした対極的な二つの視点がドタバタ騒ぎ全体を支える構成原理となっている。この第九作においてヘクターは、小さな、落ち目の旅回りの一座の舞台監督を演じている。一座はウィッシュボーン・フォールズの町に入っていき、ジャン＝ピエール・サン・ジャン・ド・ラ・ピエールなる著名なフランス人劇作家作のドタバタ閨房《けいぼう》喜劇『乞食は選り好みできない』を三日にわたって上演しようとしている。ところが、道具を芝居小屋に運び入れようとしてトラックを開けると、何と中はもぬけの殻。さあどうする？　道具がなければ芝居はできぬ。居間に並べる家具が要るし、重要な小道具もいくつか必要である（ピストル、ダイヤのネックレス、豚の丸焼き）。翌日の夜八時には幕が上がる。道具を一から揃《そろ》えなければ一座は破産だ。首にスカーフを巻いて左目に片眼鏡を掛けた、口数ばかり多い威張り屋の座長は、空っぽのトラックの後部を一目のぞき込んだだけであっさり気絶してしまう。ここはヘクターが仕切るしかない。口ひげがいくつか簡潔な、しかし鋭利なコメントを発したのち、彼は冷静に状況を検討し、真っ白なスーツの表のしわをのばして仕事にかかる。そこから九分半にわたって、作品はプルードンの有名な無政府主義のテーゼ「財産《プロパティ》はすべて窃盗である」の実演と化す（propertyには「財産」と「小道具」の意味がある）。いくつもの短い、狂おしいエピソードがくり出されるなか、ヘクターは街じゅうを駆けめぐり、小道具を盗んで回る。百貨店の倉庫へ向かう家具配達車を彼が停車させ、テーブル、椅子《いす》、ランプを運んでいくのを我々は目にする。それらを次々と自分のトラックに積み込んで、芝居小屋へと走り去るのだ。ホテルの厨房《ちゅうぼう》からナイフやフォーク、グラスをくすね、カップ、ソーサー、皿一式を丸ごと盗む。地元のレストランの名を書いた偽《にせ》の注文書を振りかざして肉屋の裏の部屋に入りこみ、豚を一匹丸ごと肩にしょってえっちらおっちら出てくる。その晩、町の名士たちが集まった、役者たちを歓迎するパーティでは保安官のピストルをホルスターから抜きとる。それから、丸々とした中年女性が首に着けたネックレスの留め金を、相手がヘクターの魅力に卒倒せんばかりになっているさなか、巧みに外してのける。これほどヘクターが臆面《おくめん》なく相手に取り入ろうとする場面もほかにない。その見せかけはいかにも軽蔑《けいべつ》に値し、その熱意も唾棄《だき》すべき偽善ぶりだが、それでもなお、やがてその姿は、英雄的なアウトロー、大義のために進んで自らを犠牲にしている理想主義者と見えてくる。そのやり口には嫌《けん》悪《お》を感じても、同時に我々は、窃盗がうまく行くよう祈っている。ショーは続けられねばならぬ。ヘクターがあの宝石を盗めなければ芝居はおじゃんなのだ。話をさらにややこしくすることに、ヘクターはたったいま町一番の美女（かつ保安官の娘）を目にとめ、威張りくさった年増女《としまおんな》へのアタックを継続しつつ、若き美人にも流し目を送りはじめる。幸い、ヘクターと彼の餌食《えじき》はビロードのカーテンの陰に立っており、カーテンは玄関広間と客間とを仕切る開いた戸口に、ドアのてっぺんから真ん中あたりまで掛かっている。そしてヘクターは女とうまく横並びに立っているため（並び方が逆だったらこうは行かない）、首を少し左に傾ければ客間をのぞき込むことができる。女は視界から隠れていて、ヘクターからは娘が見えるし娘からはヘクターが見えるが、女がそこにいることは娘にはわからない。おかげでヘクターも、二つの目標――偽りの誘惑と真の誘惑――を同時に遂行することができる。カットやカメラアングルが巧みに組みあわされて、どちらの要素ももう一方の要素をより愉快にすることに貢献し、単独のギャグよりずっと笑えるシーンになっている。これがヘクターのスタイルの真髄である。彼にとって、ジョークひとつでは決して十分でない。ひとつの状況を設定するやいなや、何か別の要素をつけ足さねば気が済まないのであり、さらには三つ目も、下手をすれば四つ目だって加えかねない。ギャグは音楽作品のように展開していく。たがいに対立する科白《せりふ》や声が混じりあい、声同士が相互に作用すればするほど、世界はますます不安定で危なっかしい場と化す。『道具係』のヘクターはカーテンの陰で女性の首をくすぐり、隣の部屋にいる娘といないいないバアを演じ、とうとう、通りがかったウエイターが女性のガウンの裾《すそ》を踏んづけてトレー一杯の飲み物を彼女の背中にぶちまけたすきに留め金を外してネックレスを頂戴《ちょうだい》する。目的はたしかに達したが、あくまで偶然のおかげである――またしても、物質世界の制御不能性、予測のつかなさにヘクターは救われたのである。

翌日の晩カーテンが上がり、公演は大成功を収める。だが、肉屋、百貨店オーナー、保安官、太った女性、それがみな客席にいて、役者たちがお辞儀し熱狂する観衆に投げキスを送るさなかにも巡査がヘクターに手錠をはめ、彼を留置場へ引っぱっていく。だがヘクターは満足している。後悔の念は少しもない。自分は急場を救ったのであり、自由を失うことになっても勝利の誇りが薄れはしない。一連の映画を撮るなかでヘクターが出会った困難を知る者にとっては、『道具係』という作品を、シーモア・ハントとの契約下の生活の寓話《ぐうわ》、カレイドスコープ・ピクチャーズで仕事することの苦闘の寓話と捉えずにいるのは不可能である。トランプのカード五十二枚がすべて自分に不利なように仕組まれているなら、勝つ唯一の手段は、ルールを破ることしかない。古い格言のとおり、乞《こ》い、借り、盗むのであり（"beg, borrow, and steal"は「何としてでも手に入れる」の意の成句）、その現場を取り押さえられたとしても、少なくとも立派に戦ってダウンしたということではあるのだ。

あくまで陽気な、結果を顧みぬこうした姿勢は、第十一作『ミスター・ノーバディ』において暗い方向へ向かうことになる。そのころにはもう、時間がなくなりつつあった。この契約が完了したら、自分のキャリアはもう終わることをヘクターは自覚していたにちがいない。トーキーの時代はすぐそこまで来ていた。それは避けようのない人生の事実であり、それまでの蓄積をすべて破壊するであろう確固たる変化だった。ヘクターが身を削ってマスターした芸は、もはや存在しなくなる。新しい形に合うようもろもろのアイデアを組み換えたところで、彼の場合どうしようもない。ヘクターの英語にはひどいスペイン訛《なま》りがあったのだ。スクリーンで口を開いたとたん、アメリカの観客は彼を見捨てるだろう。『ミスター・ノーバディ』でのヘクターは、いささかの恨みがましさを隠しきれずにいる。将来は暗い影に覆《おお》われ、現在は現在でハントの財政問題がますます深刻化していた。一か月が過ぎるごとに、傷はカレイドスコープの事業のあらゆる側面に広がっていった。予算は削られ、給料の未払いが続き、高利貸から借りまくっているせいでハントはつねに現金の調達に追われていた。将来の入場料収入を担保にあちこちの配給先から借金し、そのいくつかを踏み倒すと、映画館はハントの映画を上映しなくなった。この時点でヘクターは彼最高の仕事をしていたと言ってよいが、悲しいかな、それを見られる人はどんどん減っていたのである。

『ミスター・ノーバディ』はこうした募る一方の焦燥への応答にほかならない。物語の悪党は名をC・レスター・チェイスという。その奇妙な、人工的な名の出所を割り出してしまえば、この人物をハントの比喩《ひゆ》的代理と見ないのは難しい。「ハント(hunt＝追跡)」をフランス語に直せばchasseであり、二つ目のSを抜けば「チェイス(chase)」となる。さらに、ハントのファーストネーム「シーモア(Seymour)」を「シー・モア(see more＝より多く見る)」と分解し、「レスター(Lester)」の略称「レス(Les)」に着目して「C・レスター」を「C・レス(see less＝より少なく見る)」に変換すれば、もはや疑いの余地はあるまい。チェイスはヘクターの全作品中もっとも邪悪な人物である。ヘクターを破滅させ、抹殺しようとしているこの男は、その計画を実行するにあたって、背中に銃弾を撃ち込むのでもなければ心臓にナイフを突き刺すのでもない。ヘクターをだまして、人間を透明にしてしまう魔法の薬を飲ませるのだ。実際、ハントが映画人ヘクターのキャリアに対して為《な》したのは、まさにそういうことにほかならない。彼をスクリーン上に出しておきながら、その姿をほとんど誰にも見えぬようにしてしまったのだから。『ミスター・ノーバディ』でヘクターは消え去りはしないが、ひとたび薬を飲むと誰の目にも映らなくなってしまう。我々観客の眼前には依然存在しているものの、映画内のほかの人物たちには見えなくなるのである。ぴょんぴょん跳びはね、腕をばたばた振り、人波でごった返す街角で服を脱いでも誰一人気づかない。他人の鼻先でどなっても相手には聞こえない。彼はいまや骨と肉でできた亡霊、もはや人間ではない人間である。いまだこの世界に生きてはいても、世界にはもう彼の居場所はない。殺されてしまった身でありながら、誰も彼を物理的に殺すだけの礼儀も思慮も持ちあわせなかった。ヘクターはただ単に抹消されたのだ。

ヘクターが自分を金持ちの人物として提示するのは、あとにも先にもこの時だけである。『ミスター・ノーバディ』での彼は、人が望みうるすべてを持っている。美しい妻、二人の幼い子供、召使いたちの揃った広大な家。冒頭でヘクターは家族と一緒に朝食を食べている。トーストにバターを塗る行為と、ジャムの壺《つぼ》に落下した蜂《はち》をめぐって秀逸なスラップスティックがいくつか展開するが、このシーンの物語上の目的はあくまで、幸福の縮図を提示することにある。これから起きようとしている喪失に対する下準備が為されているのであり、満ち足りた私生活（完璧《かんぺき》な結婚、完璧な子供たち、これ以上はないほど幸せな家庭）をこうして一目見ておくシーンがなかったら、先に控えている忌《い》まわしい出来事の衝撃も十分には伝わらないだろう。このシーンがあるからこそ、ヘクターの身に起きることに我々は愕然《がくぜん》とさせられる。行ってくるよと彼は妻にキスし、そして回れ右して妻に背を向け、家を出たとたん、まっしぐらに悪夢へと墜《お》ちていく。

〈ヘクターは業績好調のソフトドリンク製造会社〈フィジーポップ飲料コーポレーション〉の創立者であり社長である。チェイスは副社長で相談役、ヘクターの最良の友ということになっている。だがチェイスはギャンブルの負債をどっさり抱えていて、高利貸につきまとわれ、払わないとただでは済まないぞと脅《おど》かされている。朝ヘクターが出社し、社員たちにお早ようを言うかたわらで、チェイスは別の部屋にいてやくざ風の男二人と話している。大丈夫、週末にはきっと返す、とチェイスは請けあう。それまでには私がこの会社を支配しているから。株だけでも何百万ドルの価値があるんだ。じゃああもう少し待ってやろう、とごろつき二人組は言う。でもこれが最後のチャンスだぞ、これ以上遅れたら川底を魚どもと泳ぐ破目になるからな、と彼らは言い残し、どすどすと部屋を出ていく。チェイスは額の汗を拭《ぬぐ》って、ふうっと長いため息をつく。そして机の一番上の引出しから一通の手紙を取り出す。しばしそれに目を通すと、顔がひどく満足げな表情に変わる。邪悪な薄笑いを浮かべてチェイスは手紙を畳み、胸の内ポケットにしまう。何かが明らかにはじまっているのだが、それがどういう方向に進むのか我々には見当もつかない。

社長室にカット。チェイスが大きな魔法壜《まほうびん》のようなものを抱えて入ってきて、新しいフレイバーを試してみないかとヘクターを誘う。何ていう名前だい？　とヘクターは訊《き》く。「ジャズマタッズ」さ、とチェイスは答える。その言葉のキャッチーな響きに感心した様子で、ヘクターは賛意を表してうなずく。新しい飲料をチェイスがなみなみと注ぐのをヘクターは何の疑いもなしに見ている。ヘクターがグラスを手にとると、チェイスはひどく熱心に目をギラッと光らせて見守り、毒が効いてくるのを待つ。ミディアム・クロースアップで、ヘクターがグラスを口に持っていき、ほんの少し、試すように飲む姿が映される。と、これは駄目だ、と言いたげに鼻に皺《しわ》が寄る。両目が大きく開く。口ひげが揺れる。トーンはあくまでコミカルだが、チェイスに促されて二口目を試そうとグラスを口もとに持ち上げるとともに、「ジャズマタッズ」の禍々《まがまが》しさがじわじわ明らかになっていく。ヘクターが二口目を飲み込む。唇をピチャピチャ鳴らし、チェイスに向かってにっこり笑い、どうも何か変な味だと言いたげに首を横に振る。上司の批判も無視してチェイスは腕時計を見下ろし、右手の指を拡《ひろ》げ、一、二と数えはじめる。ヘクターはとまどう。が、彼が何か言う間もなく、チェイスが五に達すると、ヘクターはいきなり、椅子に座ったまま前に倒れる。頭がゴンと机の上を打つ。飲み物にやられたのだ、一時的に意識を失ったのだと我々は考えるが、そこに立ったチェイスが無表情かつ無慈悲な目つきで見守るなか、何とヘクターは消えはじめる。まず両腕がゆっくりと見えなくなっていき、やがてまったく消滅する。次は胴、そして頭。体じゅうが次々消えていって、最後には全体がすっかり無と化す。チェイスは部屋を出てドアを閉める。廊下でしばし立ちどまって勝利を味わい、ドアに寄りかかってにっこり微笑《ほほえ》む。字幕が現われる――あばよ、ヘクター。世話になったな。

チェイスが立ち去る。彼が画面から消えると、カメラはドアを一、二秒見据え、それから、ひどくゆっくりと、鍵穴《かぎあな》から中に我が身を押し込みはじめる。これは見事な、神秘と期待に満ちたショットである。穴がだんだん大きくなってスクリーン上に広がっていき、社長室の内部が見えてきて、次の瞬間にはもう、我々は室内に入っている。当然そこは空っぽだと思っているから、カメラがあらわにする情景に我々は不意をつかれる。ヘクターがデスクに倒れ込んでいるのだ。いまだ意識は失ったままだが、姿はまた見えるようになっている。この突然の、驚くべき展開を理解しようとする我々が下せる結論はひとつしかない。きっと薬の効き目が切れたのだ。ついさっきヘクターが消えるのが見えて、いままた彼の姿が見えるのだとすれば、薬が思ったほど強くなかったと考えるしかない。

ヘクターが徐々に目を覚ます。この生命の徴候に我々はホッとする。安全な世界が戻ってきたのだ。宇宙に秩序が復活したのであり、ヘクターがこれからチェイスに対する報復に取りかかって彼の悪党ぶりを暴露するものと我々は考える。その後の二十数秒間、ヘクターはいつにも増して切れのいい、パンチの効いたギャグをくり広げる。ひどい二日酔いをふり払おうとするかのように、ぼうっとした、ここがどこかも定かでない様子で椅子《いす》から立ち上がり、部屋のなかをよたよた歩き出す。我々はそれを見て笑う。我々としても自分の目に見えているものを信じていて、ヘクターが正常に戻ったものと確信しているから、膝《ひざ》はがくがく、頭はくらくら、バタッと倒れる、といった姿を見ても面白がっていられるのだ。ところがやがて、壁にかかった鏡の前までヘクターが歩いていったところで、すべてはふたたび一転する。髪を整え、ネクタイを直そうと自分を見ようとするが、滑らかなぴかぴかのガラスの楕円《だえん》をのぞき込むと、彼の顔はそこにない。何も映っていないのだ。自分の体に触って本当に自分が存在することを確かめ、己の肉体の実体性を確認するが、もう一度鏡を見ると、やはり姿は見えない。ヘクターはとまどうが、パニックに陥りはしない。きっと鏡がおかしいのだろう。

ヘクターは廊下に出ていく。秘書が一人、書類の束を抱えて通りかかる。ヘクターは彼女に微笑みかけ、親しげに手を振るが、相手は気づかない様子。ヘクターは肩をすくめる。と、若手社員二人が反対側から近づいてくる。ヘクターは彼らにしかめっ面《つら》をしてみせる。ウーウーうなる。舌をつき出す。一方の社員が社長室のドアを指さす。社長、もう来たかい？　と彼は訊く。どうかなあ、今日はまだ見てないな、と相棒が答える。もちろん、社員がそう言っている最中もヘクターはすぐ前に立っている。社員の顔から十五センチと離れていない。

場面がヘクター宅の居間に切り替わる。妻が部屋のなかを行ったり来たりしている。両手をぎゅっと握って身もだえしては、ハンカチに顔を埋《うず》めてしくしく泣いている。ヘクター失踪《しっそう》の知らせをすでに聞かされたにちがいない。チェイスが、ヘクターからソフトドリンク帝国を奪おうと企《たくら》む極悪人C・レスター・チェイスが入ってくる。哀れな社長夫人を慰めるふりをチェイスは装《よそお》い、彼女の肩をぽんぽん叩《たた》き、自らも絶望を装って首を横に振ってみせる。そして内ポケットから例の謎《なぞ》めいた手紙を取り出し、これがけさ社長の机の上にあったのですと言いながら妻に手渡す。極端なクロースアップの、手紙を映したインサート・ショット。愛する君に、とそこには書いてある。どうか許してほしい。医者が言うには、僕は不治の病を患《わずら》っていて、あと二か月の命しかない。君に辛《つら》い思いをさせたくないから、潔《いさぎよ》くいま命を断つことにする。会社のことは心配要らない。チェイスに任せておけば大丈夫。いつまでも君を愛しているよ。ヘクター。この嘘《うそ》とごまかしが効果を発揮するのにさして時間はかからない。次のショットで、手紙が妻の指からすり抜けて、はらはらと床に落ちるのを我々は見る。無理もない、妻には耐えきれぬ話なのだ。世界がまるごとひっくり返って、何もかもが壊れてしまったのだから。それから一秒と経《た》たぬうちに、彼女は卒倒する。

カメラは妻を床まで追い、それから、力なく横たわる彼女の像にヘクターのワイドショットがオーバーラップする。ヘクターは会社を出て街をさまよい、わが身に起きた奇怪にして恐ろしい出来事を何とか納得しようと努めている。希望がいっさい潰《つい》えたことを確かめようと、混みあった交差点で立ちどまり、服を脱いで下着姿になる。踊ってみたり、逆立ちで歩いたり、通りがかる車に尻《しり》をつき出したりしてみるが、誰も彼に注意を払わないのを見てとると、むすっとした顔でまた服を着て、とぼとぼ歩き去る。その後はもう、ヘクターは己の運命を甘受したように見える。自らの置かれた状況と戦うよりは、むしろそれを理解しようと試み、もう一度見える姿に戻る道を模索するよりも（たとえばチェイスに対峙《たいじ》するとか、薬の効果を打ち消す解毒剤《げどくざい》を探すとか）、奇妙な実験を次々衝動的に展開して、自分が何者であっていかなる存在となったのかを探る。いきなりさっと手を振って、通行人の帽子を叩き落としてみる。なるほどこういうことか、そうヘクターは頭のなかで言っているように見える。誰にも姿は見えなくても、体はまだ世界と影響しあえるわけか。別の歩行者が近づいてくる。ヘクターは片足をつき出して彼を転ばせる。さよう、仮説は間違いなく正しい。だが調査すべきことはまだある。作業に熱が入ってきて、今度は女性のワンピースの裾《すそ》をつまみ上げ、彼女の両脚をじっくり眺める。別の女性の頬に、また別の女性の口にキスする。赤信号に線を引いて消し、次の瞬間、オートバイが市電に激突する。二人の男の背後にこっそり寄っていき、両者の肩をとんとん叩いて二人の脛《すね》を蹴飛《けと》ばすことで喧嘩《けんか》を引き起こす。こうした一連の悪戯《いたずら》には、どこか残酷で子供じみたところがあるが、見ていて楽しいことも間違いない。行為一つひとつが、次第に大きくなっていく証拠の束を形成していく。それから、足下の歩道にたまたま転がってきた野球のボールを拾い上げたところで、第二の重要な発見がなされる。ひとたび透明人間が物体に触れると、その物体も視界から消えるのだ。宙に漂うのではなく、虚空《こくう》に吸い込まれるのであり、ヘクターその人を囲むのと同じ無に呑《の》まれるのである。その呪《のろ》われた領域に入るやいなや、物体は姿を消す。ボールをなくした少年は、たしかにここに落ちたはずだと歩道に駆けてくる。物理の法則に従うならボールはそこにあってしかるべきなのに、事実はそうでない。少年は狐《きつね》につままれたような顔をしている。これを見て、ヘクターはボールを地面に置いて立ち去る。少年が下を見ると、あら不思議、ボールはふたたび足下に転がっている。いったいどうなってるんだ？　少年の唖然《あぜん》とした顔のクロースアップとともにエピソードは終わる。

ヘクターは四つ角を曲がって、次の大通りを歩いていく。と、胸の悪くなるような、何とも腹立たしい光景が現われる。太った、身なりも立派な紳士が、目の見えない新聞売りの少年から『モーニング・クロニクル』を一部盗んでいるのだ。男は小銭がないし急いでいるので、札を崩すのも面倒だと、あっさり一部抜きとって立ち去るのである。激怒したヘクターは男を追いかけ、男が四つ角で赤信号に行きあたって立ち止まると、彼を相手にすりを働く。これは滑稽《こっけい》で、かつ不吉な場面である。我々としても男には少しも同情しないが、ヘクターがさも楽しげに法の番人の役割を買って出たことにはいささかうろたえさせられる。彼が売店に戻って、金を盲目の少年に引き渡してもなお、居心地悪い思いは完全には消えない。盗みを働いた直後、彼がその金を着服するものと信じ込む我々は、その一瞬の暗い間隙《かんげき》に理解する——ヘクターが太った男の財布を盗んだのは、不正を正すためではなく、盗んでも罰せられないとわかっているからだ。気前よさはほんのあと知恵にすぎない。いまや彼にとってあらゆることが可能になったのであり、もはやルールに従う必要もない。望めば善を為《な》せるし、悪も為せる。彼がいかなる決断を下すのか、この時点の我々にはまったくわからない。

家では妻が寝込んでしまっている。

会社ではチェイスが金庫を開け、分厚い株券の束を取り出す。机に座って、株券を数えはじめる。

一方ヘクターは、第一の大きな犯罪を犯そうとしている。抹殺され闇《やみ》に落ちた我らがヒーローは宝石店に入り、数人の何も見えぬ目撃者たちの前で、ガラスの陳列ケースの中身を丸ごと盗みはじめ、落着き払った顔でポケットに時計やネックレスや指輪を詰め込む。その姿は遊び半分のようでも、ひたすら目的を遂行しているようでもあり、仕事を進めていくとともに、口もとにはわずかな、だがはっきり見てとれる笑みが浮かんでいく。それは冷静そのものの、ほんの気まぐれの行為に見える。目に見える証拠を信じる限り、ヘクターは呪われてしまったのだと考えるしかなさそうに思える。

ヘクターは店を出る。不可解にも、彼は道端に置かれたゴミバケツに直行する。ゴミの奥深くに腕をつっ込んで、紙袋をひとつ取り出す。明らかにそれは彼が自分でそこに入れた袋のようだが、袋に何かがたっぷり入っていることはわかっても、それが何なのかは我々にはわからない。そしてヘクターが店の前に戻っていって、袋を開け、何か粉のようなものを歩道に撒《ま》きはじめると、我々はすっかり面喰らってしまう。土だろうか、灰だろうか、それとも火薬か。だが何であれ、ヘクターがそれを路上に散らすのは訳がわからない。たちまちのうちに、細い黒っぽい線が一本、宝石店の前から、歩道と車道の境まで伸びていく。これで歩道はカバーされ、今度は車道に進んでいく。自動車をよけ、市電を回避し、危機一髪の事態に飛び込んではひょいと抜け出て、袋の中身を空けながらヘクターは道路を横断していく。その姿はだんだん、頭のおかしな農夫が街なかに種を蒔《ま》こうとしているみたいに見えてくる。いまや線は大通りをまたいで伸びている。ヘクターが反対側の歩道に上がって線をさらに伸ばしていくなか、我々は突如悟る。ヘクターはどこかに続く道を作っているのだ。それがどこに通じているのかはまだわからないが、彼が眼前の建物のドアを開けて、入口の向こうへ消えていくとともに、また何か我々観客に対する悪戯が仕掛けられているのではという疑いが生じる。ヘクターが中に入ってドアが閉まり、アングルがいきなり変わる。たったいま彼が入っていった建物のワイドショットを我々は目にしている――ほかでもない、フィジーポップ飲料コーポレーション本社。

この後、事態はめまぐるしく展開していく。説明的なシーンが次々くり出されるなかで、宝石店の支配人は泥棒が入ったことに気づき、歩道に飛び出て警官を呼びとめ、パニックに彩《いろど》られたジェスチャーであわただしく事情を説明する。警官がふと下に目をやると、歩道に黒っぽい線が一本走っている。目で先をずっと追ってみると、向かいのフィジーポップのビルまで続いている。どうやら手がかりのようですな、と警官は言う。たどって行ってみましょう、と支配人が言い、二人はビルの方へ歩き出す。

ヘクターにカットバック。廊下を歩いていて、自分の作った道に入念な仕上げを加えている。そして、ある部屋のドアに手をのばし、粉の最後の一つまみを敷居の外側に空ける。と同時にカメラの角度が変わって、ドアに書かれた文字が見える――副社長C・レスター・チェイス。と、ヘクターがまだかがみ込んだ姿勢でいる最中にドアが勢いよく開き、チェイスその人が出てくる。踏まれそうになるのをヘクターは間一髪よけて、ドアが閉まりはじめるとともにすっとそのすきまに体を押し込み、腰を落としてひょこひょこ部屋に入っていく。ドラマがクライマックスに近づいていくさなかにも、ヘクターはなおいくつもギャグを重ねていく。チェイスの部屋に一人で入った彼は、机の上に株券が広げられているのを目にする。それらをかき集め、とんとんと几帳面《きちょうめん》に端を揃《そろ》えて、上着のポケットにつっ込む。それから、矢継ぎ早に、さっさっと刺すように手を動かしてポケットから宝石を次々取り出し、吸い取り台の上に盗品の山を築いていく。最後の一個の指輪がコレクションに加えられたところでチェイスが帰ってくる。両手をすり合わせて、喜色満面、得意で仕方ないといった様子。ヘクターは脇《わき》へ下がる。仕事はもう済んだのであり、あとは敵が報いを受けるのを見届けるのみ。

驚愕《きょうがく》と誤解が、めまぐるしく連なっていく。為される正義、裏切られる正義。はじめ、宝石に気をとられてチェイスは株券がなくなっていることにも気づかない。こうして時は過ぎてしまい、やっとピカピカの山の下まで掘り進んで株券がそこにないことに気づいたときにはもう手遅れである。ドアがばたんと開いて、警官と支配人が飛び込んでくる。宝石類が確認され、犯罪は解決され、泥棒は逮捕される。チェイスが無実なことも問題にならない。粉の道は彼の部屋のドアまで続いていたのであり、彼らはチェイスが盗品を手にしている現場を取り押さえたのだ。もちろんチェイスは抗議し、窓から逃げ出そうとして、相手にフィジーポップの壜《びん》を投げつけるが、棍棒《こんぼう》と銃剣を使ったすったもんだがしばらく続いた末に結局はねじ伏せられる。ヘクターは一種厳《いか》めしい無頓着《むとんちゃく》さをもって傍観している。チェイスが手錠をかけられ、部屋から連れ出されるものの、勝利に酔いはしない。計画は完璧《かんぺき》にうまく行ったが、それで自分は何を得たというのか？一日はじき終わろうとしているのに、その身はいまだ透明なままだ。

彼はふたたび外に出て、街を歩き回る。都心の大通りは人けがなく、ヘクターはこの都市で唯一《ゆいいつ》残された人間のように見える。さっきまで彼を囲んでいた人波と喧騒はどこへ行ったのか？　自動車や市電は、歩道にひしめく人混みはどこに？　一瞬のあいだ、呪いが逆転したのだろうかと我々は考える。ひょっとしてヘクターはふたたび可視になって、ほかはみんな消えてしまったのだろうか。と、出し抜けにトラックが一台通りかかり、水たまりをものともせず走り抜けていく。水の柱が道路から立ちのぼり、目に見えるものすべてにはねかかる。ヘクターも全身に水を浴びるが、被害を見せるべくカメラが回転すると、スーツの前面にはしみひとつない。ここは笑える場面であっていいはずなのに、実際はそうではない。ここは意図的に笑えないシーンに仕立てられているのだ(憂《うれ》いに満ちた目でスーツを長々見つめるヘクター、自分が泥水まみれになっていないことを悟った瞬間その目に浮かぶ失望)。この単純なトリックによって映画の雰囲気は一変する。日が暮れて、ヘクターがわが家に帰るのを我々は見る。家のなかに入り、階段を上がって二階へ行き、子供たちの寝室に入っていく。幼い娘と息子が、それぞれ別々のベッドで眠っている。ヘクターは娘の枕元《まくらもと》に腰かけて、その寝顔をしばし眺めてから、片手を上げて娘の髪を撫《な》でようとする。が、いまにも娘に触れようというところでハッと手を止める。触《さわ》られたせいで娘が目を覚まして、暗い部屋に誰もいないのを見たらきっと怖がるにちがいない。これは胸を打つ場面であり、ヘクターはそれを抑え気味に、素朴に演じている。彼は娘に触れる権利を失ったのであり、彼がためらい、結局手を引っ込めるのを目にするとともに、彼にかけられた呪いの真のおぞましさを我々は実感する。そのささやかなしぐさ——宙に舞う手、娘の頭から二センチと離れていない開いた手のひら——を通して、ヘクターが無におとしめられたことを見る者は理解する。幽霊のように、彼は立ち上がって部屋から出ていく。廊下を歩いて、ある部屋のドアを開け、中に入る。そこは彼の寝室であり、最愛の妻が自分たち二人のベッドに入って眠っている。ヘクターは立ちどまる。妻がうなされて、体をばたばた動かしているのだ。右に左に寝返りを打ち、寝具をはねのけている。何か恐ろしい夢を見ているにちがいない。ヘクターはベッドに近寄ってそっと毛布を直してやり、枕を元に戻し、ベッドサイドテーブルのランプを消す。妻の激しい動きが収まっていき、まもなく彼女はぐっすりすこやかな眠りに落ちていく。ヘクターは一歩下がって、ささやかな投げキスを妻に送り、ベッドの足下の椅子《いす》に腰を下ろす。どうやら今晩はここにとどまって、善意の霊のごとく彼女を見守るつもりらしい。妻に触れたり、声をかけたりはできなくても、彼女を護《まも》ること、彼女の存在から糧《かて》を得ることはできる。だが透明人間とて、疲労と無縁ではいられない。彼も人並に肉体を有しているのであり、人並に眠らねばならない。ヘクターの瞼《まぶた》がだんだん重くなってくる。ぱたぱたとはためき、少しずつ下がっていって、やがて閉じ、また開く。二度ばかりハッと跳ね起きたりもするが、どう見ても勝ち目はない。ほどなくして、ヘクターは眠りに屈する。

　スクリーンが真っ暗にフェードアウトする。ふたたび画像が現われると、もう朝で、陽光がさんさんとカーテンごしに注いでいる。いまだ眠っている、ヘクターの妻のショットにカット。次に、椅子に座って眠っているヘクターにカット。体はひどく無理な姿勢に歪《ゆが》められて、投げ出した手足が滑稽にもつれ、関節もねじれている。プレッツェルばりの姿でまどろむ男の姿は何とも予想外であり、我々は笑う。そしてその笑いとともに、映画の雰囲気はふたたび変わる。最愛の妻がまず目を覚まし、彼女が目を開けてベッドの上で身を起こすさなか、その顔が我々にすべてを語る——歓喜から疑念、疑念から用心深い楽観へのせわしない変化。妻はベッドから跳ね起きてヘクターのもとに飛んでいく。そして彼女が、椅子の肱掛《ひじか》けからだらんとうしろに垂れた夫の顔に触れると、その体は高電圧ショックでも受けたかのように痙攣《けいれん》し、両腕両脚がばたばた舞って体全体があたりを飛び回り、やっとのことで直立の姿勢に落着く。やがてヘクターは目を開ける。無意識に、自分が透明になったことも忘れたかのように、彼は妻に向かってにっこり微笑《ほほえ》む。二人はキスを交わす、が、まさにたがいの唇が触れた瞬間、彼はギョッとして身を引く。僕は本当にここにいるのか？　呪いが解けたのか、それともこれはただの夢？　ヘクターは自分の顔に触り、胸に両手を滑らせ、それからまっすぐ妻の目を見据える。僕が見えるのかい？　とヘクターは問う。もちろん見えるわ、と妻は答え、その目に涙があふれていくとともに、身を乗り出してもう一度夫にキスする。だがそれでもヘクターは納得しない。椅子から立ち上がって、壁に掛かった鏡の前まで歩いていく。証明は鏡にあり。自分の鏡像が見えるなら悪夢も本当に終わったというわけだ。それが見えることはもはやわかりきった事実だが、この瞬間を素晴らしいものにしているのは、ヘクターの反応の極端なのろさである。一秒か二秒、表情は少しも変わらない。壁から自分を見返している男の目をのぞき込むその様子は、まるで赤の他人を見ているよう、見たこともない人物の顔と向きあっているかのようだ。やがて、カメラがじわじわ迫ってくるとともに、ヘクターの顔に笑みが浮かびはじめる。あの冷たい無表情のあとでは、その笑顔も単に自分を再発見したという以上のものを伝えている。ヘクターはもはやかつてのヘクターを見ているのではない。彼はいまや別人である。見かけはどれだけ以前と似ていようとも、彼は再創造されたのであり、一からひっくり返されて、新しい人間として吐き出されたのだ。笑みがだんだん大きく、晴れやかになって、鏡のなかに見出《みいだ》された顔をますます嬉《うれ》しそうに見ている。その顔を周りから輪が閉じていって、じきにそのにこやかな口しか――口とその上の口ひげしか――見えなくなる。口ひげが二、三秒ぴくぴく震え、輪はさらに小さくなって、なお小さくなる。やがてそれが完全に閉じると、映画は終わる。

ヘクターのキャリアは、事実上その笑みとともに終わる。さらに一本、『ダブル・オア・ナッシング』を作ることで契約の条件を満たしはしたが、これはもはや新作とは言えない。当時カレイドスコープは破産寸前で、もう一本本格的なプロダクションを行なうだけの資金はなかった。そこでヘクターは、これまでの作品でボツにした素材をかき集めて、さまざまなギャグ、ドジ、即興のドタバタを連ねたアンソロジーをでっち上げたのである。巧妙な救出作業ではあるが、我々がここから知るのは、ヘクターがエディターとしても一級だったという事実のみである。彼の作品を正しく評価するには、『ミスター・ノーバディ』を最後の作品と見なさねばならない。それは彼自身の消滅をめぐる省察である。いくつもの曖昧《あいまい》さを抱え、ひそかな暗示に満ち、さまざまな倫理的疑問を呈示しながらそれに答えを出すことは拒んでいるものの、これは基本的に、自己というものの苦悩をめぐる映画である。ヘクターは我々に別れを告げるすべを、世界にさよならを言う方法を模索しているのだ。それを行なうためには、自分の目から見て自分自身を消す必要がある。だからこそ透明になるのである。魔法がやっと解けて、ふたたびその姿が見えるようになったときはもう、ヘクターは自分自身の顔が認識できなくなっている。そんな彼が自分を見るのと並行して、我々は彼を見ている。そうした視点の不気味な二重重ねのなかで、彼が自分自身の抹殺という事実に直面する現場に我々は立ちあう。二重か、無か《ダブル・オア・ナッシング》。まさに次作につけたタイトルである。だがその三語は、十八分にわたって展開される軽業や悪ふざけのごたまぜとはまったく関係ない。それはむしろ、『ミスター・ノーバディ』の鏡のシーンへの言及にほかならない。あの晴れ晴れとした笑顔をヘクターが浮かべるとき、彼を待ち受けている未来を我々はつかのま垣間見《かいま》る。あの笑みとともに、ヘクターは自分をもう一度生み直す。そしてもう一度生まれた彼はもはや同じ人物ではない。もはや過去一年にわたって我々を笑わせ楽しませてくれたヘクター・マンではない。彼がもはや見覚えのない誰かに変身するのを我々は目《ま》のあたりにする。この新しいヘクターが何者なのか、我々がしかと呑《の》み込む間もなく、彼はいなくなる。その顔の周りから輪が閉じて、彼は闇《やみ》に吸い込まれる。一瞬あとに、彼の作品においてあとにも先にもこの一度だけ、THE ENDという字がスクリーンに浮かぶ。これ以降、誰一人彼の姿を見る者はいない。

3

私はその本を九か月足らずで書き上げた。タイプ原稿で三百ページ以上に及び、その一ページ一ページが苦闘だった。最後までやりとおせたのは、ほかに何もしなかったからにすぎない。一週間に七日、一日に十時間から十二時間机に向かい、時おり食料、紙、インク、タイプライターリボンを補給しにモンタギュー・ストリートまで行く以外は、ほとんどアパートから出なかった。電話も持たず、ラジオもテレビもなく、人づきあいもいっさいしなかった。四月に一回、そして八月にもう一回、地下鉄でマンハッタンまで出かけていって市立図書館で調べものをした以外、一度もブルックリンを離れなかった。といっても、ブルックリンにも本当にいたわけではない。私は本のなかにいたのであり、本は私の頭のなかにあって、私が頭のなかにとどまっている限り私は本を書きつづけることができた。独房に住むような暮らしだったが、その時点で自分が選びえたすべての暮らしのなかで、これが唯一《ゆいいつ》納得できる暮らしだった。世界のなかで存在する力は私にはなかった。態勢が整う前に世界に戻っていこうとしたら、きっとつぶされてしまう。かくして私はその小さなアパートにこもり、ヘクター・マンについて書く日々を送った。それはなかなか進まない仕事だった。もしかしたら無意味な仕事かもしれなかった。だがとにかく九か月続けて唯一無二の関心事でありつづけてくれたのであり、それにかまけてほかのことは何も考えられなかったおかげで、私も頭がおかしくならずに済んだのだろう。

四月後半に私はスミッツに手紙を書き、秋学期の終わりまで休職を延長してほしいと願い出た。長期の計画はまだ何も決めていない、と書いたが、今後の数か月で劇的に事態が変わらない限り、たぶんもう教えることはないと思えた――永久にかどうかはともかく、とにかく当分のあいだは。スミッツが許してくれるといいが、と思った。教える気が失《う》せたというのではない。教壇に立って学生たちに向かって話すとき、脚が持ちこたえられる自信がなかったのだ。

ヘレンと子供たちがいないことにも少しずつ慣れてきてはいたが、だからといって何か進歩を遂げたわけではない。自分が何者かも、何を欲しているかもまだわからなかったし、他人とともに生きるすべをふたたび見出すまでは、人間として半人前でしかないだろう。本を書いているあいだずっと、未来について考えることは意図的に先延ばしにした。妥当な案は、ニューヨークにとどまって、このアパートに入れる家具を買って新しい生活をはじめるということだっただろう。ところが、次のステップを選ぶときが来ると、私はその案を却下してヴァーモントに戻ることにした。もう推敲《すいこう》の最終段階に突入していて、これが済めばあとはタイプで清書して出版社に持ち込むばかりだった。そんなときふと、ニューヨークとこの本は不可分なのであって、執筆が終わったらどこかよそへ行くべきなのだと思いあたったのである。ヴァーモントはおそらく最悪の選択だっただろう。だがとにかく慣れた場所ではあったし、ヴァーモントに戻ればまたヘレンのそばにいられる。彼女がまだ生きていたとき一緒に吸った空気をまた吸うことができる、そう思うと慰められた。ハンプトンのあの家に戻るわけには行かないが、家はほかにもあるし町だってほかにある。とりあえずヴァーモントにとどまるというだけなら、わざわざ過去に背を向けずとも、狂気じみた一人暮らしを続けていられる。私はまだ、忘れる気になれなかったのだ。あれから一年半しか経《た》っていない。まだ悲しみが続いてほしかった。私に必要なのは、何か集中できる次の仕事、わが身を溺《おぼ》れさせるべきもうひとつの海だけだった。

結局、ハンプトンから南へ四十キロくらい行ったウェストT――の町に家を買った。それは小さな、何とも馬鹿《ばか》げた家だった。プレハブのスキー用山小屋といった造りで、床一面に絨毯《じゅうたん》が敷かれ、電熱式の暖炉が入っていたが、ここまで醜いと一種美しいと言えなくもないというくらい醜かった。何ら魅力も個性もなく、丹精に作り上げた細部など薬にしたくもなかったから、これならここをわが家にできるなどと思い込む恐れもなかった。それは生きた死者のための病院、心を患《わずら》った者のための中継地点だった。そのうつろな、人間味のかけらもない室内に棲《す》むことは、世界は幻であり日々再発明する必要があるのだと理解することだった。とはいえ、デザインは最低でも、家の大きさは私にとって理想的に思えた。大きすぎて迷子になったような気にもならないし、小さすぎて息が詰まることもない。天窓つきのキッチンもあれば、一段低くなったリビングルームにはピクチャーウィンドウがひとつあるほか壁二面は何もなく、本棚を入れる高さも十分ある。リビングルームの端に階段があり、同一の広さの寝室が三つ。一室で眠り、一室で仕事し、一室にはもう見る気にはなれぬものの捨てる気にもなれない物をしまっておける。一人で暮らそうとしている人間にはぴったりの大きさと形だったし、周囲から完璧《かんぺき》に孤立しているというおまけもついていた。山の中腹にあって、白樺《しらかば》、米松《べいまつ》、カエデの密集する木立に囲まれ、舗装なしの道路しか通じていない。私が誰にも会いたくなければ、誰にも会わずに済む。そしてもっと大事なことに、誰も私に会わずに済む。

一九八七年の正月早々に入居し、その後六週間は実際的な事柄にかかりきりだった。本棚を作り、薪《まき》ストーブを設置し、車を売って代わりに四輪駆動の小型トラックを手に入れた。雪が降ると山道は危険であり、雪は冬じゅうほぼずっと降るから、上り下りをいちいち冒険に変容させずとも済むような車が必要なのだ。配管工と電気工に来てもらって配水管と配線を修理してもらい、壁にペンキを塗って、一冬ぶんの薪を蓄え、コンピュータ、ラジオ、ファクス付電話を購入した。その間、『ヘクター・マンの音なき世界』は学術出版業界のややこしい経路を少しずつ前進していた。普通の本と違って、学術書は編集者が一人で採用・非採用を決めるのではない。原稿のコピーが該当分野の専門家に送られ、そのリーダーたちが原稿を読んでレポートを送ってよこすまでは何も進まない。そうした仕事の謝礼はごくわずかで（せいぜい二百ドル）、リーダーはおおむね大学で教えたり自分の本を書いたりで忙しい学者だから、ずるずる延びることも珍しくない。私の場合、十一月なかばから三月末まで待って返答が届いた。そのころにはもうほかのことに没頭していたから、原稿を送ったことすらほとんど忘れてしまっていた。採用されたのはもちろん嬉《うれ》しかったし、努力の成果が形になるのは有難かったが、それが自分にとってすごく意味があったとは言えない。まあヘクター・マンにとっては朗報だろうし、年代物の映画ファンや黒ひげマニアにも朗報だろうが、私にとってはすでに過去の経験だった。いまではめったに考えもしなかったし、たまに考えても、誰か他人が書いた本のように思えた。

二月のなかば、大学院時代の友人で、いまはコロンビアで教えているアレックス・クローネンバーグから手紙が来た。アレックスと最後に会ったのはヘレンと息子たちの葬式のときで、以来一度も口をきいていなかったが、それでも私は彼のことを親友だと思っていた(彼からもらった悔やみ状は、雄弁と思いやりの鑑《かがみ》とも言うべき、受けとった全部の手紙のなかで最高に素晴らしい一通だった)。今回はまず、もっと早く連絡しなくて申し訳ない、という詫《わ》びからはじまっていた。君のことはずいぶん考えていたんだ、とアレックスは書いていた。君がハンプトンを休んで何か月かニューヨークで暮らしたことも噂《うわさ》で聞いた。連絡してくれればよかったのに。君がいると知っていたら、ぜひ会おうとしただろうよ。会えばきっと、限りなく嬉しかったと思う。まさにそう書いてあったのだ——限りなく嬉しかったと思う。いかにもアレックスらしい言い方だ。まあとにかく、と次の段落で彼は切り出す。このあいだコロンビア大学の出版局から頼まれて、世界名作ライブラリーなるシリーズを編集することになった。一九二七年にコロンビアの工学部を卒業したデクスター・ファインバウムなる人物が、このコレクションをはじめるようにと四五〇万ドルを遺贈してくれたんだ。広く傑作と認められた世界の古典を集めて、同じデザインで並べるというアイデアだ。マイスター・エックハルトからフェルナンド・ペソアまでのあらゆる作品を収めて、既訳が不適切な場合には誰かに新訳を依頼する。無謀もいいところの暴挙さとアレックスは書いていた。でもとにかく僕は編集主幹にしてもらったわけで、仕事はたしかに増えたが(もう眠るのはやめた)なかなか楽しい作業だと言わざるをえない。ファインバウムは遺書で、まず最初に刊行すべき百冊の書名を挙げている。アルミの壁板で財を成した人物だそうだが、文学の趣味も非の打ちどころがない。そのうちの一冊にシャトーブリアンの『墓の彼方《かなた》からの回想』が入っている。僕はまだこの二千ページの代物《しろもの》を読んでいないが、一九七一年のある夜に、イエールのキャンパスのどこかで――バイネッケ図書館のすぐ外の小さな広場だった気がする――君に言われた言葉は覚えているから、いまここでそれを君に向けてくり返そうと思う。「この本は」と君は、フランス語の原書の第一巻をふりかざしながら言ったのだ。「これまでに書かれた最高の自伝だ」。いまも君がそう思っているかどうかはわからないが、この本が一八四九年から五〇年にかけて刊行されて以来、まとまった英訳はまだ二つしかないことはわざわざ言うまでもあるまい。一つ目は一八四九年刊の部分訳、二つ目は一九〇二年。そろそろ新訳が出る潮時だと思わないか？　君がいまも翻訳の仕事に興味があるかどうかもまったくわからないが、もしあるんだったら、引き受けてくれれば僕としては実に有難いのだが。

いまはもう電話もある。誰かにかけてきてほしいと思ったわけではないが、何かトラブルがあったときに備えて、引いておいた方がいいと判断したのだ。近くに隣人もいないし、屋根が落ちてきたり家が火事になったりしたら助けは呼べるようにしておきたかった。これは私が現実に対して為《な》した数少ない譲歩のひとつ、自分が世界に残された最後の一人ではないことをしぶしぶ認める行為だった。普通だったらアレックスに手紙で返事を書いたところだろうが、その午後に一連の郵便を開けたときはたまたまキッチンにいて、電話はすぐ目の前、カウンターの上、手から五十センチと離れていないところにあった。しかもアレックスは最近引っ越したばかりで、新しい住所と電話番号がサインのすぐ下に添えてあった。こうしたもろもろの偶然を活用しない手はない。私は受話器を取り上げてボタンを押した。

向こう側で呼び出し音が四回鳴って、それから留守番電話がカチッと作動した。意外なことに、メッセージは子供が喋《しゃべ》っていた。三語か四語聞いたところで、それがアレックスの息子ジェイコブの声であることがわかった。このころジェイコブは十歳くらいだったはずだ。トッドより一歳半くらい上である――というか、トッドがもしまだ生きていたらその歳《とし》より一歳半上。子供は言った。試合は九回裏、二死満塁、スコアは四対三、わがチームはリードされていてバッターは僕です。ヒットが出れば逆転サヨナラのチャンス。ピッチャー、投げました。僕はスイングします。内野ゴロ。僕はバットを捨てて走ります。二塁手がゴロをすくい上げて一塁に送り、アウト。そうです、皆さん、僕はアウトなのです。ジェイコブは外出中《アウト》です。父さんのアレックスも、母さんのバーバラも、姉さんのジュリーもみんなアウト。一家全員ただいまアウトなのです。発信音のあとにメッセージを入れてください。ベースを回ってホームに戻ってき次第、こちらからかけ直します。

気のきいたナンセンスと言うべきだろうが、私は動揺してしまった。メッセージが終わって発信音が鳴っても、何も言うことが思いつかなかった。無言でテープを回しつづけても仕方ないので、電話を切った。もともと留守番電話に向かって喋るのは好きではない。どうも落着かないのだ。そしてジェイコブの声を聞いたことで、私は体ごとくるっと回され、足下をすくわれ、絶望の手前まで追いやられた。その声にはあまりに大きな幸福がみなぎっていた。言葉の端から、あまりに大きな笑いがこぼれ出ていた。トッドも賢くて頭の切れる子だったが、いまのトッドは八歳半ではない。七歳だ。ジェイコブが大人になったあとも、ずっと七歳でありつづける。

何分か自分に猶予《ゆうよ》を与えて、もう一度やってみた。今度は覚悟もできていて、メッセージがふたたびはじまると、聞かずに済むよう受話器を耳から離した。言葉は永遠に続くように思えたが、やっと発信音が割って入ると、受話器を耳に戻し、喋りはじめた。アレックス、手紙を読んだよ、と私は言った。翻訳を引き受ける気だと伝えようと思って電話しました。何しろあの長さだから、完成稿まで二年か三年はかかると思ってほしい。でもまあそのくらいはもう考えているだろうな。こっちはまだここに身を落着けている最中ですが、先週買ったコンピュータの使い方を覚え次第はじめようと思います。声をかけてくれてありがとう。ちょうど、何かすることを探しているところだったんだ。この仕事なら楽しくやれると思う。バーバラと子供たちによろしく。じゃあそのうち。

アレックスはその晩電話をしてきた。私が引き受けたことに驚きもし、喜んでもいた。駄目で元々と思って誘ってみたんだがね、まずは君に訊《き》いてみないと僕としても気が済まなかったんだ。本当に嬉しいよ。

君が嬉しく思ってくれて嬉しいよ、と私は言った。

明日そちらに契約書が送られるよう手配する。いちおう公式にしておかないとね。いいようにやってくれ。実はね、もうタイトルの訳し方も考えたんだ。

メモワール・ドゥトゥル＝トンブ。墓の彼方からの回想。

それはぎこちないと思うんだ。どうも直訳っぽすぎるし、同時にわかりにくい。

じゃあ何と？

死者の回想録。

なるほどね。

悪くないだろう？

うん、全然悪くない。すごくいい。

肝腎《かんじん》なのは、これなら筋が通るってことだ。シャトーブリアンはあの本を書くのに三十五年かけて、自分の死後五十年経つまでは刊行を望まなかった。文字どおり、死者の声で書かれているんだ。

でも五十年かからなかったじゃないか。死んだその年、一八四八年から雑誌掲載がはじまった。

　金に困っていたからな。一八三〇年の革命でシャトーブリアンの政治生命はもう終わって、借金がかさんでいった。過去十年ばかり愛人だったマダム・レカミエ――そう、あのマダム・レカミエさ――に勧められて、彼女の家の客間で、選ばれた少数の聴衆を相手に『回想録』の朗読会をやるようになった。前払金を出してくれる出版社を探そうというわけだ。何しろ作品が書き上がるのは何年も先になりそうだからね。この目論見《もくろみ》は外れたが、反響自体はものすごくよかった。『回想録』は史上もっとも有名な未完成、未刊行、未知の本になった。でも本人はまだ文なしのままだ。そこでマダム・レカミエは新しい案を思いつき、こっちはうまく行った――まあいちおうは。株式会社を設立して、みんなに原稿の株を買ってもらったんだ。言葉の先物買いと言うか、ウォール街の連中が未来のダイズやトウモロコシの値に賭《か》けるのと同じさ。要するにシャトーブリアンは、自伝を抵当に入れて晩年の生活資金を得たんだ。前金でたっぷり出してもらって、それで借金は清算できたし、老後の年金も保証された。絶妙な取決めだった。唯一《ゆいいつ》問題だったのは、彼がなかなか死ななかったことだ。会社は彼が六十代なかばのときに設立されて、八十まで持ちこたえた。そのころにはもう株の所有者も何度か変わっていて、設立時に投資した友人や崇拝者たちはとっくにいなくなっていた。シャトーブリアンは見知らぬ他人の集まりに所有されていたわけだ。その連中の唯一の関心は利益を上げることであり、彼が長生きすればするほど、早く死なないものかとみんな思った。最後の数年はさぞ侘《わび》しかったろうな。本人はリューマチを抱えたひ弱な老人、マダム・レカミエはほぼ盲目、友人は一人残らず土の中。それでも、最後の最後まで推敲《すいこう》だけは続けた。何と明るいお話。

まあいまひとつ笑えないだろうな。でもね、この老子爵《ろうししゃく》、文章を書かせたらそれはそれは見事だったのさ。信じられない本だよ、アレックス。

じゃあ君、今後二、三年、陰気なフランス人相手に過ごしてもいいってわけだな？ 丸一年無声映画のコメディアンと過ごしたからね、そろそろ相手を変えるのも悪くないよ。

無声映画？ 聞いてないぜ、そんな話。

ヘクター・マンって奴《やつ》だよ。去年の秋に、その男についての本を書き終えた。

じゃあ忙しくしてたんだな。それはいい。

何もしないわけには行かなかったからね。だからそれをやることにした。

その役者の名前、何で僕は聞いたことないのかな？ べつに映画に詳しいわけじゃないが、とにかく聞き覚えがない。

誰も聞いたことないさ。僕専用のお抱え芸人、僕一人のために演じる宮廷道化だからね。一年ちょっとのあいだ、起きている時間はずっと奴と一緒だった。

文字どおりそいつと一緒だったってことか？　それともただの比喩《ひゆ》？

一九二九年以来、ヘクター・マンと一緒だった人間はいない。もう死んだんだ。シャトーブリアンやマダム・レカミエと同じくらい死んでいる。デクスター・何とかと同じくらい。

ファインバウム。

デクスター・ファインバウムと同じくらい死んでいる。

じゃあ丸一年、古い映画を見て過ごしたわけだ。

そうでもない。三か月は古い映画を見て過ごして、それから部屋にこもって九か月、そのもろもろの映画のことを書いて過ごした。こんな変な真似《まね》をしたのはたぶん初めてだと思う。何しろもう見られないもののことを書いて、しかもあくまで視覚的な言葉で書かなきゃいけないんだからね。何もかもが幻覚みたいだった。

でデイヴィッド、生者たちはどうなんだ？　生者たち相手には時間を使ったかい？

極力使わなかった。

そう言うだろうと思った。

一年くらい前に、ワシントンでシンという男と話をした。ドクター・J・M・シン。素晴らしい人物だったね。彼と話せて実に嬉しかった。すごくお世話になったよ。

いまは医者にかかってるのか？

とんでもない。こうして君とやってるお喋りが、そのとき以来最長の会話さ。ニューヨークにいるあいだに電話してくれればよかったのに。

できなかったんだよ。

デイヴィッド、君まだ四十にもなってないじゃないか。人生はまだ終わってないんだぜ。

実は来月で四十になる。十五日にマディソンスクウェア・ガーデンで盛大なパーティをやるから、君とバーバラも来てくれたまえ。おかしいな、まだ招待状が届いていないとは。

みんな君のことを心配しているんだよ、それだけさ。あれこれ詮索《せんさく》はしたくないけど、大切に思ってる仲間がそんなふうにふるまったら、何もせずに手をこまねいてるわけには行かないよ。何か助けになることがあったら、させてほしいんだよ。

君は助けてくれたさ。新しい仕事をくれたじゃないか。感謝してるよ。

これは仕事さ。僕が言っているのは生活のことだよ。

それって違いがあるのか？

やれやれ、君も頑固だなあ。

デクスター・ファインバウムのことを聞かせてくれよ。考えてみれば恩人なのに、こっちは何も知らないんだから。

どうしても話したくないんだな？

配達不能郵便課に勤務する我らが旧友がよく言ったとおり、そうしない方が好ましいのです（メルヴィルの中篇「書写人バートルビー」への言及）。

他人なしで生きられる人間なんていないぜ、デイヴィッド。そんなの不可能だ。僕が第一号かも。かもしれない。でもこれまで、僕であった人間だっていないわけで。


『死者の回想録』序文（パリ、一八四六年四月十四日、改訂七月二十八日）より――

己の死期を予知するのは不可能であり、余の歳ともなれば、与えられる日々は神による恩寵《おんちょう》、もしくは苦悶《くもん》の日々でしかないから、若干説明の言を記しておかねばなるまい。

九月四日に余は七十八歳になる。もうこの世を離れて然《しか》るべき時である。世界の方は余から見るみる離れつつあり、余としてもそれを悔やみはしまい。（……）予《かね》てから余の喉《のど》に足を押しつけてきた非情なる貧窮故《ゆえ》に、余は我が回想録を売却することを余儀なくされた。己の墓を質に入れさせられたことで余が被《こうむ》った苦しみは、誰にも判《わか》るまい。が、自ら定めた厳粛なる約束を守り、己の行為に筋を通すには、この最後の犠牲も止《や》むを得なかったのである。（……）元来の計画としては、この回想録はマダム・シャトーブリアンに遺贈される筈《はず》であった。それを世に送り出すか、葬《ほうむ》り去るかは、彼女の判断に委《ゆだ》ねられたことだろう。葬り去った方が望ましかったという思いが、今は一層強い。（……）

この回想録は様々な時期、様々な国において執筆された。それ故、我が物語の糸が再び手に取られた際に眼前に如何《いか》なる場所が広がり、如何なる思いが我が心中に在ったか、それを述べた序言を随所に付け加える必要が生じた。こうして我が生涯の様々な姿が混ぜ合わされる。時には、暫《しば》しの繁栄を享受《きょうじゅ》している時期に苦難の日々について語る破目になりもすれば、大いなる悲しみを抱えた時期に幸福であった頃を辿《たど》る必要も生じた。若さが老齢の中に入り込み、壮年の厳《いか》めしさが無垢《むく》なる年月を暗く悲しい色に染め、我が陽光は日の出の光から日没の光までが交差し、溶け合う。こうしたこと全《すべ》てが余の物語に、或《あ》る種の混乱を——或《ある》いは、こう言ってよければ、一種神秘的な統一を——齎《もたら》す。余の揺り籠《かご》は余の墓をかすかに想起させ、墓は揺り籠をかすかに想起させる。苦しみは愉《たの》しみに、愉しみは苦しみに変わる。この回想記の精読を終えた今、これが若き精神の産物なのか、それとも老いて白くなった頭の作物《さくぶつ》なのか、余には最早《もはや》定かでない。

この混淆《こんこう》が読者にとって快であるか、不快であるか、余には知り様もない。それを是正する術《すべ》も余は持たない。それは余の浮き沈みに満ちた生涯の成せる業、我が運命が整合を欠いたることの結果に他ならない。運命の嵐《あらし》に翻弄《ほんろう》されて書き物机にも事欠き、難破して流れ着いた岩の上で執筆を余儀なくされたことも一度や二度ではない。

この回想録の一部を存命中に世に出すことを余は知人に勧められたが、余としては、深き墓から語る方が好もしい。そうすればこの声も、石棺から届くものとなり、余が物語にも何がしかの聖性が加わるであろう。仮に余が、この世で十分な苦難を味わった御陰で来世においては幸福な影となれるのなら、極楽からの光が差して、これら余の最後の肖像を、守護神の如《ごと》くに照らしてくれるであろう。生は余に重く伸《の》しかかる。或いは死の方が余には合っているのかも知れぬ。

　この回想録は、余にとって常に特別な意味を有してきた。聖ボナヴェントゥラは死後も自著を書き続けることを許された。余にはそのような恩顧は望めぬが、せめて何時《いつ》か真夜中に、校正刷に朱を入れるべく復活できればと思う……。

執筆作業の中で殊更悦《ことさらよろこ》ばしい箇所があったとすれば、それは我が青春に関わる部分であろう。青春の日々こそ、余が生涯における最も隠された一角に他ならない。そこにおいて余は、余一人が知るのみの世界を蘇《よみがえ》らせねばならなかった。今は消え去った彼《か》の地を彷徨《さまよ》う中、沈黙と記憶に出遭うのみであった。余が知ってきた人びとの内、今日何人がいまだこの世に在るであろう？

（……）もし余がフランスの外で死んだら、遺体は最初の埋葬から五十年経《た》つまでは祖国に戻さないで欲しい。解剖の冒瀆《ぼうとく》で我が亡骸《なきがら》を辱《はずかし》めないで欲しい。我が生の神秘を探り出そうと、命なき脳と力尽きた心臓を探るような愚を何人《なんぴと》も犯してはならぬ。死は生の秘密を明かしはしない。死体が早馬で運ばれると思うと身の毛がよだつが、乾いた、朽ちかけた骨なら移動も容易であろう。そして骨たちも、その最後の旅に乗り出す頃には、この世で余に引き回され、余の艱難《かんなん》の重荷を担《にな》わされていた時の疲れもある程度癒《い》えていることであろう。

アレックスと話した翌日の朝、私は翻訳に取りかかった。それができたのは、この本を持っていたからであり（ルヴァイヤンとムリニエ編の、異文一覧、注解、付表もついたプレイヤード版二巻本）、アレックスの手紙が届く三日前にもそれを手にしていたのだ。その週のはじめに新しい本棚の据えつけが終わり、以後毎日数時間ずつ、ひたすら本を箱から出して棚に並べていて、その退屈な作業の最中に、シャトーブリアンの著書に行きあたったのである。『回想録』を目にするのは数年ぶりだったが、その朝ヴァーモントの家の居間の混沌《こんとん》のただなかで、ひっくり返った空っぽの箱や未分類の本の山に囲まれていた私は、衝動的にページを開いてみたのだった。真っ先に目に飛び込んできたのは、第一巻のなかの短い一節だった。一七八九年六月、ブルターニュの詩人につき添ってヴェルサイユまで遠出したときの出来事をシャトーブリアンは語る。バスティーユ陥落まで一か月もなかったこの日、道中二人は、マリー・アントワネットが子供二人を連れて歩いている姿を目にする。彼女は余の方に笑みを投げかけ、宮廷で初めて拝謁《はいえつ》したあの日と同じ優雅な会釈《えしゃく》を送ってよこした。あの表情、じきに最早見られなくなる表情を、余は決して忘れぬであろう。マリー・アントワネットが微笑《ほほえ》むとき、その口の形はこの上なくくっきりとしていた。その笑みの記憶があったからこそ(おぞましい思い!)、一八一五年の発掘の際、悲運の女性の頭が出てきたときも、余はその顎《あご》を、王侯の血を引くこの人物のそれと認めたのである。

すさまじい、息を呑《の》むようなイメージである。本を閉じて棚に入れたあとも、長いこと頭から離れなかった。人間の死体が山となった穴から掘り出された、マリー・アントワネットの斬《き》り落とされた首。四つの短いセンテンスで、シャトーブリアンは二十六年の時を飛び移る。肉から骨に、魅惑に満ちた生から名前も奪われた死に移行する。そのあいだの溝には、一世代全体の経験が、恐怖と野蛮と狂気から成る語られざる年月が横たわっている。私はその一節に心を打たれた。言葉にこんなに心を動かされたのは、この一年半で初めてだった。それから、そのたまたまの遭遇から三日しか経たぬ時点で、この本を訳さないかというアレックスの誘いが届いたわけである。これは偶然だろうか? もちろんそうだ。だがそのときには、私が自分の意志で事を起こしたかのような、あたかも私が自分一人では完遂できずにいたひとつの思いをアレックスの手紙が仕上げてくれたような、そんな気がしたものである。過去の私は、そういう神秘主義めいたたわごとを全然信じなかった。だが当時の私のように、自分一人の殻にこもって、周りを何も見ずに暮らしていれば、物の見え方も変わってくるというものだ。何しろアレックスの手紙の日付は九日月曜日、それが三日後の、十二日木曜日に私のもとに届いたのである。ということはつまり、彼がニューヨークで私に宛《あ》てて『回想録』をめぐる手紙を書いている最中、私はヴァーモントにいてその本を両手に持っていたことになる。いまこのつながりをことさら重視する気はないが、そのときはそれをひとつのしるしと考えずにはいられなかった。あたかも自分が、求めたとは知らずに何かを求めて、突如その願いが叶《かな》ったような思いがした。

こうして私はふたたび仕事に戻っていった。ヘクター・マンのことはもう忘れて、シャトーブリアンのことだけを考え、私の人生とは何の関係もない生涯をめぐる膨大な年代記に没頭した。この仕事で何より好ましかったのもその点だった。途方もない隔たり――自分自身と、やっていることとのあいだに広がる隔たり。一年間、一九二〇年代のアメリカに仮住まいするのも悪くなかったが、十八、十九世紀のフランスで過ごせるならもっといい。ヴァーモントのわがささやかな山に雪が降り出しても、私はろくに注意を払わなかった。私はサン＝マロにいてパリにいて、オハイオにいてフロリダにいて、イギリス、ローマ、ベルリンにいた。仕事の大半は機械的なものだった。私はテクストの召使いであって創造主ではなかったから、『ヘクター・マンの音なき世界』を書いたときとは別種のエネルギーが要請された。翻訳は石炭をくべるのにいくぶん似ている。石炭をすくって、炉に放り込む。単語一つが石炭ひとかけ、センテンスはシャベル一杯の石炭だ。腰も丈夫で、一気に九時間、十時間と続けるスタミナがあるなら、炉を終始熱く保つこともできる。何しろ目の前には百万に近い単語が控えている。私は必要な限り長く、身を入れて働く覚悟だった。それで家が燃えてしまったって構いはしない。

その最初の冬の大半、私はどこにも行かなかった。十日に一度、ブラトルバロのグランドユニオンまで車で行って食料を買い込んだが、それ以外はいっさい仕事の流れを断ち切らなかった。ブラトルバロは私の家から実はだいぶ離れている。だが余分に三十キロ走ることで、知りあいに出くわすのを避けられると思ったのだ。大学のすぐ北にもグランドユニオンがあって、ハンプトンの連中はだいたいそっちを使う。ブラトルバロに彼らが来る確率はきわめて低い。といっても絶対誰にも会わないという保証はなかった。用心したつもりだったが、結局はこれが裏目に出た。三月のある午後、六番通路でトイレットペーパーをカートに積み込んでいる最中、グレッグとメアリのテレフソン夫妻にばったり出会って、道をふさがれ逃げられなくなってしまったのだ。これが夕食の招待につながり、精一杯言い逃れようとしたものの、メアリは次々別の日にちを提示し、こっちも架空の口実が尽きてしまった。こうして十二日後の晩、ハンプトンのキャンパスの端にある、私がヘレンと息子二人と暮らしていたところから一キロ程度しか離れていない彼らの家に、私は車で出かけていくことになった。もしあれで彼ら二人だけだったら、あれほどの試練にはならなかったかもしれない。だがグレッグとメアリは、ここぞとばかり、私以外にも二十人の客を招待していた。そんな大勢を相手にする心の準備はない。もちろんみんな友好的であり、大半は私と会えて本気で喜んでくれていたと思う。だが私は、何とも気まずい、場違いなところに来た気分だった。口を開いて何か言うたび、見当外れの言葉しか出てこなかった。私はもはやハンプトンのゴシップに通じていなかった。彼らはみな、最新の謀略やら厄介事やら、離婚やら不倫やら、昇進やら学内のいさかいやらの話を私が聞きたがるものと決めてかかっていた。だが実のところ、そんな話は耐えがたいほど退屈だった。会話の輪からさりげなく逃げても、じきまた別のグループに囲まれ、彼らも彼らで違った、だが似たような会話をくり広げていた。ヘレンの名を口にするほど無作法な人間は一人もいなかったし（学者というのは礼儀正しい人種なのだ）、ひとまず当たり障《さわ》りないと思える話題にみんな終始していた。最近のニュース、政治、スポーツ。私には何の話かさっぱりわからなかった。新聞なんてもう一年以上見ていなかったから、別世界の出来事みたいなものだった。

はじめはみんな一階に群がって、いろんな部屋を出たり入ったりしながら、何分か一緒に群れて、また分かれては別の部屋で新しい群れを作っていた。私は居間、食堂、台所、書斎の順に移動し、そのどこかでグレッグが追いついてきて私の手にスコッチアンドソーダを持たせた。私は何も考えずにそれを受けとり、とにかく居心地が悪かったから、二十四秒くらいで飲み干してしまった。アルコールを口にしたのは一年以上ぶりだった。ヘクター・マンのリサーチで移動しているあいだはあちこちのホテルのミニバーの誘惑に負けたりもしたが、ブルックリンに移って本を書きはじめてからはきっぱり酒を断っていた。周りになければ特に飲みたいとも思わなかったが、ちょっと転べばあっさりひどいことになりかねないことは自覚していた。墜落事故直後の自分のふるまいを思えばそれは明らかだった。ああやって腰を上げてヴァーモントを引き揚げていなかったら、たぶんグレッグとメアリのパーティに出るところまで生き延びられはしなかっただろう。まあそれならそれで、何だってこんなところへ戻ってきたんだろうなどと首をひねる必要もなかったわけだが。

飲み終えると、私はお代わりを作りにバーに行き、今回はソーダで割らず氷しか入れなかった。三杯目は氷も忘れてストレートで注いだ。

夕食の支度ができると、客たちはディナーテーブルの周りに並んで皿に食べ物を盛り、椅子《いす》を探して家のあちこちに散っていった。私は書斎のソファに行きついて、ソファの肱掛《ひじか》けと、独文科の講師カリン・ミュラーとに挟まれることになった。もうその時点で、私のバランスはいささか怪しくなっていた。サラダとビーフシチューを盛った皿を危なっかしく片方の膝《ひざ》に載せて座った私は、ソファの奥から酒を取ろうとしてうしろを向き（座る前にグラスをそこに置いたのだ）、グラスを持ったとたん、それがつるっと手から滑り落ちた。ジョニーウォーカーの四倍ショットがカリンの首にはねかかり、次の瞬間、グラスが彼女の背骨に衝突した。彼女は飛び上がり――どうして飛び上がらずにいられよう？――そのはずみに自分の、やはりシチューとサラダを盛った皿をひっくり返してしまい、その皿が当たって私の皿が音を立てて床に落ち、彼女の皿自体も下向きに私の膝の上に着地した。

べつに大惨事などではなかった。が、そうとわかるには私はもう飲みすぎていた。ズボンが突如オリーブオイル浸しになり、シャツにもグレイビーがかかったいま、私は怒ることを選びとった。何と言ったか覚えていないが、何か残酷で侮辱的な、まったくいわれのない言葉だったと思う。ぶざまな雌牛。たしかそう言ったと思う。馬鹿な雌牛だったかもしれないし、馬鹿でぶざまな雌牛だったかもしれない。何であれその言葉は、いかなる状況でも決して口にしてはならないたぐいの怒りを伝えていた。ましてや、ぴりぴり神経を尖《とが》らせた大学教師たちが部屋中にいて、彼らみんなにその言葉が筒抜けの場で口にするなど、もう最悪と言うしかない。カリンが馬鹿《ばか》でもぶざまでもなかったことを言い添える必要もおそらくあるまい。雌牛に似ているどころか、ほっそりした三十代後半の魅力的な女性で、大学ではゲーテとヘルダーリンを教え、これまで私に対しても、もっぱらこの上ない敬意と親切を示してくれていた。アクシデントが起きる数秒前にカリンは、一度私の授業に来て講義してもらえないかしら、と誘ってくれて、私はえへんと咳払《せきばら》いし、ちょっと考えさせてくれないかなといまにも言おうとしていた――そのとき酒がこぼれたのだ。それは全面的に私の落ち度だった。なのに私はすぐさま、話をねじ曲げて彼女を悪者に仕立てた。醜態と言うほかないが、と同時にそれは、私がまだ檻《おり》から出されるべきでないことを示すさらなる証拠でもあった。実のところ、カリンは自分の方から友好的に寄ってきてくれて、ためらいがちに、ごく微妙ながら、もっと親密な会話に誘う雰囲気を匂《にお》わせてくれていたのだ。そして、ほぼ二年近く女性の体に触れていなかった私は、そういうほとんどあるかないかのほのめかしに対して、血液中にアルコールを入れすぎた男の粗野で下卑た反応を示し、服を脱いだ彼女はどんなだろうと想像していたのだ。だからあんなに邪険にどなりつけたのだろうか？　あまりに激しい自己嫌悪《けんお》のせいで、私の胸に性的欲求を目覚めさせた彼女を罰せずにいられなかったのか？　それとも、彼女にはそんな気などまったくないことを私もひそかに気づいていて、ささやかな人間ドラマも自分のでっち上げだと自覚していたのだろうか――ただ単に、カリンの温かい、香水をつけた体が近くにあったせいで引き起こされた一瞬の欲情でしかないとわかっていたのか？

さらに悪いことに、カリンが泣き出しても私は少しも後悔しなかった。そのころには二人とも立ち上がっていて、彼女の下唇が震え出して目もとに涙が満ちてくると、私は嬉《うれ》しかった。自分が生じさせた衝撃の大きさに、ほとんど有頂天になっていた。折しも部屋にはほかに六、七人いて、カリンが最初にキャッと声を上げて以来みな私たち二人の方を向いていた。皿が鳴る音を聞きつけてさらに何人かが戸口まで飛んできて、私がその下司《げす》な言葉を口にしたとき、目撃者は少なくとも一ダースに達していた。それを境に、あたりはしんと静まりかえった。それは集団的ショックの一瞬であり、その後の数秒、何を言うべきか、何をすべきか、誰にもわからなかった。息を殺した、途方にくれたその一瞬のあいだに、カリンの心の痛みは怒りに変わった。

あなた私にそんなこと言う権利ないわよデイヴィッド、と彼女は言った。いったい何様のつもりよ？

幸い、戸口にやって来たなかにはメアリが混じっていた。私がさらに傷を深める間もなく、メアリは部屋に飛び込んできて、私の腕を握った。

デイヴィッドは本気で言ったんじゃないわ、と彼女はカリンに言った。そうよねデイヴィッド？　とっさに口から飛び出しただけよね。

私は何か残酷な、彼女に逆らう言葉を、自分が言ったことが全部本気だったのを証《あか》すような言葉を言いたかったが、どうにかこらえた。黙っているにはありったけの自己抑制が必要だった。だがせっかくメアリがわざわざ調停役を買って出てくれたのだし、これ以上彼女に迷惑をかけたらあとで自分でも後悔するということに心のどこかで気づいていた。それでも私は謝らなかったし、仲直りを試みもしなかった。言いたいことを言ってしまうのを避けようと、私の腕を握っていた彼女の手をふりほどき、部屋から出ていった。何も言わずにいるかつての同僚たちに見守られながら、書斎を出て、居間を横切っていった。

私はまっすぐグレッグとメアリの寝室に上がっていった。自分の荷物を探してさっさと帰るつもりだったが、私のパーカはベッドの上に積まれたコートの山に埋もれて、なかなか見つからなかった。しばらく山を掘ってみたが、そのうちに、探索を簡単にしようとコートを次々床に投げ出していった。半分を越えたところで――ベッドから落ちたコートがベッドにあるコートより多くなったところで――メアリが部屋に入ってきた。彼女は小柄で丸顔の女性で、金髪はちりちりに縮れ、頬は赤味を帯びていた。そんな彼女が、両手を腰に当てて戸口に立ったとたん、これは私に愛想が尽きたのだとわかった。私はいまにも母親に叱《しか》られようとしている子供みたいな気分だった。

何してるの？　と彼女は訊《き》いた。

コートを探してる。

一階のクローゼットよ。覚えてないの？

ここにあると思ったんだ。

一階よ。あなたが来たとき、グレッグがクローゼットに入れたのよ。あなた自分でグレッグにハンガーを渡したじゃない。

わかった、一階で探す。

だがメアリはそうあっさり私を放免する気はなかった。さらに何歩か部屋のなかに入ってきて、かがみ込んでコートをひとつ拾い上げ、怒った顔でベッドの上に放り投げた。それからもうひとつコートを拾って、やはりベッドに投げつけた。そうやってコートを集めていって、ベッドにひとつ叩《たた》きつけるたびに、喋《しゃべ》っている言葉をセンテンス途中で中断するのだった。コートは句読点のようなものだった。突然のダッシュ、あわただしい省略点、激しい感嘆符、それぞれが彼女の言葉に斧《おの》のように切り込んでいった。

一階へ行ったら……と彼女は言った。あなた……カリンと仲直りしてちょうだい……あなたがひざまずいて……カリンの許しを乞《こ》う破目になっても……あたしの知ったことじゃない……みんな話してるわよ……いまそうしてくれなかったら……デイヴィッド……もう二度とこの家には招待しないわよ。

そもそも僕は来たくなかったんだ、と私は答えた。君がしつこく誘ったりしなかったら、ここへ来て君の客を侮辱したりもせずに済んだんだ。僕抜きで、君はいつもと同じ退屈で間の抜けたパーティをやっていられたんだ。

あなたは助けを必要としているのよ、デイヴィッド……あなたがどんな目に遭ったかはあたしだって忘れていない……だけど我慢にも限度があるのよ……お医者さんに診てもらいなさいよ、自分の人生を滅茶苦茶《めちゃくちゃ》にしてしまう前に。

僕は自分でこれならできると思う生活をしているんだ。君の家のパーティに来ることはそこに入っちゃいない。

メアリは最後のコートをベッドに投げ上げ、それから、一見何の理由もなく、いきなり座り込んで泣き出した。

いいこと、ド阿呆《あほう》、と彼女は静かな声で言った。あたしだって彼女を愛していたのよ。あなたは彼女の夫だったかもしれないけど、ヘレンは私の一番の親友だったのよ。

違うね。彼女は僕の一番の親友だったのさ。そして僕は彼女の一番の親友だった。君とは全然関係のない話だよ、メアリ。

これで会話は終わった。私の言葉はこの上なく残酷であり、彼女の気持ちを無情に切り捨てていた。彼女ももうそれ以上言うことが思いつかなかった。私が部屋を出ていくとき、メアリは背を向けて座り込み、コートの山を見下ろしながら頭を前後に揺らしていた。


パーティの二日後、ペンシルヴェニア大学出版局から、私の著書を出版したいと申し出る手紙が届いた。その時点でシャトーブリアンの翻訳もほぼ百ページ進んでいて、一年後に『ヘクター・マンの音なき世界』が刊行されたときにはさらに千二百ページができていた。この調子で続けていれば、あと七、八か月で第一稿が仕上がる。推敲《すいこう》、考え直しの時間を入れても、一年足らずでアレックスに完成稿を届けられるだろう。

結果的に、その「一年」は三か月しか続かなかった。さらに二五〇ページ進み、第二十三巻、ナポレオンの没落をめぐる章に達したところで(「悲惨と驚異は双子の兄弟である。両者は合わさって生まれるのだ」)、初夏のある湿った、風の強い午後、フリーダ・スペリングの手紙が郵便箱に入っていたのだ。はじめは大いに面喰らったことは認めるが、ひとたび返事を送って、落着いて考えてみると、これは悪戯《いたずら》だということでひとまず自分では納得した。だからといって、返事を送ったのは間違いだったというのではない。とにかくこうやって打つ手は打ったいま、やりとりはこれで終わったものと私は思っていた。

九日経《た》って、フリーダ・スペリングから返事が来た。今回はフルサイズの便箋《びんせん》を使っていて、便箋の一番上には、彼女の名前と住所が青い浮き彫り文字で刷ってあった。こういう偽《にせ》の個人的文房具を作るのに大して手間はかからないことは私にもわかったが、誰であれいったいなぜ、私が聞いたこともない人物をわざわざ騙《かた》ったりするだろう? フリーダ・スペリングという名は私には何の意味もない。ヘクター・マンの妻であるかもしれないし、砂漠のただなかの小屋に一人で住んでいる頭のおかしい人間かもしれない。とはいえ、彼女が実在の人物であることを、これ以上否定しても仕方ないように思えてきた。

ジンマー教授殿、と彼女は書いていた。疑われるのも無理はありません。こちらの話をにわかに信じて下さらないのは至極当然だと思います。真実を知る唯一《ゆいいつ》の道は、先日の手紙で申し上げた招待をお受けになることです。飛行機でティエラ・デル・スエーニヨまでおいでになってヘクターとお会い下さい。一九二九年にハリウッドを発《た》って以来、ヘクターが長篇映画を何本か撮ったと申し上げれば——そしてこの農場で上映して差し上げる気がヘクターにあると申し上げれば——おいでになる気も増すでしょうか。ヘクターはもう九十歳近く、健康も優れません。遺書に従うなら、死んだら二十四時間以内に私がフィルムもネガも全《すべ》て破棄することになっていて、彼があとどれだけ生きられるかも定かでありません。早急にご連絡下さい。お返事お待ちしております。かしこ　フリーダ・スペリング（ヘクター・マン夫人）。

今回も、私は舞い上がったりしなかった。私の返答は手短で、改まっていて、いくぶん無礼でさえあったかもしれない。だが私としても、本格的にかかわり合いになる前に、相手が信用できることを確かめないわけには行かなかった。おっしゃること、信じたいとは思いますが、と私は書いた。でも何か証拠が要ります。ニューメキシコまで出てこいとおっしゃるなら、あなたの言葉が信頼に足るものであって、ヘクター・マンが事実生きていると知る必要があります。疑念が解消されたら農場まで伺います。ただし申し上げておきますが、私は飛行機には乗りません。敬具　D・Z。

これで相手の腰が引けてしまわない限り、返事はきっと来るだろう。腰が引けるとすれば、狂言だったことを暗に認めるということであり、それならそれで話は済む。そうなるとは思わなかったが、とにかく向こうが何を企《たくら》んでいるにせよいないにせよ、まもなく真実が判明することは間違いない。今回の手紙の口調は切羽詰まっていて、ほとんど嘆願しているようでもある。本当にヘクター・マンの妻であるなら、ぐずぐずはしまい。応じないのは嘘《うそ》を暴《あば》かれたしるしだろうし、応じるとすれば――そしてまず間違いなく応じるものと私は踏んだ――返事はすぐに来るだろう。今回の手紙が来るには九日かかった。配達が遅れたり、郵便局がヘマをしない限り、次はきっともっと早く来るだろう。

私は精一杯落着こうと努めた。いつもの日課を続け、『回想録』をこつこつ訳し進もうとした。だが駄目だった。どうにも気が散ってしまい、ピリピリしていっこうに集中できず、一日のノルマをこなそうと何日か空《むな》しくあがいた末に、結局仕事は一時凍結することにした。翌朝早く、予備の寝室のクローゼットにもぐり込んで、本を書き上げたあと段ボール箱にしまっておいたヘクター関係のファイルを引っぱり出した。全部で六箱あった。五箱には自分の原稿のメモ、アウトライン、草稿が入っていたが、残り一箱には、一連の貴重な資料が詰まっていた。切り抜き、写真、マイクロフィルム文書、記事のコピー、大昔のゴシップ欄等々、ヘクター・マンに関して集めることのできた印刷物すべて。見るのはずいぶん久しぶりだったし、フリーダ・スペリングが連絡してくるのを待つ以外することもなかったから、箱を書斎に持っていって、週の残り、その中身を一つひとつ眺めて過ごした。すでに知っている以上のことが見えてくるなどとは思わなかったが、ファイルの内容に関する記憶もだいぶ薄れていたし、ここはもう一度目を通しておこうと思ったのだ。集めた情報の大半は、信頼に値しない代物《しろもの》である。タブロイド新聞の記事、ファン雑誌の駄文、映画ルポ、どれも誇張だらけで、誤った推測やまるっきりのデタラメにあふれている。それでも、内容を鵜《う》呑《の》みにしてはならないことさえ忘れなければ、見ておいて害にはなるまい。

一九二七年八月から一九二八年十月にかけて、ヘクターを取り上げたインタビュー記事は四つ現われていた。一つ目はカレイドスコープの『月報』、誕生まもないハントの製作会社の広報誌である。要するにヘクターとの契約を公表するプレスリリースだが、その時点で彼について世間に知られていることはほぼ皆無だったから、いくらでも都合のいい物語をでっち上げることができた。当時のハリウッドは〈ラテン系色男〉最後の日々であり、ヴァレンチノが死んでまだ間もなかったし、黒髪のエキゾチックな外国人がいまだ多くの客を引き寄せていた。カレイドスコープもその流れに乗って、ヘクターを「セニョール・スラップスティック——剽軽《ひょうきん》混じりの南米二枚目男」と謳《うた》い上げていた。この主張を裏付けるべく、カリフォルニア到着以前の日々に関してたいそう立派なキャリアが捏造《ねつぞう》されていた。ブエノスアイレスでの寄席《よせ》芸人歴、アルゼンチンとブラジル中を回ったボードビル巡業、メキシコで製作されたもろもろのヒット作映画。すでに確固たる地位を築いたスターとしてヘクターを提示することによって、ハントとしても有能なタレントスカウトという評判を築こうというわけだ。この業界への単なる新参者ではなく、積極果敢なやり手のスタジオ経営者が、ライバルたちを出し抜いて著名な外国人スターを引き抜き、全米に知らしめようという筋書きである。バレようのない嘘だ。よその国で起きていることなど、誰も気にかけていない。想像力を働かせれば、物語はいくらでも思いつく。なぜわざわざ事実などに縛られる必要があるのか？

六か月後、『劇映画』誌二月号に記事が出て、ヘクターの過去のもう少しまともな紹介がなされていた。そのころにはもう作品も何本か公開され、彼の仕事に対する関心も国中で高まってきていたから、経歴を歪《ゆが》める必要も減っていたのだろう。記事はブリジッド・オファロンという専属レポーターが書いていて、第一段落に表われる、ヘクターの「鋭いまなざし」や「しなやかな逞《たくま》しさ」をめぐる彼女のコメントから見て、とにかく誉《ほ》めまくるのが意図だということはすぐ見てとれる。彼のきついスペイン訛《なま》りに魅了されつつも、英語の堪能《たんのう》ぶりを彼女はたたえて、ドイツ系のお名前なのはなぜ？　とヘクターに問う。簡単《イース・ヴェリー・シンプル》です、とヘクターは答える。両親ドイツで生まれて、僕もそうです。僕小さいころ一家でアルゼンチンに移住しました。家で両親とドイツ語話して、学校でスペイン語話しました。英語アメリカへ来てから覚えました。まだあんまり上手《うま》くありません。アメリカに来てどれくらいですか、とミス・オファロンに訊かれて、三年とヘクターは答える。もちろんカレイドスコープの『月報』の情報とは食い違っているし、カリフォルニアに来てから携わったいろんな仕事（レストランの食器運び、電気掃除機セールスマン、墓掘り人夫）について語るときも、これまでショービジネスにかかわっていたなどとは一言も言っていない。彼の名をアメリカ大衆に広めるにあたって力あった、ラテンアメリカにおけるかの華麗なるキャリアはあっさり消滅している。カレイドスコープ社宣伝部の誇張を切り捨てるのは容易だが、それが事実を無視しているからといって、『劇映画』の記事はもっと正確だとか信憑《しんぴょう》性があるとかいう保証はない。『映画ファン』三月号には、ランダル・シムズなるジャーナリストが、『タンゴ・タングル』のセットを訪れたときの驚きを報じている。このアルゼンチン出身の笑い製造機は完璧《かんぺき》な英語を話し、ほとんど訛りの形跡もない。彼がどこの出だか知らぬ人は、オハイオ州サンダスキーで育ったと言われてもきっと信じるだろう。シムズとしては誉めているつもりであるわけだが、ヘクターの素性に関して不穏な疑念を生じさせる発言である。かりに子供のころは本当にアルゼンチンにいたと信じるにしても、どうやらほかの記事が匂《にお》わせているよりずっと早くアメリカに来たことになりそうである。次の段落では、ヘクター自身の言葉と記された発言が載っている。僕はどうしようもない不良だった。十六のときに両親に追い出されて、以来うしろをふり返ったことはない。やがて北に向かい、アメリカに着いた。最初から頭にはひとつの思いしかなかった――映画界で成功すること。この言葉を口にする男は、一月前にブリジッド・オファロンと話した男には全然似ていない。『劇映画』のときはギャグのつもりでわざと訛ってみせたのか、それとも『映画ファン』ではシムズが故意に事実を歪めてヘクターの英語力を強調し、今後トーキーでも十分やって行けることをプロデューサーたちにアピールしたのか？　ひょっとしたらヘクターと組んで記事をでっち上げたのか、それとも第三者がシムズを買収したのか――当時大きな財政的困難に陥っていたハントだろうか。ヘクターをよその製作会社に売り込もうと、彼の市場価値を高めようとしていたのか？　真相は知りようがない。が、シムズの動機が何であったにせよ、またオファロンがヘクターの言葉をどれだけいい加減に文字化したにせよ、記事の内容は両立しえない。どう考えても無理な相談である。

最後のインタビュー記事は『ピクチャー・プレイ』誌十月号に載った。彼がB・T・バーカーに語った言葉を読む限り――というか、彼がバーカーに語ったとバーカーが称している言葉を読む限り――こうした混乱にはヘクター自身も加担していた気がしてくる。今回、ヘクターの両親はオーストリア＝ハンガリー帝国の東端スタニスラフの町の出であり、ヘクターの第一言語はドイツ語ではなくポーランド語である。彼が二歳のとき一家はウィーンへ移り、六か月そこにとどまったのちアメリカに渡って、ニューヨークで三年、中西部で一年を過ごした末、ふたたび荷物をまとめてブエノスアイレスに移住したことになっている。中西部のどこに住んでいたのかとバーカーに訊《き》かれると、ヘクターは平然と、オハイオ州サンダスキー、と答えている。つい半年前、『映画ファン』でランダル・シムズが、実在の場所ではなく比喩《ひゆ》、典型的なアメリカの町名として口にした名を、ヘクターはここで自分の物語に流用しているのだ。たぶんその地名の、即物的かつ陽気な音に惹《ひ》かれたという程度の理由だろう。サン＝ダス＝キー、オ＝ハイ＝オ。そこには快い響きがあるし、そのきびきびした三段のシンコペーションには、練り上げられた詩のフレーズの力強さと正確さが備わっている。父親は橋の建設を専門とする土木技師だったとヘクターは言う。「この世で誰より美しい女性」だった母親は歌と踊りと絵に秀《ひい》でていた。ヘクターは父のことも母のことも大好きで、行儀よく敬虔《けいけん》な男の子であり（シムズの記事の不良少年とは正反対）、十四歳のときにボート事故で二人が非《ひ》業《ごう》の死を遂げるまでは父の跡を継いで技師になるつもりだったという。両親を突如失って、すべては一変した。孤児になった瞬間から、彼のただひとつの夢は、アメリカに戻って新しい生活をはじめることだった。いくつもの奇跡が重なって、ようやくそれが実現したわけだが、戻ってきたいま、アメリカこそ元々自分がいるべき場所だったという思いを強くするとヘクターは言う。

こうした発言は、一部は本当だった可能性もあるが、事実はそう多くないだろうし、ひょっとしてひとつもないかもしれない。『ピクチャー・プレイ』の記事はヘクターが自分の過去について述べた第四のバージョンであり、四つに共通している要素はあるものの（ドイツ語かポーランド語を話す両親、アルゼンチン暮らし、旧世界から新世界への移住）、ほかはすべてコロコロ変わっているのだ。ある記事では鼻っ柱の強い実際的な人物。次の記事では臆病者《おくびょうもの》でセンチメンタリスト。ある記者から見ればトラブルメーカー、別の記者にとっては大人しく信心深い。裕福な育ち、貧乏育ち。きつい訛り、訛りまったくなし。こうした矛盾を全部足せば、合計はゼロである。あまりに多くの人格と家族史を与えられたせいで、いまやこの男の肖像画は、無数の断片の山、もはやピースの合わないジグソーパズルと化している。質問されるたびに、ヘクターは違った答えを口にする。言葉は彼のなかからあふれ出てくるが、絶対に同じことを二度と言うまいと決めている観がある。何かを隠しているように、秘密を護《まも》っているように見えるが、そのごまかし方がいかにも優美で、上機嫌なものだから、誰一人それに気づかない。ジャーナリストたちもみな魅了されてしまう。ヘクターは彼らを笑わせ、ささやかな手品で愉《たの》しませ、しばらくすると彼らももう事実を追及したりはせず、パフォーマンスの魅力に身を任せる。ヘクターは出たとこ勝負で即興をくり広げ、ウィーンの石畳の街並からオハイオの響きのよい名の平地まで疾走を続け、じきにこっちも、これが意図的なごまかしなのか、それとも単なる退屈しのぎの出まかせなのかわからなくなってくる。

ょっとしたらまったく罪のない嘘なのかもしれない。他人をだまそうという気などなく、一人で面白がろうとしているだけかもしれない。インタビューというのは往々にして退屈なものだ。みんなに同じことを訊かれたら、居眠りしないためにも新しい答えをでっち上げるしかないではないか。

確かなことは何ひとつなかったが、偽りの記憶とにせの逸話から成るこのごたまぜをふるいにかけてみると、ひとつだけささいな事実をつきとめたと私は思った。最後のインタビューを除いて、ヘクターは自分の出生地を口にするのを避けている。オファロンに訊かれるとドイツと答え、シムズに訊かれるとオーストリアと答えている。どちらの場合も具体的な地名までは言っておらず、町、市、地方の名は何も出てこない。それがバーカーと話したときに初めて少しガードを解いて空白を埋めている。スタニスラフはかつてオーストリア＝ハンガリー帝国の一部だったが、大戦終了時に帝国が崩壊するとともにポーランドに与えられた街である。ポーランドはアメリカ人にとって遠い国である。ドイツよりずっと遠いと言っていい。自分の外国人性を極力低く見せようとしているこの時期のヘクターが、この都市を自分の出生地として名指しているのはいささか奇異ではないか。そう認めた理由として唯一《ゆいいつ》考えられるのは、それが事実だったということではないだろうか。むろん確かめようはないが、とにかくこんな嘘をつくのは筋が通らない。ポーランドの名を挙げても何の足しにもならない。偽りの経歴をでっち上げようという気でいるなら、なぜわざわざそんな地名を言うのか？　きっと口が滑ったのだ。一瞬気が緩んだのである。その失言をバーカーに聞かせてしまったとたん、ヘクターは失策を挽回《ばんかい》しにかかる。自分をいかにも外国人に聞こえるようにしてしまった一言を打ち消そうと、今度はアメリカとのつながりを強調するのだ。まずは移民の街ニューヨークに身を置き、次に、アメリカの心臓地帯に旅してダメ押しを図る。ここでオハイオ州サンダスキーが入ってくるわけだ。六か月前のインタビュー記事を思い出して、虚空《こくう》からひょいとその名を引っぱり出して、そうとは知らぬB・T・バーカーに投げつける。狙《ねら》いはぴったり。相手はポーランドのことをあっさり忘れて、ゆったり椅子《いす》に寄りかかり、ヘクターとともに中西部のアルファルファ畑を追憶しはじめるのだ。

スタニスラフはドニエストル川のすぐ南、ガリチア地方のリヴォフとチェルニフツィの中間に位置する。もしそこで幼年期を過ごしたとすれば、ヘクターがユダヤ人だった可能性は非常に高い。この地域にユダヤ人居住地が数多くあったというだけでは私も自信がなかったが、一家がやがてこの地を去ったという事実をこれに組み合わせれば、確率はぐっと高くなる。当時この地域を大挙して去ったのはユダヤ人である。一八八〇年代ロシアでの大量虐殺《ぎゃくさつ》を機に、イディッシュ語を話す何十万もの人間が西ヨーロッパやアメリカ合衆国に移民していった。南米に移った者も大勢いた。アルゼンチンだけでも、世紀末から第一次大戦勃発《ぼっぱつ》にかけての時期、ユダヤ人人口は六千から十万以上に増加している。きっとヘクターの一家もその数字に貢献したにちがいない。でなければ、アルゼンチンに行きつくことはほとんどありえない。この時代、スタニスラフからはるばるブエノスアイレスまで旅したのはユダヤ人だけだったのだ。

この発見は私としても得意だったが、べつに大したことだと思ったわけではない。もしヘクターが本当に何かを隠そうとしていたとして、その何かというのが、自分の生まれついた宗教だったのだとしたら、私が掘り起こしたのは、ごくありきたりの社会的偽善でしかない。あのころ、ハリウッドにおいてユダヤ人であることは何ら罪ではなかった。単にみんなそういうことを口にしなかったにすぎない。もうすでにアル・ジョルスンは『ジャズ・シンガー』を作っていたし、ブロードウェイの劇場でも、大勢の観客が安くない入場料を払ってエディ・カンターやファニー・ブライスを見て、アーヴィング・バーリンやガーシュウィン兄弟を聴き、マルクス兄弟に喝采《かっさい》を送っていた。ユダヤ人であることはヘクターにとって重荷であったかもしれない。そのせいで辛《つら》い目に遭ったり、そのことを恥じていたりしたかもしれない。だが彼が、ユダヤ人であるせいで殺されたとは考えがたい。むろんいつの世でも、ユダヤ人を殺したいと思うほど憎悪《ぞうお》する偏見の持ち主がいるものだが、そういう人間はみな自分の犯罪を世に喧伝《けんでん》し、ほかのユダヤ人を怯《おび》えさせる見せしめに使う。ヘクターの運命がいかなるものであったにせよ、ひとつだけ確かな事実は、遺体が発見されなかったことなのだ。

カレイドスコープと契約を結んだ日から失踪《しっそう》した日まで、キャリアは十七か月しか続かなかったわけだが、短期間ながらそれなりに名は上げたようで、一九二八年初めには、ハリウッド社交欄にヘクターの名前がちょくちょく出てくるようになっていた。私も旅行中、およそ二十点くらいそうした記事を、各地のマイクロフィルム・アーカイブで発掘していた。見逃したものもたくさんあったにちがいないし、失われてしまったものももっとあっただろうが、そのわずかな資料からでも、ヘクターが日没後に家でじっとしているタイプではなかったことは明らかだった。レストランやナイトクラブ、パーティや映画のプレミアで人々は彼の姿を目にし、ほぼそのたびに名前が活字で登場して、「息詰まるほどの魅力」、「抗《あらが》いようのない瞳《ひとみ》」、「心臓が止まるほどのハンサムぶり」が語られている。書き手が女性の場合は特にそうだったが、男性でも彼の魔力に屈した者は少なくなかった。そのうちの一人であるゴードン・フライなる筆名の人物は（コラムの題名は「壁のハエ《フライ・オン・ザ・ウォール》」）、ヘクターがコメディをやっているのは才能の浪費であって劇映画に転じるべきだとまで論じていた。あの横顔だというのに、とフライは書く。優雅なセニョール・マンが己の鼻を何度も壁や街灯にぶつけて危険にさらすのを見るのは、美意識に対する冒瀆《ぼうとく》にほかならない。あんな悪ふざけはやめにして、美しい女性にキスすることに集中した方が世のためにもなるというものである。相手役を喜んで引きうける若き女優はハリウッドにゴマンといるはず。消息筋によればアイリーン・フラワーズも何度かオーディションを受けたというが、どうやら伊達男《だておとこ》のスペイン貴族はコンスタンス・ハート、相変わらず大人気のヴィムアンドヴィガー・イメージガールに白羽の矢を立てたらしい。成果が待ち遠しい限りである。

とはいえ、たいていの場合、ヘクターはマスコミから軽い一瞥《いちべつ》を得たにすぎない。この時点での彼は、まだ大した物語になっていなかった。あまたいる有望な新人の一人でしかなく、私が入手したコラムでも、その半分くらいでは、単に名前が挙がっているにすぎない――たいていは、やはり単に名が挙がっているだけの女性とペアで。〈フェザード・ネスト〉ではシルヴィア・ヌーナンと同席している姿を目撃された。昨夜〈ジブラルタル・クラブ〉ではミルドレッド・スウェインと一緒にダンスフロアに歩み出た。アリス・ドワイヤーと高らかに笑い、ポリー・マクラッケンと二人で牡蠣《かき》を食べ、ドローレス・セントジョンと手をつなぎ、フィオーナ・マーとジン酒場にもぐり込んだ。私が数えた限り、八人の女性の名が挙げられていたが、その年ほかにいったい何人とデートしたことだろう？　私の情報はあくまで、たまたま見つかった記事に限られている。八人といわず、優に二十、いやもっといたかもしれない。

翌年一月、ヘクター失踪が報じられても、世間は彼の恋愛生活にはほとんど注目しなかった。シーモア・ハントはそのわずか三日前に寝室で首を吊《つ》っていたから、恋愛のもつれや秘密の情事の証拠を掘り出そうとするよりも、警察はもっぱら、自堕落なるシンシナティ出の銀行家とヘクターとの錯綜《さくそう》した関係に目を向けた。おそらく当時、二つの衝撃的事件のあいだにつながりを見出《みいだ》そうという誘惑に抗うのは難しかっただろう。ハントの逮捕後ヘクターは、アメリカにまだ正義の観念が残っていることを知ってホッとしている、と発言したと報じられた。ヘクターの親しい友人とされる情報源によれば、周りに五、六人はいた場所でヘクターはこう言ったという。あいつはペテン師だ。俺から何千ドルもだまし取って、俺のキャリアをつぶそうとしたんだ。牢屋《ろうや》にブチ込まれてよかった。自業自得さ、気の毒だなんて思わないね。ハントの罪を当局に通報したのもヘクターだという噂《うわさ》がマスコミ内に広まった。この説を唱える者たちによれば、ハントが死んだいま、不都合な事実がこれ以上世に出るのを防ぐためにハントの仲間がヘクターを抹殺したのだという筋書きだった。いくつかのバリエーションでは、ハントの死も自殺ではなく自殺に見せかけた他殺、暗黒街の仲間が自分たちの犯罪の痕跡《こんせき》を消すための手の込んだ陰謀の第一歩ということだった。

ギャング世界流の解読である。一九二〇年代のアメリカではそれなりの信憑《しんぴょう》性があったにちがいない。が、何しろ仮説を裏付ける死体が出てこないので、警察の捜査も行きづまっていった。マスコミも最初の二週間ばかりはこの路線につきあって、ハントの商売のやり口や、映画産業における犯罪分子の台頭についてあれこれ記事を載せたが、ヘクターの失踪と元プロデューサーの死とのあいだに何ら確固たるつながりが出てこないと、ほかの動機や説明を探しはじめた。二つの事件の時期的近さにはじめ誰もが興味をそそられたわけだが、一方が他方の原因だと決めつけるのは論理的に無理があった。両者が隣りあっていて、いかにも結びつきがあるように思えても、近接した事実はかならずしも関係ある事実ではない。そしていま、別の線を追求してみると、手がかりの多くは早くもとだえていることが判明した。かつていくつかの記事でヘクターのフィアンセと名指されたドローレス・セントジョンは、ひっそりハリウッドを去ってカンザスの実家に帰っていた。マスコミが居所をつきとめるのにさらに一か月かかり、やっと見つかった彼女は、ヘクターの失踪にいまだあまりに心を乱されていて発言する気になれないと言って取材を拒んだ。彼女が口にしたのは「私は悲しみに暮れています」の一言のみであり、その後は二度と人前に出なかった。五、六本の映画で共演していたチャーミングな若手女優（『道具係』で保安官の娘、『ミスター・ノーバディ』でヘクターの妻）でありながら、唐突にキャリアを放棄し、ショービジネス界から姿を消したのである。カレイドスコープ作品十二本すべてでヘクターと組んでいた喜劇俳優ジュールズ・ブラウスタインが『バラエティ』誌に語ったところによれば、彼は失踪前へクターと二人でトーキー喜劇のシナリオを何本か書き進めていて、ヘクターは「最高に上機嫌」だったという。十二月なかば以来毎日ヘクターに会っていたブラウスタインは、インタビューを受けたほかの皆とは違って、彼について現在形で語りつづけた。たしかにハントとは気まずく終わりましたがね——とブラウスタインは認めていた——カレイドスコープでひどい目に遭ったのはヘクター一人じゃありません。俺たちみんなやられたんです。最悪の目に遭ったのはあいつかもしれないけど、根に持つような男じゃありません。洋々たる未来が広がっているんだし、カレイドスコープとの契約が切れると同時にほかのいろんなことに目を向けはじめたんです。俺とも熱心に仕事してました。あんなに気合いが入っているのは見たことありませんね。新しいアイデアを一杯抱えていて、脳味《のうみ》噌《そ》に火が点《つ》いたみたいな感じなんですよ。行方をくらましたときも、一本目のシナリオはもうほとんどでき上がってたんです。『ドット・アンド・ダッシュ』っていう爆笑映画でね、コロンビアのハリー・コーンとの契約もサイン寸前まで行ってたし、三月には撮影もはじめる予定でした。ヘクターは監督と、脇役《わきやく》だけどすごく愉快な科白《せりふ》なしの役をやることになってたんです。それって自殺を考えてる人間みたいに聞こえます？　そんな奴《やつ》じゃないですよ。あいつが自分で命を断つなんて考えられません。誰かに殺されたってことはありうるけど、それなら敵がいたってことでしょ。でもあいつとずっとつきあってきて、他人に恨みを買うところなんて見たことないですよ。あんなにいい奴はいませんせん。一緒に仕事していてほんとに楽しいんです。何があったのか、ここで一日中考えたってきりないですけど、まだどこかで生きてるって確率も五分五分だと俺は思いますよ。夜中にまた妙ちきりんなインスピレーションが湧《わ》いてきて、しばらく一人になるためにどっかに雲隠れしてたとかね。死んだってみんな言ってますけど、俺は驚きませんよ、ヘクターがいまそこのドアから入ってきて、ぽいと帽子を椅子の上に放り投げて、「オーケー、ジュールズ、仕事だ」と言ったとしてもね。

『ドット・アンド・ダッシュ』をはじめとする長篇喜劇三本の契約をめぐってヘクター、ブラウスタインと交渉中だったことはコロンビアも認めた。まだサインにまでは達していなかったが、双方納得の行く条件が整い次第「ヘクターを家族として歓迎する」ことを社としても楽しみにしていたのだとコロンビアの広報担当は述べた。一部のタブロイド紙は、ヘクターのキャリアが行き詰まっていたことが自殺の動機では、と想像を逞《たくま》しくしていたが、ブラウスタインとコロンビア社の証言によってその線は消えたわけである。事実を見る限り、ヘクターの将来は少しも暗くなかった。カレイドスコープでのいざこざは、『ロサンゼルス・レコード』が一九二九年二月十八日に報じたように「彼の意気を打ち砕いた」わけではなかった。裏付けとなる手紙もメモもいっさい出てこなかったから、自殺説は次第に影をひそめ、代わりに突拍子もない憶測や常軌を逸した推量が現われた。想定外の展開に至った誘拐事件、奇妙奇天烈《きてれつ》な事故、超自然的な出来事。一方、警察の捜査はハントとの関連については何ら進展がなく、「いくつか有望な手掛かりをたどっている最中」(『ロサンゼルス・デイリーニューズ』一九二九年三月七日)と言いつつも、新たな容疑者は一人も出てこなかった。ヘクターが殺されたとしたら、その罪を誰かの咎《とが》にするだけの証拠はなかった。自殺だとしたら、およそ人に理解できる理由は見当たらなかった。失踪はただの売名行為ではないか、自社の新しいスターに世間の目が向くようコロンビアのハリー・コーンが仕組んだ安手の戦略ではないか、と皮肉な見方をする者も一部にいた。そのうち奇跡の帰還なんてことになるのでは、と彼らは言い、それも無茶苦茶なようでいてそれなりに筋が通るように思えたが、日々が過ぎてもヘクターはいっこうに帰還せず、この説もやはり見当外れであることが露呈した。ヘクターの身に何があったのか、誰もが持論を持っていたが、実のところ誰一人何もわかってはいなかった。知っている人間がいるとしたら、その人物は沈黙を守っていた。

事件は一か月半くらい新聞の見出しになったが、その後関心は薄れていった。報道すべき新発見もなく、検討すべき新たな可能性もないとあって、マスコミも次第にほかの事柄に目を向けるようになった。春の終わりごろに『ロサンゼルス・イグザミナー』が、ヘクターが意外な場所で目撃されたという記事を載せ、その後二年あまりにわたって何度か思い出したように同様の記事が現われることになるが――いわゆる「ヘクター目撃記《サイティングズ》」である――これもしょせん奇をてらった受け狙い、星占いページの下に隠れた小さな埋め草でしかなく、ハリウッド関係者の定番ジョークにすぎなかった。ニューヨーク州ユーティカで労働組合のオルガナイザーとして活動しているヘクター。アルゼンチンの大草原《パンパス》で旅回りのサーカスを引き連れたヘクター。ドヤ街のヘクター。一九三三年三月、五年前に『映画ファン』でヘクターを取材したジャーナリストのランダル・シムズが、『ヘラルド＝エクスプレス』の日曜版に「ヘクター・マンに何があったのか?」と題する記事を発表した。新情報が明かされるかと思いきや、結局、ヘクターがかかわっていたかどうかも定かでない泥沼の三角関係がほのめかされているのを除けば、要するに二九年にロサンゼルスの各紙に載った記事の焼き直しでしかなかった。ダブニー・ストレイホーンなる人物が書いた同様の記事が『コリアーズ』一九四一年のある号にひょっこり現われたし、一九五七年刊の、『ハリウッドのスキャンダルとミステリー』なるいかにも安っぽい書名の本（フランク・C・クリボールド著）でもヘクターの失踪に短い一章が割かれていたが、よく見るとこれはストレイホーンの記事のほぼ丸写しだった。その後の年月、ほかにもヘクターをめぐる文章が発表されたかもしれないが、私の目には止まっていなかった。私にあるのは箱のなかの資料だけであり、箱のなかの資料が私に発見しえたすべてだったのである。

4

二週間が過ぎて、フリーダ・スペリングからの返事はまだ来ていなかった。私としては、真夜中の電話、特別配達郵便、電報、ファクスといった手段で、病床のヘクターのもとにいますぐ来てほしいという必死の嘆願が届くものと待ち構えていたのに、十四日経《た》っても連絡がないので、疑念を抑えようという気持ちも失《う》せてきた。猜疑心《さいぎしん》が戻ってきて、私は少しずつ日常に復帰していった。段ボール箱をクローゼットに片付け、さらに一週間か十日ぼんやり過ごした末に、シャトーブリアンの原稿をふたたび広げて、またこつこつ訳しはじめた。ほぼ一か月脱線させられたわけだが、失望とうんざりした気持ちとが漠然と残った以外は、ティエラ・デル・スエーニョをめぐる思いを頭の外に追いやることができた。ヘクターはふたたび死者となった。一九二九年に死んだか、おとといい死んだか、どちらの死が本物かは問題でない。彼はもはやこの世界に属していない。

ヘクター・マンに会う機会が私に与えられるはずはないのだ。

私はふたたび自分の内にこもっていった。天候は何度も大きく変化し、好天と悪天が交互に訪れた。一日二日、きらめくようにまぶしい光にあふれていたかと思えば、次はすさまじい嵐《あらし》がやって来た。土砂降りの雨のあとに、水晶のように青い空。風のある日とない日、暖かい日に寒い日、靄《もや》が晴れて澄みわたる。山では下の町に較《くら》べて気温もつねに三度ばかり低かったが、日によってはTシャツに短パンで過ごせる午後もあった。六月はかと思えば暖炉に火を熾《おこ》してセーターを三枚着込まないといけない日もあった。六月は七月になった。仕事を本格的に再開していまや十日くらい経ち、だんだんリズムが戻ってきていた。これですっかり軌道に復帰すると思うと、いっそう気合いも入った。独立記念日の週末が済んだ直後、ある日私は早めに仕事を切り上げて、ブラトルバロまで買物に出かけた。グランドユニオンでおよそ四十分過ごし、買った物をトラックの運転席に積み込んだところで、すぐ帰る代わりに映画を見ていくことにした。それは単なる衝動だった。駐車場に立って、午後遅くの日を浴びて目をすぼめうっすら汗をかいていた最中にふっと湧《わ》いた気まぐれだった。今日の仕事は終わったのだし、予定を変更してはいけない理由は何もない。まっすぐ家に帰る気がしないのなら、帰らねばならない理由は何もない。本町通りのラッチス・シアターに着くと、六時の回の予告編がちょうどはじまるところだった。コーラとポップコーンを買って、最後列の真ん中に席をとり、

『バック・トゥ・ザ・フューチャー』シリーズの一本を終わりまで見た。馬鹿馬鹿《ばかばか》しい、かつ愉《たの》しい時間だった。映画が終わると、外出をさらに引き延ばそうと、向かいの韓国料理店で夕食をとることにした。前にも一度食べたことがある、ヴァーモントの水準からすれば決して悪くない店だった。

暗いなかに二時間座っていたので、映画館から出ると天気はまた変わっていた。例によって突然の変化である。雲が集まってきて、温度が十度台に急降下し、風が吹いてくる。まる一日まぶしい陽が照っていたのだから、この時間にはまだ空に光が残っていてしかるべきなのに、太陽は黄昏《たそがれ》を待たずに消えてしまっていた。夏の長い昼間は、じめじめした肌寒い夕方に変わっていた。道路を渡って料理店に入ったときはすでに雨も降り出していた。窓側のテーブルに座って食事を注文した私は、外で嵐がぐんぐん強まっていくのを眺めた。地面から紙袋がひとつ舞い上がって、サムズ陸海軍ストアのウィンドウに貼《は》りついた。ジュースの空き缶が通りをかたかたと川の方へ転がっていき、雨が銃弾のように舗道を打った。私はまずキムチからはじめて、二口食べるごとにビールで洗い流した。キムチは舌を焼く辛さだったし、メインコースに入ってからも肉を辛いソースに何度も浸したので、勢いビールもくり返し口へ運ぶことになった。全部で三本か、あるいは四本飲んだかもしれない。勘定を払ったころには、いささか問題なくらいアルコールが回っていた。白線上をまっすぐ歩くくらいはできたし、自分の翻訳について明《めい》断《せき》に考えることもできただろうが、運転するにはたぶん酒が入りすぎていた。

とはいえ、ビールのせいにするつもりはない。たしかに反射神経はいくぶん鈍っていたが、ほかにもいくつかの要素が絡《から》んでいたのであり、ビールが介入していなくても結果は同じことだったと思う。料理店を出たとき雨はまだざあざあ降っていて、何百メートルか走って公営の駐車場に着いたころにはもう全身びしょ濡《ぬ》れだった。濡れたズボンのポケットから車のキーを出そうとしてもたついたことも足しにはならなかったし、どうにか探りあてて引っぱり出したはいいがとたんにそれを水たまりに落としてしまったことはもっと足しにならなかった。真っ暗ななかで這《は》いつくばってキーを探してさらに時間を無駄にし、やっとのことで立ち上がってトラックにもぐり込んだころにはもう、服を着たままシャワーを浴びたみたいな有様だった。ビールも一因ではあれ、濡れた服も、目にぽたぽた入ってくる水も、やはり一因だったのだ。何度もくり返し片手をハンドルから離して額を拭《ふ》かねばならなかったし、そのマイナス要因に霜取り装置の不調を加え（額を拭いていなくても、曇ったフロントガラスを同じ手で拭かねばならなかった）、さらにワイパーの不具合も上乗せするなら（ワイパーが完璧《かんぺき》なときなどあるだろうか？）、その夜の運転条件はとうてい安全な帰路を保証するものではなかった。

皮肉なのは、私がそれを十分自覚していたことだ。濡れた服でぶるぶる震え、早く帰って温かい服に着替えたいと気は逸《はや》っても、私は意識的に、極力ゆっくり運転するよう自分に強いていた。たぶん助かったのはそのおかげなのだろうが、と同時に、まさにそれが事故の原因だったのかもしれない。もっと速く走っていたら、たぶんもっと気を張っていて、道路の不規則さにももっと目が行っていただろう。ところが、しばらく走っているうちに、私の心はじわじわ集中力を失っていった。そのうちに、一人で車に乗っているときにのみ生じるように思える、長い、無意味な思念のなかへ私は落ちていった。記憶が正しければ、今回それは、日常生活のさまざまなささいな営みを数量化する思考だった。過去四十年、靴紐《くつひも》を結ぶ行為に私はどれだけの時間を費やしてきたか？　いくつのドアを開け、閉めてきたか？　何回くしゃみをしたか？　結局見つからなかった物を探して何時間無駄にしたか？　何べん足指を物にぶつけ、何べん頭をぶつけ、何べん目に入り込んだ物を追い払おうと目をパチクリさせたか？　やってみるとこれがなかなか楽しい作業で、闇《やみ》のなかで泥水をはね上げながら、私はリストを次々増やしていった。すでにブラトルバロを出て三十キロくらいを走破し、T——とウェストT——の二つの町のあいだに広がる道を私は走っていて、わが家に通じる未舗装の道に入る脇道《わきみち》まであと五キロくらいだった。と、一匹の動物の目がヘッドライトに照らされて光るのが見えた。次の瞬間、それが犬であることを私は見てとった。二、三十メートル前で、哀れびしょ濡れの犬が、夜の闇をさまよっているのだ。迷子になった犬はたいてい道の端を歩くものだが、この犬は真ん中をとっとっと歩いている。より正確には真ん中のやや左、すなわち私の走っていた車線のど真ん中を。犬を轢《ひ》くのを避けようと私は大きくハンドルを切り、同時にブレーキを踏んだ。たぶんそれが間違いだったのだろうが、やめようと思う間もなく、もうとっさにやってしまっていた。雨のせいで路面は濡れてつるつるだったから、タイヤはあっさりスリップした。トラックはずるずる横滑りして黄色い線を越え、元の側に車を戻す間もなく、私は電柱につっ込んだ。

シートベルトは付けていたが、衝撃で左腕がハンドルに激突し、食料品がいっせいに袋から飛び出した。トマトジュースの缶が舞い上がって私のあごを直撃した。顔がものすごく痛んで、前腕もずきずき疼《うず》いたが、手はまだ動かせたし、口を開けたり閉じたりもできて、どうやら骨はどこも折れていないようだった。本当ならホッと胸をなで下ろして、大怪我《おおけが》せずに済んだことを有難く思うべきだったのだろう。だが私は、よかったことに目を向けて、もっとずっとひどいことになっていたかもしれないなどと考えられるような気分ではなかった。それだけでも十分まずかったが、加えて私は、トラックを壊してしまったことで自分にすごく腹を立てていた。ヘッドライトは片方つぶれていた。フェンダーは折れ曲がっていた。車体前面が思いきり凹《へこ》んでいた。それでもエンジンは依然回っていたが、バックしてさっさとここを出ようとしてみると、前のタイヤが二つともぬかるみになかば埋もれてしまっていた。泥と雨のなかでタイヤを押して穴から出すのに二十分かかった。それが終わったころには隅から隅まで濡れネズミ、もうくたくたに疲れていて、車内一面に転がった食料品を片付ける気力もなかった。私はただ運転席に乗り込み、バックで道路に戻って、走り去った。あとでわかったことだが、家までの最後の道程を、冷凍エンドウ豆の袋が腰のくびれに突き刺さったまま走ったのだった。家の玄関に乗りつけたときはもう十一時を回っていた。濡れた服が貼りついた身で私はぶるぶる震え、あごと左腕はずきずき痛み、機嫌も最悪だった。予期せぬことを予期せよ、と人は言うが、一度予期せぬことが起きてしまえば、人間、それがもう一度起きるとは予期しないものだ。私はガードを解いてしまっていた。そして、トラックを降りながらもなお犬と電柱のことをくよくよ考え、事故の細部を反芻《はんすう》していたものだから、家の左側に駐車した車がまったく目に入らなかった。ヘッドライトの光もそっちの方向は通らなかったし、エンジンを切ってライトを消すとあたりは真っ暗になった。雨脚はもう弱くなっていたもののまだじとじと降っていて、家には明かりが灯《とも》っていなかった。日暮れ前に帰ってくるつもりだったから、玄関灯を点《つ》けていかなかったのだ。空は真っ黒だった。地面も真っ黒だった。私は記憶を頼りに手探りで進んでいったが、何ひとつ見えはしなかった。

ヴァーモントの南の方では鍵《かぎ》をかけずに出かけるのも普通だが、私はそうしなかった。出かけるたびに必ずきちんと施錠していった。この儀式だけは頑固に守りつづけ、たとえ五分しか外出しないときでも破らなかった。そしていま、またしても鍵を出そうとごそこそやっていると、この用心がいかに馬鹿げているかを思い知らされた。これでは自分で自分を家から閉め出したも同然だった。鍵の束はすでに手のなかにあるものの、鎖には鍵が六本つながっていて、どれが玄関の鍵だか知りようはない。鍵穴はどこかとあてずっぽうにドアをぽんぽん叩《たた》き、見つかると、あてずっぽうに鍵を一本選んで穴に差し込んだ。半分まで入ったところで、つっかえた。別の一本を試したいが、それにはまずこの一本を抜かないといけない。これには思ったよりずっと手間がかかった。さんざん揺すったりねじったりして、やっと最後の引っかかりが穴から外れたと思った瞬間、鍵がぐいっとはねて、鍵束ごと私の手から滑り落ちた。束はがちゃんと音を立てて木の踏み段に墜落し、大きく跳ね上がった。闇のなか、いったいどこへ飛んでいったのか。かくしてこの道程は、はじまったときと同じように終わることとなった――両手両膝《りょうひざ》をついて、呪詛《じゅそ》の文句を小声で吐き出しながら、見えない鍵の集まりを探すという形で。探しはじめて二、三秒も経たないところで、庭の方で明かりが点いた。目を上げてとっさに光の方へ顔を向けると、怯《おび》えるだけの間もなく、そもそも何が起きているのか実感する間もなく、そこに車が停まっているのが目に入った。そして私の所有地に入る筋合いなどないその車から、女が一人降りてきた。女は大きな赤い傘を開いて、ドアをばたんと閉めた。明かりが消えた。手伝いましょうか？　と女は言った。私はあたふたと立ち上がり、その瞬間、別の明かりが点いた。女が私の顔に懐中電灯を向けていた。

誰だ、あんた？　と私は訊《き》いた。

私のことはご存知ありません、と彼女は答えた。でも私をここへ送ってよこした人のことはあなたもご存知です。

そんな答えじゃ駄目だ。ちゃんと名のれ、でないと警察を呼ぶぞ。

私の名前はアルマ・グルンド。ミスター・ジンマー、ここで五時間以上あなたをお待ちしていました。あなたにお話があるんです。

で、あんたを送ってよこしたのは誰だ？

フリーダ・スペリングです。ヘクターの具合が悪いんです。そのことをお伝えするようにと言われました。それと、もう時間があまりないことを。

彼女の懐中電灯の光を頼りに鍵を探し出すと、私はドアを開けて家のなかへ入り、居間の明かりを点けた。アルマ・グルンドもあとについて入ってきた。小柄の、三十代なかばか後半の女性で、青い絹のブラウスを着て、男仕立てのグレーのスラックスをはいている。中くらいの長さの茶色い髪、ハイヒール、真っ赤な口紅、肩には大きな革のハンドバッグ。光の下に入ると、顔の左側にあざがあるのが見えた。男のにぎりこぶし大の紫色のしみで、縦にも横にもかなり広がって、どこかの架空の国の地図を思わせた。その大目の隅からあごまで、はっきりと色の違うパッチが頬の半分以上を覆《おお》っていた。

半が隠れるよう髪を工夫して切っていて、その髪が動かぬよう頭を妙な角度に保っていた。たぶんもうすっかり染《し》みついた、生涯意識させられてきたなかで身についた習慣なのだろう。そのせいでこの女性には、ある種のぎこちなさ、傷つきやすさの雰囲気が漂っていた。相手と目を合わせるよりも、絨毯《じゅうたん》を見下ろしていたい内気な女の子の物腰だった。

ほかの夜だったら、彼女と話すことを私としても厭《いと》わなかっただろう。だがその夜は別だった。さんざんな目に遭ってきて、あまりに苛立《いらだ》ち、不機嫌になっていた。とにかくさっさと、濡れた服を脱いで熱い風呂《ふろ》に入り、寝床に入りたかった。いましがた、居間の明かりを点けたあとに私は玄関のドアを閉めていた。いままたそれを開けて、お帰りください、と慇懃《いんぎん》に言った。

五分だけお時間をください、と彼女は言った。何もかもご説明しますから。

私有地に侵入されるのは嫌です、と私は言った。真夜中に勝手に寄ってこられるのは嫌なんです。あなた、力ずくで追い出されたくないでしょう?

私の剣幕に驚いて、彼女は顔を上げてこっちを見た。私の声にこもった憤怒《ふんぬ》の念に怯えている様子だった。ヘクターにお会いになりたかったんじゃないんですか、と彼女は言い、そう言いながら、私が脅しを実行するといけないと思ったか、さらに数歩前に出て玄関の近辺から離れた。ふり向いてまた私と向きあうと、私からは顔の右側しか見えなくなった。その角度からだと、彼女は違って見えた。繊細な、丸味を帯びた顔立ちで、肌もひどく滑らかであることがわかった。改めて見れば、それなりに魅力的である。ほとんど綺麗《きれい》と言ってもいいくらいだ。瞳《ひとみ》は濃い青で、その目に浮かぶすばしこい落着かなげな知性は、いくぶんヘレンを思い起こさせた。

フリーダ・スペリングの話にはもう興味がないんです、と私は言った。いくら何でも待たせすぎです。こっちはさんざん苦労して、やっと忘れたところなんだ。また逆戻りするのはごめんだね。大きすぎる期待、大きすぎる失望、そういうのにつきあっているスタミナはないんです。私にとって、話はもう終わったんだ。

相手が返事をする間もなく、私はささやかな熱弁を、喧嘩《けんか》腰《ごし》の捨てぜりふで締めくくった。僕はいまから風呂に入る。風呂から僕が出てきたときにいなくなっていた方が身のためだぞ。出ていくときにちゃんとドアは閉めていってくれよ。

私は相手に背を向け、階段の方に歩き出した。これっきり彼女のことは無視して、この一件とはきれいさっぱり縁を切る気だった。階段を半分くらいのぼったところで、彼女の声が聞こえた。ミスター・ジンマー、あなたあんなに素晴らしい本をお書きになったんじゃありませんか。真相を知る権利があなたにはあります。そして私はあなたの助けを必要としているんです。話を聞いてくださらないと、恐ろしいことが起こります。お願いですから五分だけ時間を割いてください。五分でいいんです。

これ以上はないというくらいメロドラマチックな訴えだ。そんなものに乗せられる気はなかった。階段をのぼりきると、私はふり向いて、上から彼女に向かって言った。五秒だって割く気はないね。どうしても話したいんだったら、明日電話するんだな。いや、手紙の方がもっといい。電話はあんまり得意じゃないんだ。そう言い捨てて、相手の反応を待ちもせずに、バスルームに入って中から鍵を閉めた。

湯舟には十五分か二十分くらい浸《つ》かっていた。これに体を拭く時間を三、四分、鏡であごを点検する時間がさらに二分、そして新しい服を着るのに六、七分かかったとすれば、全部で三十分近く二階にいたにちがいない。私はいっこうに急いでいなかった。一階に降りていけば、どうせ相手はまだいるに決まっている。私はいまだに苛立っていた。鬱積《うっせき》した憎悪《ぞうお》と敵意とをいまだ煮えたぎらせていた。アルマ・グルンドなど怖くはなかったが、自分の怒りのすさまじさは怖かった。自分のなかに何物が棲《す》んでいるのか、もはやまったくわからなかった。去年の春のテレフソン家での激昂《げっこう》以来、私は世間から隠れて暮らし、他人と口をきく習慣も失っていた。一緒にいてどう接したらいいかわかる相手は自分だけであり、その自分はもう誰でもなく、本当に生きているとは言えなかった。単に生きているふりをしている誰か、死んだ男の本を翻訳して日々を送っている死んだ男でしかなかった。

私が踊り場に歩み出たとたん、彼女は一階からこっちを見上げて、謝罪の文句を連発した。どうか失礼をお許しください、前触れもなしにいきなり押しかけてしまって本当に申し訳ありません。私もふだんは他人の家の周りを夜中にうろうろするような人間じゃないんです、あなたを驚かせるつもりはなかったんです、と彼女は言った。六時にお宅の玄関をノックしたときはまだ日も明るく照っていたんです。きっとお宅にいらっしゃるものと決めてかかっていたんです。お庭でこんなに長いあいだお待ちしたのも、すぐお帰りになると思ったからなんです。

階段を降りて居間へ向かっていくと、彼女が髪にブラシをかけて口紅を塗り直したことがわかった。さっきよりだいぶ落着いたみたいで、さっきほど野暮ったくないし、それなりに自信を取り戻したようだ。彼女の方に向かって歩いていき、おかけください、と誘いながらも、この女性が思ったほど弱くもなく怯えてもいないことを私は感じとった。

まずいくつか質問に答えてもらうまで話は聞きません、と私は言った。その答えに納得が行ったら、話すチャンスをあげます。納得行かなければ、出ていってもらいます。二度とあなたの顔は見たくありません。いいですか？

長い答え、短い答え、どっちがいいですか？

短い答え。極力短いのがいい。

どこからはじめればいいかだけ言ってくだされば、ベストを尽くします。

まず知りたいのは、なぜフリーダ・スペリングが返事をよこさなかったかです。あなたからの二通目のお手紙は受けとったんですが、いざお返事を書きはじめたところで不測の事態が起きて、続きが書けなくなったんです。

まる一か月？

ヘクターが階段から落ちたんです。家の一角でフリーダが手にペンを持っていて、別の一角でヘクターが階段に向かって歩いていたんです。二つの出来事は気味悪いくらいつながっていました。フリーダが最初の三語——ジンマー教授殿《ディア・プロフェッサー・ジンマー》——を書いたその瞬間、ヘクターがつまずいて落ちたんです。脚の骨が二か所折れました。肋骨《ろっこつ》も何本かひびが入りました。側頭部にもひどいこぶができました。ヘリコプターを農場に呼んで、アルバカーキの病院まで連れていってもらいました。脚の整骨手術の最中、ヘクターが心臓発作を起こしました。心臓科に移してもらって、それから、やっと回復してきたかというところで、今度は肺炎にかかりました。危篤《きとく》状態が二週間ばかり続きました。三度か四度は、もう駄目かと思いました。とにかくお返事を書く余裕がなかったんです、ミスター・ジンマー。あまりにもいろんなことが起きて、フリーダとしてもほかのことがいっさい考えられなかったんです。

まだ入院しているんですか？

昨日退院してきました。私はけさ一番の便に乗って、二時半ごろボストンに着いて、レンタカーでここまで来たんです。手紙を書くより早いでしょう？ 三日か四日か、下手すれば五日かかるところが一日で済むんです。五日もしたら、ヘクターはもう死んでいるかもしれません。

どうしてさっさと電話してこなかったんです？

危険が大きすぎました。あなたがあっさり切ってしまうのを止めようはないし。

で、何であんたが首をつっ込む？ それが次の質問だ。あんたは何者で、なぜこれにかかわってるんだ？

二人のことは物心ついたときからずっと知ってるんです。私にとってすごく近しい人たちなんです。

まさか二人の娘だって言うんじゃないだろうね？

チャーリー・グルンドの娘です。父の名前はご記憶じゃないかもしれませんが、きっとどこかでごらんになっているはずです。たぶん何十回と目に触れているはずです。

撮影技師か。

そのとおり。カレイドスコープでのヘクターの映画は、全部父が撮影しました。ヘクターとフリーダがもう一度映画を作ろうと決めたとき、父はカリフォルニアから農場に移ってきたんです。一九四〇年のことです。そして一九四六年に母と結婚しました。私は農場で生まれて農場で育ちました。あそこは私にとって大切な場所なんです、ミスター・ジンマー。私という人間はすべてあそこでできたんです。

一度も離れたことはない？

十五のときに寄宿学校に入りました。大学にも行きました。そのあと、あちこちの都市に住みました。ニューヨーク、ロンドン、ロサンゼルス。結婚して離婚して、仕事もいろいろやりました。いろんなことをやってきました。

でもいまは農場に住んでいる。

七年くらい前に戻ってきました。母が亡《な》くなって、葬式に戻っていって、そのまま残ることにしたんです。父も二年ほどして亡くなりましたが、私はまだいます。

何をして？

ヘクターの伝記を書いています。これまで六年半かけて、もうじき書き上がります。

だんだん筋が通ってきたな。

もちろん通ってますとも。わざわざ四千キロ近い距離をやって来たんです、あなたに隠し立てするはずはないでしょう？

それが次の質問だ。なぜ私なんだ？　世界中の人間のなかから、なぜ私を選んだ？

証人が必要だからです。伝記には、ほかの誰一人見ていない事柄がたくさん書いてあります。誰かが裏付けしてくれなければ、信憑性《しんぴょう》が得られません。

でも私でなくたっていいはずだ。誰だっていいじゃないか。あんたいま、用心深い、回りくどい言い方だが、ヘクターのその後の作品が存在すると言っただろう。見られるべき作品がまだあるんだったら、映画の専門家に連絡して見てもらうべきだ。証人になってもらうんだったら、誰か権威のある人間、その分野で名の通った人間でないと。私はただの素人《しろうと》だ。

あなたはプロの映画批評家ではありませんけど、ヘクター・マンの喜劇についてはエキスパートです。あなたはすごい本をお書きになったんです、ミスター・ジンマー。ヘクターのコメディについて、あれ以上のことはこれからも誰にも書けません。決定的な研究です。

その瞬間まで、彼女は全神経を私に注いでいた。私は彼女が腰かけたソファの前を行き来しながら、証人に反対尋問を行なう検察官のような気分だった。私の方が優位に立っていたわけであり、そうした状況のなかで彼女は、まっすぐ私の目を見ながら一つひとつ質問に答えていた。それがいま急に、腕時計をちらっと見下ろし、そわそわと落着かなくなった。彼女の緊張の糸が切れたことを私は感じとった。

もう遅いわ、と彼女は言った。

私はその一言を、もう疲れた、という意味に読み誤った。馬鹿《ばか》げた科白《せりふ》だ、と思った。そんな間抜けなことを言っている場合か、そう思った。あんたがやり出したんだぞ、と私は言った。ここまで来て、くたびれたからやめるって言うのか？　やっと本題に入ったところじゃないか。

もう一時半です。飛行機は七時十五分にボストンを発《た》つんです。一時間以内に出発すれば、たぶん間に合うわ。

何の話だ？

あなた、私がヴァーモントまで、単にお喋《しゃべ》りしに来たなんて思ってませんよね？　あなたをニューメキシコへ連れて帰るんです。もうそのことはおわかりだと思ってました。

冗談だろ？

長旅になります。まだ質問があったら、道中喜んでお答えします。着いたころには、何もかも知りつくしているはずです。約束します。

君は馬鹿じゃない。ほんとに僕がそんな話に乗ると思うのか？　状況を考えろ。真夜中だぞ。

そうしてもらうしかないんです。ヘクターが死んで二十四時間経《た》ったら、フィルムは破棄されてしまうんです。もしかしたらもう死んでいるかもしれないんです。今日私がここへ来る最中に死んだかもしれない。おわかりにならないんですか、ミスター・ジンマー？　いますぐ行かなければ、時間がないかもしれないんですよ。

君、このあいだの手紙で僕がフリーダに伝えたことを忘れてるぜ。僕は飛行機に乗らないんだ。僕の宗教に反する。

何も言わずに、アルマ・グルンドはハンドバッグに手を入れて、小さな白い紙袋を引っぱり出した。袋には青と緑の記章が入っていて、そのマークの下に何行か字が書いてあった。私が立っている位置からはひとつの単語しか読みとれなかったが、その一語だけで中身は見当がついた。薬局《ファーマシー》。

忘れていません、と彼女は言った。苦しい思いをなさらないで済むように、ザナックスを持ってきたんです。これがお好みなんでしょう?

どうして知ってるんだ?

立派な本を書いた方だからといって、むやみに信頼するわけにも行きませんから。少し調べさせていただいたんです。何本か電話をかけて、手紙を出して、ほかの業績も読ませていただいて。あなたがどういう目に遭われたかも承知しています。とてもお気の毒だと思います。奥様と息子さんたちのこと、本当にお気の毒だと思います。さぞ辛《つら》かったでしょうね。

そんな権利は君にないぞ。下司《げす》もいいところだ、そんなふうに他人の人生を覗《のぞ》き見するなんて。いきなりやって来て助けてくれとか言って、今度はこんな話か? 何で君を助けないといけない? 反吐《へど》が出るぜ、君といると。

あなたがどういう方かちゃんとわからないことには、お招きしようにもフリーダとヘクターが許してくれなかったんです。二人のために、そうするしかなかったんです。

信じないね。一言だって信じるもんか、君の話なんか。

私たちは味方なのよ、ミスター・ジンマー。どなりあったりしてちゃいけないんです。仲間同士、協力しないと。

僕は君の仲間なんかじゃない。僕は君にとって何者でもないんだ。君は夜の闇《やみ》から迷い込んできた幽霊だ。そこからさっさと出ていってくれ。僕の前から消えてくれ。

そうは行きません。あなたを連れて帰らないといけないんです。それもいますぐ。お願いです、脅迫に訴えたりしたくないんです。そんなのってすごく愚かですから。

何の話か、さっぱりわからなかった。私の方が背は二十センチ高いし、体重だって少なくとも二十キロは上だ。いまにも怒りが爆発しかねない、いつ暴力をふるい出すかわからないものではない男を前にしてどういう意味だ、脅迫がどうのこうのなんて？　私は薪《まき》ストーブのそばから動かず、距離を保ったまま相手を眺めた。我々は三メートルか三メートル半くらい離れていた。と、彼女がソファから立ち上がるのと同時に、また雨が激しく屋根に叩《たた》きつけはじめた。石つぶてが浴びせられているみたいに屋根板がガタガタ鳴った。その音に彼女がハッと飛び上がって、びくついた、とまどったような目で部屋のなかを見回した瞬間、次に何が起ころうとしているかを私は悟った。どうしてわかったのかは説明できない。だが、彼女の目の表情を見た瞬間にいかなる予知能力、超能力に見舞われたにせよ、ハンドバッグには銃が入っていて、あと三秒か四秒したら彼女がバッグに右手をつっ込んで銃を引っぱり出すことを私は知ったのだ。

それは私の人生のなかでもたぐいまれな、真に壮大な高揚に満ちた瞬間だった。私は現実の半歩前に、自分の肉体の境界の数センチ外に立っていた。自分が思ったまさにそのとおりに事が起きると、あたかも自分の皮膚が透明になったような思いがした。私はもはや、一定の空間を占めているというより、空間に溶けていきつつあった。私の周りにあるものは私の内部にもあり、世界を見ようと思うなら自分のなかを見ればよかった。

銃は彼女の手に握られていた。それは真珠のグリップの、銀めっきを施した小さなリボルバーだった。私が子供のころ遊んだおもちゃのピストルの半分くらいしかなかった。彼女が私の方を向いて腕を持ち上げると、腕の先端にある手が震えていた。

これは私じゃないんです、と彼女は言った。私はこんなことしません。そんなものしまえと言ってください、しまいますから。でもとにかく私たちもう、行かないといけないんです。

銃をつきつけられたのは生まれて初めてだったが、それがいかにしっくり来るか、自分がいかにあっさりこの瞬間がはらむさまざまな可能性を受け入れているかに、私は我ながら驚いてしまった。ひとつ間違った動きをすれば、ひとつ間違った言葉を言えば、私はまったく無駄に死んでしまいかねない。そう考えたら、怯《おび》えてしかるべきだろう。逃げ出したくなってしかるべきだろう。だがそんな思いには駆られなかったし、起きようとしていることを食いとめたいという気も湧《わ》いてこなかった。巨大な、ぞっとするような美が私の目の前でぱっくり開いたのであり、私はただひたすらそれを見つづけていたかった。私と一緒にこの部屋で、夜の悪魔たちを狩り出そうとする一万の太鼓のように頭上に叩きつける雨音を聞きながら立っている、不思議な二重の顔を持つこの女の目を見つづけていたかった。

撃つなら撃て、と私は言った。そうしてもらえばこっちとしても有難いね。

自分がそう言う気でいると自覚する前に、言葉は勝手に口から飛び出していた。それは粗暴な、おぞましい言葉に聞こえた。錯乱した人間でなければ言わないたぐいの科白だ。だが、ひとたびそれを耳にするや、その言葉を撤回する気が自分にないことを私は悟った。私はその言葉が気に入った。その直截《ちょくせつ》さ、率直さが好ましかった。私が直面しているジレンマに対する、きっぱりした、虚飾なしの反応が快かった。けれども、その言葉に大いに勇気づけられたとはいえ、それがどういう意味なのかはまだよくわからなかった。私は事実彼女に殺してくれと頼んでいるのか、それとも、彼女を何とか説き伏せて死なない道を探っているのか？　本当に引き金を引いてほしいと思っているのか、その手をどうにかつかんで銃を手放させようとしているのか？　過去十一年間、私はこれらの問いについて何度も考えてきたが、決定的な答えは一度も出せていない。わかっているのは、自分が怖がっていなかったということだけだ。アルマ・グルンドがあのリボルバーを取り出して私の胸につきつけたとき、私は恐怖よりもむしろ魅惑に貫かれたのだ。その銃に込められた弾丸が、私がいままで思いついたことすらない想念を内包していることを私は理解した。世界はさまざまな穴に満ちている。無意味さの小さな開口部に、精神が歩いて通り抜けられる微小な裂け目にあふれている。ひとたびどれかそうした穴の向こう側に行ってしまえば、人は自分自身から解き放たれる。自分の生から、自分の死から、自分に属するあらゆるものから解き放たれる。その夜、自宅の居間で、私はそういう穴に行きあたったのだ。それは銃という形をとって現われたのであり、自分がその銃のなかに入ったいま、そこから出ることになろうがなるまいがどちらでもよかった。私は完璧《かんぺき》に落着いていて、完璧に錯乱していた。瞬間が差し出すものを受け入れる態勢が完璧に整っていた。ここまで壮大にどうでもいいんだと思える気持ちは、そうめったに訪れるものではない。そういう気持ちを持てるのは、自分という存在を捨てる気でいる人間のみだ。だからそうした気持ちは、敬意を受けてしかるべきである。それを見る者の胸に、畏怖《いふ》の念を引き起こしてしかるべきである。

その時点までのこと、その言葉を発した少し先までのことはすべて思い出せるのだが、そこから先の順番についてはいささか怪しい。アルマ・グルンドに向かって大声で叫び、自分の胸を叩きながら、さあ引き金を引け、と挑んだことはわかっているが、そうしたのが彼女が泣き出す前だったか、あとだったかは思い出せない。彼女が何と言ったかもいっさい覚えていない。それはきっとこっちがほぼ一方的に喋っていたからだろうが、とにかく言葉はすさまじい勢いで私のなかからほとばしり出ていたから、自分でも何を言っているのかろくにわかっていなかった。何より肝腎《かんじん》なのは、彼女が怯えていたことだ。まさか私がこんなふうに攻勢に出るとは予想していなかったのだ。私が銃から顔を上げてふたたび彼女の目を見ると、この女性に人を殺す度胸はないことが見てとれた。はったりと、子供じみた破れかぶれでしかない。私が彼女の方に歩き出すと、アルマ・グルンドはとたんに手をだらんと脇《わき》に下ろした。喉《のど》から奇妙な音が漏れ出た。くぐもった、押し殺されたような息の流れ。うめきと、すすり泣きとのどこか中間に位置する、特定不能な音。あざけりと執拗《しつよう》な侮辱の言葉をなおも彼女に向かって投げつけ、さあ早くしろ、さっさと片をつけたらどうだ、とどなりつけている最中に、私は突如悟った。ここでもまた、その確信がどこから来たのか自分にわかっていたなどと言う気はない。が、絶対的に、いかなる疑いの余地もなく、銃に弾が入っていないことを悟ったのだ。その彼女が腕を下ろした瞬間、己の身に何も起きはしないことを私は知ったのである。そのことで、私は彼女を罰してやりたかった。できもしないことをできるふりをした代償を払わせたかった。

これはほんの数秒の話である。一生分とも思える時間が、ものの数秒に凝縮されたのだ。私は一歩前に出て、さらに一歩前に出て、気がついたら彼女の目の前にいた。私は彼女の腕をねじり、銃を手からもぎ取った。彼女はもはや死の天使ではなかった。だが私はいまや、死とはどんな味がするものかを知っていた。その後に続いた数秒の狂気のなか、これまで自分がやったうちで明らかにもっとも異常な、最高に奇怪なふるまいを私はやった。それは単なる見せしめのため、私の方が彼女より強いのだと思い知らせるための行為だった。私は彼女から銃を奪い、一メートルかそこらうしろに下がってから、銃を自分の頭につきつけたのである。もちろん弾は入っていないわけだが、そのことを私が知っていることは彼女にはわからない。直感で得た知を使って、私は彼女に屈辱を与えたかった。死ぬことを恐れない人間の姿を見せつけてやりたかった。事を起こしたのは彼女だが、締めくくりは私がやる。もうそのころには彼女が金切り声を上げていたことを覚えている。金切り声で、お願いだからやめて、と叫ぶ声がいまも聞こえる。だが何ものも私を止められはしなかった。

カチッという音が聞こえるのを私は予想していた。カチッと音がして、空っぽの弾倉からつかのまの反響がそれに続くのを私は待った。指を引き金のなかに入れて、アルマ・グルンドに向かって、さぞグロテスクで胸の悪くなるような笑みだったにちがいない表情を見せてから、引き金を引きはじめた。お願いやめて、と彼女は悲鳴を上げた。お願いだからやめて。私は引いたが、引き金は少しも動かなかった。もう一度やってみたが、やはり何も起こらなかった。引き金がつかえているのだろうと思ったが、銃を下ろしてよく見てみると、何が問題かがわかった。安全装置が掛かっているのだ。銃には弾が入っていて、安全装置が掛かっている。彼女が外すのを忘れたのだ。その過《あやま》ちがなかったら、弾丸が私の頭のなかに入っていたことだろう。

彼女はソファに座って、両手に顔を埋《うず》めて泣きつづけた。これがどれくらい続くかはわからなかったが、いずれ気を取り直したら大人しく出ていくものと私は思った。ほかにやりようもあるまい。彼女のせいで、こっちは危うく脳味噌《のうみそ》を吹っ飛ばすところだったのだ。この胸糞《むなくそ》悪い意地の張りあいに敗北したからには、これ以上一言だって私に言えた義理ではないだろう。

私は銃をポケットにしまった。もはや銃に触れていなくなったとたん、体のなかから狂気がすうっと流れ出ていくのがわかった。恐怖だけが残った――何かしら熱い、手で触《さわ》れるような残光が。右手に残っている、引き金を引こうとした記憶、硬い金属を頭蓋《ずがい》に押しつけた記憶。その頭蓋に現在穴が空いていないのは、私が愚かで運がよかったからにすぎない。今度ばかりは、私の運のよさが私の愚かさに勝ったのだ。私は自分を殺す地点から一センチと離れていないところまで行った。いくつもの偶然が私の生を私から盗み、やがて返してくれたのであり、その間隙《かんげき》、それら二つの瞬間のあいだの小さな隔たりにおいて、私の人生は別の人生になったのだ。

アルマがようやく顔を上げると、涙はいまだ両の頰を流れ落ちていた。化粧がにじんで、あざの真ん中を黒いジグザグが走っていた。ひどく見すぼらしい姿だった。自ら招いた無残な結末に、彼女は心底打ちのめされていた。見ていてほとんど気の毒になった。顔を洗ってこい、と私は言った。君、見られたもんじゃないぞ。

彼女が何も言わなかったことに、私は心を打たれた。この女性は言葉を信じている人間である。自分の雄弁を信じ、難局からも言葉を駆使して抜け出せると信じている人間である。なのに、私にそう命じられると、黙ってソファから立って、言われたとおりにしたのである。かすかな、物憂《ものう》げな笑みが、ほんのわずかに肩をすくめた気配があるのみ。立ち上がって、バスルームの方向の見当をつけて歩いていくその姿を見ていると、彼女がいかに徹底的に打ちのめされたか、自分のぶざまさをどれだけ屈辱に感じているかが伝わってきた。不可解にも、彼女が部屋を出る姿が、私のなかの何かに触れた。なぜか私の思考がくるっと反転し、閃光《せんこう》のように訪れたその同情と連帯感の瞬間、私は突然の、まったく予想外の決断に達した。そういう物事が定式化できる限りにおいて、その決断こそ、いま私が語ろうとしている物語のはじまりだったのだと思う。

彼女がいないあいだに、私はキッチンに入って銃の隠し場所を探した。流しの上の食器棚を開けて閉め、いくつかの引き出しやアルミ容器を見回した末に、冷蔵庫の冷凍室を選んだ。私にとって銃は初体験である。これ以上厄介事を生じさせることなく弾を抜きとる自信はなかったので、弾もしっかり入ったそのまま、冷凍室の鶏肉《とりにく》の袋とラビオリの箱のあいだにつっ込んだ。私はとにかくそれを、見えないところに追いやりたかった。が、冷蔵庫のドアを閉めると、それを積極的に捨てようという気も自分にないことに思いあたった。べつにまた使おうというつもりはなかったが、それが手元にあるという感覚が気に入ったのだ。もっといい置き場所を思いつくまで、冷凍室に入れておこうと思った。冷蔵庫を開けるたびに、今夜自分に何が起きたかを私は思い出すだろう。それは私一人の秘密の記念碑、死との一瞬の遭遇を記録する形見となるだろう。

彼女は長いことバスルームに入っていた。雨はもう止《や》んでいて、ぼさっと座って彼女が出てくるのを待つよりはと、私はトラックのなかを片付けて食料品を運び入れることにした。これに十分近くかかった。食べ物をしまい終えても、アルマはまだバスルームにこもっていた。いくぶん心配になってきて、私はドアの前まで行って、耳を澄ました。ひょっとして何か早まった、馬鹿《ばか》な真似《まね》をやるつもりでバスルームに入ったのか？　ついさっき私が外に出る前は、洗面台で水が流れていた。水道から目いっぱい水が流れている音が聞こえたし、外へ出ようとドアの前を通りかかると、水道の音に混じってすすり泣く声も聞こえた。いまはもう水も止まっていて、何の音もしなかった。涙の発作も終わって、落着いて髪にブラシを入れ、化粧を直しているということか。それとも床にぶっ倒れていて、丸まった体の胃のなかにはザナックスが二十錠入っているのか。

私はノックした。返事がないので、もう一度ノックして、大丈夫かと訊《き》いてみた。いま行きます、すぐ出ますから、と彼女は言い、それから、長い間《ま》を置いてから、何とか息をしようとあがいているような声で、ごめんなさい、何から何まで本当にごめんなさい、と言った。あなたに許してもらえずにここを出るなら死んだ方がましです、と彼女は言った。どうかお願いですから許してください、でももし許していただけなくても、とにかくもう行きます、どのみち出ていきますから、もう二度とご迷惑はおかけしません。

私はドアのそばに立って待った。出てきた彼女の目は、さんざん泣きはらしたあと特有の、しみのような腫《は》れぼったさを帯びていたが、髪は整っていたし、白粉《おしろい》と口紅とで赤っぽさの大半は隠せていた。彼女は私の横を通り抜けようというつもりだったが、私は片手をつき出して押しとどめた。

もう二時過ぎだ、と私は言った。僕も君もくたくたに疲れていて、眠りが必要だ。君は僕のベッドを使うといい。僕は一階のソファで寝るから。

彼女はとことん恥じ入っていて、顔を上げて私の方を見るだけの勇気も出せずにいた。どういうことなんですか、と彼女は床に向かって言った。私がすぐに答えずにいると、彼女はもう一度言った。どういうことなんですか。

今夜は誰もどこへも行かないんだよ、と私は言った。僕も、君も。明日のことは明日話せばいい。いまはとにかくここにいるんだ。

何の話？

ニューメキシコまでは長い道のりだって話さ。朝元気になって出かけた方がいいだろう。君が急いでいるのはわかるけど、何時間か遅れてもそこまで大きな違いはないさ。

出ていけっておっしゃいませんでしたっけ。

言ったよ。でも気が変わったんだ。

その一言で彼女の顔が少し上がって、すっかり混乱している表情が見えた。べつに気を遣っていただかなくていいんです、と彼女は言った。そんなことお願いできませんから。

心配するな。僕は自分のことを考えてるんだ、君のことじゃない。明日は長い一日になる。いま寝ておかないと、目を開けていられなくなる。君の話を聞くのに、起きていなきゃならんだろ？

まさか、私と一緒に来るって言ってるんじゃないですよね。まさかそうじゃないですよね。そんなことおっしゃるはずないですよね。

明日はほかに何もすることが思いつかないんだ。行って悪い理由があるか？

嘘《うそ》はやめて。いまあなたに嘘をつかれたら、とてもじゃないけど耐えられません。心臓をむしり取られたみたいになってしまいます。

行く気なのだと彼女に納得させるのに数分かかった。およそ彼女の理解力を超えたあまりに大きな反転に、恐るおそる信じる気にさせるまで、同じ言葉を何度もくり返さねばならなかった。もちろん、何もかも話したわけではない。宇宙のなかの微小なる穴、一時的狂気の有する救済の力、などといったことは言わなかった。そういうことを伝えるのはあまりに困難だったろうから、いまはとにかく、この決断はあくまで私個人のものであって彼女とは何ら関係ないのだという点に話を絞った。僕たちは二人ともずいぶんお粗末にふるまった、と私は言った。こうなったのは僕にも責任がある。誰が悪いとか、許すとか、誰が誰に何をしたか一つひとつたどったりするのはよそう。まあだいたいそんなようなことを私は言った。その言葉を通して、じきに彼女もどうにか、私には私なりにヘクターに会いたいと思う理由があるのであって、私が行くのはあくまで自分のためなのだということを納得した。

　熱のこもった交渉が続いた。あなたのベッドを占領するわけには行かないとアルマは言った。もうさんざん迷惑をかけたのだし、それにあなた、さっきの事故で消耗しているでしょう。休まなくちゃ駄目よ、ソファの上で寝返り打って眠るんじゃ休めやしないわ。僕なら大丈夫さ、と私も言い張ったが彼女は頑として聞かず、話は行ったり来たりで、私が彼女の手から銃をもぎ取って危うく自分の頭に銃弾を撃ち込みかけてからまだ一時間と経《た》っていないというのに、二人とも相手に恩恵を施そうと努め、さえない風俗喜劇を展開していた。だが議論を戦わせるには、私はあまりに疲れていた。結局彼女のやりたいようにやらせることにして、寝具と枕《まくら》を持ってきてやり、ソファの上にどさっと下ろして、明かりを消すスイッチのありかを教えた。それだけだった。シーツは自分でやりますからと彼女が言って、この三分間で七回目になる礼を述べたところで、私は二階の寝室に上がっていった。

疲れていることは間違いなかったが、いざ寝床に入ってみると、なかなか寝つけなかった。仰向《あおむ》けに横たわって天井に映った影を眺め、それにも飽きてくると、横向きになって、下の階でアルマがごそごそと動く音に耳を澄ました。アルマ（Alma）とはラテン語の almus ――滋養ある、豊饒《ほうじょう》な――の女性形。じきに、ドアの下のすきまから入ってくる明かりが消え、ソファのスプリングがきしんで、彼女が眠る態勢に入るのがわかった。そのあとは、私もしばらくうとうとしたにちがいない。三時半に目を開けるまでのことは何も覚えていないからだ。気がつくと、ベッドの横に置いた電気時計の時間が見えていた。頭はぼうっとして、眠りと目覚めの中間状態を漂っていたから、自分が目を開けたことをおぼろげに自覚できたのは、あくまでアルマが隣にもぐり込んできて頭を私の肩に載せたからだった。眠れないの、下は寂しくて、と彼女は言った。私にも完璧《かんぺき》に納得できる物言いだった。眠れないことについてなら私もよく知っている。何しに来たんだ、などと問いつめるほど目が覚める前に、私は両腕を彼女の体に回し、その口にキスしていた。

翌日、正午直前に私たちは出発した。自分が運転するとアルマが言ったので、私は助手席に座ってナビゲーター役を務め、どこで曲がるか、どの高速に入るかを指示し、彼女はそれに従ってレンタカーの青いダッジをボストンに向かって走らせた。あたりには嵐《あらし》の痕跡《こんせき》が残っていたが――折れた枝、自動車の屋根に貼《は》りついた濡《ぬ》れ落葉、民家の芝生に倒れている旗竿《はたざお》――空はまた晴れていて、空港までずっと、車は陽光のなかを進んでいった。

夜のあいだに寝室で起きたことについては、二人とも何も言わなかった。それは一個の秘密のように車内に陣取っていた。それは小さな部屋や夜の思考から成る領域に属す、昼の光にさらしてはならない何ものかだった。それを名指すことはそれを破壊する危険を冒すことだっただろう。ゆえに私たちは、時おり相手に目を向け、ふっとつかのま微笑《ほほえ》み、そっと相手の膝《ひざ》に手を置く以上のことはしなかった。アルマが何を考えているかなんて、どうして私にわかるだろう？　彼女がベッドにもぐり込んできたことを私は喜んでいた。闇《やみ》のなかで二人一緒にあの時間を過ごしたことを喜んでいた。だがそれは一夜だけのことだ。次に私たちに何が起きることになるのか、私には見当もつかなかった。

この前ローガン空港に行ったときは、ヘレン、トッド、マーコが一緒だった。彼らは人生最後の朝を、いま私がアルマと走っているまさにこの道路で過ごした。曲がり角一つひとつ同じに、一キロ一キロ同じ場所を走ったのだ。ルート30から高速91号、91号からマサチューセッツ高速道、マサチューセッツから93号、93号からトンネルに。私のなかのある部分は、このグロテスクな再演を歓迎していた。それは巧妙に考案された処罰の一形態のように思えた。あたかも神々が、私がいったん過去に戻らないことには未来を手に入れることも許さないと決めたかのようだった。ゆえに裁きの女神は私に、ヘレンと最後の朝を過ごしたのとまったく同じようにアルマと最初の朝を過ごすよう求めている。私は車に乗って空港まで行かねばならないのであり、飛行機に間に合うよう制限速度を二十キロ、三十キロ超えて走らねばならないのだ。

息子たちが後部席で喧嘩《けんか》していたことを私は思い出した。ある時点で、トッドが弟の腕を思いきり叩《たた》いた。ヘレンがうしろを向いて、四歳の子をいじめるなんてあなたらしくないわよと言い聞かせると、私たちの長男は、マーコが先にやったんだよ、自業自得《じごう》なんだよ、とすねたように言い返した。誰かにぶたれたらぶち返す権利があるじゃないか、と彼は言った。これに対して私は、自分より小さい人間をぶつ権利は誰にもないぞ、と生涯最後の父親的発言を口にしたのだった。だってマーコはこれからもずっと僕より小さいじゃないか、とトッドは言った。だったら僕は一生マーコをぶてないじゃないか。

うーん、とその論理性に感心して私は言った。人生ってのは時に不公平なものなんだよ、そう私は言った。ずいぶん馬鹿な科白《せりふ》だ。そのしょうもない自明の理を私が発したとたん、ヘレンがゲラゲラ笑い出したことを覚えている。彼女はそうやって、いま車に乗っている四人のうちトッドが一番頭がいいということを私に伝えていたのだ。もちろん私も同感だった。彼らはみんな私より賢かった。自分が彼らの足元にも及ばないことを、私は一秒たりとも疑わなかった。

アルマは運転が上手だった。助手席に座って、彼女が左のレーン、中央レーンを出たり入ったりし、ほかの車を片っ端から追い抜いていくのを見ながら、私は彼女に、君は綺麗《きれい》だと言った。

私のいい側を見てるからよ、と彼女は言った。こっちに座ってたら、きっとそうは言わないわ。

それで運転するって言ったの?

私の名前で借りたんですもの。私しか運転しちゃいけないのよ。で、見栄《みえ》とは何の関係もないと。

時間がかかることなのよ、デイヴィッド。必要もないのにやりすぎても意味ないわよ。僕は気にならないよ。もうすでに慣れてきた。

そんなはずないわ。少なくとも、まだ。あなた、自分の気持ちがちゃんとわかるほど、まだ私のこと十分見ていないもの。

前に結婚してたって言ったじゃないか。ということは、そいつがあっても、男たちは君に惹《ひ》かれるわけだ。

私も男は好きよ。しばらくすると、向こうも私を好いてくれる。人並み以上に経験豊富ってわけじゃないけど、それなりの出会いはあったわ。しばらく私と一緒にいれば、いずれこれも見えなくなるのよ。

でも僕はそれを見るのが好きなんだ。それのせいで君は人と違って見える。ほかの誰とも違う人間になっている。君は僕がいままで会ったなかでただ一人、自分以外の誰にも似ていない人間だよ。

父親にもよくそう言われた。それは神様からの特別な贈り物なんだよ、それがあるからお前はほかのどの女の子よりも綺麗なんだよって。

そう言われて、信じた？

時には。時には、呪《のろ》われた気がした。やっぱり醜い代物《しろもの》だし、子どものころはおかげで格好の餌食《えじき》よ。いつの日かこれを取り去るんだ、どこかのお医者さんが手術してくれて私を普通にしてくれるんだっていつも思ってた。夜に自分のことを夢に見ると、顔の右側も左側も同じなの。滑らかで、白くて、完璧に左右対称。十四歳くらいまでずっとそういう夢を見たわ。

それと少しずつ折り合いをつけていたんだね。

かもしれない。よくわからない。でもそれからあることがあって、考え方が変わってきた。私にとってすごく大きな経験だった。人生のターニングポイントね。

誰かが君に恋をした。

いいえ、誰かが本をくれたの。その年のクリスマスに母親が、アメリカの短篇小説のアンソロジーを買ってくれた。『アメリカ名作短篇選』っていう、馬鹿《ばか》でかいハードカバーの、緑色のクロス装の本で、四十六ページにナサニエル・ホーソーンの短篇が載っていた。「あざ」。知ってる?

漠然とは。高校以来読んでないんじゃないかな。

私は六か月ずっと毎日読んだわ。ホーソーンはあれを私のために書いたのよ。あれは私の小説なのよ。

科学者と、若き新妻。そういう設定だよね? 夫が妻の顔から、あざを取り除こうとする。

赤いあざを。彼女の顔の左側から。

君が気に入ったのも無理ないね。

気に入ったなんてもんじゃないわ。私はあの話にとり憑《つ》かれた。生きたまま物語に喰いつくされたのよ。

あざは人間の手みたいに見えるんだよね? だんだん思い出してきた。彼女の頬に押しつけられた手の跡のよう、とか書いてあったよね。

でも小さい。ピグミーの手、赤ん坊の手の大きさ。

そのささいな瑕《きず》以外は、彼女の顔は完璧。絶世の美女ということになっている。ジョージアナ。エルマーと結婚するまでは、彼女もそれを瑕だなんて考えなかった。それを憎むよう教えるのはエルマーなのよ。彼女が彼女自身を嫌うようエルマーが仕向けて、それを取り除いてもらいたいと思わせるのよ。彼にとってそれは単なる欠陥じゃない。彼女の肉体的美しさを損なうだけのものじゃない。内なる堕落の徴《しるし》、ジョージアナの魂を汚《けが》しているしみ、罪と死と腐敗の痕跡なのよ。

命の限られたることの刻印。

あるいは要するに、私たちが人間性と考えているものの。だからこそあんなに悲劇的な話なのよ。エルマーは研究室にこもって、錬金薬や霊薬の実験に没頭して、忌《い》まわしい汚点を消す調合を探り、罪なきジョージアナはそれにつきあう。そこがおぞましいのよ。彼女は夫に愛されたいと願っている。それしか彼女の頭にはない。あざを取り除くことが愛を得るために払うべき代償なのだったら、そのために命を賭《か》ける気でいる。

そして結局、夫は彼女を殺してしまう。

でもその前にあざは消える。そこがすごく重要なのよ。最期《さいご》の瞬間、いまにも息を引きとるというとき、あざが頬からすうっと消える。あざはもうなくなった。すっかりなくなって、まさにそのとき、その瞬間に、哀れなジョージアナは死ぬのよ。あざこそ彼女という人間。それを消してしまえば、本人も一緒に消える。

あの小説にどれだけ影響されたことか。何度も何度も読んで、何度もそれについて考えているうちに、私はだんだん、自分をありのままに見られるようになっていった。ほかの人たちは自分の人間性を内に抱えているけれど、私は自分のそれを顔に着けていた。それが私と他人との違い。私は自分が何者かを隠すことを許されていない。私を見るたび、みんなは私の魂をのぞき込むことになる。私は醜い女の子じゃなかった。そのことはわかっていたわ。でも、自分がこれからもずっと、顔にある紫のしみによって規定されるんだということもわかっていた。それを取り除こうとしても無駄。それは私の人生の中心的事実であって、それをなくしたいと願うのは、自分を破壊しようとするようなもの。ごく当たり前の幸せは私には絶対望めない。でもあの小説を読んで、それと同じくらい善きものを自分が持っていることを私は理解したのよ。他人が何を考えているかが私にはわかった。その人の顔を見て、私の顔の左側を見たときの反応を観察していれば、信頼できる人かどうかわかった。あざはその人の人間らしさの試金石だった。人の魂の値打ちの尺度だった。一生懸命やれば、私は人の魂のなかを見ることが、その人が何者かを知ることができた。十六か十七になるころには、音叉《おんさ》みたいに絶対音感が身についていた。ときどきは見誤りもしたけど、たいていはちゃんとわかった。時おり自分が止められなくなるだけ。

昨日の夜みたいに。

いいえ、昨日の夜は違う。あれは間違いじゃなかった。

危うく殺しあうところだったんだぜ。

ああなるしかなかったのよ。時間がなくなってくると、何もかもがものすごく速くなる。改まった紹介とか、握手とか、お酒を飲みながらの慎み深い会話とか、私たちそんなことやってる暇はなかった。狂暴にやるしかなかったのよ。宇宙の果てで激突する二つの惑星みたいに。

まさか、怖くなかったなんて言うんじゃないだろうな。

死ぬほど怖かったわ。でもまあいろいろ調べてはおいたから。それなりの覚悟はしていた。

みんな言ってただろ、あいつは頭がおかしいって？

そういう言い方は誰もしなかったわ。一番強い言葉は「神経衰弱」だった。

あそこに着いて、君の音叉は何と言った？

答えはもう知ってるでしょう？

ぎょっとしただろ？　心底ぎょっとしただろ？

それだけじゃないわ。怖かったけど、同時にわくわくしてもいた。嬉《うれ》しくて、身震いしそうだった。あなたに見られて、何秒かのあいだ、ほとんど自分で自分を見ているみたいな気がした。そんなことっていままで一度もなかった。

いい気持ちだったんだね。

ものすごくいい気持ちだった。すっかり夢中になって、自分がばらばらに壊れちゃうんじゃないかと思った。

そしてもういまは、僕のことを信頼している。

あなたは私を裏切ったりしない。私もあなたを裏切らない。二人ともそのことはわかってるわよね。

ほかに何がわかってる?

それだけ。だからこそいま、こうやって一緒に車に乗ってるのよ。私たちが同じだから。それ以外のことはまるっきり何ひとつわからないから。

四時発のアルバカーキ便に、私たちは二十分の余裕で間に合った。理想としてはホリヨークかスプリングフィールド、遅くともウスターあたりで私はザナックスを飲んでおくべきだった。だがアルマの話に夢中になっていてついつい話を遮るタイミングを失い、ずるずる先延ばしにしてしまった。四九五番出口を示す標識を過ぎたころには、もういまさら飲んでも仕方ないことを私は悟った。薬はアルマのバッグに入っていて、どうやら彼女は説明書きまでは読んでいなかったのか、薬が効くためには一、二時間前に服用しないといけないことを知らなかったのだ。

はじめは、屈しなかったことが嬉しかった。体が不自由な人間はみな、松葉杖《まつばづえ》を捨てると思うと恐れおののく。が、もし泣き崩れたりギャアギャアわめいたりせずにフライトを切り抜けられたら、私はそのぶん強くなっているだろう。そう考えることで、二十分、三十分は持ちこたえた。やがて、ボストン郊外に近づいてきたころには、どのみちもう選択の余地はないと思った。もう三時間以上走っていたが、ヘクターについてはまだ何も聞いていなかった。私としてはまさに彼の話を車中で聞くつもりだったわけだが、私たちは結局あれこれほかのことを話してしまっていた。むろんそれはそれで、まず話さねばならないことだったし、ニューメキシコで待っている事態に劣らず重要な事柄だった。気がついたときにはもう、空港までの道行きは終わってしまっていた。いまさら彼女を見捨てて眠るわけにも行かない。約束の話を聞くために起きていないといけないのだ。

出発ゲートの横のエリアに私たちは腰を下ろした。薬を飲むかとアルマに訊《き》かれて、その時点で、ザナックスを使う気がないことを私は打ちあけた。君が手をつないでくれれば大丈夫だよ、と私は言った。いい気分だから。

彼女が手をつないでくれて、しばらくのあいだ私たちは、ほかの乗客たちの前でネッキングした。臆面《おくめん》もない、思春期そのもののふるまいだった。かつて私が実際に過ごした思春期というより、いつも夢見ていたような思春期。人前で女性とキスするのはひどく目新しい体験だった。これから先に控えている拷問《ごうもん》のことを考える暇などなかった。飛行機に乗り込むときも、アルマが口紅を私の頬から拭《ふ》きとっていた。自分たちが機内に入ったことも私はろくに気づかなかった。通路を下っていくことも、座席に着くことも問題なかった。シートベルトを締めさせられることも気にならなかったし、エンジンが全開をはじめて轟音《ごうおん》を立て機体の振動が肌まで伝わってきたときはもっと平気なくらいだった。私たちはファーストクラスに乗っていた。メニューには、夕食はチキンだと書いてある。私の左隣、窓側の席に座っていた――ゆえにふたたび右側をこっちに向けていた――アルマは私の手を握り、口元に持っていってキスした。

私が唯一《ゆいいつ》犯した過《あやま》ちは、目を閉じたことだった。飛行機がバックでターミナルから出て、滑走路を走り出すと、離陸するところを見たくないと私は思ったのだ。そこが一番危険な瞬間だと思ったし、地上から空への移行さえ耐えて、地面との接触を失ったという事実をあっさり無視できれば、あとは何とかなると思ったのだ。だが、それを遠ざけようとするのは、出来事が起きていくその現実性から自分を遮断しようとするのは、やはり間違いだった。体験するのは辛《つら》かっただろうが、その辛さから逃げて自分の思いの殻にとじこもるのはもっとずっと悪かった。現在から成る世界がなくなって、見るものは何もなく、自分が恐怖に屈していくのをとどめるものは何もなかった。目を閉じていればいるほど、恐怖が私に見せつけようとしているものが、いっそうまざまざと迫ってきた。あのときヘレンと子供たちと一緒に死ねていたら、と私はずっと思ってきたものだが、それでも、飛行機が墜落する直前に彼らが味わった気持ちをじっくり思い描いてみたことは一度もなかった。そしていま、目を閉じると、息子たちの悲鳴が聞こえてきた。ヘレンが二人を抱きかかえて、あなたたちを愛しているわと言っている姿が見えた。いまにも死のうとしている周りの一四八人の悲鳴が響きわたるなか、いつまでもあなたたちを愛しているわと彼女はささやいていた。息子たちを抱えたヘレンの姿が見えたとき、私の防御は崩れ去り、私はしくしく泣き出した。

両手に顔を埋《うず》めて、すごく長いあいだ、塩辛い、嫌な臭《にお》いを発している自分の掌《てのひら》に涙を流しつづけていた。顔を上げることも、目を開けて泣きやむこともできなかった。そのうちに、アルマの手が私のうなじに触れているのを感じた。その手がいつからそこにあったかはわからなかったが、ある瞬間にふっとそれが感じられたのであり、しばらくすると、もう一方の手も左腕を撫《な》でてくれていることに私は気がついた。すごくそうっと、悲しみに暮れた子供を母親が慰めるみたいに、優しく、リズミカルに撫でている。奇妙なことに、そうした思いを意識し、母と子をめぐる思いを自分が呼び出したことを自覚したとたん、息子のトッドの体のなかに自分が滑り込むのを私は感じた。私を慰めているのがアルマではなくヘレンだと感じた。ほんの数秒続いただけだったが、ものすごく生々しい感覚だった。想像の産物というよりはるかに、現実において生じた出来事だった。現実において変容が生じ、私は違う人間になったのだ。その感覚が薄れはじめたとき、最悪の瞬間は突如過ぎ去っていた。

5

三十分後、アルマが話し出した。機はすでに高度一万メートル、ペンシルヴェニアかオハイオの何もない郡の上空を飛んでいた。結局アルバカーキに着くまで、アルマはずっと喋《しゃべ》りどおしだった。着陸した時点で小休止があったが、彼女の車に乗り込んでティエラ・デル・スエーニョまで二時間半の道を走りはじめるとともに話は再開された。砂漠を貫くハイウェイを次々抜けていくなか、午後遅くの光は黄昏《たそがれ》に変わり、黄昏は夜に変わった。私の記憶では、農場の入口に着くまで話は終わらなかった。というか、着いてもまだ完全には終わっていなかった。彼女はほぼ七時間喋りつづけていたが、それでもまだ、すべてを盛り込むには足りなかった。

はじめのうち、話はやたらあちこちに飛び、過去と現在を行ったり来たりしていた。流れをつかんで出来事の順番を割り出すには少し時間がかかった。みんな私の本に書いてあるわ、と彼女は言った。名前も日付も、基本的な事実は全部書いてあるという。それに、失踪《しっそう》前のヘクターの生活を詳しくおさらいしても意味はない。少なくともいま、飛行機の上でそうする必要はない。これから何日も何週間も、私が彼女の本の原稿を読む時間はいくらでもあるのだ。肝腎《かんじん》なのは、隠れた人物としてのヘクターの生にかかわる事柄である。砂漠で暮らしながら、いまだ一度も公開されていない映画の脚本を書いて撮影を行なった年月である。それらの映画があるからこそ、いま私はこうして彼女とともにニューメキシコへ行こうとしている。ヘクターの生まれたときの名がハイム・マンデルバウムだったと知ること、そして彼がオランダの蒸気船の上、大西洋の真ん中で生まれたと知ることは、たしかに興味深くはあるだろうが、決して本質的な事柄ではない。十二歳で母を亡《な》くしたことも肝要ではないし、家具職人であり政治など少しの興味もなかった父親が一九一九年ブエノスアイレスでの「悲劇の一週間」の際に反ボルシェヴィキ＝反ユダヤ人暴動に巻き込まれて危うく殴り殺されかけたこともいまは問題でない。その事件がヘクターのアメリカ行きにつながったことは確かだが、そのしばらく前からすでに父から移住を勧められていたのであり、アルゼンチンでの危機は決断を早めたにすぎない。ニューヨークに着いてから彼が携わった二ダースばかりの職を列挙してもはじまらないし、一九二五年にハリウッドに来てからその身に起きたことはもっとどうでもよい。いまや失われ忘れられた何十本もの映画にかかわったこと、エキストラ、小道具製作係として働き端役《はやく》として出演したことは私もよく知っているし、ハントとの錯綜《さくそう》した関係についてもいまここで一から聞くには及ばない。その経験のせいでヘクターは映画界に幻滅したけれど、まだあきらめる気はなかったとアルマは言った。一九二九年一月十四日の夜まで、カリフォルニアを去る破目になるとはヘクターは夢にも思っていなかった。

失踪の一年前、ヘクターは『劇映画』のブリジッド・オファロンのインタビューを受けた。彼女はある日曜の午後三時にノースオレンジ・ドライブにあるヘクター宅にやって来て、五時にはもう二人は一緒に床に横になってカーペットの上を転げ回り、たがいの肉体の穴や裂け目を探りあっていた。アルマが言うには、ヘクターが女性相手にこうしたふるまいに及ぶのは日常茶飯事であり、自分の魅力を駆使して迅速かつ決定的な征服を遂げたのはとうていこれが初めてではなかった。オファロンはまだ二十三歳、スポーカン出身の聡明《そうめい》なカトリック教徒で、スミス女子大を卒業したあとジャーナリストとして身を立てようと西部に戻ってきたばかりだった。アルマも偶然スミスの卒業生だったので、そのコネを利用して一九二六年の卒業アルバムを手に入れていた。オファロンの顔写真も載っていたが、はっきりしたことはわからなかった。目と目は近寄りすぎていたし、あごは広すぎるし、おかっぱの髪も目鼻立ちを引き立ててはいなかった。それでも彼女には、何かしら熱気のようなものが漂っていた。そのまなざしにはちょっとした悪戯《いたずら》っぽさ、剽軽《ひょうきん》さがきらめき、内なる生気が感じられた。演劇部の『テンペスト』上演写真では演技中の姿が捉《とら》えられていて、ミランダを演じる彼女は白い薄物のガウンをまとい、髪に白い花を一本挿していた。アルマが言うには、口を開き、片腕を前に投げ出して朗々と科白《せりふ》を口にしているその姿は何とも愛らしく、ほっそり小柄の体から生命感とエネルギーをほとばしらせていた。ジャーナリストとしてのオファロンは、当時の典型的スタイルそのままに、ピリッとパンチの効いた文章を書き、気の利《き》いた傍白や洒落《しゃれ》を盛り込むコツも心得ていて、そのせいもあってか、雑誌業界でめきめき頭角を現わしつつあった。ところがヘクターの記事だけは例外で、アルマが目を通したほかのどの記事よりもずっと真面目《まじめ》で、対象に対する崇拝の念が臆面《おくめん》もなく表に出ていた。きつい訛《なま》り云々《うんぬん》だけは、滑稽《こっけい》さを狙《ねら》っていくぶん誇張を加えていたものの、当時のヘクターは本当にそういう発音だった。年月が経《た》つにつれて英語も上達したが、二十代のころはまだ、船から下りたばかりというふうな喋り方だった。首尾よくハリウッドにたどり着いたとはいえ、昨日はただの西も東もわからぬ外国人、段ボール製のスーツケースに全財産を詰め込んで埠頭《ふとう》に立っていたという風情《ふぜい》だったのである。

インタビューのあとの数か月間、ヘクターは若く美しい女優たちを相手に手当たり次第遊び戯《たわむ》れていた。彼女たちと人前で一緒にいるところを見られるのは嫌いでなかったし、彼女たちとベッドに入ることも楽しんだが、誰とも長続きはしなかった。ブリジッド・オファロンはほかのどの女性よりも頭がよかった。最新の遊び相手に飽きるたび、ヘクターは決まって彼女に電話をかけて、また会おうと誘うのだった。二月初めから六月末にかけて週一、二度の割合で彼女のアパートメントを訪ねて、特にその中盤、四月と五月の大半には、二晩か三晩に一度は彼女と過ごしていた。ヘクターは明らかに彼女のことを気に入っていた。何か月かが過ぎていくうちに、二人のあいだには心地よい親密さが育《はぐく》まれていった。が、経験の乏しいブリジッドがそれを永遠の愛のしると受けとった一方、ヘクターにしてみれば、自分たちは親しい友人以上の仲ではなかった。彼から見て、ブリジッドはよき友、セックスの伴侶《はんりょ》、信頼できる味方だったが、だからといって結婚を申し込もうなどという気はなかった。

ジャーナリストなのだから、彼女のベッドで眠らない夜にヘクターが何をしていたかはブリジッドとて承知していたにちがいない。朝刊を開くだけで、彼の武勇伝がたどれて、最新のアヴァンチュールやら戯れの恋やらをめぐる思わせぶりな科白が目に入ったはずだ。書いてあることの大半は嘘《うそ》だとしても、彼女の嫉妬《しっと》を煽《あお》る証拠は十二分にあった。だがブリジッドは嫉妬しなかった。少なくとも、しているようなそぶりは見せなかった。ヘクターが電話してくるたび、腕を広げて歓迎した。ほかの女性のことはいっさい口にしなかったし、ヘクターをなじったり問いつめたり、行ないを改めてほしいと頼んだりはしなかった。だから彼女に対するヘクターの好意はますます募っていった。それがブリジッドの策略だった。心底ヘクターに惚《ほ》れ込んだ彼女は、二人一緒の生活に関する早すぎる決断を迫るのは控えて、ここは辛抱強く行こうと決めたのである。いずれはきっと、ヘクターも遊び回るのをやめるはずだ。女たちの尻《しり》を追いかけ回す楽しみも、じきに色あせてくるはずだ。いい加減飽きてきて、憑《つ》きものが落ちたみたいに目が開かれるにちがいない。そうなったとき、自分こそがそこにいて彼を待っているのだ。

頭脳明晰《めいせき》にして創意工夫に富むブリジッド・オファロンはこのように作戦を練り、しばらくのあいだは、本当にいずれヘクターをモノにしそうな形勢だった。ハントとのさまざまないさかいに明け暮れ、毎月一本新作をひねり出さねばならないプレッシャーや疲れと戦うヘクターは、ジャズクラブやもぐり酒場での空《むな》しい遊びに夜の時間を費やすことにだんだん惹《ひ》かれなくなっていったし、無意味な誘惑に精力を注ぐ気も次第に失《う》せていった。ブリジッドのアパートメントは彼にとって安らぎの場になっていった。二人一緒にそこで過ごす静かな晩は、彼の頭と股間《こかん》を安定した状態に保つ上で大きな助けになった。ブリジッドは鋭い批評眼の持ち主であり、映画業界の内情についても彼より通じていたから、ヘクターはだんだんと彼女の判断に頼るようになっていった。事実、次作『道具係』の保安官の娘候補にドローレス・セントジョンをオーディションしてみてはどうかと勧めたのもブリジッドだった。過去数か月セントジョンの動向を追っていたブリジッドは、この二十一歳の女優が次の大スターに、メイベル・ノーマンド、グロリア・スワンソン、ノーマ・タルマッジ級の大物になる可能性を秘めていると評価していた。

ヘクターはブリジッドの忠告に従った。三日後、ドローレスが事務所に入ってきた時点では出演作も何本か見ていて、すでに彼女に役を与える気になっていた。ドローレスの才能についてはブリジッドの言うとおりだったが、そのブリジッドの言葉も、またそれまでヘクターがスクリーン上で見ていたドローレスの姿も、生身の彼女が与えた圧倒的な衝撃の準備にはとうていなっていなかった。誰かが無声映画で演技しているのを見るのと、その誰かと握手して目と目を合わせるのとではまったく話が違う。銀幕の上ではもっと印象的な女優もいるだろう。が、音と色のある現実世界、五感、土気火水の四元素、二つの性から成る肉づけされた三次元世界にあっては、この女に匹敵する人物をヘクターは見たことがなかった。ドローレスがほかの女たちより美しかったというのではないし、その午後に一緒に過ごした二十五分間に彼女が何か素晴らしいことを言ったというのでもない。ありていに言って、頭はむしろ鈍い方、せいぜい人並みの知力に思えた。だが彼女には何かしら野生の匂《にお》いがあった。動物的なエネルギーが肌にそって走り、それがしぐさ一つひとつから発散されていた。ヘクターは彼女から目を離せなかった。彼を見返す目は、ひどく薄いシベリアンブルーだった。肌は白く、髪はこの上なく濃い赤で、ほとんどマホガニーに近い。一九二八年六月のアメリカ人女性大半の髪とは違って、肩まで垂れていた。しばらくのあいだ二人は、当たり障《さわ》りのない世間話を交わした。それから、いきなり、君が望めば役は君のものだとヘクターが言い、彼女もそれを受け入れた。ドタバタ喜劇は初めてだから楽しみです、と彼女は言った。そして椅子《いす》から立ち上がり、ヘクターと握手し、部屋から出ていった。十分後、彼女の顔の像がまだ頭のなかで熱く燃えているなか、ドローレス・セントジョンこそ自分が結婚する女だとヘクターは決断した。彼女こそ生涯に一度の女性だ。彼女が結婚してくれないなら誰とも結婚しない、そう思った。

彼女は『道具係』で有能に演技し、ヘクターの要求はすべてこなした上に、気の利いたささやかなタッチを自分からいくつか加えもした。ところが、ヘクターが次作についても契約を結ぼうとすると、彼女は渋った。アラン・ドワン監督の長篇の主役という話を持ちかけられていて、この一大チャンスを見送るわけには行かないというのだ。女性相手に魔力を発揮するはずのヘクターも、今度ばかりは手の打ちようがなかった。気持ちをうまく伝える英語の言葉が思いつかなかったし、何度かはひそかな思いをもう少しで打ちあけそうになったものの、結局いつも、あと一歩のところで尻込みしてしまった。相応《ふさわ》しくない言葉が出てきたら、彼女は怯《おび》えてしまい、チャンスは永久に失われるだろう。一方、ブリジッドのアパートメントでは相変わらず週に幾晩かを過ごしていた。べつに何の約束もしたわけではないし、誰を愛そうと勝手だと思ったから、ドローレスのことは何も言わなかった。『道具係』の撮影が六月末に終了すると、ドローレスはテハチャピ山脈へロケに出かけた。彼女がドワンの映画にかかわっていた四週間のあいだに、ヘクターは彼女に手紙を六十七通書いた。面と向かって言えなかったことを、紙の上に記すだけの勇気はようやく見つかったのである。彼はそれを何度も何度も書いた。書くたびに言い方は違っていたが、メッセージはいつも同じだった。はじめドローレスはとまどった。やがて気をよくした。じきに、手紙を心待ちにするようになった。最後の方にはもう、彼からの手紙なしでは生きていけない気になっていた。八月のはじめにロサンゼルスへ帰ると、答えはイエスだと彼女はヘクターに告げた。そうよ、私はあなたを愛している。はい、あなたの妻になります。

結婚式の日取りは決めていなかったが、たぶん一月か二月に、と二人は話していた。そのころにはもう、ハントと契約した本数も撮り終えて、次の計画も決まっているだろう。いまやブリジッドに打ちあける時だった。だがヘクターはそれを先送りしつづけた。今夜はブラウスタインとマーフィと一緒に遅くまで仕事するから、今夜は編集室にこもるから、等々何かと口実を作った。ロケハンに行く、具合が悪い。八月はじめから十月なかばまで、彼はブリジッドと会わない口実を何十とでっち上げた。それでもなお、彼女ときっぱり縁を切る気にもなれずにいた。ドローレスに熱を上げているさなかにも、週に一度か二度はアパートメントを訪ねていき、中に足を踏み入れるたび、またいつもの心地よい気分に入っていくのだった。そんな彼を、卑怯者《ひきょうもの》となじるのはたやすいが、と同時に、葛藤《かっとう》を抱えていた人間だと擁護することも等しく容易なはずである。もしかすると、ドローレスとの結婚について迷いが生じはじめていたのかもしれない。ブリジッドを捨てる気がまだなかったのかもしれない。二人の女のあいだで引き裂かれ、自分には二人とも必要なのだと感じていたのかもしれない。疚《やま》しい思いは時に、人を本意に反する行為に向かわせるが、欲望についても同じである。そして、一人の男の心のうちで疚しさと欲望とが等しく混じりあうとき、その男は奇怪な行動に走りがちなものである。

ブリジッドは何も疑っていなかった。九月に、ヘクターが『ミスター・ノーバディ』の妻役にドローレスを起用したときも、賢明な選択だと言って誉《ほ》めた。撮影現場から、ヘクターと主演女優との特別な「近しさ」の噂《うわさ》が流れてきてもなお、ことさらに気を揉《も》んだりはしなかった。あの人は女といちゃつくのが好きだもの。共演する女優にはいつだって惚《ほ》れ込むし。どうせいったん撮影が済んでみんな散りぢりになったら、いつもさっさと忘れてしまうのだ。ところが、今回は噂が止《や》まなかった。ヘクターはすでにカレイドスコープ最終作『ダブル・オア・ナッシング』に移っているというのに、ゴードン・フライのコラムでは、長い髪の某妖女《ようじょ》と口ひげがトレードマークのギャグマンのためにじきウェディングベルが鳴るなどという憶測がささやかれた。十月もなかばに入ったころ、五、六日ヘクターから連絡を受けていなかったブリジッドは編集室に電話をかけて、今晩来てちょうだいとヘクターに要求した。そんなことを彼女が言ってきたのは初めてだったから、ヘクターはドローレスとの夕食の約束を取り消してアパートメントに出かけていった。そしてそのとき、過去二か月間先延ばしにしてきた件をつきつけられて、ついに真実を白状したのである。

ヘクターとしては何か劇的な展開を期待していた。女の怒りが爆発して、自分は表に叩《たた》き出され、事はきれいさっぱり終わるといった展開を。ところがブリジッドは、そう打ちあけられても黙って彼を見るだけで、大きく息を吸い込み、あなたが彼女を愛しているなんてありえない、と言った。あんな女をあなたが愛しているはずがない、とブリジッドは言った。そんなことありえない、だってあなたは私を愛しているんだもの。いやもちろん君を愛しているさ、とヘクターは言った。いつまでも愛するさ。でも実はね、僕はドローレスと結婚するんだよ、とヘクターは言った。するとブリジッドは泣き出したが、それでもなお、ヘクターの裏切りを責めたりはしなかったし、私の身にもなってくれとか、私をこんなひどい目に遭わせてどういうつもりだなどとわめき散らしもしなかった。あなたは自分の気持ちを思い違えているのよ、とブリジッドは言った。誰も私のようにあなたのことを愛しはしないとわかったら、あなたはきっと私のもとに帰ってくるわ、と彼女は言った。ドローレス・セントジョンなんてモノよ、人間じゃないわ、と彼女は言った。見るからにあでやかで、うっとりさせられるけど、一皮剝《む》いたらあんなの、がさつで薄っぺらで馬鹿《ばか》な女よ、あなたの妻になる資格なんかない。その時点で、ヘクターは何か言うべきだったのだろう。ここで何か残酷な、グサッと刺すような科白を口にして、ブリジッドの希望を完全に打ち砕いておくべきだったのだ。だがブリジッドの悲しみが、ヘクターにはひどくこたえていた。彼女の献身ぶりをひしひしと感じていた。そのせいで、ブリジッドが短く切れぎれに喋《しゃべ》るのを聞きながら、言うべきことも言えなかった。君の言うとおりだよ、とヘクターは言った。たぶん一年か二年しか続かないだろうよ。でも俺はそれをやらずにはいられないんだ。彼女を自分のものにせずにはいられないんだ。とにかくそうしたら、あとはひとりでに決まるさ。

結局その夜はブリジッドのアパートメントに泊まっていった。そうしたところで、いいことがあると思ったわけではない。お願いだから今夜だけは泊まっていってくれと彼女にすがりつかれて、嫌だとは言えなかったのである。翌朝、彼女が目を覚ます前にこっそり抜け出し、それを境に物事は変わりはじめた。ハントとの契約は終わった。ブラウスタインと『ドット・アンド・ダッシュ』に取り組みはじめた。結婚式のプランも固まっていった。二か月半経《た》っても、ブリジッドからは連絡がなかった。その沈黙ぶりをいささか不安に思いはしたものの、実のところドローレスのことで頭が一杯で、さして深くは考えなかった。ブリジッドが姿を消したのは、彼女が言葉どおりに行動する人間であって、彼の邪魔をするには自尊心が強すぎるからだと思った。ヘクターとしては自分の意図をはっきり伝えた。だから彼女ももう身を引いて、泳ごうが沈もうがヘクター一人でやらせようとしているのだ。ヘクターが泳げば、おそらくもう二度と彼女の姿を見ることはあるまい。もし沈めば、きっと最後の瞬間に現われて、彼を水から引っぱり揚げてくれるだろう。

ブリジッドのことをこんなふうに、ナイフを刺されても痛みを感じず傷を負っても血は流さない一種の超人に仕立て上げることによって、ヘクターは良心の呵責《かしゃく》を和らげていたにちがいない。とにかく本人は出てこないのだから、事実は確かめようがない。だったら少しくらい願望でものを考えても罰《ばち》は当たるまい。彼女が元気でやっていて、堂々と人生を歩んでいるものとヘクターは考えたかった。彼女の記事が『劇映画』に載らなくなったことは気づいていたが、一時的にハリウッドを離れているのかもしれないし、よそで別の仕事に就いたのかもしれない。当面、より暗い可能性は考えないことにした。彼女がとうとうふたたび登場して初めて（大晦日《おおみそか》に彼の家の玄関に手紙を滑り込ませていったのだ）、いかに自分をごまかしていたかをヘクターは思い知った。十月にヘクターが彼女を捨てて出ていった二日後、ブリジッドはバスタブで両の手首を切ったのだった。下の部屋に水が垂れなかったら、大家の女性がドアの鍵《かぎ》を開けることもなく発見も手遅れになっていただろう。ブリジッドは救急車で病院に運ばれた。何日かして危機は脱したけれど、心はもうボロボロになってしまいました、と彼女は書いていた。しじゅう支離滅裂なことを口走り、しくしく泣いてばかりいた。医者たちは観察のために彼女を病院にとどまらせた。精神病棟に二か月入院した。一生そこで過ごす気だった。どのみちもはや人生の目的はただひとつ、自殺の手段を見つけることだけだったから、どこにいようと同じことだった。やがて、次の企ての準備をひっそり進めている最中に、奇跡が起きた。というか、奇跡はすでに起きていて、いままで二か月その奇跡とともに自分が暮らしていたことを彼女は発見したのである。それが現実であって彼女の想像ではないことを医者たちも保証してくれると、もはや死ぬ気はなくなった。信仰はもう何年も前になくしていたし、高校以来告解にも行っていなかったけれど――と彼女はさらに書いていた――でもその朝看護婦さんが病室に入ってきて検査の結果を知らせてくれて、神様が口を私の口につけてふたたび命を吹き込んでくれたような心持ちがしたのです。ブリジッド・オファロンは妊娠していた。秋に二人で過ごした最後の夜に身ごもったのである。いま彼女のお腹《なか》のなかには、ヘクターの子供がいるのだ。

退院を許されると、彼女はアパートメントを引き払った。貯金は少しあったが、仕事に復帰せずに家賃を払いつづけるには足りなかったし、雑誌の職を棒に振ってしまったからには、すぐには仕事に戻れない。そういうわけでもっと安い宿を見つけたのです、と手紙は続いていた。鉄枠のベッドがあって、壁には木の十字架、床下に鼠《ねずみ》たちが集団で棲《す》んでいるところですが、住所も町名も教える気はありません、探しても無駄です、と彼女は書いていた。彼女は偽名を使って登録し、もう少し妊娠が進んで、ヘクターが中絶を勧めようにももはや手遅れになるまで待つ構えだった。赤ん坊を生きさせることにブリジッドは心を決めていた。ヘクターが彼女と結婚する意志があろうがなかろうが、ヘクターの子供の母親になる気だった。手紙はこう結ばれていた――ダーリン、運命が私たちを結びつけたのです、いま私がどこにいようとも、あなたはいつも私と共にいるのです。

そして、ふたたび沈黙。二週間が過ぎても、ブリジッドは宣言どおり身を隠したままだった。ヘクターは手紙のことをドローレスには黙っていたが、彼女と結婚するチャンスがおそらくもう潰《つい》えたことは自分でもわかっていた。ドローレスとの未来の暮らしを考えるたびにブリジッドのことを考えてしまい、どこかのうらぶれた界隈《かいわい》の安宿で横たわっている妊娠した元恋人の姿が脳裡《のうり》に浮かんだ。体内で赤ん坊が育っていくなか、彼女はじわじわと己を狂気へ追いやっている。ヘクターとしても、ドローレスをあきらめたくはなかった。毎晩彼女のベッドにもぐり込んで、あの滑らかな、電気を帯びたような体が自分の肌に貼《は》りつくのを感じたい。その夢を手放したくはなかった。だが、人間は自分の行為に責任がある。もし子供が生まれてくるのなら、自分の為《な》したことから逃げる道はない。ハントは一月十一日に自殺したが、もはや彼のことはヘクターの念頭になかった。一月十二日にその知らせを聞いても、何も感じなかった。過去はもうどうでもよかった。問題は未来だけだった。そしてその未来は、にわかに疑わしくなってしまっていた。ドローレスとの婚約は破棄するしかないだろうが、そうするためには、まずブリジッドが姿を現わしてくれないと。そして彼女の居場所はつきとめようがないのだから、ヘクターとしても動くに動けない。ここで立往生しているしかないのだ。彼はだんだん、両足を釘《くぎ》で床に打ちつけられたような気になってきた。

一月十四日の夜、ヘクターはブラウスタインとの仕事を七時で切り上げた。トパンガ・キャニオンにあるドローレスの家で夕食を共にする予定だった。約束の時間は八時で、十分余裕をもって出発したつもりだったが、途中で青いデソートのタイヤがパンクし、交換し終えたころにはすでに四十五分を無駄にしていた。もしそのパンクがなかったら、彼の人生を変えた出来事も起こらなかっただろう。なぜなら、ラ・シエネガ・ブールバードから横道に入った闇《やみ》のなか、ヘクターがかがみ込んで車の前方をジャッキで持ち上げはじめたまさにその最中、ブリジッド・オファロンがドローレス・セントジョンの家の玄関をノックし、ヘクターが作業を終えて運転席に戻ったころにはもう、ドローレスは誤って32口径の弾丸をオファロンの左眼に撃ち込んでしまっていたのである。

少なくとも、ドローレスの話ではそういうことだった。玄関から中に入っていったヘクターを迎えた、その呆然《ぼうぜん》とした、恐怖に包まれた表情からして、彼女の言葉を疑う理由はなかった。弾が入っているなんて知らなかったのよ、とドローレスは言った。三か月前、キャニオンに孤立して建つこの一軒家に引越したときに、護身用にとエージェントから渡されたというのだ。ブリジッドが異常な科白《せりふ》をさんざん並べ立て、ヘクターの赤ん坊がどうとか切った手首がこうとか、病院の鉄格子《てつごうし》窓、キリストの傷の血等々わめき散らすものだから、ドローレスはすっかり怯《おび》えてしまい、出ていってちょうだいとブリジッドに言った。ところが相手は立ち去るどころか、しばらくすると、私の男を盗んだと言ってドローレスをなじりはじめ、無茶苦茶な最後通告をつきつけ、悪魔、あばずれ、下司《げす》で卑劣な売女《ばいた》と罵《ののし》った。『劇映画』所属の、可愛《かわい》らしい笑顔で鋭いユーモアのセンスを備えたあの感じのいいレポーターは、いまやすっかり危険な人物になり果てていた。部屋のなかをよたよた歩き回って、声を限りに泣き叫んでいる。これ以上こんな女にいられては困る、そう考えたところで、ドローレスはリボルバーのことを思い出した。居間のロールトップデスクの真ん中の引出しに入っていて、いま自分が立っているところから三メートルと離れていない。彼女はデスクまで歩いていって、真ん中の引出しを開けた。引き金を引くつもりはなかった。銃を見ればそれでブリジッドも怖気《おじけ》づいて立ち去るのではと考えただけだった。ところが、引出しから出して、部屋の向こう側に銃口を向けたとたん、銃が彼女の手のなかで暴発した。大した音は立たなかった。ぽん、と小さな音がしただけだったとドローレスは言った。そしてブリジッドが、奇妙なうめき声を上げ、床に倒れたのだった。

ドローレスが一緒に居間に入ろうとしないので（そんな恐ろしいことできない、あの女を見ることなんかできないと彼女は言った）、ヘクターは一人で入っていった。ブリジッドはソファの前の敷物に、顔を下にして倒れていた。体は温かく、血がまだ頭蓋骨《ずがいこつ》のうしろから漏れ出ていた。体をひっくり返して、その破壊された顔を目にし、左眼があったところの穴を見たとたん、いきなりヘクターの息が止まった。このブリジッドを見たまま、同時に呼吸することは不可能だった。ふたたび呼吸しはじめるためには目をそらすしかなかったし、いったんそらしてしまうと、もう一度彼女を見る気にはなれなかった。すべては失われ、すべては粉々に砕けてしまった。彼女のなかにいた、いまだ生まれざる赤ん坊も死んでしまい失われてしまった。やがてヘクターは立ち上がり、玄関広間に行って、クローゼットから毛布を一枚取り出した。居間に戻って、もう一度だけブリジッドを見て、ふたたび胸のうちで息が詰まるのを感じ、それから毛布を広げて、その小柄な、悲劇の体の上にかけた。

とっさに思ったのは警察へ行くことだったが、ドローレスは怖がった。銃について質問されて、およそありえない展開を十回も十二回も復唱させられ、なぜ二十四歳の妊婦が居間の床に転がっていたかを説明させられたら、彼女の答えはいったいどう聞こえるか？　かりに信じてもらえて、暴発だったということまで受け容《い》れてもらえたとしても、スキャンダルは避けられまい。彼女のキャリアは破滅だろうし、それをいえばヘクターのキャリアも同じことだ。自分たちのせいでない出来事のために、なぜそんなに苦しむ必要があるのか？　レギーに電話しましょうよ、とドローレスは言った。彼女のエージェントのレジナルド・ドーズ、銃を彼女に与えた張本人の阿呆《あほう》である。あの人に任せればいいわ、機転も利《き》くし、いろんな手を知ってるし。相談すればきっと何とかしてくれるわよ。

だが何とかなるわけはないことがヘクターにはわかっていた。他人に話したら、スキャンダルと屈辱が待っている。話さなかったら、もっとひどい厄介。殺人罪で告発されるかもしれないし、裁判沙汰《ざた》になったら、事故死だったなどと言っても誰も信じてくれまい。何を選んでも毒だ。だが選ぶしかない。ヘクターがドローレスの分まで選ぶしかない。そして正しい選択などというものはありえない。レギーに言うなんて冗談じゃない、と彼はドローレスに言った。君が何をやったか知られたら、奴《やつ》の奴隷《どれい》にさせられるぞ。一生涯、奴の前で這《は》いつくばる破目になるぞ。他人を引き入れるわけには行かない。警察に電話してすべてを話すか、誰にも話さないかのどちらかだ。誰にも話さないなら、死体は自分たちで始末するしかない。

そんなことを口にすれば地獄堕《じごくお》ちだとわかっていたし、もう二度とドローレスに会えなくなることも承知していたが、とにかく彼はその言葉を口にし、それから二人は作業に取りかかった。もはや善悪の問題ではなかった。この状況においてどうするのが一番害が少ないか、もうひとつ人生を無駄に破滅させないためにはどうしたらいいか、そういう問題だった。二人でドローレスのクライスラー・セダンを出して、ブリジッドの遺体をトランクに入れ、マリブから北へ一時間走って山のなかへ行った。死体はまだ毛布に包んだままで、その毛布を敷物に包んであり、トランクには家の裏手の園芸用具小屋から出してきたシャベルも入っていた。シャベルを使ってヘクターは穴を掘った。ドローレスのために、せめてそれくらいはしてやる義務がある。何といっても、ヘクターは彼女をだましていたのであり、驚いたことに、そうと知ってもドローレスは彼への信頼を失わなかった。ブリジッドから聞かされた話自体は、ドローレスとしてもまったく相手にしていなかった。単なるうわごと、嫉妬《しっと》に狂った女の嘘《うそ》っぱちだと片付けて、美しい鼻先に証拠をつきつけられても受け容れなかった。もちろんそれは、虚栄心のなせる業だったのかもしれない。自分が見たいもの以外は何ひとつ見ようとしない、途方もない虚栄心がそうさせたのかもしれない。だが同時に、もしかしたらそれは、愛ゆえだったのかもしれない。底なしに盲目的な、自分が何を失おうとしているのかヘクターにすら想像がつかぬほどの愛だったのかもしれない。言うまでもなく、そのどちらなのか、ヘクターは知らずに終わった。山のなかでのおぞましい用事から戻ってくると、ヘクターは自分の車で自宅に戻り、以後二度と彼女に会わなかったのである。

そのようにして、ヘクターは姿を消した。着ている服と、財布に入った現金以外は、何もかも置いたままで立ち去り、翌朝十時にはもう、シアトル行きの列車に乗って北へ向かっていた。捕まることは十分覚悟していた。ブリジッドが行方不明になったことが判明したら、じきに誰かが二つの失踪《しっそう》を結びつけて考えるにちがいない。警察はヘクターを尋問しようと、本気で彼を探しにかかるだろう。だがそれはヘクターの読み違いだった。いままですべてのことについて読み違えていたのと同じに、この点についても彼は誤っていた。たしかにヘクター自身の失踪の知らせは世に広まっていたが、ブリジッドがいなくなったことは当面誰一人知りもしなかったのだ。もはや職もなく、住所も不定、一九二九年初めのその週が終わってもロサンゼルスの〈フィッツウィリアム・アームズ〉の部屋に戻ってこなかった時点で、フロント係が手配して彼女の荷物が地下室に運び出され、部屋が誰か別の人間に貸されるだけの話である。異常なところは何もない。住人が行方知れずになるのはそこでは日常茶飯事であり、ほかにも金を払って借りたがっている人間がいるのに部屋を空いたままにしておくわけには行かない。かりにフロント係が、警察に連絡する必要を感じたとしても、できることは何もなかったはずだ。ブリジッドは偽名で登録していたのだ。存在しない人間をどうやって探せるというのか？

二か月後、彼女の父親がスポーカンから電話をかけて、レノルズという名の、ロサンゼルス警察の刑事と話をした。レノルズは一九三六年に退職するまで捜査を続けた。その二十四年後、オファロン氏の娘の遺体がとうとう発掘されることになる。シミ・ヒルズの端に建設予定の団地の工事現場で、ブルドーザーによって掘り出されたのである。遺骨はロサンゼルスの鑑識課に送られたが、そのころにはもう、レノルズの作成した書類は文書の山に埋もれて、身元を確かめるすべはなかった。

アルマがこの遺骨について知ったのも、丹念に探し回った末のことだった。どこに埋めたかをヘクターから聞いて、八〇年代初頭に団地を訪れ、何人もの話を聞いて、まさにその場所から骨が発見されたことを確認したのだった。

そのころにはもう、ドローレス・セントジョンもとっくに世を去っていた。ヘクターの失踪後ウィチトーの実家に戻って、マスコミに例の声明を伝えたあとは、いっさい人前に出なかった。一年半後、地元の銀行家ジョージ・T・ブリンカホフと結婚し、二人の子（ウィラ、ジョージ・ジュニア）を産んだ。一九三四年、上の子供がまだ三歳にもならない時点で、十一月の雨が激しく降る晩に車で帰宅途中、タイヤがスリップした。車は電信柱に激突し、彼女は衝撃でフロントガラスを突き破って外に放り出され、頸動《けいどう》脈《みゃく》が切れた。警察の検屍《けんし》報告によれば、意識を取り戻すことなく出血多量で死んだ。

事故の二年後にブリンカホフは再婚した。一九八三年、アルマが手紙でインタビューを申し込むと、未亡人から、夫は昨年秋に腎臓《じんぞう》を患《わずら》って亡《な》くなりましたという返事が来た。だが子供は二人ともまだ生きていて、アルマは両方から話を聞いた。一人はテキサス州ダラスに、もう一人はフロリダ州オーランドーに住んでいた。だがどちらからも大したことは聞き出せなかった。事故当時はまだひどく小さかったものですから、と彼らは言った。写真で顔は知っていますが、母親の記憶はまったくありませんと彼らは言った。

一月十五日の朝にセントラル駅へ入っていったときは、ヘクターのひげはもうなくなっていた。一番目立つ特徴を取り除くという、単純な引き算の行為によって、自分の顔を他人の顔に変容させたのである。目、眉《まゆ》、額、撫《な》でつけた髪なども、彼の映画に親しんでいる人たちにはなにがしかを物語ってしまうだろうが、汽車の切符を買ってまもなく、その点についても妙案が浮かんだ。そしてついでに、アルマによれば、このとき新しい名前も見つけたのだった。

九時二十一分発シアトル行きの乗車時刻までまだ一時間あったので、ヘクターは時間つぶしに駅のレストランに入ってコーヒーを飲むことにした。ところが、カウンターに座って、鉄板の上でベーコンと卵がじゅうじゅう焼ける匂《にお》いを嗅《か》いだとたん、激しい吐き気に襲われた。トイレに駆け込んで、個室に入って両手両膝《りょうひざ》をつき、胃の中身を便器にぶちまけた。体のなかから、すべてがほとばしり出てきた。見るも無残な緑の液体、未消化の茶色い食物のぬらぬらした断片。それは細かい震えとともに、恥を、恐怖を、嫌悪《けんお》を体内から追放する営みだった。発作が過ぎると、ヘクターは床に倒れ込み、長いあいだそこに横たわって息を整えようとあがいていた。頭は奥の壁に押しつけられていて、その角度からだと、普通なら見逃していたであろうものが目に入った。すなわち、便器のすぐうしろの、カーブを描いたパイプの肱《ひじ》の部分に、誰かが帽子を落としていったのが見えたのである。隠れ場所から引き出してみると、労働者ふうの、頑丈そうなツイード製で、前面にまびさしがついていた。ヘクター自身がアメリカへ来たばかりのころにかぶっていた帽子とさして変わらない。彼はそれをひっくり返して、中に何も入っていないことを確かめた。不潔なものでも入っていたら、かぶりようがない。と、内側の革バンドに、インクで持ち主の名前が書いてあるのが見えた。Herman Loesser。いい名前じゃないか、ととっさに思った。ひょっとして、すごくいい名前ではないか。とにかくほかのどんな名前と較《くら》べても劣りはしない。自分だってドイツふうに言えばHerr Mann（マン氏）だ。Herman＝ハーマンと名のることにするなら、自分の正体を完全に捨て去ることなく身元を変えることができる。肝腎なのはそこだ。他人の目からは自分を消去し、自分では自分が何者かを忘れずにいること――忘れたくないからではなく、まさに忘れたいがゆえに。

Herman Loesser。この姓を「レッサー（より劣る）」と発音する人もいるだろうし、「ルーザー（敗者）」と読む人もいるだろう。どっちにしろ、俺にはうってつけの名前じゃないか。

帽子は驚くほどぴったりだった。緩すぎもきつすぎもせず、ひさしを深く下ろして、個性的な傾きの眉毛と、くっきりあざやかな両目を隠すのにちょうど十分な余裕がある。かくして、引き算の次は足し算。ヘクター引くひげ、ヘクター足す帽子。この二つの操作によって彼という人間は打ち消され、その朝トイレを出た彼は、いまや誰のようでもあり、誰のようでもなかった。まさしくミスター・ノーバディだった。

シアトルで六か月暮らし、ポートランドに下って一年住み、次はふたたびワシントン州に北上して一九三一年春まで過ごした。はじめはとにかく、混じりけなしの恐怖心につき動かされていた。失踪直後、命がけで逃げている気分だった日々の目標は、あまたの犯罪者とまったく同じだった——今日もまた捕まらずに済めば、それでよし。朝も夕も自分に関する新聞記事を読みあさって、捜査の進展をたどり、追っ手がどれくらい近づいているか把握に努めた。記事の内容に、ヘクターはとまどった。彼という人間を知ろうという努力がほとんどなされていないことに愕然《がくぜん》とさせられた。ハントなどほとんど無意味なのに、どの記事も判で押したようにハントではじまりハントで終わっていた。株の操作、偽《にせ》の投資、うわべは華やかな病めるハリウッド業界。ブリジッドの名前は一度も出てこなかったし、ドローレスにしても彼女がカンザスに帰るまでは誰一人取材しなかった。日一日と、プレッシャーは減っていった。一か月が過ぎて、何ら突破口も開かれず報道もだんだん小さくなってくるとともに、パニックも収まっていった。自分は誰にも、何の疑いもかけられていない。その気になれば、家に帰ることだってできる。ロサンゼルス行きの列車に乗りさえすれば、中断した人生をそのまま再開できるのだ。

だがヘクターはどこへも行かなかった。ノースオレンジ・ドライブの家に戻って、ガラス張りのベランダにブラウスタインと座り、アイスティーを飲みながら、『ドット・アンド・ダッシュ』の仕上げに勤《いそ》しむ。彼にとってそれ以上やりたいことはなかった。映画を作ることは、譫妄《せんもう》状態で生きることに似ていた。人間が発明したなかでこれほど困難で苛《か》酷《こく》な仕事もほかにないが、困難であればあるほどヘクターのやる気も高まった。彼はいままさに仕事のこつを学んでいる最中であり、込み入ったいろいろな要素を一つひとつ呑《の》み込んでいるところである。あと少ししたらきっと一流の映画人になれるにちがいない。自分に関してヘクターの望みはそれだけだった。このひとつの仕事がうまくできるようになること。望みはそれだけなのだから、まさにそのことだけは二度と自分に許すまいと思った。罪のない娘を狂気に追いやり、妊娠させて、地中二メートル半の深さに死体を埋めておいて、ぬくぬくそれまでと同じ生活を続けられるわけがない。そんなことをやった人間は、罰を受けねばならない。社会が罰しないのなら、自分で自分を罰するまでだ。

シアトルではパイクプレース・マーケットの近くの下宿屋に部屋を借り、財布に入れてきた金がついに尽きると、地元の魚屋で仕事を見つけた。毎朝四時に起きて、夜明け前の霧に包まれてトラックから荷を下ろし、ピュージェット湾の湿気が指をこわばらせ骨にもしみ込んでくるのを感じながら箱や樽《たる》を持ち上げた。煙草《たばこ》を一服してから、今度は砕いた氷の上に蟹《かに》や牡蠣《かき》を並べ、それも済むと、一連の毎日同じくり返しの作業に携わる。秤《はかり》にカチンと殻が当たる音。茶色い紙袋。短い、切れ味鋭いナイフで牡蠣の殻を開く。仕事をしていないとき、ハーマン・レッサーは図書館で借りた本を読み、日記をつけ、絶対必要がない限り誰とも口をきかなかった。アルマが言うには、目的は、自らに強いた厳しい状況の下でもだえ苦しむこと、可能な限り居心地の悪い暮らしを送ることだった。仕事が楽になりすぎてしまうと、ポートランドに移って樽工場の夜間警備員の職に就いた。屋内市場の喧騒《けんそう》は、己の思考の静寂にとって代わられた。こうした選択に、何ら一貫した方針はなかった。償いの行《ぎょう》は絶えることのない営みだった。おのおのの時点で、自分に何がもっとも足りないと思えるかに応じて、自分自身に科す罰も変わっていった。話し相手は欲しかったし、また女性と一緒になりたかった。自分の周りに肉体と声があることをヘクターは望んだ。だからこそ、誰もいないがらんとした工場に閉じこもって、自己否定の技術をとことん極めようと努めた。

ポートランドにいた時期に株式大暴落が起こり、一九三〇年なかばにコムストック樽製造所も倒産してヘクターは職を失った。そのころにはもう、数百冊の本を読破していた。はじめは、周りでみんなが話題にしていても自分は読んだことのなかった十九世紀小説の古典（ディケンズ、フロベール、スタンダール、トルストイ）からスタートしたが、こつのようなものが見えてきた時点で、振り出しに戻って系統的に独学しようと決めた。彼にはおよそ何の知識もなかった。学校は十六歳で卒業し、周りには誰一人、ソクラテスとソフォクレスは同じ人物ではなくジョージ・エリオットは女であって『神聖喜劇』は来世をめぐる長詩であり登場人物がみな最後にしかるべき相手と結婚するお気楽なドタバタではないことを教えてくれる人物はいなかった。いままではずっと目先の事柄に追いまくられて、そんなことを気に病んでいる暇はなかった。それがいま、にわかに時間だけはいくらでもあるようになった。自分一人のアルカトラズに幽閉された年月、ヘクターは、己が生き残ったその状況について考え、魂のなかの絶えざる、容赦ない疼《うず》きを理解するための新たな言語を修得していった。アルマによれば、この厳格な自己鍛錬が彼を徐々に別の人間に変えていった。外から距離を置いて自分を眺めることを覚え、自分をまず無数の人間のなかの一人として、次に物質のランダムな分子の組合せとして、そして最後には一個の塵芥《ちりあくた》として見られるようになっていった。出発点から遠ざかれば遠ざかるほど、偉大な境地にヘクターは近づいていったのだとアルマは言った。その時期に書いた日記を読ませてもらった彼女は、五十年の時を経てヘクターの良心の苦悩をじかに感じとることができた。こんなにどうしていいかわからなかったことはない、と彼女は、記憶を頼りに日記の一節を暗唱して見せた。こんなに独りぼっちでこんなに怖かったことはない――でもこんなに烈《はげ》しく生きていたこともない。あと一時間もしないうちにポートランドを去るというときに書いた言葉だという。それから、ほとんど付け足しのように、ヘクターはふたたび紙に向かい、ページの下にもう一段落を加えていた――いまではもう死者としか話をしない。信頼できるのは、俺を理解してくれるのは、死者たちだけだ。彼らと同じく、俺も未来なしで生きている。

スポーカンに行けば仕事があるという噂《うわさ》だった。製材所で人を探していて、東と北の伐採場で雇ってもらえるという。そういう仕事に興味はなかったが、樽工場が閉鎖されて間もないある午後に二人の男が話しているのを耳にはさんで、ふっとあることを思いつき、いったん考えてみると、もはや頭から追い出せなくなってしまった。スポーカンはブリジッドが育った町である。母親はすでに他界しているが父親はまだ生きていて、妹も二人いた。ヘクターが思いつくあらゆる責め苦のなか、自分自身に及ぼしうるあらゆる苦痛のなかで、彼らが住んでいる町へ行ったら、と考えるほど辛《つら》いことはなかった。オファロン氏と二人の娘を目にして、その容貌《ようぼう》を知ったなら、自分が彼らに対して為《な》した悪を思うたびに彼らの顔が脳裡《のうり》に浮かぶことだろう。そのくらいの苦しみを味わうのが自分の務めだと思った。彼らを現実の存在に、記憶のなかでブリジッドと同じくらいリアルな存在にする義務が自分にはあるのだ。

少年時代の髪の色でいまも呼ばれているパトリック・オファロンは、二十年前からスポーカンの繁華街で〈レッド運動具店〉を経営してきた。町に着いた日の朝、駅から西へ二ブロック行ったところにヘクターは安宿を見つけ、一晩の宿代を前払いしてから店を探しに出かけた。店は五分と経《た》ぬうちに見つかった。見つかったらどうするかまでは考えていなかったが、いちおう用心のため、まずは店の外から窓ごしにオファロン氏の姿を覗《のぞ》くのが得策だと思った。家に宛《あ》てて書いた手紙のなかでブリジッドが自分のことに触れていたかどうか、ヘクターにはまったくわからなかった。もし触れていたら、彼がきついスペイン語訛《なま》りで喋《しゃべ》ることを一家はたぶん知っているだろう。そして何より、一九二九年に起きた彼の失踪《しっそう》にも注目しただろう。ブリジッド自身二年近く行方知れずなのだから、アメリカ中でこの一家だけは、二つの事件のあいだにつながりを見出《みいだ》しているかもしれない。とすれば、ヘクターが店へ行って口を開けばそれで事足りる。ヘクター・マンが何者なのかオファロンが知っているなら、おそらくセンテンスを三つ四つ喋りもすれば、ひょっとしたら、という思いが湧《わ》くにちがいない。

だがオファロンの姿は見当たらなかった。ウィンドウに飾ったゴルフクラブのセットを吟味するふりをして、ガラスに鼻を押しつけてみると、店内がはっきり見えたが、その角度から眺める限り誰もいなかった。客もいないし、カウンターの向こうに店員が立ってもいない。まだ時間は早いが――十時を回ったばかりだ――ドアには〈営業中〉の札が掛かっている。人通りの多い街頭に立って人目を惹《ひ》くよりはと、ヘクターは計画をあっさり変更して中へ入ることにした。正体を悟られたら、そのときはそのときだ。

ドアを引いて開けるとベルがちりんと鳴り、奥のカウンターに向かって歩いていくと足下でむき出しの床板がきしんだ。さほど広い店ではなかったが、棚には商品がぎっしり詰まっていて、およそスポーツマンが求めうるあらゆる品が揃《そろ》っているように見えた。釣り竿《ざお》にリール、ゴム製足ひれに水泳用ゴーグル、ショットガンと狩猟用ライフル、テニスラケット、野球のグラブ、フットボールのボール、バスケットのボール、肩パッドにヘルメット、スパイクシューズとクリート付きシューズ、キッキングティーにドライビングティー、ダックピン、バーベル、メディシンボール。支柱が二列、店の端から端まで等間隔で並んでいて、どの柱にもレッド・オファロンの額入り写真が飾ってあった。どれもまだ若いころに撮った、何らかのスポーツに勤しんでいる姿を写した写真だった。ある写真では野球の、またある写真ではフットボールのユニフォームを着ていたが、一番多いのは陸上競技の、体を最低限包むだけのウェアを着て競走している姿だった。一枚の写真では目いっぱい大きなストライドで走っていて、両足がともに宙に浮き、二位を二メートル引き離していた。またある写真ではシルクハットに燕尾服《えんびふく》の男と握手して、一九〇四年セントルイス・オリンピックの銅メダルを受けとっていた。

ヘクターがカウンターに近づいていくと、奥の部屋から若い女が、タオルで両手を拭《ふ》きながら出てきた。女は首を横に傾け、下を見ながら歩いていて、ヘクターのいる位置からは顔もよく見えなかったが、その歩き方、肩の丸まり具合、タオルで指をこするしぐさの何かが、自分はいまブリジッドを見ているのだという思いをヘクターに与えた。何秒かのあいだ、あたかもこの十九か月がまったく存在しなかったような気がした。ブリジッドはもはや死んでいない。ヘクターがかぶせた土を爪《つめ》で上向きに掘り進み、自ら埋葬場所から出て、いまここで、ふたたび無傷の姿で息をしている。頭部の弾丸ももはやなく、眼があったところに穴も空いてない身で、ワシントン州スポーカンの父の店を手伝っているのだ。

女はなおも彼に向かって、未開封の紙箱の上にタオルを置くために一瞬立ちどまっただけで歩きつづけた。そして、何とも奇怪なことに、彼女が顔を上げてヘクターと目を合わせても、これはブリジッドだという錯覚はいっこうに消えなかった。女は顔もブリジッドのそれだった。同じ輪郭、同じ口、同じ額に同じあご。次の瞬間、ヘクターに向かって彼女がにっこり笑うと、その笑顔まで同じだった。一メートル半くらいまで近づいてきてやっと、ヘクターの目にも違いが見えてきた。まず顔じゅうそばかすに包まれているところが違うし、目もこの女性の方が緑が濃かった。目と目の間隔も広いし、鼻柱からの距離もわずかに大きい。このように、目鼻立ちに微妙に変更が加わったことで、全体の調和は高まり、彼女を姉より美人にしていた。ヘクターも笑顔を返した。彼女がカウンターにたどり着いて、いらっしゃいませ、とブリジッドの声で言ったころには、卒倒してしまいそうだという気持ちはもう去っていた。

ミスター・オファロンにお会いしたいんですが、いらっしゃいますでしょうか、とヘクターは言った。訛りを隠そうとはせず、ミースタール、と語尾のrを誇張して発音し、それから彼女の方に向かって身を乗り出し、その顔を見つめて反応を探った。何も起こらなかった。というか、あたかも何も起こらなかったかのように会話は進んでいった。それとともに、ブリジッドが彼の存在を秘密にしていたことをヘクターは悟った。カトリックの家庭で育てられた彼女のことだ、ほかの女と婚約している——しかもユダヤ人として割礼を受けていて、婚約を破棄して自分と結婚する気もない——男と寝床を共にしているなどと、父と妹たちに知らせる気にはなれなかったのだろう。だとすれば、おそらく妊娠のことも彼らは知るまい。浴槽で手首を切ったことも、二か月の入院中ずっと、よりよい、より効率的な自殺の手段を夢想していたことも知らないだろう。ひょっとしたらブリジッドは、ドローレスが登場する前の、いずれはすべて自分の目論見《もくろみ》どおりに運ぶものと確信していたころからすでに、連絡を絶っていたかもしれない。

この時点ではもうヘクターの頭もフル回転し、一度にいくつもの方向に飛び回っていた。カウンターに立った女性が、父は用事があって今週はカリフォルニアに行っていますと言ったときも、何の用事かすぐに見抜いた。レッド・オファロンは行方不明の娘の件で警察と話をしにロサンゼルスへ出かけていったのだ。すでにあまりに捜査の長引きすぎた事件に関して、何か手を打つよう警察をせっつきに行ったのである。警察の答えに満足できなければ、オファロン氏は私立探偵を雇って一から捜査をやり直させるだろう。いくら金がかかっても構うものか、と氏はおそらく、町を去る前、スポーカンに残ったこの娘に言ったことだろう。手遅れにならないうちに何とかしないといけないのだ。

父が出かけているあいだ私が代わりに店番をしているんです、とスポーカンに残った娘は言った。でもお名前とお電話番号をお聞かせいただければ、金曜日に戻ったときに父に伝えます、と彼女は言った。それには及びません、金曜日にまた伺いますから、とヘクターは答え、それから、単に挨拶《あいさつ》代わりに、あるいは印象をよくしようと思ってか、お一人で任されているんですか、これだけのお店を一人で切り盛りするのは大変じゃありませんか、と訊《き》いてみた。

本当は三人いるはずだったんですが、いつもの店員が今日は具合が悪くて休んでいる上に、仕入れ係の男の子は先週クビになったんです、野球のグラブを盗んで近所の子供たちに半額で売っていたのが発覚したもので、と彼女は言った。正直言ってちょっと途方に暮れているんです、店を手伝うのは何年かぶりですし、私、パターとウッドの違いもわからないし、レジを打とうにも九回くらい打ち間違えてしまうんです。

どこまでも友好的な、率直な会話だった。こうした内情をヘクターに打ちあけることに相手は何らためらいを感じていない様子だった。会話が進んでいくとともに、彼女が四年家を離れて、教師になるために「州大」で学んでいたことが判明した（「州大」とはプルマンにあるワシントン州立大だとわかった）。六月に卒業し、以来実家に戻ってきて、もうじきホレス・グリーリー小学校で四年生のクラスを受け持つのだという。ものすごく運がよかったんです、と彼女は言った。私も子供のころ通った小学校なんです、私も姉二人もみんな、四年生のときはネールガード先生に習ったんです。四十二年勤めたネールガード先生が、ちょうど私が仕事を探しはじめたときに退職なさったなんて、奇跡みたいですよね。あと一月半もしないうちに、自分が十歳だったときに過ごした教室の教壇に立つんです。人生の成り行きってほんとに不思議ですよねえ。ほんとに面白いと思いません？

ええ、すごく面白いですね、すごく不思議です、とヘクターは言った。目の前の相手がオファロン三姉妹の末娘ノーラであって、十九で結婚してサンフランシスコへ移ったディアドリーではないことがこれではっきりした。一緒に三分間過ごして、ノーラが死んだ姉とはまったく違う人間であることをヘクターは見てとった。見かけは似ていても、ブリジッドのような張りつめた生意気すれすれのバイタリティも、野心も、打てば響く機敏な知性もない。この娘はもっとずっと穏やかで、おっとりしていて、素朴だ。ブリジッドがあるとき、三姉妹のうち血管に本物の血が流れてるのは私だけよ、と言ったことをヘクターは思い出した。ディアドリーは酢でできてるし、ノーラは百パーセント生温かい牛乳。あの子こそブリジッドと名づけるべきだったのよ、アイルランドの守護聖人、聖ブリジッドにちなんでね。自己犠牲と善行の人生に生まれついた人間がいるとすれば、それこそ私の妹ノーラだもの。

ここでふたたびヘクターは立ち去りかけたが、またしても何かが彼を引きとめた。新しいアイデアが頭に浮かんだのだ。それはおよそ正気の沙汰《さた》とは言えない衝動であり、こんな危険で自滅的な行動を思いついただけでも驚きなのに、それを実行するだけの度胸をヘクターは胸のうちに感じたのだった。

駄目で元々と思って言ってみます、と彼は申し訳なげな笑みを浮かべ肩をすくめながらノーラに言った。実は、こうして伺ったのは、雇っていただけないかとミスター・オファロンにお願いしてみようと思ったからなんです。仕入れ係の一件を聞いたもので、ひょっとしてまだ空きがあるかと思いまして。変ねえ、とノーラは言った。ついこの前のことだし、求人広告もまだ出していないのに。この件は父が帰ってきてから取りかかるつもりだったんです。いやいや、こういう噂ってのは広がるものなんです、とヘクターは言った。まあそうなんでしょうね、とノーラは言った。でもどうして仕入れ係なんかなさりたいの？　つまらない仕事よ、力ばかり強くて頭は空っぽで志もない人の仕事よ、あなたならもっとましなことができるでしょうに。そうでもないんですよ、とヘクターは言った。何しろ不景気ですからね、とにかく食っていける仕事なら、今日びみんないい仕事なんです。どうでしょう、試しに使ってみていただけませんかね？　お一人じゃ無理です、手伝いが要りますよ。働きぶりを見ていただいて、これなら使えると思われたら、お父様に推薦していただければ。いかがです？　決まりですか？　スポーカンに着いてまだ一時間と経っていないのに、すでにハーマン・レッサーはふたたび職にありついていた。その申し出の大胆さに声を上げて笑いながら、ノーラは彼と握手した。それが済むと、ヘクターは上着（目下所有している唯一《ゆいいつ》のまっとうな服である）を脱いで仕事にかかった。彼は自分を一匹の蛾《が》に変えたのだった。その日一日、熱く燃える蠟燭《ろうそく》の周りを蛾はひらひら飛びつづけた。いつ羽に火が点《つ》いてもおかしくないことは承知していたが、いまにも火に触れそうになればなるほど、果たすべき運命を果たしているのだという気持ちも強まった。その夜、日記にはこう書いた。俺の人生を救おうと思うなら、まず破滅の一歩手前まで行くしかない。

まったく意外なことに、ヘクターは一年近く持ちこたえた。店の裏で働く仕入れ係からはじめて、しまいには接客担当兼店長補佐として直接オファロン氏の下で働いた。父親は五十三歳だとノーラは言ったが、次の週の月曜日に引きあわされると、もっと歳《とし》なんじゃないかと思えた。六十歳、下手をすれば百歳にも見える。元運動選手の髪はもはや赤くはなく、かつてしなやかだった胴にはすっかり贅肉《ぜいにく》がつき、片方の膝《ひざ》に関節炎を患《わずら》っているせいでぎくしゃく足をひきずっていた。毎朝九時きっかりに店に顔を出しはするが、仕事に興味がないのは明らかで、たいてい十一時か十一時半にはまたいなくなった。脚の調子が良ければ車でカントリークラブに出かけて友だち二、三人とゴルフを一ラウンドやった。悪ければすぐ向かいのレストラン〈ブルーベル・イン〉で早めのランチをゆっくり食べて、それが済むと家に帰って午後は寝室で新聞を読み、毎月カナダから密輸してくるジェームソンのアイリッシュ・ウィスキーをラッパ飲みした。

ヘクターのことは批判もせず、仕事ぶりに不満を言ったりもしなかったが、さりとて褒めもしなかった。何も言わないことによってオファロン氏は満足を表明したのであり、時おり、上機嫌なときには、ヘクターと顔を合わせるとごくわずか首を縦に振ってみせた。何か月かのあいだ、二人のあいだのやりとりはほとんどそれだけだった。ヘクターもはじめは落着かなかったが、そのうちに、べつにこれは自分に対する批判ではないのだと割りきるようになった。オファロン氏は声なき内省の領域に生きていた。世界に対し、終わることのない受動的抵抗を続け、時間をできるだけ苦痛なしに使いきる以外何の目的もなく日々を漂っているように見えた。決して腹を立てず、めったに笑わなかった。公平にして私情をはさまず、そこにいるときでもいないように見え、自分に対しても他人に対して以上の同情や共感を示しはしなかった。

オファロン氏がヘクターに対し閉じていて無関心であるのと同程度に、ノーラは開いていて積極的に関与してきた。何といってもヘクターを雇ったのは彼女だったから、その後も彼に対する責任感を抱きつづけ、時に友人として、時に保護者として接し、時には彼を人間更生プロジェクトの対象として扱った。父親がロサンゼルスから戻ってきて、店員が帯状疱疹《ほうしん》から回復すると、ノーラはもはや店では必要とされなかった。本人としても、新学期の準備をしたり、昔のクラスメートと会ったり、数人の若い男が言い寄ってくるのをあしらったりするのに忙しかったが、それでも夏が終わるまでずっと、昼過ぎにはいつも店に顔を出して、ヘクターの様子を見ていった。一緒に仕事をしたのは四日間だけだったが、その期間に、三十分の昼食時間に倉庫でチーズサンドイッチをヘクターと分けあう習慣が二人のあいだに出来上がっていて、その後も相変わらずチーズサンドを持って現われ、相変わらず三十分のあいだいろんな本について話しあった。かけ出しの独学者たるヘクターにとって、何かを学ぶには絶好の機会だった。大学を出たばかりで、他人に教える人生に乗り出さんとしているノーラにとっても、利口でやる気のある生徒に知識を伝達する好機だった。その夏ヘクターはシェークスピアをこつこつ読み進めていたので、ノーラも一緒になって読み、わからない言葉を教え、歴史上の事実や演劇上の習慣について説明し、登場人物たちの心理や動機を一緒になって考えてくれた。例によってそうやって奥で勉強会をやっていて、『リア王』第三幕の「汝所有せる《ザウ・オウスト》」

という一言の発音でつっかえたとき、自分の訛《なま》りをひどく気にしていることをヘクターは打ちあけた。こんな言葉、いつまで経《た》っても喋《しゃべ》れやしないよ、君みたいな人の前で喋るときは永久に馬鹿《ばか》みたいな話し方しかできないだろうよ、と彼は言った。ノーラはそうした悲観に耳を貸さなかった。あたし、州大で言語療法も副専攻したのよ、具体的な矯正法とか実際的な練習法とか改善のためのテクニックとかいろいろあるのよ、と彼女は言った。ヘクターさえ頑張ってみる気があるのなら、訛りを取り除いてみせる、スペイン語訛りの痕跡《こんせき》をいっさいなくしてみせる、そう彼女は請けあった。僕はそんなレッスンにお金を出せる身分じゃないんだよ、わかってるだろう、とヘクターは言ったが、お金のことなんて誰が言った？　とノーラは答えた。あなたに頑張る気があるんなら、あたしも手伝う気があるわよ。

九月になって学校がはじまると、新任の四年生担任はもはや昼食時には来られなくなった。レッスンは夕方に移行し、毎週火曜と木曜の七時から九時まで、オファロン家の居間で行なわれた。短い「イ」と「エ」、th、歯を使わないr相手にヘクターは苦闘した。黙音の母音、歯間の破裂音、両唇音《りょうしんおん》、摩擦音、口蓋《こうがい》閉鎖音、音素。ノーラに聞かされる言葉の大半はさっぱりわからなかったが、練習はそれなりに効果を挙げているように思えた。それまで発したことのない音をヘクターの舌は発するようになり、九か月にわたって奮闘し、反復を重ねた末に相当の進歩を遂げ、どこで生まれたのかもだんだんわからなくなっていった。まあたしかにアメリカ人のようには聞こえないが、さりとて無学で山出しの移民のようにも聞こえない。スポーカンにやって来たことは人生最大の愚行のひとつだったかもしれないが、この町で彼の身に起きたことのうち、ノーラの発音レッスンはおそらく何より深い、永続的な変化をヘクターに及ぼした。その後五十年にわたって口にしたすべての言葉がそのレッスンの影響を被《こうむ》っていたのであり、教わったことは生涯ずっと体に残ったのである。

火曜と木曜、オファロン氏はたいてい二階の自室にこもっていたし、さもなければ友だちとポーカーをやりに夕方から出かけていった。十月初旬のある夜、レッスンの最中に電話が鳴って、ノーラがそれを受けに玄関広間へ出ていった。しばらく交換手と話してから、緊張と興奮の入り混じった声で彼女は二階の父親を呼び、ステグマンから電話だと伝えた。ロサンゼルスからで、コレクトコールにしてほしいって言ってるんだけど、受けていい？　と彼女は訊いた。いま行く、とオファロン氏は答え、聞こえないようにノーラは居間と玄関広間を仕切る引き戸を閉めたが、氏はそのころにはもういささか酔っていて、かなり大声で喋ったので、その一部はヘクターの耳にも届いてしまった。すべてではなくとも、よい報《しら》せではないとわかる程度には十分聞こえた。

十分後、引き戸が開いて、オファロン氏が足を引きずるようにして居間に入ってきた。すり切れた革のスリッパをはいていて、サスペンダーは肩から外れて膝のあたりに垂れていた。ネクタイもカラーも外していて、体はふらつき、ウォールナットのエンドテーブルにつかまらないことには立つこともままならなかった。それからしばらく、氏はまっすぐノーラの方を向いて話した。ノーラは部屋の真ん中にある大型ソファに、ヘクターと並んで座っていた。オファロン氏にとっては、ノーラの生徒はそこにいないも同然らしかった。無視したというのでもないし、ヘクターがそこにいないふりをしたのでもない。ただ単に、彼がそこにいるのが目に入っていなかったのだ。そしてヘクターは、そこで交わされた会話の細かいニュアンス一つひとつまで理解できてしまったから、さりげなく立ち去るようなことはとうていできなかった。

ステグマンがもうやめると言っている、とオファロン氏は言った。何か月も調査を続けて、見込みのある手がかりはひとつも見つかっていません。もう参ってきました、もうこれ以上お金をいただくわけには行きませんと言うんだ。

それで、どう返事したの、とノーラが訊くと、金をもらうのがそんなに心苦しいんだったら何だっていつもコレクトコールでかけてくるんだと言ってやった、とオファロンは答えた。あんたはヘボ探偵だ、あんたがやらんのなら誰か別の人間を探すと言ったよ。

父さん、それは違うわ、とノーラは言った。ステグマンに見つからないんなら、誰にも見つからないってことよ。西海岸一の私立探偵という話だったじゃない。レノルズがそう言ったのよ、レノルズの言うことなら信用できるでしょ。

レノルズなんか糞喰《くそく》らえだ、とオファロン氏は言った。ステグマンも糞喰らえだ。みんな好き勝手なことを言うがいい、私はあきらめないぞ。

ノーラは首を前後にゆっくり振った。目に涙があふれてきた。父さん、事実を見据える時よ、と彼女は言った。ブリジッドがどこかで生きてるんなら、きっと手紙の一通もよこしたはずよ。じゃなきゃ電話するとか。居場所を知らせてくるはずよ。

知らせてくるもんか、とオファロンは言った。四年以上、あの子は一度も手紙をよこさなかったんだぞ。家族と縁を切ったんだ。見据えるべき事実はそのことさ。

家族とは縁を切ってないわ、とノーラは言った。父さんとは切ったけど。あたしにはずっと手紙をくれていたのよ。大学に行ってるあいだだって、三週間か四週間に一度はプルマンに手紙が届いたわ。

そんな話は聞きたくない、とオファロン氏は言った。もう相談しても無駄だ、お前が応援してくれないなら私一人でやる。お前の言うことなんか聞いてられるか。そう言い捨てて、オファロン氏はテーブルから手を離し、しばし危なっかしくよろめきながらどうにか自力で立って、よろよろと部屋から出ていった。

ヘクターが目撃していいような場面ではとうていない。こっちは単なる仕入れ係であり、親しい友人などではないのだ。父と娘のプライベートな会話を聞く権利も、酔って身なりも乱れた雇い主がよたよた動き回っている部屋に居合わせるいわれもない。出ていってちょうだい、ともしそのときノーラに言われていたら、話はそれっきりで済んだろう。ヘクターが何も聞かなかったこと、見なかったことにして、誰も二度と話題にしなかっただろう。ノーラがセンテンスひとつ言えば、見えすいた口実ひとつ口にすれば、ヘクターはそれでソファから立ち上がって、お休みなさい、と言ったことだろう。だがノーラには、ごまかすという能力が欠けていた。オファロン氏が出ていったとき、彼女の目にはまだ涙がたまっていた。禁じられた秘密がとうとう明るみに出てしまったのだ。いまさら隠してもはじまらないではないか？

父さんは前からあんなじゃなかったのよ、と彼女は言った。あたしたちが小さかったころは別人だった。いまの父さんを見てると、父さんだと信じられないくらい。もう昔の父さんを思い出すのも難しくなってきたけど。レッド・オファロン、北西部の稲妻。パトリック・オファロン、メアリ・デイの夫。パパ・オファロン、幼い娘たちの皇帝。でもこの六年のあいだにいろんなことがあって、父さんはほんとに辛《つら》い思いをしたのよ、とノーラは言った。一番の親友がジェームソンって名前なのも無理ないわね——そう、二階で父さんと一緒に暮らしてる、むっつり顔の何も言わない人よ、琥珀色《こはくいろ》の液体が入った壜《びん》一本一本にとじ込められてる人よ。最初は母さんが死んだことだった。癌《がん》で、四十四歳で亡《な》くなったの。それだけでも大変だったのに、まだ次から次に悪いことがあったのよ。家庭内のもめ事が立て続けに起きて。腹にパンチ、顔にパンチという感じで、父さんは少しずつ参っていった。母さんの葬式から一年も経たないうちにディアドリーが妊娠して、父さんが大急ぎで用意した結婚話を彼女が拒むと、父さんはディアドリーを家から追い出した。それでブリジッドも父さんに背を向けたのよ。姉さんはスミス大の最終学年で、大陸の反対側に住んでいたけど、何があったか聞くと父さんに手紙をよこして、ディアドリーをもう一度家に迎え入れてあげない限り父さんとは二度と口をきかないと宣言したの。でも父さんは耳を貸さなかった。お前の学費は私が出しているんだぞ、私に指図するなんて自分を何様だと思ってるんだ、って。結局姉さんは、最後の学期は自分で授業料を払った。そして卒業すると、ジャーナリストになろうとまっすぐカリフォルニアへ行ったの。スポーカンには立ち寄りもしなかった。父親に負けず頑固なのよ、そしてディアドリーは二人を足したそのまた倍頑固なの、とノーラは言った。ディアドリーもその後結婚して二人目の子供を産んだが、それでも話は変わらなかった。依然として父親と口をきこうとせず、それはブリジッドも同じだった。やがてノーラも大学に進学してプルマンに移った。姉二人とは連絡を取っていたが、筆まめなのはブリジッドの方で、ほぼ毎月、最低一通はノーラに手紙をよこした。ところが、ノーラが三年生になったあたりで、ぷっつり便りがとだえた。はじめはべつに大騒ぎすることもあるまいと思ったが、三、四か月音沙汰《おとさた》がなかったところでノーラはディアドリーに手紙を書いて、そっちにはブリジッドから連絡があるかと訊《たず》ねた。もう六か月便りがない、と返事が来ると、ノーラは心配になってきた。父親に話すと、哀れオファロン氏は、上二人の娘に為《な》した仕打ちをめぐって後悔の念に打ちひしがれ、何とか償いをしようと、ただちにロサンゼルス警察と連絡を取った。レノルズという名の刑事が担当になった。捜査は急速に進行し、数日のうちに、決定的な事実が数多く明らかになった。ブリジッドが雑誌社を辞めたこと、自殺未遂を起こして病院に入れられたこと、妊娠していたこと、引っ越し先を知らせずにアパートメントを出たこと、そして現に行方不明であること。暗い報せであり、それらがほのめかすところを思えば暗澹《あんたん》たる気持ちにならざるをえなかったが、それでもとにかく、真相解明まではあと一歩と思えた。それから、少しずつ、捜査は行きづまっていった。一か月が過ぎ、三か月が過ぎ、やがて八か月が過ぎても、レノルズは何ひとつ報告すべき事実を発見していなかった。ブリジッドを知っていた人物全員から話を聞いて、できることはすべてやっているんです、とレノルズは言った。だが、フィッツウィリアム・アームズまで行方をたどったところで、警察は壁に行きあたってしまっていた。停滞に苛立《いらだ》ったオファロン氏は、何とか事態を押し進めようと、私立探偵を雇うことにした。レノルズからフランク・ステグマンという男を紹介してもらい、しばらくのあいだはオファロン氏も新たな希望を抱いていた。父さんは事件が生き甲斐《がい》になったのよ、とノーラは言った。ステグマンがごく小さな新情報、ごくささいな手掛かりを報告してくるたびに、オファロン氏はロサンゼルス行きの一番早い列車に飛び乗った。必要とあらば夜行も辞さず、翌朝一番にステグマンの事務所のドアをノックした。けれどそのステグマンもとうとう万策尽きて、白旗を掲げようとしているのだ。そこのところはあなたも聞いたわよね、とノーラはヘクターに言った。そういう用件の電話だったの。まあやめたいって言ってくるのも無理ないわね、とノーラは言った。ブリジッドは死んだのよ。あたしにはわかるし、レノルズにもステグマンにもわかる。でも父さんは、まだそのことを受け容《い》れようとしないの。何もかも自分が悪いと決めていて、とにかく何か希望にすがりつかないことには、ブリジッドはいつか見つかるんだと自分をあざむかないことには、生きていけないのよ。すごく簡単なことなの、とノーラは言った。希望が持てなくなったら、父さんは死ぬのよ。あまりの苦痛に、あっさり死んでしまうのよ。

　その後もノーラはヘクターにすべてを話しつづけた。誰かと悩みを分かちあいたいと思うのは無理ないが、世界中のすべての聞き手候補のなかで、彼女が選んだ相手はよりによってヘクターだったのである。彼はノーラの打ちあけ話の聞き役に、自分自身の罪に関する情報の貯蔵庫になった。毎週火曜と木曜の晩、大型ソファにノーラと並んで座り、レッスンに精を出しながらも、自分の脳がまた少し崩壊していくのを感じた。人生とは熱病の生む夢だとヘクターは思い知った。現実とはもろもろの虚構と幻覚から成る無根拠な世界であり、想像したことがすべて実現する場なのだ。あなた、ヘクター・マンって人知ってる？　ある夜ノーラは彼に向かって何とそう訊《き》いた。ステグマンが新しい説を出してきてね、もうやめると言ってから二か月になるんだけど、この週末に父さんに電話してきて、もう一度チャンスを与えてほしいって頼んできたの。ステグマンが発見したところによると、ブリジッドがヘクター・マンについて記事を書いていて、その十一か月後にマンが行方不明になった。同時にブリジッドも行方不明になったのは偶然とは思えないって言うのよ。二つの未解決事件のあいだにつながりがあるかもしれないって。成果は約束できないけどとにかく取っかかりはできたから、父さんがいいと言ってくれたら調査を再開したいってステグマンは言ってる。もし記事を書いたあともブリジッドがマンと会っていたことが確認できれば、望みも出てくるんじゃないかって。いいえ、聞いたことない名前ですね、とヘクターは答えた。誰です、そのヘクター・マンって？　あたしもよく知らないの、とノーラは言った。俳優で、何年か前に無声映画を何本か作ったっていうんだけど、あたしも見てないし。大学にいたころは映画に行く暇もなかったから。ええ、私も映画はあんまり行きませんね、金がかかるし、目に悪いって前にどこかで読んだものですから、とヘクターは言った。失踪《しっそう》事件のことはあたしも何となく覚えてるんだけど、そのときにはべつに気にも止めなかったわ。ステグマンが言うには、もう二年近く行方が知れないんですって。なぜいなくなったんです？　それが謎《なぞ》なのよ。ある日あっさり姿を消して、そのまま いっさい消息を絶ったの。じゃああんまり望みは持てませんねえ、とヘクターは言った。人間、隠れつづけるのにも限度がありますからね。いまだに見つかっていないってことは、たぶんもう死んでるんじゃないかな。ええ、たぶんね、とノーラも同意した。そしてブリジッドもたぶん死んでるのよ。ただね、いろいろ噂《うわさ》はあって、ステグマンもそれを調べてみたいって言うの。どんな噂です？　マンが南米に帰ったかもしれないっていう噂よ。南米出身なの。ブラジルだったかアルゼンチンだったか、国は忘れたけど、すごい話よねえ。何がすごいんです？　だってそのヘクター・マンっていう男、あなたと同じ地域の出身なわけじゃない。その確率ってどれくらいかしら？　南米が大きな場所だってことを忘れてますよ、とヘクターは言った。南米出身の人間なんてそこら中にいます。ええ、それはわかってるんだけど、でもたとえばもしよ、ブリジッドがあなたと一緒に南米へ行ったとしたら、それってやっぱりすごい話でしょ？　そう考えるだけであたし、嬉《うれ》しくなる。あたしたち姉妹二人と、南米人二人。ブリジッドがあっちで南米人といて、あたしもこっちで南米人といる。

これでもし、ヘクターがノーラのことをそれほど好いていなかったら、会ったその日から心のどこかで彼女に恋していなかったら、これほどの責め苦にはならなかっただろう。彼女に触れてはならないことは承知している。その体に触る可能性を考えてみることすら、許しがたい罪だとわかっていた。それでも彼は、火曜と木曜の晩ごとにまた彼女の家へ足を運んだ。ソファの上に彼女が並んで腰を下ろし、その二十二歳の肉体を赤ワイン色のベロアのクッションに沈めるたびに、ヘクターはまた少し死んでいった。すごく簡単なことだっただろう、手をのばして彼女の首を撫《な》で、片手を彼女の腕に滑らせ、彼女の方を向いてその顔のそばかすにキスすることは。会話も時にひどくグロテスクなものになったとはいえ（ブリジッドとステグマン、父の変わりよう、ヘクター・マン追跡）、そうした欲求を抑えつけることの方がヘクターにはもっと辛かった。一線を踏み越えぬようにするのに、ありったけの力を費やさねばならなかった。二時間の拷問《ごうもん》のあと、しばしばレッスンから川の方へ直行し、町の反対側の、崩れかけた家や二階建ての安宿の、女を二十分か三十分のあいだ金で自由にできる界隈《かいわい》に行った。気の滅《め》入る解決策だったが、ほかに手はなかった。わずか二年前には、ハリウッドで最高に魅力的な女たちが彼とベッドに入ろうと争っていたのに、いまはスポーカンの裏道でなけなしの金をはたいている。ほんの数分の解放のために、半日分の給料を無駄にしているのだ。

ノーラが自分に少しでも気があるかも、などという思いはまったく浮かばなかった。自分は情けない男であり、真剣に考えるに値する人間ではない。ノーラがこんなに時間を割いてくれるのも、憐《あわ》れんでくれているからでしかない。彼女は若い、情熱的な人間であり、失われた魂たちの救済者をもって自任しているのだ。姉が言っていたとおり、聖ブリジッド、一家の殉教者。ヘクターは裸の原住民、ノーラはその境遇を向上させるべくジャングルをかき分けて進む宣教師である。こんなに率直で、決して希望を捨てず、世にうごめく暗い力を知らずにいる人物は見たことがなかった。時おり、これは単に頭が悪いだけじゃないだろうか、と思わされることもあったが、非凡な、この世ならぬ叡《えい》智《ち》の持ち主に見えることもあった。またあるときは、その一途《いちず》な、張りつめたまなざしを向けられて胸がはり裂けそうになった。それこそがスポーカンで過ごした一年を包むパラドックスだった。ノーラはヘクターの人生を耐えがたいものにした。だがひたすらそのノーラのために、彼は生きていた。ノーラこそ唯一《ゆいいつ》、さっさと荷物をまとめて立ち去ってしまわない理由だった。

半分くらいの時間、自分がノーラに白状してしまうことがヘクターは怖かった。残り半分は、発覚してしまうことが怖かった。ステグマンはヘクター・マン関連の情報を三か月半追った末に、結局ふたたび匙《さじ》を投げた。警察が挫《ざ》折《せつ》した仕事に私立探偵も挫折したわけだが、だからといってヘクターの身が安泰になってはいない。オファロン氏はその秋と冬のあいだに何度もロサンゼルスに足を運んだ。そのあいだに、ステグマンからヘクター・マンの写真を見せられたと考えるのが妥当だろう。もしオファロン氏が、働き者の仕入れ係と、行方不明の俳優との類似に気づいたら？　二月はじめ、カリフォルニアへの最後の旅から帰ってきて間もなく、オファロン氏がヘクターを見る目つきが変わってきた。何となく前より気の張った、好奇に彩《いろど》られた目になったのである。ひょっとして勘づかれたのだろうか。何か月にもわたって、沈黙と、ろくに隠しもしない軽蔑《けいべつ》が続いた末に、老人はにわかに、自分の店の奥で箱を上げ下げして働く卑《いや》しい男に注意を払いはじめた。無関心な会釈《えしゃく》は笑顔に代わり、時おり訳もなく肩をぽんと叩《たた》いて、どうかね調子は、と訊く。もっと驚くべきことに、晩のレッスンを受けにヘクターが家にやって来ると、オファロン氏は玄関のドアを開けてくれるようになった。あたかも歓迎すべき客であるかのようにヘクターと握手してから、いささかぎこちなく、だが明らかに好意を示して、天気などを話題にしばし世間話をし、それからやっと二階の自室へ戻っていく。ほかの人間であればまったく普通のふるまいであり、エチケットによって要求される最低限の営みというところだが、オファロン氏にそういうことをされると、ヘクターとしてはひどくとまどってしまった。何か怪しいぞ、と思った。礼儀正しい笑顔やちょっとした親しげな言葉程度に惑わされてはならない。このにせの愛想よさが続けば続くほど、ヘクターの怯《おび》えも募っていった。二月なかばにはもう、スポーカンにいられる日々も終わりが近づいてきたと思わざるをえなかった。罠《わな》が仕掛けられつつあるのだ。これはもう、いつでも逃げられるよう準備を整えておかないと。何かあったらすぐ夜の闇《やみ》に出ていって、二度と顔を見せずに姿を消すのだ。

やがて、次の展開が生じた。ある午後、ノーラに向けたお別れの演説を考えている最中にオファロン氏が彼を奥の部屋でつかまえて、給料が上がるってのはどうだね、と持ちかけてきたのである。ゴインズが辞めると言ってきたのさ、シアトルに移って義理の兄の印刷屋を引き継ぐんだそうだ、と氏は言った。私としては極力早く空きを埋めたい。君に接客の経験がないことは承知しているが、これまで仕事ぶりを観察してきて、君ならすぐ慣れると思うんだ。責任も増えるし時間も長くなるが、給料はいまの倍になる。少し考えたいかね、それともすぐ引き受けてくれるかね？　すぐお引き受けします、とヘクターは答えた。オファロン氏は彼と握手し、昇進おめでとう、と言ってその日の残り時間は休みにしてくれた。ところが、店を出ようというところでヘクターはオファロン氏に呼び戻された。レジを開けて二十ドル札を一枚取りなさい、と氏は言った。それでプレスラーズへ行って新しいスーツと、ワイシャツを何枚かと、蝶《ちょう》ネクタイを二つばかり買いなさい。これからは店の表で働くんだから、せいぜいいい格好をしてもらわないと。

オファロン氏は商売をヘクターに明け渡したも同然だった。店長補佐という肩書きを与えられはしたが、ヘクターは誰の補佐もしなかった。店は完全に彼に任された。名目上は、自分が所有する店舗の運営者ということになっていても、オファロン氏は何も運営していなかった。店にはほとんどいないし、ささいな事柄に心を煩《わずら》わせもせず、このやる気満々の外国人の成り上がり者が新しい職をこなせるとわかってからは、ろくに顔すら出さなくなった。もはや商売に対する関心もすっかりなくし、新しい仕入れ係の名前を覚えもしなかった。

レッド運動具店の事実上の店長として、ヘクターはきわめて有能だった。ポートランドの樽《たる》工場で一年孤立し、運動具店の倉庫にこもって仕事を続けたあとでは、ふたたび人間を相手に過ごせるのは嬉しかった。店は小さな劇場に似ていた。そこにおいてヘクターに与えられた役割は、映画で演じていた役割と基本的に大差なかった。働き者の下《した》っ端《ぱ》ヘクター、蝶ネクタイをした活《い》きのいい店員ヘクター。唯一違うのは、いまの名前はハーマン・レッサーだということ、その役を真面目《まじめ》に演じねばならないことだけだった。尻餅《しりもち》をついたり爪先《つまさき》をぶつけたりといったギャグはなし、無茶苦茶な体のよじれや大きなたんこぶもなし。彼の仕事は客を買う気にさせることであり、仕入れと売上げを管理すること、スポーツの美徳を擁護することである。とはいえ、年中しかつめらしい顔をしていなくてはならぬとは誰にも言われていない。目の前にはふたたび観客が現われたのであり、使える小道具も無数にあったし、ひとたび要領を呑《の》み込んだあとは役者本能が一気に戻ってきた。ヘクターはにぎやかな売り口上で客を魅了し、キャッチャーミットやフライフィッシングの実演で惹《ひ》きつけ、付け値から五、十パーセント、時には十五パーセントと気前よく値引いて彼らの忠誠を勝ちとった。時は一九三一年、人々の財布は薄かったが、スポーツは安価な気晴らし、手の届かないものについて考えないいための格好の手段であり、レッド運動具店の商売は依然として好調だった。男の子はどんな状況でも野球をするものだし、大人たちも川へ釣り糸を投げたり野生動物の体に弾丸を撃ち込むことをやめはしない。それに、ユニフォームも忘れてはならない。地元の高校や大学のチームのみならず、ロータリークラブ・ボウリングリーグのメンバー二百人、カトリック友愛バスケット連盟の十チーム、さらには三ダースばかりのアマチュア・ソフトボールクラブの面々、みんなユニフォームを必要としている。オファロン氏が十五年前にその市場を独占して以来、注文はシーズンごとに、月の相と同じ規則正しさで入ってきた。

四月なかばのある夜、例によって火曜のレッスンも終わろうとしているところで、ノーラがいきなりヘクターの方を向いて、あたし、結婚を申し込まれたの、と言った。まったく出し抜けの、それまでの話とは何のつながりもない一言だった。ヘクターとしても何秒か、ひょっとして聞き違いだろうかと思ったくらいだった。その種の宣言にはふつう笑顔が、時には高らかな笑い声が伴うものだろうが、ノーラの顔に笑みはなかったし、この報《しら》せをヘクターと分かちあうことを少しも喜んでいるように聞こえなかった。果報者の方は何ていうお名前ですか、とヘクターが訊《たず》ねると、ノーラは首を横に振り、それからうつむいて、青いコットンのワンピースを指でもてあそんだ。ふたたび上げた目には涙が光っていた。唇が動きかけたが、言葉が出てくる前に、彼女はにわかに席を立ち、片手を口に当てて居間から飛び出していった。

あっという間の出来事だった。何がなんだかわからないうちにノーラはいなくなっていた。彼女に声をかける時間すらなかった。ノーラが階段を駆け上がって自分の部屋のドアをばたんと閉めるのが聞こえると、もう今夜は下りてこないだろうとヘクターは悟った。レッスンは終わり。帰るべきだと思ったが、何分かが過ぎても、依然ソファから動いていなかった。やがて、オファロン氏がふらっと部屋に入ってきた。九時を回ったところで、氏はいつもの晩どおりの状態だったが、まだ体のバランスを失うほど酔いが回ってはいなかった。氏はヘクターの方に目を据え、ものすごく長いあいだ見入っていた。自分が雇った店長補佐を、上から下までしげしげと眺め、そのうちに、かすかな、歪《ゆが》んだ笑みが口の下半分に浮かび上がった。憐れみの笑みなのか、それとも嘲《あざけ》りなのか。ヘクターにはなぜかその両方のように思えた。そんなものがありうるとすれば、共感を伴った侮蔑。何か月ものあいだ表に出ていなかった、じわじわ育《はぐく》まれてきたとおぼしき敵意のしるしに、ヘクターは心穏やかでなかった。彼はようやくソファから立ち上がって、ノーラさんは結婚なさるんですか？　と訊ねた。雇用主は短い、嫌味な笑い声を上げた。何で私にわかる？　本人に訊《き》いたらどうだ？　とオファロンは言った。そして自分の笑い声に自分のうなり声で応《こた》えながら、ヘクターに背を向けて部屋から出ていった。

二日後の晩、おとといはいきなりごめんなさいとノーラは言った。もう気持ちも落着いたし、片はついたわ、と彼女は言った。断ったの、それでおしまい。一件落着。もう心配は無用よ。アルバート・スウィーニーはいい人だけど、結局ただの子供なの。子供と一緒にいるのはもう疲れたわ、特に父親のお金で暮らしている金持ちの子供といるのは。もしいつか結婚するんだったら大人の男がいいわ、ちゃんと世間を渡っていけて自分で自分の面倒を見られる人が。だけど父親が金持ちだからって責めるわけには行かないでしょう、とヘクターは言った。本人の責任じゃないんだし、それに、そもそも金があることのどこがそんなにいけないんです？　べつにどこも、とノーラは言った。とにかくあの人とは結婚したくないのよ、それだけよ。結婚は一生の問題なんだから、これと思う人が現われるまでイエスと言う気はないわ。

ノーラはじきに元気を取り戻したが、ヘクターとオファロンとの関係は新たな、何とも厄介な局面に入っていった。客間でのあの長い凝視と、短い嘲りの笑いが転換点となって、自分が見張られているという気持ちをヘクターはふたたび抱くようになった。店に入ってくるオファロンは、いまや商売にも客との応対にもいっさいかかわらなかった。手を貸したり、忙しいときにレジに立ったりもせず、テニスラケットやゴルフ用手袋の陳列ケースのかたわらの椅子《いす》に陣取って、黙って朝刊を読み、時おり、口の下半分が引きつったあの辛辣《しんらつ》な笑みの浮かぶ顔を上げた。何だかまるで、店の従業員のことを愉快なペットかぜんまい仕掛けのおもちゃだとでも思っているみたいだった。ヘクターが毎日十時間、十一時間と働き、利益もしっかり上げてくれているおかげでオファロンも隠居同然の日々を送っていられる。だがヘクターがこつこつ働けば働くほど、オファロンは彼に対する疑念をいっそう募らせるように、いっそう彼を見下すように思えた。ヘクターの方は、あくまで慎重に、何も気づかないふりをしていた。熱心すぎる阿呆《あほう》と思われるのは悪いことじゃないと割りきって、オファロンからムチャーチョとかエル・セニョールとか呼びかけられても、べつに大したことじゃないと考えた。とはいえ、そういう相手に下手に近づいたりするものではない。オファロンが部屋に入ってくるときには、自分の背中がつねに壁の方を向いているよう気をつけた。

五月初旬の明るい日曜の朝、オファロンからカントリークラブに誘われて、十八ホールを一緒にプレーしないかと言われても断りはしない。ブルーベル・インで昼飯をおごろうと言われて――それも一週間のうちに二度――メニューにある一番高い品を注文するよう勧められても、やはり拒まない。とにかく相手がこっちの秘密を知っているのでない限り、スポーカンへ何しに来たのかを疑っているのでない限り、四六時中じろじろ見られることにも耐えられる。耐えるのは、まさにこの男と一緒にいるのが耐えがたいからであり、この男のいまの悲惨な有様を哀れに思うからだ。この男の声からにじみ出てくる、醒《さ》めたみじめさを耳にするたび、それを生んだ責任の一端が自分にあることを思い知るからだ。

ブルーベル・インでの二度目の昼食をとったのは、五月後半の水曜の午後のことだった。あれでもし、これから何が起きるか、ヘクターが覚悟していたなら、おそらく彼としても違った反応をしていただろう。だが二十五分にわたって当たり障《さわ》りのない話が続いた末にオファロンが発した質問は、まったく彼の不意をついた。その晩、町の反対側にある下宿屋に戻ったヘクターは、一瞬にして宇宙の形が変わったと日記に書いた。俺は何もかも見逃していた。何もかも誤解していた。地は空であり、太陽は月、川は山だ。俺はずっと間違った世界を見ていたのだ。それから、午後の出来事の記憶がまだ生々しいまま、オファロンとの会話をヘクターは一語一句そのまま書き記した。

それでだ、レッサー、とオファロンはいきなり訊ねた。聞かせてくれ、君の意向はどうなのかね。

どういう意味でしょうか、とヘクターは答えた。美味《おい》しそうなステーキが目の前にあって、ぜひこれを平らげようというのが私の意向です。そのことをお訊ねで?

君は頭の切れる男だ、チコ。何の話かわかってるだろう。

失礼ながら、ミスター・オファロン、その意向という言葉がどうもわかりかねます。把握できません。

長期的な意向さ。

ああ、なるほど。未来のことですね、未来についてどう考えるかですね。それだったら迷わずお答えできます、私のただ一つの意向は、いまのままを続けることです。あなたの下でずっと働かせていただくことです。お店のために最善を尽くすことです。

ほかには？

ほかには何もありません。本気で言っているんです。素晴らしい機会を与えていただいたんですから、精一杯活かすつもりですよ。

で、私が誰に言われて、お前にその機会を与えたと思うんだ？

わかりませんね。ずっとあなた自身がお決めになったことだと思っていました。あなたにチャンスを与えていただいたんだと。

ノーラにさ。

ミス・オファロンですか？　そんなこと一言もおっしゃっていませんでしたよ。それは知りませんでした。あの方にはもうすでにすごくお世話になったのに、どうやらもっと恩があるみたいですね。そう伺って、つくづく有難いことだと思いますよ。

君、あの子が苦しむのを見ていて楽しいか？

ミス・ノーラが苦しむ？　何だってあの方が苦しまなくちゃいけないんです？　あの方は素晴らしい、元気一杯の女性です。みんなが崇拝しています。家族の悲しみが心にのしかかっていることは承知していますが――それはあなたも同じですよね、ミスター・オファロン――行方知れずのお姉さんを想《おも》って時たま涙を流す以外は、いつ見てもほんとに明るく生き生きしていらっしゃいますよ。

強い子だからさ。表では平気な顔を見せているんだ。

そう伺うと辛《つら》いですね。

先月アルバート・スウィーニーに結婚を申し込まれて、あの子はそれを断った。なぜ断ったと思う？　アルバートの父親はハイラム・スウィーニー、州代表の上院議員で、郡でトップの共和党員だ。今後五十年遊んで暮らせるのに、あの子は断ったんだ。なぜだと思う、レッサー？

愛していないから、とおっしゃっていました。

そのとおり。ほかの誰かを愛しているからさ。で、それは誰だと思うんだ？

その質問にはお答えできませんよ。ミス・ノーラの気持ちについては何もわかりませんから。

ハーマン、あんたオカマじゃないよな？

え？

オカマだよ。ホモ。男色《だんしょく》。

もちろん違います。

じゃあどうして何かしないんだ？

おっしゃることがわかりません、ミスター・オファロン。把握できません。

なあ君、私はもう疲れたよ。私にはもう、生き甲斐《がい》はひとつしかない。そのひとつさえきちんと片がつけば、あとは安らかにくたばれる。君さえ助けてくれれば、私としても取引する気はある。君さえいいと言ってくれたら、アミーゴ、すべては君のものだ。店も、権利も、何もかも。

お店をお売りになりたい、ということですか？　私、お金なんかありませんよ。そんな取引ができる立場じゃありません。

去年の夏ふらっと店にやって来て仕事をくれと言った君が、いまでは店を仕切っている。君は有能だよ、レッサー。ノーラの言ったとおりだ。私はあの子の邪魔をするつもりはない。もう人の邪魔をするのはやめたんだ。あの子が何か欲しいんだったら、手に入れるがいいさ。

どうしてミス・ノーラのことばかりおっしゃるんです？　商売上のご提案かと思ったんですが。

商売上の提案さ。だがそれには、とにかく君がこの件についてうんと言ってくれないと。べつに君が望んでいないことを無理に頼んでいるわけじゃあるまい？　君たちがたがいを見つめる目つきは私だって見ている。君さえ一歩踏み出してくれればいいんだ。

いったい何をおっしゃってるんです、ミスター・オファロン？

自分で考えたまえ。

わかりませんよ。本当にわからないんです。

ノーラだよ、阿呆。ノーラは君に恋してるんだ。

ですが私は何でもない人間です。まるっきりゼロです。あの方が私に恋するはずがありません。

君はそう思うかもしれんし、私だってそう思うかもしれん。でも私たちは二人とも間違ってるんだ。あの子は胸がはり裂けそうになってるんだ、これ以上黙ってあの子が苦しむのを見ていられん。私はもう二人の子供をなくしてるんだ、今度こそちゃんとやるんだ。

ですが私はあの方と結婚できません。ユダヤ人ですから、許されていないんです。

どういうユダヤ人だ？

ユダヤ人です。ユダヤ人は一種類しかいませんよ。

君、神を信じるか？

それで何が変わるとおっしゃるんです？　私はあなた方とは違っているんです。別世界の人間なんです。

私の訊いたことに答えたまえ。神を信じるか？

いいえ、信じません。私は人間が万物の尺度だと信じます。よくも悪くも。

じゃあ私たちは同じ宗教に属しているさ。私たちは同じなんだよ、レッサー。唯一違《ゆいいつ》うのは、君の方が私より、金というものがよくわかっていることだ。つまり君ならあの子の面倒を見てやれる。私の望みはそれだけなんだ。ノーラの面倒を見てやってくれ、そうしたら私は安心して死ねる。

私を困難な立場に追い込まないでくださいよ、ミスター・オファロン。

君に困難なんてわかるもんか、オンブレ。いいか、月末までにあの子に結婚を申し込むんだ、さもないとお前はクビだ。わかるか? 絶対クビだからな、そしてお前のケツを蹴飛《けと》ばしてこの州から追い出してやる。

ヘクターはその手間を省いてやった。ブルーベル・インを出て四時間後、これを最後と店を閉め、下宿屋に戻って荷造りをはじめた。晩のある時点で宿のおかみのタイプライターを借りて、ノーラに宛《あ》てて一枚の手紙をタイプし、一番下にH・L、とイニシャルをサインした。筆跡のわかるメッセージを渡すわけには行かないが、何も言わずに、突然の失踪《しっそう》を説明する物語を捏造《ねつぞう》せずに姿を消すのも嫌だった。

私には妻がいるのです、と彼はノーラに伝えた。思いつきうる最大の嘘《うそ》だが、長い目で見れば、真っ向から拒むより残酷ではないと思った。ニューヨークにいる妻が病気になりまして、急いで帰らねばならないのです、と彼は書いた。もちろんノーラは愕然《がくぜん》とするだろうが、元々望みはなかったのだ、はじめから届かぬ相手だったのだとひとたび納得すれば、きっと失意から立ち直って、癒《い》えぬ傷が残ったりもしないだろう。オファロンはおそらくごまかしを見抜くだろうが、かりに自分では真実を悟ったとしても、ノーラにそれを伝えるかどうかは疑わしい。娘の気持ちを護《まも》るのが彼の目指すところなのだから、彼女の愛情をこそこそ盗みとった、どこの馬の骨ともわからぬ厄介者がいなくなったことを不満に思いはしないだろう。ヘクターがいなくなって、きっと喜ぶにちがいない。そして少しずつほとぼりも醒めていき、スウィーニー家の御曹司も戻ってきて、ノーラも今度は分別ある選択をするにちがいない。手紙のなかでヘクターは、いろいろ親切にしてくださって本当にありがとうございます、ご恩は決して忘れません、と書いた。あなたは素晴らしい方です、誰よりも立派な女性です、スポーカンに来て短いあいだでしたがお近づきになれたことで私の人生は決定的に変わりました、と書いた。すべて本当であり、だがすべて虚偽でもある。センテンス一つひとつが本心から書かれていた。午前三時まで待ってから、彼女の家に歩いていって、玄関のドアの下から手紙を滑り込ませた――二年半前、彼女の死んだ姉ブリジッドが、彼の家の玄関のドアの下から手紙を滑り込ませたように。

翌日ヘクターはモンタナで自殺を試みたとアルマは言った。その三日後、シカゴでもふたたび。一度目はリボルバーを口のなかにつっ込み、二度目は銃口を左眼に押しつけた。だがどちらの場合も結局踏みきれなかった。シカゴではチャイナタウンに接したサウス・ウォバッシュのホテルに部屋を取っていたが、二度目の企てに挫折《ざせつ》したあと暑苦しい六月の夜の街に出ていき、酔っ払える場所を探した。体内に十分アルコールを流し込めば、夜が明ける前に川に飛び込んで溺死《できし》する勇気も出ると思ったのだ。とにかく目論見《もくろみ》としてはそういうことだった。だが、酒を探しに出かけて間もなく、死よりもっといいもの、求めていた単純な地獄堕《じごくお》ちよりもっといいものにヘクターは行きあたった。女の名前はシルヴィア・ミアーズ。彼女の導きのもと、作業を完了することなく自分自身を殺しつづけるすべをヘクターは学んだ。彼女に教わって、自分の血を飲むこと、自分自身の心臓を貪《むさぼ》り食う快楽を知ったのである。

女に出会ったのは、ラッシュ・ストリートにある安酒場だった。ヘクターが二杯目の酒を注文しようとしていると、彼女がカウンターに寄りかかって立っていたのだ。べつに取り立てて美人ではなかったが、女が口にした値がひどく安かったので、まあそれならとヘクターも同意した。どのみち朝になる前には死んでいるのだ。この世での最後の時間を、娼婦《しょうふ》と過ごすほど自分に相応《ふさわ》しいことがあろうか？

女はヘクターを、向かいのホワイトハウス・ホテルの部屋に連れていった。ベッドの上で事を済ませると、もう一回やるかと女は訊《き》いた。やめておくよ、二回分の金はないから、と答えると、追加料金はなしだよと女が言うので、じゃああまあやるか、とヘクターは肩をすくめ、ふたたび女の上にまたがった。ほどなく二度目の射精とともにアンコールも済むと、シルヴィア・ミアーズはにっこり笑った。そして、あんたすごいねとヘクターを褒め、まだもういっぺんやれると思う？　と訊いた。すぐには無理だけど、三十分くれればたぶん行けるね、とヘクターは答えた。三十分は駄目、と女は言った。二十分でできるんならもう一回やってもいいよ、だけど十分以内にまた固くならなくちゃ駄目。女はベッドサイドテーブルに載った置き時計の方を見た。いまから十分だよ、秒針が12の字を過ぎたところから、と彼女は言った。それが条件だった。スタートするのに十分、完了するのに十分。だが途中で柔らかくなってしまったら、いまの分も払わないといけない。それが罰則。一回の値段で三回分やれるか、二回分しっかり払わされるか。さあ、どうする？　ここでやめとく？　それとも、そういうプレッシャーがあっても行けると思う？

そう訊いたときに相手がもし笑みを浮かべていなかったら、ヘクターはこの女は頭がおかしいと思ったことだろう。娼婦はただで体を提供したりはしないし、客の精力に挑んだりもしない。そういうのは鞭《むち》のスペシャリスト、秘《ひそ》かに男を憎んでいる女たち、苦痛やら奇怪な辱《はずかし》めやらを商う連中のすることだ。だがこのミアーズという女は、ヘクターには大らかな、気のいい人物に見えた。ヘクターをからかっているというよりは、むしろゲームに誘い込もうとしている感じ。いや、ゲームというのとも違う。一種の実験、二度放出した男根の持久力に関する科学的調査だ。死者は復活させうるか、そうヘクターは問われている気がした。させうるとすれば、何回？ 推量は許されない。決定的な結果を得るためには、この上なく厳密な条件下で実験を遂行せねばならないのだ。ヘクターは女に笑顔を返した。ミアーズはベッドの上に、煙草《たばこ》を片手に横たわっている。何の不安もなげに、落着き払って、裸でいることに心底くつろいでいる。それであんたに何の得があるんだ？ とヘクターが訊くと、金だよ、大金だよ、と女は答えた。よく言うなあ、とヘクターは言った。ただでやらせると言っておいて、今度は金儲《かねもう》けがどうこう。それって馬鹿《ばか》な話だと思わないか？ 馬鹿じゃないよ、賢いんだよ、と女は言った。これって金になるんだよ、あと九分でまた勃起《ぼっき》できたらあんたにも一緒に儲けるチャンスができるんだよ。

女は煙草を消して、両手を体の上に滑らせはじめた。胸を撫《な》で、両の手のひらで腹をさすり、指先で太腿《ふともも》の内側をたどり、次に指を曲げて陰毛、外陰、クリトリスに触れ、自らを開いてみせ、と同時に口も軽く開けて舌を唇にそって滑らせた。こうした古典的な挑発に、ヘクターとて無反応ではなかった。ゆっくりと、しかし着実に、死人は墓から首をもたげていった。それを見てとると、ミアーズは喉《のど》の奥で小さな、ハム音のような淫《みだ》らな音を立てた。同じ高さで持続するその音は、肯定と励ましの両方を伝えているように聞こえた。死者ラザロはふたたび息をしていた。彼女は体を転がして腹ばいになり、卑猥《ひわい》な言葉を次々とささやきながら、欲情を装《よそお》ってうめき声を漏らし、それから尻《しり》を宙に持ち上げ、入れて、とヘクターに言った。ヘクターはまだ準備万端ではなかったが、女の陰唇《いんしん》の紅色のひだにペニスを押しつけると、挿入を遂げられる固さにはなった。もう大した量は残っていなかったが、最後にはちゃんと汗以外のものが出てきて、ひとまず条件はクリアした。やがて女から身を離してシーツの上に倒れ込むと、女は彼の方に向き直って口にキスした。十七分、と女は言った。一時間以内に三回。あたしこういうの求めてたんだよ。あんたさえその気ならパートナーにしてあげてもいいよ。

何の話かさっぱりわからなかった。説明してもらったが、言わんとしていることがそれでもまだ理解できないので、もう一度説明してもらった。要するに、他人がファックするのを見るためにいい金を払ってくれる連中がいるというのだ。シカゴの金持ち、中西部一帯の金持ち。ああ、ポルノ映画か、とヘクターは言った。ブルームービーだね。違うよ、ああいういんちきとは別だよ、とミアーズは答えた。ライブ公演だよ、生の人間が生の人間の前でファックするんだよ。しばらく前からやってたんだけど、先月パートナーが、空き巣泥棒でへまやって逮捕されちゃってさ、と女は言った。アルもバッカだよねえ。まあどのみち、飲みすぎで立たせるのも危なくなってきてたんだけど。ああやって強制引退みたいな羽目にならなくても、代わりを探しにかかる時機だったんだよね。この二週間ばかり、いちおうテストに合格したのが三、四人いたんだけど、どいつもあんたには敵《かな》わないね。あたしあんたの体気に入ったし、ムスコの感触もいいし、それにあんたすっごくハンサムじゃない。駄目だね、顔は絶対に出さない、とヘクターは言った。一緒にやってほしいんなら仮面をかぶらせてもらわないと。

べつに気取りがあったのではない。彼の映画はシカゴで人気があったので、正体を知られる危険を冒すわけには行かないと思ったのだ。与えられた条件を満たすだけでも大変なのに、つねに恐怖に苛《さいな》まれながらパフォーマンスするなんて、とてもじゃないがやっていられない。観客の前に出ていくたびに、誰かに名前を呼ばれるのではないか、と心配するのでは困る。こっちの条件はそれだけだ、とヘクターは言った。顔さえ隠していいんだったら一緒にやってもいい。

ミアーズは首をかしげた。何でムスコを世間にさらすのは平気で、顔を見せるのは嫌なわけ？　あたしが男だったら、あんたみたいな顔、きっと自慢に思うけどね。これが自分の顔だって、みんなに知らせたいと思うんじゃないかな。

だけど客は俺の顔を見にくるんじゃないぜ、とヘクターは言った。スターはお前さ。俺が何者かなんてこと、客が忘れた方が、もっと盛り上がるはずさ。仮面をかぶれば俺個人は消える。特徴はすべて消えて、俺たちを見る男どもの夢想を邪魔するものは何もなくなる。連中は俺がお前とファックするのを見たいんじゃない、自分がお前とファックしてるところを想像したいのさ。俺は誰でもない方がいいんだ。そうすれば、男たちの欲望の媒介になれる。観客の男全員の代表になれるんだ。カチンカチンのサー・種馬《スタッド》が、飽くことを知らぬレディ・女陰《カント》とやりまくる。俺は男全員であり、そのなかの誰でもある。でも女は一人だけだ。いつもかならず、女は一人だけで、その女の名はシルヴィア・ミアーズなのさ。

ミアーズはその議論を受け入れた。それは彼女にとって、ショービジネスの戦略をめぐる初めての講義だった。ヘクターに言われたことをすべて理解できたわけではなかったが、その響きは気に入ったし、スターはお前だよと言われたのも嬉《うれ》しがった。レディ・カント、とヘクターから言われたころには、もうゲラゲラ笑っていた。

あんた、そんな喋《しゃべ》り方どこで覚えたわけ？　と彼女は言った。そんなにスケベで、そんなにキレイなこと言える男なんて初めてだよ。

堕落には堕落の報酬があるのさ、とヘクターはわざと女のわからないような言い方で答えた。どのみち墓にもぐり込むと決めたなら、温かい生身の女ほどいい相手はない。その方がもっとゆっくり死ねる。己の肉が女の肉と合体している限り、人は自らの堕落の匂《にお》いを吸って生きていけるのさ。

ミアーズはまた笑った。何を言っているのか、さっぱりわからない。何だか聖書の話みたいな、説教師やら旅回りの伝道師やらの言いそうな科白《せりふ》だ。だが、死と頽廃《たいはい》をめぐるこのささやかな詩を、ヘクターがこの上なく穏やかな口調で、優しげで親しげな笑みを顔に浮かべながら唱えたものだから、要するにみんな冗談なのだろうと女は思った。実は相手が心の一番奥の秘密を告白しているのだとは夢にも思わなかったし、四時間前にこの男がホテルのベッドに座って弾丸の入った銃を頭に押しつけたこと、しかもそれが今週二度目の試みだったことも女には知るよしもなかった。ヘクターは嬉しかった。女が何もわかっていないことがその目に見てとれて、かくも鈍感なあばずれに出会った幸運をつくづく有難く思った。この女とならいくら長時間を共に過ごしたところで、一緒にいるあいだもずっと独りきりでいられるだろう。

ミアーズは二十代前半で、十六のときにサウスダコタの農場から家出して一年後にシカゴに行きつき、リンドバーグが大西洋を横断したのと同じ月に街頭に立ちはじめた。べつにどこも人目を惹《ひ》くところはなく、いまこの瞬間にほかの千のホテルの部屋にいるほかの千人の娼婦から彼女をきわ立たせるところは何ひとつなかった。丸顔で、髪は漂白したブロンド、どんよりした灰色の目、にきびの名残りが頰に点在し、身のこなしにはある種のふしだらな華やかさがあったが、魔力のようなもの、他人の気を長いこと惹きつけておく魅力は何もなかった。首は全体のプロポーションから見て短すぎるし、小さな胸はいささか垂れ、腰や尻には早くも贅肉《ぜいにく》がつきはじめていた。彼女を相手にもろもろの条件を詰めている最中(上がりは彼女に六割、ヘクターに四割――それでも十分気前がいい話だとヘクターは思ったが)、ヘクターはふっと目をそらした。ずっとこの女を見ていたら、とてもじゃないがやっていけないと思ったのだ。どうしたのハーム、気分でも悪いの? と女は訊いた。いや大丈夫、と、目は部屋の反対奥の崩れかけた漆喰に据えたままヘクターは答えた。生まれてこのかた、こんないい気分は初めてさ。すごくハッピーだよ、窓を開けてめちゃくちゃにわめきたいくらいだよ。それくらい気分がいいのさ。俺は頭がどうかしちまってるんだ。嬉しくて、頭がどうかしちまってるのさ。

六日後、ヘクターとシルヴィアは初の公演を行なった。六月初旬のそのデビュー興行から、十二月なかばの最終回に至るまで、アルマの計算によれば、二人は四十七回ほど舞台に上がった。大半はシカゴかその周辺だったが、時には遠くミネアポリス、デトロイト、クリーヴランドからも声がかかった。場所はナイトクラブからホテルの続き部屋《スイート》まで、倉庫や売春宿からオフィスビルや個人宅まで、実に多種多様だった。観客は一番多いときで百人あまり(イリノイ州ノーマルでの学生社交クラブ)、一番少ないときは一人きり(同じ一人の男のところに、十回出かけていった)だった。出し物は客の要望に応じて変わった。時には衣裳《いしょう》も使い科白も盛り込んで、二人でちょっとした寸劇を演じることもあれば、単に裸で出ていって無言のまま交わるだけのこともあった。寸劇はごくありきたりのエロチックな夢想に基づいていて、少人数から中規模くらいの観衆相手のときが一番うまく行った。一番好評だったのは、看護婦と患者という設定だった。糊《のり》のきいた真っ白な制服をシルヴィアが脱ぐのを眺めることを人々は楽しんでいるようだったし、ヘクターの体から彼女がガーゼの包帯を外しはじめるときも決まって喝采《かっさい》が湧《わ》いた。告解席スキャンダルというネタもあったし（最後は司祭が尼僧《にそう》を凌辱《りょうじょく》する）、もっと凝ったところでは、革命前フランスの仮面舞踏会で出会う二人の放蕩者《ほうとうもの》というストーリーもあった。ほとんどの場合、観客は全員が男性だった。人数が多めの集まりは概してひどく騒々しくなりがちで（独身お別れパーティ、誕生日の祝い）、少人数のときはみなめったに音も立てなかった。銀行家や弁護士、実業家に政治家、運動選手、株式仲買人、その他有閑階級の連中が、呪文《じゅもん》にかけられたかのように一人残らず見入った。たいてい二人や三人は、ズボンを開いて自慰を開始した。自宅でプライベート公演をさせるべく彼らを呼んだインディアナ州フォートウェインの夫婦は、演技の最中に服を脱いで自分たちも性交をはじめた。シルヴィア・ミアーズの言うとおりだった。人々が望むものを与えてやれば、たっぷり金が稼げるのだ。

ヘクターはノースサイドに小さな一部屋のアパートを借り、一ドル稼ぐごとに七十五セントを寄付した。十ドル札、二十ドル札を聖アントニウス教会の献金箱に滑り込ませ、ブナイ・アブラハム会に匿名《とくめい》で寄付金を送り、近所の裏道で出くわす目や体の不自由な物乞《ものご》いたちに無数の硬貨を分け与えた。四十七回の公演ということは、平均週二回をわずかに切るくらいの頻度である。ということは週のうち五日は自由であって、ヘクターはその大半を独りきりで、アパートの部屋にこもって本を読んで過ごした。アルマに言わせれば、ヘクターの世界はいまや二つに分裂していた。精神と肉体はもはや対話していなかった。彼は露出狂であって隠者であり、道を外れた道楽者であって孤高の修道士だった。あれだけの期間、自分のなかのそうした矛盾を生き抜けたのは、意志の力によって精神を麻痺《まひ》させたからにすぎない。もはや善を為《な》そうとあがいたりもせず、自己否定の美徳を信じるふりもしなかった。いまや肉体が彼という人間を支配していた。肉体がやっていることを考えないように努めれば努めるほど、それをうまくやってのけることができた。この時期に日記をつけるのをやめたことをアルマは指摘した。記載されたのは、シルヴィアとの仕事の回数と場所をめぐるそっけないメモのみであり、六か月でわずか一ページ半。アルマはそれを、ヘクターが自分を見つめるのを恐れていたしるしと考えた。家のなかの鏡全部に覆《おお》いをしてしまう男と同じだとアルマは言った。

唯一《ゆいいつ》危なかったのは初めての回だけ、というより初めての回がはじまる直前の、本当にできるのかどうかまだ自信がないときだけだった。幸い、第一回は観客が一人だけの場になるようシルヴィアが取り計らってくれたおかげで、いくぶん楽だった。公演といってもごくプライベートなものであり、ヘクターに注がれる目もわずか一対であって二十対や五十対や百対ではない。具体的には、目の持ち主はアーチボルド・ピアソンなる、ハイランドパークの三階建てチューダー様式の屋敷に一人で住んでいる、七十歳の元判事だった。シルヴィアは前にもアルとそこへ行ったことがあり、指定された夜に二人でタクシーに乗り込んで郊外の豪邸へ向かう道中、たぶん二回はやらされるよ、ひょっとしたら三回かも、とヘクターに警告した。その爺《じい》さん、あたしに惚《ほ》れ込んでるんだよ、と彼女は言った。もう何週間もしじゅう電話してきて、いつまた来てくれるのかと必死でせがむものだから、彼女の方もじわじわ値を釣り上げて、前回の倍の一回二五〇ドルで話をまとめたという。カネの交渉となったらあたし本気出すんだよ、と彼女は得意気に言った。この爺さん相手にうまくやったら、きっといい金づるになってくれるよ。

ピアソンは内気そうな、ぴりぴり落着かない様子の老人だった。靴屋の突き錐《ぎり》みたいに痩《や》せこけて、ふさふさの白髪にはきちんと櫛《くし》を入れて、青い目はおそろしく大きかった。観賞に備えて緑色のビロードのスモーキングジャケットを着ていて、ヘクターとシルヴィアを居間に導き入れながら何度も咳払《せきばら》いしたり、ジャケットの前の皺《しわ》をのばしたり、めかし込んだ服が居心地悪い様子だった。そして二人に煙草《たばこ》を勧め、酒を勧め（これは二人とも断った）、パフォーマンスの最中はブラームスの弦楽六重奏第一番変ロ長調のレコードをかけるつもりだと宣言した。六重奏《セックステット》という言葉を聞いて、楽器の数のことだとはわからずシルヴィアはくすくす笑ったが、元判事は何とも言わなかった。それから彼は、ヘクターが屋敷に入る前にかぶった仮面を褒め、思わせぶりで気がきいている、と評した。今日は楽しめそうだよ、と彼は言った。いいパートナーを選んだね、シルヴィア。この人の方がアルよりずっと粋《いき》だよ。

元判事はシンプルな設定が好みで、挑発的なコスチューム、きわどい科白、わざとらしいドラマなどには興味がなかった。見たいのは君たちの体だけだ、と彼は言って、前置きの会話が済むと、キッチンへ行って服を脱いできたまえと二人に指示した。そして彼らが行っているあいだにレコードをかけ、ランプを消し、室内五、六か所に置いた蠟《ろう》燭《そく》に火を灯《とも》した。それは演劇風の仰々しさ抜きの劇場、人生そのものの生々しい実演だった。ヘクターとシルヴィアが裸で部屋に入ってきて、ペルシャ絨毯《じゅうたん》の上で事に取りかかる。それに尽きた。そしてヘクターがシルヴィアと交わり、クライマックスが訪れたところでペニスを引き抜き、彼女の胸に射精する。そこのところが肝腎《かんじん》なのだと元判事は言った。精液がほとばしり出ることが決定的に重要なのであり、それが宙を遠くまで飛べば飛ぶほど嬉しいというのだ。

キッチンで二人とも服を脱ぐと、シルヴィアはヘクターに寄ってきて、両手で彼の体をさすりはじめた。彼の首にキスし、仮面を引っぱって顔にキスしてから、萎《しお》れたペニスを片手で包み込み、固くなるまで撫《な》でた。仮面を思いついてよかった、とヘクターは思った。少しは護《まも》られている気になれるし、わが身を老人の目にさらすことを恥じる気持ちも減る。それでもやはり緊張はしていたから、シルヴィアの手の温かさは歓迎だったし、彼女が不安を取り除いてくれようとしていることが有難かった。スターは自分であっても、いわば立証責任はヘクターにかかっていることはシルヴィアも承知している。彼女は演技でごまかせるが、こっちはそうは行かない。ふりで済ませることはできない。パフォーマンスの結末には本物を出さないといけないのであり、本気で確信を持って事に望まない限り、やりおおせはしない。

二人は一緒に手をつないで居間に入っていった。金縁の鏡やルイ十五世風の書き物机が所狭しと並ぶなかに迷い込んだ、裸の野蛮人二人。ピアソンはすでに部屋の奥の席に陣取っている。革張りの巨大な袖付《そでつ》き安楽椅子《いす》は彼を呑《の》み込むように見え、実際以上に痩せて干からびた姿に見せていた。右手に蓄音機があって、ターンテーブルの上でブラームスの六重奏が回っている。左手にはマホガニーの低いスタンドが置かれ、漆塗りの箱、翡翠《ひすい》の小像、その他高価な中国風の小物に覆われている。そこはいわば名詞に満ちた、動かぬ事物にあふれた部屋であり、さまざまな思念の居住地だった。ここにヘクターが持ち込んだ勃起《ぼっき》ほど、元判事の椅子から三メートルと離れていない場で突然くり広げられはじめた動詞の見世物ほど、この環境にそぐわぬものもなかった。

目の前の光景を愉《たの》しんでいるとしても、そうしたそぶりを老人はいっさい見せなかった。パフォーマンスの最中、レコードをかけ替えに二度立ち上がったが、その短い、機械的な中断以外は終始同じ姿勢を保ち、革張りの玉座に、足を組み、両手を膝《ひざ》に載せて座っていた。自分の体に触れたりズボンのボタンを外したりもせず、笑顔も浮かべず音ひとつ立てなかった。最後まで来て初めて、ヘクターがシルヴィアからわが身を引き抜いて注文どおりの噴出を行なったところで、小さな、ぶるっと震えるような音が元判事の喉《のど》に引っかかったように思えた。ほとんどすすり泣きみたいな音だとヘクターは思った。でも、まるっきり何《なに》とも似ていない音とも言える。

これが第一回で、第五回、十一回、十八回、その他六回もまったく同じだったとアルマは言った。ピアソンは一番のお得意となった。二人はくり返しハイランドパークの屋敷に戻り、絨毯の上で転げ回って金を稼いだ。金は何よりシルヴィアを喜ばせた。二か月と経《た》たぬうちに、公演の稼ぎだけで十分になったので、ホワイトハウス・ホテルで細々と体を売るのもやめにした。すべてが自分のポケットに入ったわけではなかったが、「保護者」と彼女が呼ぶ男に売上げの五十パーセントを渡したあとでも、収入は以前の二倍か三倍になった。シルヴィアはろくに学校も行っていない田舎者で、喋り方は品がなく、二重否定やら想像を絶する言い間違いやらの連続だったが、商売のセンスはしっかり備えていた。出演契約をまとめたり、客と交渉したりするのは彼女の役割であり、上演場所までの行き帰りの移動手段、衣裳のレンタル、新しい仕事の開拓など、実際的な事柄はすべて彼女が引き受けていた。ヘクターの方はそうした事柄にはいっさいかかわらずに済んだ。シルヴィアから電話が来て、次はいつどこでやると知らされ、あとは彼女がタクシーでアパートまで迎えにくるのを待つだけでいい。それが暗黙のルールであり、彼らの関係の境界線だった。一緒に働き、一緒にファックし、一緒に金を稼ぐ。だが友だちになろうという努力は二人ともいっさいしなかった。新しい寸劇をリハーサルするのを除けば、公演以外ではまったく顔を合わせなかった。

はじめからずっと、この女相手なら安全だとヘクターは決め込んでいた。余計なことを訊《き》いてきたり、過去を詮索《せんさく》したりもせず、一緒に仕事した六か月半のあいだ、彼女が新聞を読んでいる姿は一度として見なかったし、ニュースを話題にすることも絶対なかった。一度、ヘクターは遠回しに、何年か前に行方をくらました無声映画のコメディアンのことを話題にしてみた。何ていう名前だったっけ？　と彼は訊き、いかにも答えを探るかのように指をぱちぱち鳴らしたが、シルヴィアはいつものうつろな、気のなさそうな表情を返すだけだった。事件のことを知らないんだな、とヘクターは判断した。けれども、そのうちに誰かが彼女に話したのだろう。誰だったのかは結局わからずじまいだったが、たぶんシルヴィアの男友だち――彼女の言う「保護者」――のビギー・ロウだったのだろう。体重百十キロの、シカゴのダンスホールの用心棒からはじめて、いまはホワイトハウス・ホテルの夜間マネージャーをしている男である。ビギーがシルヴィアをけしかけて、手っとり早く金になる、絶対安全な恐喝だと吹き込んだのだろう。それともこれはシルヴィア一人の行動で、ヘクターから少し余計に絞りとってやろうと目《もく》論《ろ》んだのか。どちらにしても、彼女は欲に屈した。その計略に勘づいたヘクターは、もはや逃げるしかなかった。

それはクリーヴランドでの、クリスマスまであと一週間もない夜のことだった。金持ちのタイヤ製造業者に招かれて汽車で出かけていって、タイヤ王の屋敷で三十数人の、年二回恒例の乱痴気パーティに集まった男女の前でフランス人放蕩者の芸を披露し終え、向こうが用意してくれたリムジンの後部席に座ってホテルに向かっている最中だった。ホテルに着いたら何時間か眠って、翌日の午後にシカゴに向けて出発するという予定だった。出演料は記録的な高額だった。たった一度の、四十五分のパフォーマンスに千ドル。ヘクターの取り分は四百ドルのはずだが、タイヤ成金の金を数えたシルヴィアは、彼に二五〇ドルしか渡さなかった。

これで二十五パーセントだな、とヘクターは言った。あと十五パーセント。

おあいにくさま、とシルヴィアは答えた。それで全部だよハーム、あたしだったらそれでも十分有難く思うね。

へえ、そうなのか？　いったい何が原因で、にわかに財政政策《フィスカル・ポリシー》が変わったのかね、愛《いと》しのシルヴィアよ。

肉体《フィジカル》は関係ないよ、ドルとセントの話だよ。あたし、ちょっといい話聞いちゃったんだよね。そこらじゅうで喋《しゃべ》りまくってほしくなかったら、二十五で我慢してもらうっきゃないんだよね。もう四十はなし。それってもう昔話だよ。

ダーリン、君はファックにかけてはお姫さまだ。俺の知ってるどの女よりもセックスというものがよくわかってる。だけど頭脳方面では、だいぶ足りないんじゃないかね。新しい取決めでやりたい、結構。だけどそれなら、まずはちゃんと相談してくれないと。いきなりルールを変えますって言っても無理さ。

オーケー、ミスタ・ハリウッド。じゃあ仮面をかぶるの、やめな。仮面やめたら、こっちも考え直してもいいよ。

なるほど。そういう話なわけか。

顔を人に見せたくないってのは、秘密を抱えてるってことだよね。で、その秘密が何なのか見えたとなりゃ、そりゃあ話は違ってくるよね。あたしはハームと取決めした、だけどハームなんて人間、いないんだろ？　ほんとの名前はヘクターだよね。あたしたち、また一からはじめるっきゃないよね。

シルヴィアがまた一からはじめるのは勝手だが、自分がその相手になるつもりはなかった。数秒後、リムジンがホテル・カイヤホガの前に停まると、続きは明日また朝に話そうぜとヘクターは言った。一晩じっくり考えたいんだ、すぐ決めたくないんだよ、きっとどっちにも納得の行く解決策が出てくると思うんだ、と彼は言った。そして、公演を終えたあとに別れるときの恒例どおり彼女の手にキスした。なかばふざけた、なかば中世の騎士のようなそのしぐさが、別れの挨拶《あいさつ》として二人のあいだで定着していたのである。ヘクターが彼女の手を持ち上げて口もとに持っていったときに彼女の顔に広がった、勝ち誇ったような薄笑いから見て、自分が何をしでかしたかシルヴィアがまったくわかっていないことをヘクターは見てとった。彼を脅《おど》して、自分の取り分を増やしたつもりでいるが、実はコンビを崩壊させてしまったのだ。

ヘクターは七階の自分の部屋に行って、その後二十分間、鏡の前に立ち、銃口を右のこめかみに押しつけていた。アルマが言うには、引き金を引く、その直前まで行きはした。これまで二度より、もっと近くまで行った。が、結局今度も意志が挫《くじ》けると、銃をテーブルに置いて、ホテルを出た。午前四時半だった。北へ十二ブロック歩いてグレイハウンドの発着所へ行き、真っ先に出るバスの——正確には二番目のバスの——切符を買った。六時発は東に向かうヤングズタウン行き、六時〇五分発は逆方向。西行きの九番目の発着地はサンダスキー、彼が子供時代を過ごさなかった町である。かつてその名前が何とも麗《うるわ》しく耳に響いたことを思い出して、ヘクターはそこへ行こうと決めた。架空の過去がどんなところなのか、見てみようと思ったのである。

一九三一年十二月二十一日の朝だった。サンダスキーまでは約百キロ、道中の大半をヘクターは眠って過ごし、二時間半後にバスがターミナルに着いたところでようやく目を覚ました。ポケットの金は三百ドルちょっとである。ミアーズから受けとった二五〇ドル、二十日にシカゴを出る前に財布に入れてきた五十ドル、それに十ドル出して切符を買った釣銭。発着所の食堂に入ってブレックファスト・スペシャルを注文した。ハムエッグ、トースト、フライドポテトスライス、オレンジジュース、コーヒーは飲み放題。三杯目を飲みながら、カウンター係の男に、この町に何か見るものはあるかと訊いてみた。たまたま通りかかっただけでね、このへんにはもう来ないと思うんだ。大した町じゃないからなあサンダスキーは、と相手の男は言った。何の変哲もないところだよ。でもまあ俺だったらシーダーポイントに行くね。遊園地があるんだ。ジェットコースターとかいろいろ乗り物があってさ、蛙跳《かえると》び鉄道とか、ホテルブレーカーズとかね。ちなみにフットボールファンだったら、クヌート・ロックニーがフォワードパスを編み出したのもあそこなんだぜ。いまは冬で閉まってるけど、見てみる価値はあるかもね。

男が紙ナプキンに地図を描いてくれたが、発着所を出て右へ曲がるべきところを、ヘクターは間違って左へ行った。それでコロンバス・アベニューに出るはずがキャンプ・ストリートに行ってしまい、そこから、さらに誤りを上乗せしてウェスト・モンローで東に曲がらずに西へ曲がった。そのままずっとキングズ・ストリートまで行って、やっと方向が間違っていることに気づいた。遊園地がある半島はどこにも見えなかった。ジエットコースターや観覧車の代わりに、閉鎖された工場や空っぽの倉庫が目の前に侘《わび》しく広がっていた。空気は冷たく、空は曇り、あたりには雪の気配が漂って、周囲百メートルにいる唯一《ゆいいつ》の生き物は薄汚い三本脚の犬だけだった。

来た道を戻っていこうと、ヘクターは回れ右した。そして、回ったその瞬間、アルマによれば、彼は無の感覚に襲われた。それはこの上なく深い、激しい疲労感だった。その場に倒れてしまわぬよう、建物の壁に寄りかからねばならぬほどだった。ひどく冷たい風がエリー湖の方から吹いてきていて、その風が顔に叩《たた》きつけるのを感じるさなかにも、風が現実なのか、自分が想像したものかもわからなかった。いまが何月か、何年かもわからなかった。自分の名前も思い出せなかった。煉瓦《れんが》と敷石、目の前の空気中に吹き出ていく自分の息、隅っこでぶざまに跳ねて視界から消えていく三本脚の犬。それが彼自身の死の図柄だったこと、荒れはてた魂の肖像だったことにヘクターはのち思いあたった。気を取り直してふたたび歩き出したずっとあとも、彼のなかのどこか一部がまだそこに、オハイオ州サンダスキーの空っぽの街路に立って、己の生が自分から流れ出ていくなかで何とか息をしようとあがいていた。

十時半にはコロンバス・アベニューまでたどり着いて、クリスマスの買い物客のあいだを縫うように進んでいた。ワーナーブラザーズ劇場、エスター・ギングのマニキュアサロン、カポッツィ靴修理店の前を過ぎ、人々がクレスギ、モンゴメリー・ウォード、ウールワースといった百貨店から出入りするのを目にし、救世軍のサンタクロースが一人ぽつんと立って真鍮《しんちゅう》の鈴を鳴らすのを聞いた。商業信託銀行の建物まで来たところで、中に入って五十ドル札何枚かを十、五、一ドル札に両替することにした。何の意味もないやりとりだが、とりあえずほかに用事も思いつかなかったし、ぐるぐる同じところを回っているくらいなら、数分でも寒さから逃れて屋内に入るのも悪くないと思ったのである。

銀行は意外にも混んでいた。西の壁にそって並ぶ、出納係が控えた格子《こうし》つきの窓口四つにそれぞれ十人ばかり並んでいる。ヘクターは一番長い、入口から二番目の列の最後に並んだ。列に加わった直後、すぐ左の列に若い女性が一人加わった。見たところ二十代前半で、毛皮の襟がついた厚いウールのコートを着ている。ほかにすることもないので、ヘクターは目の端でこの女性を観察しはじめた。なかなか綺麗《きれい》な、味わい深い顔をしていて、頬骨は高く、あごも優雅に曲線を描いて、瞳《ひとみ》に見てとれる物思わしげな、自分一人で完結しているような表情も好ましかった。かつてならすぐさま声をかけたところだろうが、いまは眺めるだけ、コートの下に隠れた肉体に思いをめぐらしその人目を惹《ひ》く美しい頭部のなかで渦巻く想《おも》いを想像するだけに甘んじた。そのうちに、女性がふと、一瞬ヘクターの方に目を向けた。相手が食い入るようにこっちを見ているのに気づいて、彼女はつかのま、謎《なぞ》めいた笑みをヘクターに返した。ヘクターは軽く会釈《えしゃく》し、自分もつかのまの笑顔で応《こた》えた。次の瞬間、女性の表情が変わった。目がすぼまって、とまどったような、探るような皺《しわ》が眉間《みけん》に寄った。どうやら気づかれてしまったらしい。間違いない、この女性は彼の映画を見たことがあるのだ。これははっきり見覚えのある顔なのであり、誰なのかまだ思い出せずにいるけれども、思いつくまでにあと三十秒もかかるまい。

この三年間、何度か同じ目には遭ってきたが、そのたびに、相手が何か訊いてきたりする前にそっとその場を立ち去ることができていた。ところが、今度も同じことをやろうとしたところで、銀行中が地獄と化した。件《くだん》の若い女性は入口に一番近い列に並んでいて、わずかにヘクターの方を向いていたために、うしろで扉が開いて顔に赤と白のバンダナを巻きつけた男が飛び込んできたことに気がつかなかった。男は片手に空っぽのズックの筒型バッグを、もう一方の手に弾の入ったピストルを持っていた。アルマが言うには、弾が入っているとすぐわかったのは、強盗の男が入ってきてまず、天井に向けて一発発砲したからだった。床にふせろ、みんな床にふせるんだ、と男は叫んだ。恐怖に包まれた客たちが言われたとおりにすると、男は手をのばして、すぐ前にいる人物の体をつかんだ。すべては配置の問題だった。設計の、位置関係の生んだ偶然だった。入口から一番近くにいたのはヘクターの左の若い女性だったのであり、ゆえに体をつかまれ、頭に銃をつきつけられたのも彼女だった。誰も動くな、と男は警告した。誰も動くな、動いたらこのアマの脳味噌《のうみそ》が吹っ飛ぶぞ。ぐいっと乱暴に、男は女性を足が床から浮くぐらい引っぱり上げ、なかば押し、なかば引きずるようにして窓口の方へ連れていった。左腕でうしろから女性の肩を包み込み、ズックのバッグは握りしめたこぶしからぶら下がり、バンダナの上の目は狂おしげに焦点がぼやけ、恐怖の光をぎらぎら発していた。その次にやったことを、ヘクターは意識的にやろうと決めたわけではなかった。片膝《かたひざ》が床に触れた瞬間、知らないうちに体は立ち上がっていた。べつに英雄になろうとしたのではないし、死ぬ気だったわけでもない。だがとにかく、その瞬間ほかに何を感じていたにせよ、怖くはなかった。怒り、はあったかもしれないし、若い女性を危険に追い込むことが少なからず不安でもあったが、とにかく自分に関しては怖くなかった。大事なのはどの角度から飛び込むかだ。ひとたび動き出したら、止まったり方向を変えたりする時間はない。全速で突進していって、右側、ズックのバッグの側から攻め込めば、男は絶対、女性の方から向き直って銃をヘクターにつきつけるだろう。それ以外に自然な反応はない。出し抜けに野生の獣が飛び出してきたら、人はその獣以外はすべて忘れてしまうのだ。

アルマによれば、ヘクター自身が見届けられたのはその瞬間までだった。そこまで、男めがけて走り出した瞬間までは何があったか言えても、発砲の音を聞いた記憶はなかったし、銃弾が自分の胸に飛び込んできて床に吹っ飛ばされたことも、フリーダが男から逃れるのを見たことも覚えていなかった。フリーダの方も、何が起きているのかさっきよりはよく見える位置になったが、男の両腕を振りほどくのに精一杯だったから、やはりその後の出来事の多くは見逃すことになった。ヘクターが床に倒れるのは見たし、コートに穴が開いて血がどっと噴き出すのも見たが、男の動きは見失い、男が逃げようとするのも目に入らなかった。耳のなかではまだ銃声が鳴っていて、周りで大勢の人々が悲鳴を上げ、わめき散らしていたものだから、あと三発の、警備員が男の背中に撃ち込んだ銃声も彼女には聞こえなかった。

だが二人とも日にちについては確信があった。それについてははっきり記憶が残っていたので、アルマは『サンダスキー・イブニングヘラルド』、『クリーヴランド・プレーンディーラー』、その他現存・廃刊の地元紙のマイクロフィルム貯蔵庫を訪ねて欠落部分を埋めることができた。コロンバス・アベニューの流血、銀行強盗射殺さる、英雄病院に運ばれる……そういった見出しだった。ヘクターを危うく殺すところだった男はダリル・ノックス、別名ナッツォ・ノックスなる二十七歳の元自動車修理工で、銀行強盗、武装金品強奪数件の容疑で四州において指名手配になっていた。記事はどれもノックスの死を祝い、警備員の銃操作のすばやさを強調していたが（とどめの一発はノックスが外へ出ようとした瞬間に撃ち込まれた）、記者たちの関心を何より惹いたのはヘクターの勇敢さだった。近年稀《まれ》な、実に天晴《あっぱ》れな勇気の発現だといったたぐいの賛辞が並んでいた。ある目撃者は、あの人が突撃しなかったら女の子は間違いなく御陀仏《おだぶつ》だったね、そう思うとぞっとしますよと語っていた。その「女の子」フリーダ・スペリング、二十二歳、に関する記述はまちまちで、画家、バーナード大卒業生、有力銀行家にして慈善事業家の故サディウス・P・スペリング氏令嬢、などとなっていた。どの記事でも、自分の命を救ってくれた男性に対する感謝の念を彼女は表明していた。本当に怖かったです、絶対殺されると思っていました、あの方の回復を心からお祈りしています、と彼女は述べていた。

治療費はすべて引き受けるとスペリング家は申し出たが、最初の七十二時間は男性が持ちこたえるかどうかも疑わしかった。病院に着いたときは意識を失っていたし、外傷も甚だしく出血も多量だったから、ショックや感染症の危険を振りきれる確率、要するに生きて病院を出るチャンスはごくわずかと見なされた。医師は破壊された左肺を切りとり、心臓の周りの組織に入《あ》りこんだ金属片を一通り除去した末に傷口を縫い上げた。よかれ悪しかれ、ヘクターはついに銃弾を得たのだった。アルマも言うように、こういう形を意図したわけではなかったが、とにかく自分ではできずにいたことを、他人がやってくれたのである。そして皮肉なことに、ノックスはやり損なった。死と遭遇しながらも、ヘクターは死ななかった。単に眠りについただけだった。長いまどろみから目覚めると、自分が自殺したいと思っていたことも忘れていた。痛みがあまりに激しくて、そういったややこしい事柄を考える余裕はとうていなかったのである。五臓六腑《ろっぷ》に火が点《つ》いたようになっていて、次の一息をどう吸うのか、火だるまにならずにどうやって呼吸しつづけられるのか、そのことしか考えられなかった。

はじめは、この男性が何者なのか、手がかりはほとんどなかった。ポケットを空けて、財布の中身を調べてみても、運転免許証もパスポートも、その他身元がわかるようなものはいっさい何もなかった。唯一名前が書いてあるのはシカゴ公共図書館ノースサイド分館の貸出証だけで、H・レッサーと名前はあるものの住所も電話番号もなく、素性はわからなかった。事件後の一連の記事によれば、サンダスキー警察は全力を挙げてこの男性についての情報を探していた。

だがフリーダは、この男が誰かを知っていた――少なくとも、知っていると思っていた。ニューヨークのバーナード大に行っていた一九二八年、二年生のときに、ヘクター・マンのコメディ十二本のうち六、七本を見ていたのである。べつにドタバタ映画に興味があるわけではなかったが、ほかの作品と組みあわさって、長篇がはじまる前の漫画やニュースと一緒に上映されていたのだ。そのおかげで、本人を見れば誰だかわかるくらいにはその顔に慣れ親しんでいた。三年経《た》って、銀行で見かけたときは口ひげがなくなっていたせいで一瞬とまどった。顔に見覚えはあったものの、すぐには顔と名前を結びつけられなかったし、そこまでたどり着く前にノックスが背後から飛び込んできて彼女の頭に銃をつきつけたのである。ふたたびそのことを考えられるようになったときには、もう二十四時間が過ぎていた。死と隣りあわせになった恐怖がいくぶん薄らいでくると、解答は突然、圧倒的な確信とともに訪れた。男の名前はレッサーということになっているが、それも問題にはならない。一九二九年の、ヘクター失踪《しっそう》のニュースは彼女もいちおう追っていた。たいていの人はもう彼が死んだものと思っているが、もしまだ死んでいないのなら、違う名前で生きているとしか考えられない。不可解なのは、彼がオハイオ州サンダスキーにひょっこり現われたことだが、それを言えば世の中たいていのことは不可解なのだ。世界中すべての人間はある一定の空間を占有せねばならぬと——つまり誰もがつねにどこかにいなくてはならぬと——物理の法則が定めているのであれば、そのどこかがオハイオ州サンダスキーであって悪い法があろうか？　三日後、ヘクターが昏睡《こんすい》から抜け出て医師たちと話をしはじめた時点で、フリーダは礼を述べに病院を訪れた。彼はまだ多くは喋《しゃべ》れなかったが、口にしたその二言三言だけでも、はっきり外国人訛《なま》りが聞きとれた。その話し方で決まりだった。帰りぎわ、身を乗り出して彼の額にキスしたときには、自分の命があのヘクター・マンによって救われたことを、フリーダは少しの疑いもなく知っていた。

6

着陸は離陸ほど辛《つら》くはなかった。恐怖に囚《とら》われることは覚悟したし、またも狂おしい機能不全、精神崩壊といった事態を予期していたが、飛行機はこれより下降に入りますと機長が告げても、私は不思議と落着いていた。上がるのと下がるのでは違うんだな、と思った。一方は大地との接触を失い、一方は固い地面に戻る。一方は別れであり、一方は出迎えの挨拶《あいさつ》。はじまりの方が終わりより耐えやすいということなのか。それとも、ごく単純に、私のなかに棲《す》む死者は一日に二度も三度も悲鳴を上げるのを許されていないのであり、そのことに私自身気がついたのか。私はアルマの方を向いて、彼女の腕をぎゅっとつかんだ。折しも彼女は、ヘクターとフリーダの恋愛の初期段階を語りはじめたところだった。ヘクターがとうとう耐えきれず何もかも打ちあけた夜から、その告白に対するフリーダの驚くべき反応（あの銃弾であなたは赦《ゆる》されたのよ、と彼女は言った。

あなたは私の生を私に返してくれたんだもの、今度は私があなたにあなたの生を返す番だわ）に移ったところだったが、私が腕に手を当てるとアルマはいきなり、センテンスの途中、思考の途中で話をやめた。彼女はにっこり笑い、それから身を乗り出して私にキスした――はじめは頬に、次は耳に、それからじかに口に。二人はまっさかさまに恋に落ちたのよ、とアルマは言った。気をつけないと、私たちも同じ目に遭うわよ。

その言葉を聞いたことも、違いを生んだにちがいない。おかげで私の恐怖心は減じ、内なる炉心溶融《メルトダウン》の危険も少なくなったのだ。だがそれにしても、私のここ三年を要約する二センテンスの動詞がどちらも落ちるだとは、何と似つかわしい話か。空から飛行機が落ちて、乗客が全員死亡する。一人の女が恋に落ち、男も彼女と一緒に落ち、飛行機が下降していくなか、二人とも死のことなど一瞬たりとも考えない。眼下で土地がぐるっと回り、機が最後の方向転換に向けて機体を傾けるなか、宙空に在って私は理解した。アルマはいま私に、第二の人生の可能性を与えてくれている。それに向かって歩いていく勇気が私にありさえするなら、何かがまだ行く手にあるのだ。エンジンの音楽が転調するさまに私は耳を澄ました。客室内の騒音が高まり、壁が揺れて、それから、ほとんどふっと思いついたかのように、飛行機の車輪が滑走路に触れた。

私たちが移動を再開するまで、しばらく時間がかかった。油圧式のドアが開いて、我々は歩いてターミナルを抜け、それぞれトイレに立ち寄り、公衆電話を探して農場に電話し、ティエラ・デル・スエーニョまでの道中に備えて水を買い（なるべくたくさん飲みなさいよ、とアルマは言った。高度が意外にこたえるのよ、油断してると脱水状態になるわ）、長期駐車場のなかを回ってアルマのスバル・ステーションワゴンを探す。そしていよいよ出発するにあたって、ガソリンを満タンにする。私にとってニューメキシコはこれが初めてだった。普通だったら、あんぐり口を開けて風景に見とれ、岩石累《るい》層《そう》や狂おしい形のサボテンを指さし、あの山は何という山だとかあのねじくれた灌木《かんぼく》は何と言うんだとか質問を連発したことだろうが、いまはすっかりヘクターの物語に夢中になっていて、それもいっさい目に入らなかった。北アメリカでも有数の印象的な風景を通り抜けているというのに、どこかの部屋にこもって明かりを消してカーテンを閉めているのと変わらなかった。この後の日々、私はこの道路をさらに何度か旅することになるが、最初の道行きで何を見たかほとんど何も覚えていない。アルマの黄色いおんぼろ車に乗ったときのことを考えるたび、唯一《ゆいいつ》よみがえってくるのは、私たちの声だけだ。彼女の声と私の声、私の声と彼女の声。それと、窓のすきまから吹きつけてくる空気の甘い香り。でも土地自体は見えていなかった。そこにあったことは間違いないが、たぶん見ようともしなかったのだと思う。あるいは見たとしても、心はそこになくて、見えているものを頭は受けとめなかったのだ。

ヘクターは二月はじめまで入院していたとアルマは言った。フリーダは毎日見舞いに行って、やっと退院の許可が下りると、母親を説き伏せて、彼が自分たちの家で回復期を過ごせるよう手を打った。退院はしても、ヘクターはまだ完治には程遠かった。自由に動き回れるようになるには結局あと半年かかった。

それで、フリーダの母親は嫌がらなかったの？　半年といえばずいぶん長い時間だよね。

嫌がるどころか、大喜びだった。当時フリーダは、手に負えない娘だったのよ。二〇年代後半に育った、解放されたボヘミアンとして、オハイオ州サンダスキーにはひたすら軽蔑《けいべつ》の念しか抱いていなかった。株の暴落をスペリング家は生き抜いて、財産の八十パーセントは無傷のままだったから、一家は依然、フリーダ言うところの「中西部の上流アホ階級《オート・ブーボワジー》の中心」に位置していた。共和党支持の、旧弊に凝り固まった男どもと、頭に霧のかかった女たちが作る狭量《きょうりょう》な世界よ。主たる娯楽といえば、カントリークラブのくそ面白くもないダンスパーティと、退屈で気が変になりそうな長い長いディナーだけ。一年に一度、クリスマス休暇に、フリーダは自分に鞭打《むちう》って帰郷して、母親と、結婚して妻と子供二人と一緒に依然サンダスキーに住んでいる兄のフレデリックのためを思って、そういうおぞましい集まりにも耐えた。一月の二日か三日になるたびに、もう二度と戻ってくるものかと誓いつつニューヨークに舞い戻った。もちろんこの年はパーティにも出なかったけれど、ニューヨークに帰りもしなかった。その代わりに、彼女はヘクターに恋したのよ。母親にしてみれば、フリーダをサンダスキーにとどめてくれるなら何だってよかったのよ。

じゃあ、結婚にも反対しなかった？

もう何年ものあいだ、フリーダは露骨に親に反抗していた。銀行での事件のすぐ前日にも、母親に向かって、パリに移り住むつもりだ、もうアメリカには二度と帰ってこない、と宣言したばかりだった。あの日の朝に銀行へ行ったのも、そのためだった――船の切符を買うために、口座から金をおろしに行ったのよ。スペリング夫人としては、まさか娘の口から結婚という言葉を聞くことになろうとは夢にも思っていなかった。そんな奇跡的な転回を思えば、どうしてヘクターを抱擁せずに、家族のなかに歓迎せずにいられる？　反対しなかったばかりか、母親は式の準備も自分から買って出たのよ。

じゃあヘクターの人生は、事実サンダスキーではじまることになったわけだ。出任せにひとつの町の名を口にして、それについてあれこれ嘘《うそ》を並べ立てたら、いつしか嘘が真《まこと》になった。奇怪な話だなあ。ハイム・マンデルバウムがヘクター・マンになって、ヘクター・マンがハーマン・レッサーになって、その次は？　ハーマン・レッサーは誰になったの？　自分が何者なのか、彼自身わかっていたんだろうか？

彼はヘクターに戻ったのよ。少なくともフリーダは彼をヘクターと呼んだ。私たちもみんなそう呼んだわ。結婚すると、ヘクターはふたたびヘクターになったの。

でもまさか、ヘクター・マンにじゃないよね。さすがにそれは、向こう見ずがすぎるっていうものだよね？

ヘクター・スペリング。フリーダの姓をもらったの。

やるねえ。

違うわ。現実的にふるまっただけ。もうレッサーでいるのは嫌だったのよ。彼の人生でうまく行かなくなったことすべてが、レッサーという名前に集約されていた。どうせ名前を変えるのなら、愛する女性の名前を使ったっていいでしょう？　そしてその後ずっと、彼は裏切らなかった。もう五十年以上、ヘクター・スペリングでありつづけてきたのよ。

ニューメキシコにはどうやって行きついたの？

新婚旅行で西部へ車で出かけて、そのままとどまることにしたのよ。ヘクターは呼吸器系にどっさり問題を抱えていて、乾燥した空気がいいことがわかったの。

そのころにはもう、あのへんには芸術家が大勢いたよね。タオスのメイベル・ダッジのところに集まった、D・H・ロレンス、ジョージア・オキーフとか。それも関係あったのかな？

いいえ、全然。住んだのは州は同じでも、別の地域だったから。そういう人たちにはまるっきり会いもしなかった。

ニューメキシコに移ったのは一九三二年だよね。君、昨日、ヘクターは一九四〇年にまた映画を撮りはじめたって言ったよね。八年の隔たりがあるわけだ。そのあいだには何があったの？

まず、四百エーカーの土地を買った。当時は地価なんてタダみたいなものだったから、四百エーカー全部で何千ドルかだったと思う。フリーダは金持ちの家の娘だったけれど、自分の金はそんなに持っていなかった。お祖母《ばあ》さんから相続した、一万ドルだか一万五千ドルだかがあっただけ。生活費は出してあげると母親は何度も言ってきたけれど、フリーダは援助を拒んだ。とにかくプライドが高くて、頑固で、独立心が強かったから、他人にたかる人間にはなりたくなかったのね。というわけで、家を建てるにしても、職人を大勢雇えるような立場じゃなかった。建築家もなし、建築業者もなし。そんな余裕はなかった。幸い、ヘクターは腕に覚えがあったの。父親から大工仕事を教わっていたし、映画のセットを作った経験があったから、コストも最小限に抑えることができた。ヘクターが自分で家を設計して、フリーダと二人、ほぼ全部自分たちの手で作ったのよ。ごくシンプルな家だった。六部屋から成る、日干し煉瓦《アドービ》の平屋のコテージ。雇った人手といえば、町はずれに住んでいた、失業中のメキシコ人三兄弟の日雇い労働者だけ。はじめの何年かは電気さえなかった。もちろん水はあったわ。水なしではやって行けないものね。でも水だって、見つかって井戸を掘りはじめるまでに二か月くらいかかった。

それが最初の一歩だったのよ。それが済むと、家を建てる場所を選んだ。そして設計図を描いて、建築をはじめめた。何もかもずいぶん時間がかかったわ。あっさり引っ越してきて暮らしはじめる、なんていうわけには行かなかった。そこは何もない、野生の空間だったのよ。一からすべてを築かないといけなかった。

で、それから？　家が出来上がったあとは、どうやって過ごしたの？

フリーダは前から絵を描いていたから、絵に戻った。ヘクターは本を読んで日記をつけていたけれど、主として木を植えていた。その後何年か、それが彼の主な仕事になったの。家の周りの何エーカーかを開墾して、少しずつ、入り組んだ灌漑《かんがい》パイプのシステムを地下につくり上げていった。これで菜園作りが可能になって、いったん菜園が軌道に乗ると、今度は木に力点を移した。私も数えたことはないけど、きっと全部で二百本か三百本あると思うわ。ハコヤナギにビャクシン、ヤナギにポプラ、マツにホワイトオーク。それまではユッカとヨモギしか生えていなかったのが、ヘクターの手でちょっとした森に変わったのよ。あと何時間かしたらあなたも自分の目で見るでしょうけど、私にとってあんなに美しい場所は世界中そうざらにないわ。

まさかそういうことに手を染めるとはね。園芸家、ヘクター・マン。

ヘクターは幸せだったのよ。たぶん人生のほかのどの時期よりも幸せだったと思う。そしてその幸せとともに、野心というものがまったく消えた。頭にあったのは、フリーダの面倒を見ること、耕した土地の世話をすることだけ。この数年の体験を思えば、それで十分だと、十分以上だと思えた。彼はまだ罪を償っていたのよ、わかるでしょう。ただ前と違って、もう自分を破壊しようとはしていなかった。いまでも本人は、植えた木々のことをわが最高の達成と言ってるわ。映画よりこっちの方が上だ、いままでにやった何より上だって言ってる。

お金はどうしたの？　そんなにきつい状況で、どうやって食べていたのかな？

フリーダはニューヨークに友だちがいて、いろんなコネがある友だちも大勢いた。その人たちが仕事を世話してくれたの。子供の本の絵を描くとか、雑誌のさし絵とか、いろんなフリーランスの仕事をね。大した額にはならなかったけど、やりくりしていく助けにはなった。

じゃあそれなりに才能はあったんだ。

何しろ相手はフリーダよ、デイヴィッド。そこらへんの格好だけの金持ちとはわけが違うのよ。才能はものすごく豊かだったし、芸術を作り出そうという情熱も本物だった。あるとき彼女は私に、自分には偉大な画家になるだけの素質はないと思うと言ったけど、もう一言、あのときヘクターに出会っていなかったらたぶん一生涯そうなろうとあがいていたと思うとも言い足した。油絵はもう何年も描いていないけど、ドローイングはいまでもすごい勢いでやっているわ。線が美しく流れて、自在に入り組んでいて、構成のセンスも素晴らしい。ヘクターが映画作りに戻るとストーリーボードは彼女の受け持ちだったし、セットや衣裳《いしょう》のデザインもやって、映画のトーンを定める上で大いに貢献した。製作上の欠かせない一員だったのよ。

まだわからないな。そんなふうにして砂漠のただなかで、二人でいっさい飾りなしの暮らしをしていた。それでどうやって、映画を撮る金を手に入れたの？

フリーダの母親が亡《な》くなったのよ。遺産は三百万ドル以上あって、フリーダがその半分を、あとの半分は兄のフレデリックが相続したの。

それで金銭面は説明がつくわけだ。

当時としては大金よね。

いまでも大金だと思うけど、話は金だけじゃないよね。ヘクターは二度と映画の仕事に戻らないと誓ったはずだ。君、何時間か前にそう言ったよね。それがいま、いきなり映画を撮りはじめた。気が変わったきっかけは？

フリーダとヘクターに子どもが生まれてね。サディウス・スペリング二世、フリーダの父親の名をもらったの。略してテッド、またはタッド、オタマジャクシ《タッドポール》、とにかくいろんな名前で呼んでいた。その子が一九三五年に生まれて、三八年に死んだの。ある朝菜園で蜂《はち》に刺されたのよ。両親が見つけたときは地面に倒れていて、体じゅうパンパンに膨れ上がっていた。五十キロ離れた医者に連れていったときは、もう息絶えていた。

想像もできないわよね、二人がどんなに辛《つら》い思いをしたか。

できるよ。僕に何かひとつ想像できることがあるとしたら、まさにそれだよ。

ごめんなさい。馬鹿《ばか》なこと言ったわね。

謝ることはない。そういう話なら僕にはよくわかるっていうだけさ。状況を理解するのに、いかなる精神的軽業も必要ない。タッドとトッド。これ以上近い名前もないだろう？

でもやっぱり……

い、いや、でももしかしも要らないよ。先を続けてくれ……

ヘクターはどうしようもなく落ち込んだ。何か月経《た》っても、何もできなかった。家にこもって、寝室の窓から空を眺めて、自分の手の甲を見つめるだけ。フリーダだって辛い思いをしなかったわけじゃないけど、ヘクターの方がずっともろくて無防備だったのよ。息子の死は事故だったんだ、死んだのは蜂アレルギーだったからだと割り切るだけの強さがフリーダにはあったけれど、ヘクターはそれを天罰として受けとめた。自分は幸せすぎたんだ、人生は自分にとって良すぎたんだ、だから運命が見せしめに息子を死なせたんだ、そう思ったのよ。

映画を撮るのはフリーダの思いつきだったんだね？　遺産を相続したあとに、ヘクターを説き伏せて仕事に戻らせたんだ。

まあそういうことね。そのままでは神経衰弱になってしまいそうだったから、ここはひとつ手を打たなきゃと思ったのよ。単にヘクターを救うだけじゃなくて、結婚を救うため、彼女自身の人生を救うために。

で、ヘクターは提案に乗ったわけだ。

はじめは抵抗したのよ。でもフリーダに、やらなければ出ていくと脅《おど》かされて、やっと応じたの。べつに嫌々同意したわけでもなかった。実のところ、映画に戻りたくてしょうがなかったのよ。十年間ずっと、カメラアングル、照明の配置、物語のアイデア、そんなことばかり考えていた。ヘクターが本当にやりたいことはそれだけだった。世界でそれがただひとつ、彼にとって意味ある営みだったのよ。

でも自分との約束は？　どうやって誓いを破ることを正当化したの？　いままで君から聞いた人となりからして、そんなことできそうにない人間に思えるけど。

細かい理屈をつけたのね――そうして、悪魔と契約を結んだの。もし森のなかで一本の木が倒れて、誰もそれが倒れるのを聞かなかったら、木は音を立てたことになるか、ならないか？　そのころにはもう本もずいぶんたくさん読んでいたから、哲学で使ういろんな論法やトリックをみんな知っていたのよ。もし映画を作っても、かりに誰も見ないとしたら、その映画は存在するか、しないか？　まあそんなふうにして自分のやることを正当化したわけ。誰にも見せない映画を作ること、ひとえに映画を作る快楽のためのみに映画を作ること。ものすごいニヒリズムとも言えるけれど、とにかくいままでずっとその立場を貫いてきたのよ。考えてもごらんなさいよ。自分が何かに秀《ひい》でていることがわかっているのに、その成果を見たら世間があっと息を呑《の》むくらい秀でていることがわかっているのに、そういう自分を世間から隠しつづけるのよ。ものすごい集中力と厳格さが必要だったのよ、ヘクターがやったようなことをやるには——それと、少しばかりの狂気も。ヘクター、フリーダ、二人ともいくぶん常軌を逸しているんだと思う。でも二人はすごいことをなしとげた。エミリー・ディキンソンは無名のまま詩を書いたけれど、その彼女だって詩を出版しようと試みたし、ゴッホだって自分の絵を売ろうとした。私が知る限り、作品を破壊するという意識的、計画的な意図をもって作品を作った芸術家はヘクターが初めてよ。もちろんカフカは、原稿を燃やせとマックス・ブロートに指示したわけだけど、決定的瞬間が訪れるとブロートはそれを実行できなかった。でもフリーダは実行するわ。かならず。ヘクターが死んだらその翌日に、何もかも菜園に持っていって燃やすことになっているの。プリントも、ネガも、撮ったショットひとつ残らず。そう決まっているのよ。立ち会う人間は、あなたと私だけ。

で、何本くらいあるの？

十四本よ。九十分以上の長篇が十一本と、一時間以下のものが三本。

いまだに喜劇をやってたわけじゃないよね？

『反世界からの報告書』、『メアリ・ホワイトのバラッド』、『写字室のなかの旅』、『スタンディング・ロックの待伏せ』。そういうタイトルよ、いくつか挙げれば。あんまり笑えそうにないでしょ？

うん、世に言う笑いのマラソンとはだいぶ違う。でも、ものすごく暗くもないと思いたいね。

何をもって「暗い」とするかによるわね。私は暗いとは思わない。シリアス、ではあるし、奇妙、と思えることも多いけど、暗くはないと思う。

何をもって「奇妙」とする？

ヘクターの映画はね、すごく個人的で、とことん地味で、トーンも全然華々しいところはない。でもそこにはいつも、どこか幻想的な要素が、風変わりな歌ごころがあるのよ。映画作りのルールもたくさん破っているし。映画監督がやらないはずのことをあれこれやったり。

たとえば？

ひとつ例を挙げれば、ナレーション。ナレーションを使うのは弱さのしるしだし、映像がうまく行っていない徴候と言われがちだけど、ヘクターは何本かでナレーションをすごく多用しているの。『光と歴史』なんて、会話が一語もないのよ。はじめから終わりまで、全部ナレーション。

ほかにはどんな間違ったことをやってる？　つまり、意図的に間違ったことを。ビジネスの輪の外にいるわけだから、何の制約もなく作れる。その自由を利用して、ほかの映画監督が、特に四〇年代、五〇年代には近寄れもしなかった要素を追求した。裸体。ありのままのセックス。出産。排尿、排便。そういうシーン、はじめはショッキングだけど、けっこうすぐショックは退《ひ》くものよ。考えてみればみんな人生の自然な要素なのに、映画で見せられることに私たちは慣れていないから、最初の何秒かはギョッとさせられてすごく目につく。でもヘクターはそれをことさら強調したりはしない。彼の作品にあっては何が可能なのか、こっちがいったん納得してしまえば、こういういわゆるタブーとか、どぎつい瞬間とか、みんなストーリー全体のなかに溶け込んでしまうのよ。それにある意味で、こういうシーンはヘクターにとって保護のようなものでもあった。万一誰かに盗まれても、これなら上映不可能だものね。

で、君の両親もそこに加わったわけだ。

どこまでも実際的な、手作りの作業だったのよ。ヘクターが脚本を書いて、監督して、編集する。私の父は照明、カメラ担当で、撮影が終わると母と二人で暗室作業を請け負った。フィルムを現像して、ネガを切って、音をミックスして、ファイナルプリントが出来上がるまですべてを受け持つ。

何もかもその農場でやった？

所有地をちょっとした撮影所に変身させたのよ。一九三九年五月に作りはじめて、四〇年の三月に完成したんだけど、出来上がったのは一個の自己完結した宇宙、映画を作るためのプライベートな囲い地だった。ひとつの建物には防音スタジオが二つあったし、大工仕事、針仕事をする場所や更衣室もあったし、小道具や衣裳をしまっておくスペースもそれぞれあった。ポストプロダクションにも専用の建物が用意されていた。フィルムを民間の現像所に出すわけには行かないから、自前の暗室を作ったのよ。それで建物の半分が埋まって、あと半分には編集設備、試写室が入っていて、地下にはプリントやネガの貯蔵室があった。

それだけ揃《そろ》えたら、安くなかったろうねえ。

はじめに全部で十五万ドル以上かかったわ。でもそれだけのお金はあったし、たいていのものは一度買えば済んだ。カメラは何台か必要でも編集機は一台でいいし、映写機も二台一組、オプティカルプリンターも一台あればいい。必要なものを揃えたあとは、きっちり管理された予算の範囲内で作業を進めた。フリーダが相続した金が利子を産んでいたから、元金には極力手をつけないようにした。何もかも、あくまで小規模で作業したのよ。金をできる限り長く持たせるにはそうするしかなかった。

で、フリーダは小道具と衣裳を担当したわけだ。

ほかにもいろいろやったわよ。ヘクターの編集も手伝ったし、製作中はもう本当にいろんな任務をかけ持ちした。スクリプター、録音技師、カメラマン助手、その日その瞬間に必要なことは何でもやったのよ。

で、君のお母さんは？

あたしのフェイ。あたしの美しい、愛《いと》しいフェイ。母は女優だった。一九四五年に映画に出演しに農場へやって来て、父と恋に落ちたのよ。まだそのころは二十代前半だった。そのあとに作られた映画にはすべて出演した。たいていは主演女優だったけど、ほかの仕事もいろいろ手伝った。衣裳を縫ったり、背景を描いたり、台本についてヘクターに助言して、チャーリーと一緒に暗室で働いて。そこが楽しいところだったのよ。ひとつのことしかやらない人間は一人もいなかった。みんながいろんなことにかかわっていて、みんなものすごく長時間働いた。手間のかかる下準備が何か月も何か月もかかって、ポストプロダクション作業が何か月も何か月も続く。映画を作るというのは、なかなか進まない、込み入った仕事だし、みんなよく働くにしても人数はごくわずかだったから、本当に一歩一歩という感じだった。ひとつの映画を作り終えるのにだいたい二年かかるのが普通だった。

ヘクターとフリーダがその土地にいたがったのは僕にも理解できる。というか、部分的には。僕はまだ、何とか理解しようとあがいているんだ。でも君の母さんと父さんについては、やっぱり納得できないよ。チャーリー・グルンドは才能ある撮影技師だったはずだ。僕は君の父さんの腕前を知っている。ヘクターと一九二八年にやった仕事をじっくり吟味したからね。あれだけの人があっさりキャリアを捨ててしまうなんて、訳がわからない。

父は当時、離婚を経験したばかりだった。三十五歳で、もうじき六になるのに、ハリウッドの撮影技師のトップクラスの地位にはまだ届いていなかった。十五年もやっていて、いまだにB級映画の撮影、それさえないことも多かった。ウェスタン、ボストン・ブラッキーの探偵物、子ども向けシリーズ映画。ものすごく才能があるのに、大人しい、自分であることを何となく居心地悪く思っているみたいに見える人で、その内気さをよく傲慢《ごうまん》さと誤解されることがあったの。そのせいでいつもいい仕事を逃しているものだから、だんだんそれがこたえてきて、じわじわ自信もなくしていった。最初の奥さんが出ていってしまうと、何か月かは地獄だった。酒に溺《おぼ》れて、自分を哀れんで、仕事もしなくて。そんなときに、ヘクターが電話してきたのよ。まさしくドツボにはまっていたときにね。

それでもまだ、引き受けたことの説明にはならないよ。人に見てほしいと思わずに映画を作る人間なんていない。そんなこと、誰もしないよ。誰も見ないんだったら、カメラにフィルムを入れて何になる？

そういうことは問題にしなかったのよ、父さんは。信じづらいかもしれないけど、父さんにとっては仕事自体がすべてだった。結果は二の次、ほとんどどうでもよかったの。そういう人、映画業界にはたくさんいるのよ、特に下働きの、ブルーカラーの人たちにね。いろんな問題を解決するのが好きでやってるのよ。機材をいじって、思いどおりに働かせるのが楽しいの。芸術とか理念とかは関係ない。何かの作業に取り組んで、それをきちんと仕上げることがすべて。あたしの父さんはビジネス的には浮き沈みを味わったけど、腕そのものは確かだった。ヘクターは父さんに、ビジネスのことを心配せずに映画を撮る機会を与えてくれたのよ。相手がほかの人間だったら、引き受けたかどうか怪しいと思う。父さんはヘクターに惚《ほ》れ込んでいた。カレイドスコープで、ヘクターの下で仕事をしていた一年が生涯で一番楽しかったっていつも言ってたわ。

ヘクターから電話が来て驚いただろうね。十年以上経って、いきなり死者の声が受話器から聞こえてきたんだから。

誰かの悪戯《いたずら》だと思ったって。でなければ、唯一《ゆいいつ》考えうるのは、相手が幽霊だという可能性。で、父さんは幽霊の存在を信じなかったから、ヘクターに向かって、馬鹿《ばか》野郎、地獄へ堕《お》ちろと言って電話を切った。ヘクターはあと三回かけ直して、やっと引き受けてもらえたのよ。

いつのこと？

三九年の末よ。十一月だか十二月だか、ドイツがポーランドに侵攻したあと。二月はじめにはもう父さんは農場で暮らしていた。そのころにはヘクターとフリーダの新しい家も出来上がっていたから、父さんは古い方、二人が来たばかりに建てた小さなコテージに移った。あたしも両親とそこで育って、いまも住んでいるわけ。ヘクターが植えた木々の陰に建つ、六部屋の日干し煉瓦《れんが》の家で、狂気の沙汰《さた》の、終わりのない本を書いてるのよ。

でも、農場に来たほかの人たちは？　俳優も呼ばれたって君さっき言ったし、君の父さんだって助手が必要だっただろうに。たった四人じゃ映画は作れない。僕だってそれくらいはわかる。撮影の前後は何とかなるとしても、撮影そのものは四人じゃ無理だ。それで外から人を入れたら、どうやって隠れていられる？　どうやってみんなの口を封じられる？

誰か他人に依頼された仕事だって言えばいいのよ。メキシコシティの変わり者の大富豪に雇われたんだって言うのよ。その金持ちが大のアメリカ映画狂で、それが嵩《こう》じてアメリカの荒野のただなかに自前の撮影所を作って、人を雇って彼以外誰一人見ることのない映画を作らせている。そういう取決めなんだって説明するのよ。ブルーストーン農場に来て映画の仕事をする人間は、自分の作ったものがたった一人の観客にしか見られないという了解の下に仕事をしたのよ。

無茶苦茶な話じゃないか。

かもしれないけど、鵜呑《うの》みにした人は大勢いたわ。

そんな寝言信じるなんて、よほど切羽詰まった人間だけだぜ。

あなた、俳優とはあまりつきあいがないのね？　俳優の人たちって、世界で一番切羽詰まった人種なのよ。九割は失業中だから、まともな給料の出る仕事が舞い込んだら、余計なことは訊《き》いたりしないのよ。とにかくみんな働けるチャンスを欲しがっている。ヘクターはビッグネームを求めたりはしなかった。スターには興味がなかったのよ。有能なプロが何人かいればそれでよかったし、自分で書く脚本もキャストは小規模だったから――時には二、三人だけのこともあった――人材を揃えるのは難しくなかった。一本の映画が出来上がって、次の一本に取りかかるころには、また新たな候補者がいくらでも出てきていた。あたしの母さんを例外に、ヘクターは絶対に同じ俳優を二度使わなかったの。

わかったよ、ほかの連中のことはいい。君はどうなんだ？　ヘクター・マンという名前を初めて聞いたのはいつ？　君にとって彼はあくまでヘクター・スペリングだったわけだよね。ヘクター・スペリングとヘクター・マンが同一人物だと気づいたのは何歳のとき？

はじめからずっとわかってたわ。農場にはカレイドスコープの作品が一セット揃っていて、子供のころどれも五十回は見たと思う。読み書きを覚えたのと同時に、ヘクターはマンであってスペリングじゃないことに気づいたのよ。父さんに訊いてみたら、ヘクターは若いころ芸名で映画に出ていたけどもう映画に出なくなったから芸名を使わなくなったんだと言われた。完璧《かんぺき》に筋の通る説明に思えたわ。

あの一連の映画、もうフィルムも失われたと思っていたよ。

ほとんど失われかけたのよ。というか、失われていたはずだった。ところが、ハントがいよいよ破産宣告をする段になって、執行官が資産を差し押さえにきて玄関に南京《ナンキン》錠《じょう》をかけていく一日か二日前に、ヘクターとあたしの父さんとでカレイドスコープのオフィスに忍び込んで、フィルムを盗んだのよ。ネガはそこになかったけれど、プリントは喜劇十二本、全部持ち出した。ヘクターはその保管を父さんに任せて、二か月後に姿を消したの。そして一九四〇年に父さんが農場に移ってきたときに、フィルムも一緒に持ってきたのよ。

それについて、ヘクターはどう思っていた?

どういう意味? どう思えばいいのかしら?

それを訊いてるのさ。喜んでいた、それとも不愉快に思っていた?

喜んでたわ。もちろん喜んでたわよ。あのささやかな作品群を誇りに思ってたんだから、また手元に戻ってきてそりゃあ喜んでたわよ。

じゃあなぜ彼は、フィルムをもう一度世に送り出すのにあんなに長いあいだ待ったんだい？

なぜ彼がやったと思うの？

え、それは当然……

あなたはわかってると思ったのに。あたしなのよ。やったのはあたし。

まあそうかなとは思っていたよ。

じゃあどうして何も言わなかったの？

言う権利はないと思ったんだ。もしかしたら秘密なんじゃないかって。

あなたに秘密にしておくようなことは何もないのよ、デイヴィッド。あたしが知っていることはすべて、あなたにも知ってほしいのよ。わかるでしょう？　あたしが何のあてもなしにフィルムを一本ずつ世に送り出して、あなたがそれを全部見つけたのよ。それだけであたしたちはもう長年の仲間なのよ、そうでしょう？　会ったのは昨日が初めてかもしれないけど、実はもう何年も一緒に仕事をしてきたのよ。

すごい芸当だったよなあ。行く先々でキュレーターに訊いてみても、君が何者なのか、誰一人まったく見当がついていなかった。カリフォルニアに行ったとき、パシフィック・フィルムアーカイブの館長のトム・ラディと昼食を食べたんだ。ヘクター・マンの謎《なぞ》の箱を一番あとに受けとったのがあそこだった。あそこに届いたころには、君はもう何年もやっていたわけだよね。そのことは世間にも知られていた。届いてすぐ、開けもせずにFBIへ持っていって指紋を調べてもらったけどいっさい何の指紋もついていなかったとトムは言っていたよ。ただのひとつもなし。完璧に痕跡《こんせき》を消していたね。手袋を使ったのよ。せっかく秘密にしておこうと思うんだったら、そういう些細《ささい》なところで尻尾《しっぽ》を出したりはしないわよ。

何たる賢明さ。

当ったり前よ。この車に乗ってる一番賢い女、それがあたしよ。そうでないってんなら証明してごらん。

だけど、ヘクターに内緒で進めたことはどうやって正当化した？　君じゃなくて、彼が決めることじゃないのかな。

まず彼に相談したわよ。あたしの思いつきではあったけど、ちゃんとヘクターにゴーサインをもらってから実行したのよ。

彼は何て言った？

肩をすくめたわ。そしてかすかににっこり笑った。それから、どうでもいいさ、君の好きなようにするがいいさアルマ、と言ったわ。

じゃあ止めもしなかったけど手伝いもしなかったわけだ。何もしなかったわけだ。

八一年の十一月、ほぼ七年前のことだった。あたしは母さんの葬式で農場に戻ってきたところで、みんなひどく悲しい気持ちでいた。何と言うか、あそこから終わりがはじまったのね。あたしはとうてい、事実を潔《いさぎよ》く受け入れる気になんかなれなかった。それは認める。母さんをみんなで土のなかに埋めたとき、母さんはまだ五十九歳だったのよ。あたしにはまるっきり突然の出来事だった。何もかもがバラバラに壊れてしまうような思いだった。そんなふうにしか言いようがない。何もかもがバラバラに壊れてしまうほどの悲しみだった。まるで、自分のなかのすべてが土に変わってしまったみたいだった。もうそのころには、ほかの人たちもずいぶん歳《とし》をとっていた。ふと顔を上げてみて、もうすべておしまいなんだ、大いなる実験はもう終わったんだ、そうあたしは気がついたのよ。父さんは七十七、ヘクターは八十一、次に顔を上げたときにはもうみんないなくなっているはず。そう思うと、ものすごいショックだった。毎朝試写室に入って、母さんが出ている昔の映画を見て、試写室を出るころにはもう暗くなっていて、あたしは体のなかから何もかもが流れ出てしまいそうな勢いで泣いていた。それを二週間続けた末に、もう仕事に戻ろうと決めたの。そのころはLAに住んでいて、独立系の製作会社で働いていて、もう帰らなくちゃいけなかった。航空会社にも電話して切符も取って、戻る準備は整っていた。ところが、最後の最後、農場で過ごすのも今夜でおしまいというところで、行かないでくれ、とヘクターに言われたのよ。

理由は言われた？

すべてを話す気になったから、誰か手伝ってくれる人間が要るって。一人ではできないからって。

じゃあ君が書いている本は、彼の思いつき？

何もかも彼からはじまったのよ。あたし一人では絶対に思いつかなかった。かりに思いついたとしても、そのことを彼に話しはしなかったでしょうね。そんな度胸はなかったと思う。

ヘクターは怖気《おじけ》づいたんだな。そうとしか説明がつかない。怖気づいたか、耄碌《もうろく》したかのどちらかだ。

あたしもそう考えたわ。でもあたしは間違っていたし、あなたも間違っているのよ。ヘクターの気が変わったのは、あたしが原因なの。あたしには真実を知る権利がある、だからもしここにとどまって話を聞く気があるなら何もかも話す、そう約束されたのよ。

オーケー、そこまではわかる。君は家族の一員であり、もう大人になったんだから、家族内の秘密を知る資格がある。でも内輪の告白がどうして本に変わる？　君にすべてを打ちあけるのと、本を世に出すのとでは訳が違う。世に向けて自分の物語を語ったとたん、彼の人生は意味を失ってしまうじゃないか。

本が出たときに、もしまだ生きていればね。でもそれはありえない。彼が死ぬまでは誰にも見せないと約束したから。ヘクターはあたしに真実を約束し、あたしは彼にそのことを約束したのよ。

それでいままで、彼に利用されているかもしれない、と思ったことはない？　たしかに君は本を書かせてもらえて、万事順調に行けば、重要な本として評価されるはずだ。でも同時に、ヘクターは君を通して生きつづけることになるわけだよね。映画によってではなく——何しろ映画はもう存在さえしなくなるんだから——君が彼について書いた文章によって。

ありうる話ね。何だってありうるわ。でも彼の動機が何なのかは、あたしにはどうでもいいの。恐怖心かもしれないし、虚栄心かもしれないし、事ここに至って何かの後悔に襲われたのかもしれない。でもとにかく彼は事実を語ってくれた。大事なのはそのことだけ。真実を語るのは辛《つら》いことなのよ、デイヴィッド。ヘクターもあたしもこの七年、すごく辛い思いを味わってきた。ヘクターはあたしに何もかも見せてくれた。日記、手紙、そのほか手元にある資料はひとつ残らず。いまの段階では、あたしは出版のことなんて全然考えていない。世に出ようが出まいが、この本を書くこと自体があたしの人生最大の体験だったのよ。

フリーダはどう絡《から》んでいたのかな？　彼女も君たち二人に協力しているの？

彼女にとっては辛かったと思うけど、精一杯力を貸してくれたわ。ヘクターの選択に同意はしていないと思うけど、邪魔をする気もないのね。複雑な話なのよ。すべてが複雑なのよ、フリーダに関しては。

君、ヘクターの昔の映画を世に送ろうと決心するまで、どれくらいかかった？　はじめから決めていたわ。ヘクターのことを信頼できるかどうかまだわからなかったから、一種のテストとして、本当にあたしに心を開いてくれているか試そうと思って訊いてみたのよ。もし却下されたら、たぶんここにはとどまらなかったと思う。あたしは彼に、何かを犠牲にしてもらう必要が、誠意を示してもらう必要があった。それは彼もわかってくれた。二人ともはっきり言葉にはしなかったけど、ヘクターはちゃんとわかってくれた。だから止めなかったのよ。

それでもまだ、本当に心を開いてくれた証拠にはならないんじゃないかな。君は彼の昔の映画を世の中に復活させた。それで何が困る？　世間が彼のことを思い出す。ヴァーモントの阿呆《あほう》な学者が彼について本まで書く。でも物語自体は何も変わっていないよ。ヘクターから何か聞くたびに、あたしは確認に出かけていったわ。ブエノスアイレスにも行ったし、ブリジッド・オファロンの骨の行方もたどったし、サンダスキーの銀行強盗の新聞記事も発掘して、四〇年代、五〇年代に農場で働いた俳優たちにも十人以上から話を聞いた。何ひとつ食い違いはなかったわ。もちろん、見つからない人もいたし、死んでしまっていた人もいた。たとえば、ジュールズ・ブラウスタイン。それにシルヴィア・ミアーズの消息もまだ全然つかめていない。でもスポーカンに行ってノーラの話は聞けたわ。

まだ生きてるの？

ピンピンしてるわ。少なくとも三年前はそうだった。

で？

一九三三年にファラデーという男と結婚して、子供を四人産んだ。孫が十一人できて、あたしが会いに行ったときはちょうど、そのうちの一人がもうじき曾孫《ひまご》を産む予定だった。

よかった。どうしてそう言うのか自分でもわからないけど、そう聞いて嬉《うれ》しいよ。

四年生の担任を十五年間やって、それから校長になって、一九七六年に退職するまでずっと校長だった。

要するに、ノーラはノーラのままだったと。

あたしが行ったときは七十何歳かだったけど、ヘクターから聞いていた人物とまったく同じ感じだった。

それで、ハーマン・レッサーのことは？　覚えていた？

名前を言ったら、泣いたわ。

泣いた？　どういうこと？

だから、目に涙がたまって、頬を流れ落ちたのよ。泣いたのよ。あなたやあたしが泣くのと同じように。人がみんな泣くのと同じように。

まさか。

本人もすごくびっくりして、バツが悪そうで、あわてて立ち上がって部屋から出ていったわ。戻ってきたら、あたしの手を握って、ごめんなさいねと言った。ずっと昔に知っていた人だけど、いままでずっと忘れられなかったと言ったわ。五十四年間、毎日、考えなかったことはないって。

作り話だろう。

作り話なんかしたって仕方ないでしょ。あたしだってその場に居合わせなかったら信じなかったと思うけど。でも本当にそうだったのよ。昔のことも、すべて本当にヘクターの言ったとおりだった。今度こそ絶対嘘《うそ》だと思っても、調べてみるとやっぱり事実なのよ。だからこそこれはありえない物語なのよ、デイヴィッド。何もかも真実だからこそ。

7

その夜、空に月は出ていなかった。車から降りて、地面に足をつけたとき、胸のうちにこんな言葉が浮かんでいたことを覚えている——アルマは赤い口紅をつけている、車は黄色い、今夜空に月は出ていない。母屋《おもや》の背後の闇《やみ》のなかで、ヘクターが植えた木々の輪郭だろう、大きな影のかたまりがいくつか風にそよいでいた。

『死者の回想録』は、木々をめぐる一節とともにはじまる。玄関に近づいていきながら、私はふとそのことを考えていた。二千ページに及ぶシャトーブリアンの著書の、Ce lieu me plaît; il a remplacé pour moi les champs paternels（余はこの場所が好きだ。余にとってはここが故郷の田園の代わりだ）ではじまる第三段落を自分がどう訳したかを思い出そうとしていた。終わりはこうだ——「余はわが木々に愛着を抱いている。彼らに向けて挽歌《エレジー》や十四行詩《ソネット》や頌歌《しょうか》を歌いかけてきた。それらのうち余がこの手で世話していない木はひとつとしてないし、一本一本すべて、根を襲う地虫や、葉にまとわりつく毛虫を自ら取り除いてきた。一本一本、我が子のように名前もつけた。木々は余の家族だ。余にはほかに家族はいない。死ぬときも彼らのそばにいたいと思う」

その夜ヘクターに会うことになるとは予期していなかった。空港からアルマが電話をかけたときには、フリーダから、我々が農場に着くころにはヘクターはたぶんもう寝ていると言われていた。まだ持ちこたえているけれど、明日朝にならないと――明日の朝まで持ちこたえたとして――私と話をする元気はないだろうとフリーダは言った。

あれから十一年経《た》って、あそこで玄関に着く前に私が立ちどまってうしろをふり向いていたらどうなっていたか、といまだによく考える。アルマの肩に手を回して、一緒にまっすぐ家に歩いていく代わりに、一瞬立ちどまって、空の残り半分を見て、大きな丸い月が私たちに光を降らしているのが見えたとしたら？　その夜、空に月は出ていなかった、という言葉はやはり真実だろうか？　だが私は、ふり返ってうしろを見はしなかった。だから、イエス、その限りにおいては真実なのだ。私が月を見なかったのなら、月はそこになかったのだ。

周囲をろくに見ていなかった、と言っているのではない。目はしっかり開けていて、周りで起きていることをすべて吸収しようとしていた。でもやはり、見逃したものもたくさんあったにちがいない。好むと好まざるとにかかわらず、私には自分が見たもの、聞いたもののことしか書けない。見なかったもの聞かなかったもののことは書けない。これは失敗を認めているのではなく、わが方法論を、根本原則を述べているにすぎない。私が月を見なかったのなら、月はそこになかったのだ。

アルマと二人で家に入ってから一分と経たないうちに、フリーダが私を、二階にあるヘクターの部屋へ案内していた。ごく大まかにあたりを見回す時間しか、きわめて簡単な第一印象を得る余裕しか私にはなかった。フリーダの刈り込んだ白髪、私と握手したときの握り方の力強さ、目に浮かぶ疲労。言うべきことをこちらは何ひとつ言う暇もなく（お招きくださってありがとうございます、いくらか良くなられたでしょうか）、ヘクターは起きています、と彼女に告げられた。いまお会いしたいと言っています、と彼女は言い、気がつけばもう私は彼女のあとについて、階段を上がっていく彼女の背中を見ていたのだ。家を観察する暇はなかったし（大きな家であり家具はシンプルで、壁にスケッチや油絵がたくさん――フリーダの作品か、あるいは他人のものか――掛かっているのは目に入ったが）さっき玄関に出てきた、およそ予想外の人間についてあれこれ考える時間もなかった。ドアを開けてくれたのは、ひどく小さな、アルマがかがみ込んでその頬にキスするまではそこにいることすら私の目に入らなかったくらい小さな男だったのだ。次の瞬間フリーダが出てきて、女性二人が抱擁しあったことは私も覚えているが、階段をのぼっていったときにアルマが私と並んで歩いていたかどうかは記憶にない。何度思い起こしても、どうしてもその時点で彼女の姿を見失ってしまうのだ。胸のうちで彼女を探すものの、どうしても見つからない。階段をのぼり切ったころには、フリーダも決まって姿を消している。事実そうだったはずはないのだが、頭にはそういうふうに残っている。ヘクターの部屋に入っていく自分自身を思い浮かべるたび、私はいつも、一人だけでそこへ入っていく。

何より驚かされたのは、たぶん、ヘクターに肉体があるという単純な事実だったと思う。彼がそこにいて、ベッドに横になっている姿を見るまでは、私は彼の存在を全面的には信じていなかったのだと思う。少なくとも、アルマや私自身の存在を信じるように、リアルな人間としては。ヘレンの方が、あるいはシャトーブリアンさえ、私にとってはヘクターよりリアルだった。ヘクターに手があり目があることを、爪《つめ》も肩も首も左耳もあることを認識するのは————要するに彼が実体を有していて架空の人物ではないと認識するのは——大きな衝撃だった。あまりにも長いあいだ私の頭のなかに存在していたために、彼がそこ以外の場所に存在しうるとは考えがたくなってしまっていたのだ。

骨ばった、しみの浮かんだ両手。節くれだった指と、太く浮き上がった血管。あごの下のしぼんだ筋肉。半開きの口。私が部屋に入っていったとき、ヘクターは上掛けから両腕を出して仰向《あおむ》けに横たわり、目覚めてはいたがじっと動かず、一種トランス状態に陥ったように天井を見ていた。だが、首を回してこっちを向くと、その目がヘクターの目であることが私にも見てとれた。何本も縦皺《たてじわ》の走っている頬、太い溝の刻まれた額、格子《こうし》状に筋が入った喉《のど》、鳥の頭のような白髪、それでもなおその顔は、まぎれもなくヘクターだった。口ひげを剃《そ》り落とし、白いスーツを着なくなってから六十年が経っていても、ヘクター・マンは完全に消えてはいなかった。老いている。無限に老いている。けれど彼の一部はまだそこにあった。

ジンマー、と彼は言った。こっちへ来て座ってくれジンマー、明かりを消してくれ。

その声は弱々しく、痰《たん》がひっかかっていて、ため息と、半分しか音にならぬ言葉とがゆるやかに連なっているにすぎなかったが、それでも、何を言っているのかわかるだけの音量はあった。私の名の最後にあるrの音が、ほんの少し巻き舌になっていて、私は手をのばしてベッドサイドテーブルのランプを消しながら、いっそスペイン語で話した方が彼にとって楽ではなかろうか、と考えた。ところが、明かりを消してみると、部屋の奥の隅に、もうひとつランプが点《つ》いているのが見えた。長い脚のついたフロアスタンドで、幅の広い模造皮紙のシェードが掛かっている。そしてそのランプのかたわらの椅《い》子《す》に、一人の女性が座っているのが見えた。私がそっちへ目をやったとたん彼女は立ち上がり、そのせいで私はいくぶん縮み上がったにちがいない。不意をつかれたからだけではなく、彼女があまりに小さかったから――一階の玄関を開けてくれた男と同じくらい小さいのだ。二人とも、一メートル二十にも達していなかったと思う。私の背後で、ヘクターが笑うのが聞こえた気がした（ゼイゼイというかすかな、ほんのささやきのような笑い）。と、女性は黙って私に会釈《えしゃく》し、部屋から出ていった。

誰です、あの人は？　と私は言った。

怖がらなくていい、とヘクターは言った。コンチータという名前だ。家族の一員だよ。

いえ、ただ姿が見えなかったものですから、びっくりして。

兄のファンもここで暮らしている。二人とも小さいんだ。喋《しゃべ》れない、不思議な小人たちだよ。二人にはみんな、すごく世話になっている。

あっちの明かりも消しましょうか？

いや、このままでいい。これなら目にも辛《つら》くない。いい気持ちだよ。

私は枕元《まくらもと》の椅子に腰かけて、体を乗り出し、極力彼の口のそばに身を置こうとした。部屋の反対側からの明かりは蠟燭《ろうそく》の炎程度の強さだったが、私にヘクターの顔が見えて、その目を覗《のぞ》き込めるだけの明るさはあった。ベッドの上には淡い光が浮かび、黄色っぽい空気が影や闇と混じりあっていた。

いつだって早すぎるものだ、とヘクターは言った。だが怖くはない。私のような人間は叩《たた》きつぶすしかないんだ。来てくれてありがとう、ジンマー。来てもらえるとは思わなかったよ。

アルマの説得力が抜群でしてね。もっとずっと前に彼女を送ってよこすべきでしたよ。

君には心底仰天させられたよ。はじめは、君のやったことが許せなかった。でもいまは嬉《うれ》しいんだと思う。

私は何もしていませんよ。

本を書いたじゃないか。何度も何度も読んだよ。そのたびに、何で私を選んだ？　何が目的だったんだ、ジンマー？——そう考えたよ。

あなたが笑わせてくれたからです。それに尽きます。あなたが私のなかの殻みたいなものを破ってくれて、それからあとも、私が生きつづける口実になってくれたんです。

君の本にはそんなことは書いていない。口ひげ時代の私の仕事を論じてくれてはいるが、君自身のことは書いていない。

自分のことを話す習慣はないんです。そういうのはどうも落着かなくて。

大きな悲しみが、口にしがたいほどの痛みがあったようなことをアルマが言っていた。もしその痛みに君が耐える手助けができたなら、もしかするとそれこそ、私がこれまでに為《な》した最大の善かもしれない。

私は死にたかったんです。今日アルマから聞いたところでは、どうやらあなたも、同じ場所にいたことがあるようですね。

アルマが話してくれてよかった。私は馬鹿《ばか》げた人間だ。神は私にいくつものジョークを仕掛けた。それについて知っておいてもらった方が、私の映画のこともよくわかってもらえるはずだ。君の感想を聞くのが楽しみだよ、ジンマー。君の意見は私にとってとても大事なんだ。

映画はまるっきり素人《しろうと》ですよ。

でも他人の作品を研究するのが君の仕事だ。君のほかの本も読んだよ。翻訳や、詩人の研究書を。ランボーの問題について君が何年も費やしたのは偶然じゃない。何かを捨てて逃げることの意味が君にはわかっている。そういうふうに考えられる人間を私は尊敬する。だから君の意見が大事なんだ。

いままでずっと、他人の意見なしでやってきたあなたじゃないですか。なぜいまになって急に、人がどう思うかを知りたいんです？

私が独りぼっちではないからさ。ここにはほかにも何人も人間がいる。自分のことだけ考えていてはいけないんだ。

話をうかがった限りでは、奥様とはつねに一緒に仕事をなさってきたようですね。

ああ、そのとおり。だがアルマのことも考えなくちゃいけない。

伝記のことですか？

そう、アルマが書いている本のことだ。アルマの母親が死んで、それを彼女に与えてやる義務が自分にあることを私は悟った。アルマはほとんど何も持たない身の上だ。彼女に生きるチャンスを与えてやれるなら、自分に関する信念をある程度捨てるだけの値打ちはあると思ったのさ。父親らしいふるまいをはじめたわけだ。悪くない話だよ。もっといくらでもひどいことにだってなりえた。

彼女の父親はチャーリー・グルンドだと思っていましたが。

そうとも。だが私だって彼女の父親なのさ。アルマはこの場所の子なんだ。もし彼女が私の生涯を本に変えられるなら、彼女にとっても物事は良い方へ向かうかもしれない。まあ少なくとも、興味深い話ではある。馬鹿な話かもしれないが、興味深い箇所もちゃんとある。

つまり、自分はもうどうでもいい、放棄した、ということなんですね。

自分のことは元々どうでもよかった。自分を他人にとっての戒めにすることに、なぜためらう必要がある？　うまく行けば少しは笑ってもらえるかもしれない。そうなれば上々さ――もう一度人を笑わせられるなら。君は笑っただろう、ジンマー。ひょっとしたらほかの人たちも一緒に笑ってくれるかもしれない。

話は少しずつ乗ってきている最中、ようやく勢いがついてきたところだった。が、ヘクターの最後の一言に返す言葉を私が思いつく前に、フリーダが部屋に入ってきて私の肩に触れた。

そろそろ休ませないと、と彼女は言った。続きはまた朝にしてください。

そんなふうに遮られてしまってがっかりだったが、こっちは文句を言える立場ではない。フリーダから与えられた時間は五分にも満たなかったが、ヘクターはすでに私の心を勝ちとっていた。私はすでに、思ってもみなかったほど彼のことを好きになっていた。死にかけていてこれだけの力を及ぼせるなら、元気だったころはいったいどんなふうだったのだろう？

部屋を出る前、彼から何か言われたことは間違いないのだが、何と言われたかは思い出せない。何か簡単で礼儀正しい一言だったと思うが、正確に何と言ったかは覚えていない。続きはまた明日だった気もするし、じゃあまた明日、ジンマーだったかもしれない。べつに大した意味もない、ありふれたフレーズだった。だが少なくとも、どんな短い未来であれ自分に未来があると彼がまだ信じていたということではあるだろう。私が椅子から立ち上がると、ヘクターは手をのばして私の腕を摑《つか》んだ。そのことは覚えている。彼の手の冷たい、かぎ爪のような感触も覚えているし、これは実際に起きていることなんだ、と自分が思ったことも覚えている。ヘクター・マンは生きていて、彼の手はいま私の体に触っている。この手の感触を覚えておけよ、と胸のうちで自分に言ったことを私は覚えている。もし彼が朝まで生き延びなかったら、これが唯一《ゆいいつ》、生きた彼に会った証《あか》しになるのだ。

あわただしい最初の数分間が終わると、静けさが何時間か続いた。フリーダは二階にとどまって、私がヘクターと面会しているあいだ使った椅子に陣取った。アルマと私は台所に降りていった。台所は広々とした、明るい照明のともった石壁の部屋で、暖炉があり、六〇年代前半に作られたとおぼしき古い電気器具が並んでいた。そこにいるのは気持ちがよかった。横に長い木のテーブルにアルマと並んで座って、私の腕の、ついさっきヘクターが触れたのと同じ箇所にアルマが触れるのを感じるのは気持ちがよかった。二つの異なったしぐさ、二つの異なった記憶、それぞれの両者が重なりあう。私の皮膚は、つかの間の感覚が重ね書きされた文書《もんじょ》と化した。それぞれの層が私という人間の刻印を残していた。

夕食は温かい料理と冷たい料理の寄せ集めだった。レンズ豆スープ、硬いソーセージ、チーズ、サラダ、赤ワイン一壜《びん》。給仕をしてくれたのはファンとコンチータ、喋れない、いい、いい、不思議な小人たちだった。二人にいささか落着かなくさせられたことは否定しないが、ほかのことで頭が一杯だったから、彼らに本気で注意を向けたわけではなかった。この人たち双子なのよ、とアルマは言った。二十年以上前、十八のときにヘクターとフリーダの下で働き出したの。私としても、彼らの完璧《かんぺき》に均整のとれたミニチュアの肉体や、農民風の素朴な顔立ち、活気ある笑顔、見るからに友好的な態度は目にとめたが、それ以上に私は、アルマが両手で二人に向かって話す姿に、二人が彼女に向かって話す姿以上に惹《ひ》きつけられた。アルマが手話にかくも長《た》けていること、指をさっとすばやくひねったり下降させたりすることでセンテンスをくり出せることが私の興味をそそった。それらがアルマの指であるがゆえ、ずっとその指たちを眺めていたかった。それにもう遅い時間だし、まもなく我々はベッドに入るだろう。いまこの場でいろんなことが起きてはいても、さしあたって私が考えたかったのはそのことだった。

メキシコ人三兄弟を覚えてる？　とアルマが言った。

一軒目の家を建てるのを手伝った人たちだよね。

そう、ロペス兄弟。一家には女の子も四人いて、ファンとコンチータは三番目の娘の末二人の子供なの。映画のセットも大部分はロペス兄弟が組み立てたのよ。三兄弟全部で十一人息子がいて、あたしの父さんがそのうち六人か七人かに技師の仕事を教え込んだの。彼らが撮影クルーになったわけ。父親世代はセットを作って、息子たちはフィルムの装塡《そうてん》、ドリー操作、録音、小道具、特機、照明なんかを担当する。これが何年も続いたのよ。あたしも小さいころはファンとコンチータと一緒に遊んだわ。あたしがこの世で初めて持った友だち。

やがてフリーダも降りてきて、キッチンテーブルに仲間入りした。コンチータは流しで皿を洗っていたが（踏み台に乗って、七歳の体、大人の能率で仕事をしていた）、フリーダを見たとたん、あたかも指示を待つかのように、じっと探るような目を彼女に向けた。フリーダがうなずくと、コンチータは皿を降ろし、ふきんで両手を拭《ふ》いて台所から出ていった。何の言葉も発せられなかったが、ヘクターの枕元に座りに行ったことは明らかだった。二人で交代で番をしているのだ。

私の計算では、フリーダ・スペリングは七十九歳になる。アルマの話を聞いていたから、獰猛《どうもう》な感じの人物を――歯に衣着《きぬ》せぬ物言いの、人を怖気《おじけ》づかせる、いわば等身大以上の女性を――予想していたのだが、その晩私たちと一緒に座ったのは、物静かで口調も柔らかな、ほとんど控え目と言っていい物腰の人物だった。口紅もつけず化粧もせず、髪もまったくお洒落《しゃれ》していなかったが、それでもいまだ女らしかった。肉体を超えた、削《そ》ぎ落とされた美しさがいまだにあった。なおもその姿を見ていると、私は彼女が、世にごく稀《まれ》にいる、精神が最終的に肉体に対して勝利を遂げる人物であることを少しずつ感じとっていった。年齢はこうした人々を貧しくしない。老いさせはしても、彼らという人間を変えはしない。長生きすればするほど、彼らは自分の本質をますます豊かに、消しがたく体現していく。

ばたばたしていて申し訳ありません、プロフェッサー・ジンマー、と彼女は言った。あなたはあいにくの時期にいらしたのです。ヘクターはけさ容態が思わしくなかったのですが、あなたとアルマがこっちへ向かっていると伝えましたら、寝ないで起きていると言って聞きませんで。だいぶこたえたんじゃないかと思うんです。

二人で楽しく話しました、と私は言った。私が来たことを、喜んでくださっていると思いますよ。

喜ぶというのとは少し違うかもしれませんけど、とにかくあの人は、とても、とても気が張っているんです。あなたはこの家に大きな波紋を巻き起こしたんです、プロフェッサー。そのことはもちろんわかっていらっしゃいますよね。

私が答える間もなく、アルマが割って入って話をそらした。ホイラーには連絡したの？ と彼女はフリーダに訊《き》いた。呼吸の音があんまり良くないじゃない。昨日よりずっと悪いわ。

フリーダはふうっとため息をついて、それから、両手で顔をごしごしこすった。睡眠不足と、過度の動揺や不安で彼女は疲れきっている。ホイラーにはもう電話しない、と彼女は言った（アルマにというより自分自身に向かって、もう何度も頭のなかで展開した議論を反復しているような言い方）。ホイラーはどうせ入院させなさい、しか言わないんだし、ヘクターには入院する気はないんだもの。もう病院はうんざりだって言ってるのよ。約束してくれって言うから、私約束したのよ。もう病院には入れないのよ、アルマ。だからホイラーに電話して何の意味があるの？

ヘクターは肺炎にかかっているのよ、とアルマは言った。肺がひとつしかなくて、もう呼吸だってろくにできない。だからホイラーに電話しなくちゃいけないのよ。

ヘクターは家で死にたいのよ、とフリーダは言った。この二日間ずっと、一時間ごとにそればかり言っているのよ。その気持ちにそむくつもりはないわ。約束したんだもの。あなたが疲れてるんだったらあたしが自分でセントジョゼフまで連れていくわ、とアルマは言った。

あの人の許可を得なくちゃ駄目よ、とフリーダは言った。そしていまは眠っているから話もできない。そうしたいんだったら朝に話してみてもいいけど、とにかくあの人の許可なしでやる気はありませんからね。

二人の女の話が続くなか、ふと顔を上げると、ファンがレンジの前の踏み台にちょこんと乗って、フライパンでスクランブルエッグを作っていた。出来上がると、彼はそれを皿に移し、フリーダが座っているところへ持ってきた。卵は熱々で黄色く、青い陶磁器の皿から湯気の渦を立ちのぼらせ、まるで卵の匂《にお》いが可視になったみたいに見えた。フリーダはしばしそれを眺めていたが、それがなぜそこにあるのか理解できずにいる様子だった。石を積んだ山かもしれないし、宇宙から降ってきた心霊体かもしれないが、食べ物ではない。万一食べ物として認識していたとしても、口に入れる意図を彼女はまったく持っていなかった。代わりに彼女は、ワインをグラスに注いだが、軽く一口飲んだだけで、テーブルに置いた。ごくさりげないしぐさでグラスを脇《わき》へ押しやり、もう一方の手を使って、卵を押しやった。

タイミングが悪かったんです、と彼女は私に言った。私としても、あなたとお話ししたい、あなたのことをいくらかなりとも知りたいと思っていたんですけど、どうやらそれも無理のようです。

いつだって明日という日はあります、と私は言った。

かもしれません、と彼女は言った。いまはいまのことしか考えられないんです。横にならなくちゃ駄目よフリーダ、とアルマが言った。最後に眠ったのはいつ？　思い出せない。おとといかしら。あなたが出かける前の晩。

でもうあたしは帰ってきたのよ、とアルマは言った。デイヴィッドも来てくれたんだし。あなたが何もかも背負い込むことはないわ。

一人で背負い込んでなんかいないわよ。いままでだってずっと。小人さんたちがすごく助けてくれてるもの。でもあの人と話す役目は、私が引き受けなくちゃいけない。あの人にはもう手話をする力もないから。

少し休みなさいよ、とアルマは言った。あたしが枕元《まくらもと》に行くから。デイヴィッドと二人でやれるわ。

悪いけど今夜は、あなたがこの家で寝てくれたら私もずっと気が楽だわ、とフリーダは言った。プロフェッサー・ジンマーはコテージに泊まっていただけばいいけど、あなたは私と一緒に二階にいてほしいのよ。万一、何かあったときのために。それでいいかしら？　もうコンチータに、大きい方のゲストルームのベッドを整えてもらったの。

いいわ、とアルマは言った。でもデイヴィッドがコテージで寝る必要はないわ。あたしと一緒で構わないのよ。

あら、そう? とフリーダは言った。完全に不意をつかれた様子だった。で、プロフェッサー・ジンマーはどうお考えかしら?

プロフェッサー・ジンマーもその案を是認します、と私は言った。

あら、そう? と彼女はもう一度言い、キッチンに入ってきて以来初めてにっこり笑った。それはとてつもなく魅力的な、驚きと呆《あき》れとに満ちた笑みだった。アルマと私の顔を交互に見渡しながら、笑みはますます広がっていった。まあ、あんたたちずいぶんすばやいのねえ、とフリーダは言った。誰が予想したかしら、そんなこと?

誰も、と私は言おうとしたが、言葉を口から出す間もなく、電話が鳴った。何とも奇怪な割り込みだった。そんなこと、とフリーダが言った直後に鳴り出したせいで、二つの出来事のあいだにつながりがあるかのように、その一言にじかに反応して電話が鳴ったかのように思えた。気分はいっぺんに壊れ、フリーダの顔一面に広がりつつあった歓喜の輝きもあっさり消えてしまった。彼女は立ち上がって、電話の方に歩いていった。その姿を見守っていると(電話は壁の、開いた戸口の脇、フリーダから右に五、六歩くらいのところに掛かっていた)、ふっと私の頭に、この電話の目的は彼女が笑みを浮かべてはいけないと伝えること、死の家にあって笑顔は許されないと言い渡すことなのだという思いが浮かんだ。狂気というほかない思いだったが、だからと言ってその直感が間違っていたことにはならない。誰も、と私はいまにも言うところだったのであり、フリーダが受話器を取り上げ、どなたですか、と訊くと、電話の向こう側には誰もいなかったのだ。もしもし、どなたです？　とフリーダは言い、その問いに誰も答えずにいると、彼女はもう一度問いをくり返し、それから電話を切った。顔に苦悩の表情を浮かべて、フリーダは私たちの方を向いた。誰もいなかったわ、と彼女は言った。ふざけやがって——誰もいなかったのよ。

ヘクターはその数時間後、午前三時から四時のあいだに亡《な》くなった。それが起きたとき、アルマと私は眠っていた。二人とも裸で、ゲストルームのベッドのカバーの下に収まっていた。私たちはそれまで、愛しあい、話をして、また愛しあっていた。体がとう音《ね》を上げたのがいつだったかもよくわからない。そしてアルマは、二日間で二度大陸を横断し、空港からの道を数百マイル車で走っていたというのに、ファンが私たちの部屋をノックすると、ちゃんと深い眠りから這《は》い上がることができた。私にはできなかった。あたふたと騒々しく、いろんなことが次々起きたにちがいないのに、私はその間ずっと眠りつづけ、何ひとつ見届けなかった。不眠症や落着かぬ夜が何年も続いた末に、私はとうとう、この夜だけは唯一《ゆいいつ》起きているべきという夜に、ぐっすり熟睡してしまったのだ。

　十時になってやっと目を開けた。アルマがベッドの縁に腰かけて、片手で私の頰を撫《な》でながら、穏やかな、けれど張りつめた声で私の名前をささやいていた。そして私が目をこすって眠気を払い、身を起こして片肱《かたひじ》をついても、まだ十分か十五分、その知らせを告げなかったのである。まずはキスがあって、たがいの気持ちを伝えあうひどく親密な言葉がそれに続き、それから彼女はコーヒーのマグを手渡してくれて、私が最後の一滴まで飲み干すのを待ってから、ようやく話を切り出したのだった。それをやってのけるだけの彼女の強さと自制心とを、私はその後もずっと素晴らしいと思ってきた。ヘクターについてすぐ話し出さないことによって、彼女は私に、物語の結末部分のなかに自分たち二人を溺《おぼ》れさせる気はないことを伝えていたのだ。私たちはもう自分たち二人の物語を始動させたのであり、その物語は彼女にとって、もうひとつの、彼女のこれまでの人生そのもの、私と出会う瞬間に至る全生涯そのものだった物語に劣らず大切だったのだ。

　あなたがずっと眠っていてよかった、と彼女は言った。しばらく一人で涙を流していられたから。一日がはじまる前に最悪の部分を済ませてしまえたから。今日一日は大変よ、と彼女はさらに言った。あたしたち二人とも、大変な、目まぐるしい一日になるわよ。フリーダはすっかり戦闘態勢よ——四方に攻めまくって、何もかも一刻も早く燃やしてしまおうっていう気でいるのよ。

二十四時間あるんじゃなかったのかい、と私は言った。

あたしもそう思ってた。でもフリーダは、二十四時間以内だと言っているの。彼女が出かける前にそのことで大喧嘩《おおげんか》したわ。

出かけた？　じゃあいまここにいないの？

信じられない展開だった。ヘクターが亡くなって十分後にはもう、フリーダは電話をかけて、アルバカーキのビスタ・ベルデ葬儀店の人間と交渉をはじめていたの。少しでも早く車をよこしてくれって言ったら、七時か七時半にはここに来たわ。ということはもうそろそろあっちに着くころね。フリーダは今日中にヘクターを火葬にしてしまうつもりなのよ。

そんなことできるのかい？　まずはいろんな手続きを経ないといけないんじゃないの？

死亡証明書さえあればいいのよ。医者が死体を診て、自然死だって言ってくれればあとは何をしてもいい。

きっとずっと前から考えていたんだね。君には黙っていただけで。

グロテスクよね。あたしたちがこれから試写室でヘクターの映画を見ているあいだに、ヘクターの遺体は竈《かまど》で焼かれて一山の灰になるのよ。

そしてフリーダが帰ってきて、映画も灰になるわけだ。

数時間しかないのよ。全部を見る時間はないけど、いまはじめれば二本か三本は見られるかも。

それしか見られないのか……。

フリーダはけさ全部燃やそうとしていたのよ。少なくとも、それだけは何とか説得してやめさせたけど。

君の話を聞いてると、フリーダの頭がおかしくなってしまったみたいだね。

夫が死んで、まずやらなくちゃいけないのが夫の作品を破棄すること、二人で一緒に作ったすべてを葬《ほうむ》り去ってしまうこと。まともに考えていたら、やれるわけないわよ。もちろん頭はおかしくなってるわよ。これは彼女がほとんど半世紀前に約束したことなのよ、それを今日とうとう実行するのよ。あたしだったらとにかく一瞬でも早く片付けてしまいたいと思うでしょうね。さっさと片付けて、それからやっと、バラバラに崩れることができる。だからこそヘクターも彼女に二十四時間しか与えなかった。考え直す暇なんかないようにしたのよ。

アルマはそう言って立ち上がった。彼女が部屋のブラインドを開けて回っているあいだに、私はベッドから出て服を着た。言いたいことはまだまだたくさんあったが、映画を見終えるまではあと回しにするしかない。ブラインドが上がるとともに陽光がさんさんと窓から差し込んできて、午前なかばの、目もくらむまぶしさで部屋を満たした。アルマはたしか、ブルージーンズをはいて白いコットンのセーターを着ていた。靴も靴下もはいていなくて、その可憐《かれん》な足指の先は赤く塗ってあった。こんなはずではなかったのだ。ヘクターが私のために生きつづけてくれるものと、私は当てにしていた。この農場で、ゆったりした思索的な日々を私は与えられて、することと言えばヘクターの映画を見ること、暗くなった寝室で老いたヘクターと共に過ごすことだけ、そう期待していたのだ。どちらの失望がより大きいか、どっちの不満の方がより耐えがたいか、決めるのは困難だった——ヘクターともう二度と話せなくなったことか、全部見る間もなく映画が燃やされてしまうとわかっていることか。

二人で一階へ降りていく途中にヘクターの部屋の前を通ったので、中を覗《のぞ》いてみると、小さな人たちがベッドからシーツを剝《は》がしていた。部屋はいまやすっかりがらんとしていた。たんすやベッドサイドテーブルの表面に所狭しと並んでいた物たち（薬壜《くすりびん》、コップ、本、体温計、タオル）もなくなって、床に散らばった毛布や枕を除けば、わずか七時間前に男が一人そこで死んだことを伝えるものは何もなかった。私が見たとき、二人はちょうど下のシーツを剝がそうとしているところだった。ベッドをはさんで左右に一人ずつ立って、両手を中空に掲げ、タイミングを揃《そろ》えて頭側から引き剝がす態勢を整えている。二人ともすごく小さいから（頭がやっとマットレスの上に来る程度）、ぴったり息を合わせてやる必要があるのだ。シーツがしばし、膨らんだ帆のようにベッドから舞い上がると、それがいろんなしみや変色に彩《いろど》られているのが見えた。ヘクターがこの世に在ったことを示す、最後の個人的な痕跡《こんせき》。我々はみな尿や血を漏らしながら死んでいく。生まれ立ての赤ん坊みたいに糞《くそ》にまみれ、自分自身の痰《たん》で息を詰まらせて。一秒後、シーツは平らに戻り、聾唖《ろうあ》の召使いたちはベッドの頭から足にそって歩いていき、シーツは二つに折られて、やがて音もなく床に落ちた。

試写室へ持っていくサンドイッチと飲み物をアルマは用意してくれていた。ピクニックバスケットに食料を詰めに彼女が台所へ入っていくと、私は一階をぶらぶら歩き、壁に掛かった芸術作品を見て回った。居間だけでも油絵やドローイングが三ダース、玄関広間にも一ダースはあったにちがいない。波のようにうねった明るい色の抽象画、風景画、肖像画、ペンとインクで描いたスケッチ。どの作品にもサインはなかったが、すべて同一人物の作品と見えた。つまりどれもフリーダの作なのだろう。レコード棚の上に掛かった小さなドローイングの前で私は立ちどまった。すべてを見るだけの時間はないから、この一作に集中してほかは無視することにした。それは幼い子供を上から見下ろした絵だった。二歳の子供が仰向《あおむ》けにベビーベッドに収まり、目を閉じて大の字に体を広げ、明らかに眠っている。紙はすでに黄色く変色していて、縁が少し朽ちかけていた。その古さからして、この子はきっとヘクターとフリーダの死んだ息子タッドだと私は思った。関節の緩そうな裸の腕と脚。裸の胴部。安全ピンで留めた、つづまったコットンのおむつ。ベビーベッドを囲む柵《さく》が、頭のてっぺんのすぐうしろに見え隠れしている。絵の線にはスピード感が、その場の勢いで描いた感じがこもっていた。きっと五分とかけずに描いたのだろう、脈打つような自信に満ちたストロークが渦を巻いている。私はその情景を想像してみた。鉛筆の先が紙に触れた最初の瞬間に、自分も入っていこうとした。午後の昼寝をしている子供のかたわらに母親が座っている。母は本を読んでいるが、ふと目を上げ、息子がその無防備なポーズで横たわっている——頭はうしろにそり返り、だらんと横に垂れている——のを見て、ポケットから鉛筆を取り出し、子供を描きはじめる。紙がないので、本の最後の、幸い何も書いてないページを使う。ドローイングが出来上がると、本からそのページを破りとり、どこかにしまい込む。あるいは本から破りもせず、それきり忘れてしまう。もし忘れたなら、その後何年も経《た》ってやっとまたその本を開き、失われたドローイングを発見する。その時になって初めて、彼女はかさかさになった紙を本から切りとり、額に入れて、壁に飾る。いつのことだったかは知りようがない。四十年前だったかもしれないし、つい先月だったかもしれない。だが、いつこの息子のドローイングに行きあたったにせよ、そのとき子供はもう死んでいた。おそらくはずっと前、私が生まれるよりもっと前に。

台所から戻ってきたアルマは、私の手をとって居間から連れ出した。そこは水漆喰を塗ったスタッコ壁と、赤いスレートの床から成る廊下だった。見せたいものがあるのよ、と彼女は言った。時間がないのはわかってるけど、一分とかからないわ。

ドアの前を二つ、三つと過ぎて廊下の端まで行くと、最後のドアの前で私たちは立ちどまった。アルマはランチバスケットを床に置いて、ポケットから鍵束《かぎたば》を取り出した。束には鍵が十五本くらい、ひょっとすると二十本あったかもしれないが、彼女は即座に一本を選び出し、鍵穴に差し入れた。ヘクターの書斎よ、と彼女は言った。ここにいることが一番多かったの。農場が彼の世界だったけど、ここがその世界の中心だった。

そこには本がぎっしり詰まっていた。入ってまず目についたのはそのことだった。実に多くの本。四つの壁のうち三つは床から天井まで本棚に覆《おお》われ、棚の一インチ残らず本がぎっしり詰まっていた。椅子《いす》やテーブル、絨毯《じゅうたん》、書き物机の上にもさらに本のかたまりや山があった。ハードカバーにペーパーバック、新しい本に古い本、英語、スペイン語、フランス語、イタリア語の本。書き物机は部屋の中央に据えた、横に長い木のテーブルだった。台所に置いてあったのと瓜二《うりふた》つである。目にした数々の書名のうち、私が覚えているのはルイス・ブニュエルの『わが最後の吐息』だ。というのも、その本が開いたまま、椅子のすぐ前に伏せておいてあったのだ。転んで脚を折った日――書斎で過ごした最後の日――にもこの本を読んでいたのではないか。どこまで読み進んでいたかと、本を手に取ろうとしたが、アルマがふたたび私の手を握って、部屋の奥の隅の棚に導いていった。これ、きっとあなたには面白いわよ、と彼女は言って、自分の頭の十数センチ上（ちょうど私の目の高さ）に並んだ書物の列を指さした。見ればそれはみなフランスの作家の本だった。ボードレール、バルザック、プルースト、ラ・フォンテーヌ。もう少し左、とアルマに言われてそっちに目を動かし、いったい何を見せたいんだろうと背表紙をじっくり眺めてみると、突然、プレイヤード版二巻本の見慣れた緑と金の背が目に飛び込んできた。シャトーブリアン『死者の回想録』。

それがどうした、と思ってもよかったはずだ。シャトーブリアンはべつに無名の書き手ではないのだから。だがそうは思えなかった。ヘクターがその本を読んだと知ったこと、過去一年半私がさまよいつづけてきた記憶の迷路のなかに彼も入ったことがあると知ったことに、私は心を動かされた。接点がまた一つ増えたのだ。そもそものはじめから私を彼に引き寄せてきた、偶然の遭遇や不思議な共感の連鎖に、もうひとつ新たな環《わ》が生じたのである。私は棚から第一巻を取り出して、開けてみた。もう行かねばならないとわかっていても、その何ページかに手を滑らせてみたい、この部屋の静けさのなかでヘクターが読んだ言葉に触れてみたいという欲求に抗《あらが》えなかった。本は真ん中あたりで開き、一つのセンテンスの下に鉛筆で薄く線が引いてあるのが目に入った。Les moments de crise produisent un redoublement de vie chez les hommes. 危機的な瞬間は人間のなかにいつにない活力を生み出す。あるいは、もっと簡潔に訳すなら――人は追いつめられて初めて本当に生きはじめる。

サンドイッチと冷たい飲み物を持って、私たちはそそくさと暑い夏の朝へと出ていった。前日にはニューイングランドで、暴風雨の跡のなかを二人で走っていたのが、今日はこうして砂漠にいて、雲ひとつない空の下を歩き、希薄な、ビャクシンの香る空気を吸っている。ヘクターの植えた木々が右手に見え、私たちは菜園の端を、草のあいだを縫うように進んでいった。背の高い草のなかでセミが騒々しく鳴いた。ノコギリソウ、ムカシヨモギ、ヤエムグラがあちこちに生えている。私はおそろしく気が張っていた。狂おしい決意が胸に満ち、恐怖、期待、幸福がごっちゃに入り混じった心境だった。まるで心が三つあって、その三つが同時に働いているみたいだった。山脈の巨大な壁がはるか遠くに立って、タカが一羽頭上で輪を描き、青い蝶《ちょう》が岩の上にとまった。家から出てまだ百メートルも歩いていないのに、すでに汗が額ににじんでくるのがわかった。細長い、平屋の日干し煉瓦《れんが》の建物をアルマが指さした。正面のコンクリートの階段にはひびが入り、前に雑草が茂っている。撮影中は俳優や技師がここに泊まったのよ、とアルマは言ったが、いまは窓にベニヤ板が打ちつけられ水も電気も止めてあるということだった。ポストプロダクション用の建物群まではまだ五十メートルあったが、私の注意を惹《ひ》いたのはそのさらに向こうにある建物だった。防音スタジオである。それは巨大な建造物で、べったり広がった立方体が陽を浴びてきらめいていた。この土地には何とも場違いに、映画を撮影する場所というより飛行機の格納庫かトラックの車庫のように見えた。私は衝動的にアルマの手をぎゅっと握り、それから自分の指を彼女の指のすきまに差し入れて、絡《から》みあわせた。まず何を見るんだい？　と私は訊《き》いた。

『マーティン・フロストの内なる生』。

どうしてそれにするわけ？

一番短いから。これなら最後まで見られるわ。終わってもフリーダがまだ帰っていなかったら、二番目に短いのを見るのよ。ほかにやり方は思いつかないわ。

僕のせいだね。僕は一か月前にここに来ているべきだったんだ。ほんとにどうしようもなく馬鹿《ばか》だったよ。

フリーダのあの手紙じゃ、来る気にならないのも無理ないわよ。あたしだったら、やっぱりためらったと思う。

ヘクターが生きているっていうことが受け入れられなかったんだ。そして、ひとたびそれを受け入れたら、今度は死にかけているということが受け入れられなかった。どの映画も何年も前から眠っていた。僕がすぐさま行動していたら、全部見られたはずなんだ。二度三度と見て、頭のなかに叩《たた》き込んで、自分のものにできたんだ。それがいまは、一本見るのがやっと。馬鹿げてるよ。

自分を責めても仕方ないわ、デイヴィッド。あたしだって、あなたをここに呼ぶべきだってあの人たちを説き伏せるのに何か月もかかったんだもの。誰かのせいだって言うんなら、あたしのせいよ。遅かったのはあたし。自分を馬鹿呼ばわりすべきはあたし。

アルマが鍵束から別の鍵を選んでドアを開け、二人で敷居をまたいで建物に入っていったとたん、温度が一気に五度下がった。エアコンが入っているのだ。ずっとつけっ放しにしているのでない限り（まあそれはないだろう）、アルマが朝早いうちにここまで来たということだ。取るに足らない事実に思えたが、それについてちょっと考えてみると、彼女に同情する思いがどっと湧《わ》いてきた。七時か七時半にフリーダがヘクターの遺体とともに出かけていくのを見送ってから、二階に上がって私を起こしに行く代わりに、ポストプロダクションの建物群まで出ていってエアコンをつける。そしてその後の二時間半、室内が徐々に冷えていくなかでヘクターを悼《いた》む。泣くだけ泣いてしまうまでは、私と顔を合わせることもできずに。その二時間半、二人で映画を見ることもできたはずだが、彼女はまだそれをはじめる気になれなかった。こうして一日の何分の一かが、指のあいだからすり抜けてしまったのだ。アルマはタフな人間ではない。思ったより勇気はあるが、タフではない。冷えた廊下を彼女のあとについて歩いて、映写室へ向かいながら、今日一日が彼女にとってどれほど恐ろしいものになるか、これまでどれほど恐ろしいものだったかを私はやっと理解した。

左にいくつかのドア、右にいくつかのドア。だがそれらを開けている暇、ふらっと入って編集室やミキシングスタジオを見て回る時間はなかった。そこに装置がまだあるのかどうか訊く余裕すらない。廊下の奥まで行って左へ曲がり、殺風景なブロック壁（たしか薄い青色だった）に囲まれた別の廊下を下って、両開きのドアから小さなシアターに入っていった。折りたたみ式のクッション椅子が三列、各列八脚から十脚くらい並んでいて、床はわずかに下り坂になっている。スクリーンは壁にボルトで留めてあり、その前には舞台もカーテンもなかった。不透明な白いビニールの長方形に細かい穴がたくさん開いていて、酸化物特有の艶々《つやつや》した光沢があった。背後の壁からは映写室が突き出ている。中は明かりが点《つ》いていて、私がふり向いて見上げると、まず目についたのは、映写機が二台あること、そのどちらにもフィルムが掛かっていることだった。

日にちや数字をいくつか伝えた以外、アルマは作品についてろくに説明しなかった。『マーティン・フロストの内なる生』はヘクターがこの農場で作った四本目の作品であり、一九四六年三月に撮影が済むと、五か月かけて編集に取り組み、八月十二日に完成版の試写を内輪で行なった。上映時間は四十一分。ほかのヘクター作品同様白黒で撮られているが、ほかと少し違うのは、喜劇映画と（あるいは喜劇的要素のある映画と）言って言えなくもないという点であり、したがって、二〇年代のスラップスティック短篇群といくらかでもつながりのある唯一《ゆいいつ》の後期作品とも言える。彼女としてはあくまで短さゆえにこの一本を選んだのだが、内容的にも一本目に相応《ふさわ》しかったわけだ。この映画であたしの母さんが初めて出演したのよ、とアルマは言った。みんなで作った一番野心的な作品とは言いがたいけど、たぶん一番チャーミングな作品ではあるんじゃないかしらと彼女は言い、一瞬目をそらした。それから、ふうっと大きく息を吸い込んでから、私の方を向いて言った。あのころのフェイは本当に生き生きしていたわ。体じゅう生命感にあふれて、いくら見ても飽きなかった。

まだ何か言うのかと思って待ったが、コメントはそれだけだった。主観的な意見のようなものはほかにはいっさい出てこなかった。また少し沈黙があったあと、アルマはピクニックバスケットを開けてノートとボールペンを取り出した。ペンには暗闇《くらやみ》でも書けるよう懐中電灯が付いていた。何かメモを取りたくなるかもしれないから、と彼女は言った。私がノートとペンを受けとると、彼女は身を乗り出して、私の頬にキスし――チュッと小さな、女学生のキス――それから回れ右してドアへ向かった。二十秒後、コンコンという音が聞こえた。顔を上げると、アルマがガラス貼《ば》りの映写室のなかから手を振っていた。私は手を振り返した。ひょっとしたら投げキスさえ送ったかもしれない。それから、私が最前列真ん中の席に身を沈めるとともに、室内が暗くなった。アルマは映画が終わるまで降りてこなかった。

映画に入っていくのには少し時間がかかった。何が起きているのか、すぐには見えてこなかった。ストーリーはいっさいの感情を排したリアリズムで語られ、日常生活の具体的細部に徹底した注意を向けて撮られていたため、その核に埋め込まれた魔法の要素が私にはしばらく捉《とら》えられなかったのだ。映画はごくありきたりのラブコメディのようにはじまり、最初の十五分くらい、ヘクターはひたすらこのジャンルの常套《じょうとう》手段を踏襲していた。男と女の偶然の出会い、二人を引き離す誤解、突然の急転と欲望の激発、狂おしい恍惚《こうこつ》への突入、種々の困難の発生、疑念との格闘、そして疑念の克服。これらすべてが、めでたしめでたしの結末につながっていく――と私は思った。ところが、物語が三分の一くらい進んだところで、それが読み違いであることに気がついた。一見そう見えても、映画の舞台はティエラ・デル・スエーニョでもブルーストーン農場の敷地でもない。そこは一人の男の頭のなかであって、その頭のなかに入ってきた女は現実の女ではないのだ。彼女は霊である。男の想像力から生まれた影、彼の詩神となるべく送ってよこされたこの場限りの存在なのだ。

あれでもし、映画がどこかよそで撮影されていたなら、私としてももう少し早く気づいたかもしれない。が、風景の身近さに惑わされて、最初の何分かは、一種手の込んだ、技術ばかり高度なホームムービーを見せられているような印象と戦わねばならなかった。出てくる家はヘクターとフリーダの家なら、菜園も二人の菜園だし、道もここの道だった。ヘクターの植えた木々だって映っている――いまより若くて細いかもしれないが、とにかく私がまだ十分と経《た》たぬ前にポストプロダクション用建物へ向かう途中に前を通ったまさにその木々である。昨夜私が眠った寝室があり、蝶が降り立つのを見た岩があり、フリーダが電話に出ようとして立ち上がったキッチンテーブルがあった。目の前のスクリーンで映画がくり広げられるまでは、それらの物たちはすべて現実だった。そしていま、チャーリー・グルンドのカメラが捉えた白黒の映像のなかで、それらは虚構世界の諸要素に変えられた。私はそれらを影として読むべきだったのに、頭の切換えがなかなかできなかったのだ。何度も何度も、私はそれらをありのままの物として見てしまい、作品の意図どおりに見ることができなかった。

何の音もないままクレジットが現われた。背景音楽もなし、今後の展開を予感させるような音の合図はいっさいなし。黒の地に白い文字が書かれたカードが一枚一枚、主たる事実を告げていく。マーティン・フロストの内なる生。脚本・監督　ヘクター・スペリング。出演　ノーバート・スタインハウス、フェイ・モリソン。撮影　C・P・グルンド。小道具・衣裳《いしょう》　フリーダ・スペリング。スタインハウスという名にはまったく覚えがなかったし、少しして当の俳優がスクリーンに現われたときも見たことのない人物だと確信した。三十代なかばの、ひょろっとのっぽの男で、目は眼光鋭く油断なげで、髪はほんの少し薄くなりかけている。取り立ててハンサムでも英雄的でもないが、性格は優しく思いやりがありそうだし、表情の動きも豊かで、胸のうちでいろんなことが生じているさまを伝えている。見ていて気の和む人物であり、彼の演技を懐疑的に見る気も起こらなかったが、アルマの母親に関しては見ていてもう少し辛《つら》かった。女優として下手だったからではないし、がっかりさせられたからでもない(見るからに美しく、役にもぴったりだった)。問題はあくまで、彼女がアルマの母親だったことだ。映画の冒頭で私が体験したとまどいと混乱には、明らかにその事実も一役買っていたにちがいない。そこにアルマの母親がいる、だがそれはまだ若い、いまのアルマより十五歳若い母親だ。私は彼女のなかに娘の面影を、二人のあいだの類似の痕跡《こんせき》を探さずにいられなかった。フェイ・モリソンはアルマより髪が黒く背も高く、アルマより紛れもなく美しかったが、体の形は共通していたし、目の表情、首の傾け方、声のトーンなども似ていた。それらがまったく同じだったとは言わないが、いま自分はあざのないアルマを見ているのだ、と想像できるくらいの相似が、遺伝子上の反復がそこにはあった。私と出会う前のアルマ、二十二か二十三の娘だったころのアルマ。それが母親を通して、別の生を生きていた。

映画は家のなかをゆっくり、順々に映して回る移動ショットからはじまる。カメラが壁にそって滑るように進み、居間の家具の上を漂い、やがて玄関のドアの前で停止する。家には誰もいなかったとナレーションが入って、次の瞬間にドアが開き、片手にスーツケース、もう一方の手に買物袋を持ったマーティン・フロストが入ってくる。彼がドアを足で蹴《け》って閉めるとともに、ナレーションが先を続ける。小説の執筆に三年を費やした私は、疲れはて、休みを必要としていた。冬のメキシコに出かけることにしたスペリング夫妻が、よかったらうちを使ってもいいと言ってくれた。ヘクターとフリーダは親しい友人であり、本を書くことに私がどれだけ精力を吸いとられたかを二人ともわかってくれていた。砂漠で何週間か過ごすのも悪くないと考えて、ある朝私は車に乗り込み、サンフランシスコからティエラ・デル・スエーニョに出かけていった。計画は何もなかった。私としてはただそこに行って、何もしないつもり、石の生を生きるつもりだった。

マーティンのナレーションを聞きながら、我々は彼が家のあちこちをさまようのを目で追う。買ってきた食料品を台所に運び込むが、袋がカウンターに置かれたとたん、場面は居間にカットし、マーティンは本棚に並んだ本を一冊一冊眺めている。そのうちの一冊に手をのばしたとたん、今度は二階の寝室に飛び移り、マーティンはたんすの引出しを開け閉めしながら持ち物をしまっている。ひとつの引出しがばんと閉められ、次の瞬間マーティンはベッドの上に座って、マットレスの弾み具合を試している。それは意図的にリズムの乱れた、効果的に配列されたモンタージュだった。クロースショットとミディアムショットが組み合わされるなか、わずかに傾いたアングル、さまざまなテンポ、小さな視覚上の驚きなどが連なっている。普通ならこういうシークエンスには音楽が伴うところだろうが、ヘクターは楽器を排して自然の音を押し出していた。ベッドスプリングのきしみ、タイルの床を歩くマーティンの足音、紙袋ががさがさ鳴る音。カメラが時計の針を見据え、オープニングの独白の最後の言葉が聞こえるとともに（私としてはただそこに行って、何もしないつもり、石の生を生きるつもりだった）映像が次第にぼやけていく。沈黙が生じる。一拍か二拍、何もかもが静止したように思える――声も、音も、映像も。それから、場面は出し抜けに屋外へ切り替わる。マーティンが庭を歩いている。ロングショットがクロースショットに変わる。マーティンの顔。それから、彼の周りの事物をカメラが気だるげに吟味する。樹木や茂み、空、ハコヤナギの枝にとまるカラス。カメラがふたたび彼を見出《みいだ》すと、マーティンはかがみ込んで蟻《あり》たちの行進を眺めている。木々のなかを風が吹き抜けるのが聞こえる。長く持続する歯擦音、寄せ波のような怒号。マーティンは顔を上げ、手で陽の光を遮る。ふたたび風景のまた別の箇所へカット。岩の上を一匹のトカゲが這《は》っている。カメラが何センチか上に傾き、フレームのてっぺんで、雲が岩の向こうを過ぎていくのが見える。だが意外にもとマーティンは語る、静寂が何時間か続き、砂漠の空気を少しばかり呑《の》み込んだだけで、いきなり物語のアイデアが私の頭のなかで巡りはじめた。物語はいつもこんなふうにやって来るように思える。何もなかったところに、ふと気づけば物語があって、もうすでに私のなかに居座っている。

マーティンの顔のクロースアップからカメラはパンし、木々のワイドショットとなる。ふたたび風が吹いていて、葉や枝が震えるとともに、音もどんどん大きくなって、脈打つ、呼吸のような打楽音の波と化す。いくつもの、ため息のような響きから成る喧騒《けんそう》が空気に運ばれてゆく。ショットは我々の予想より三秒か四秒長く続く。そこには不思議に霊妙な効果があるが、この奇妙な強調にいったいどういう意味があるのか思いをめぐらす間もなく、我々は家のなかに引き戻される。それは荒っぽい、突然の移行である。マーティンは二階の一室で机に向かい、タイプライターを叩《たた》いている。キーのカタカタ言う音を我々は聞き、彼が物語に取り組むのをさまざまな角度や距離から眺める。長い話ではないはずだったと彼は語る。二十五ページか三十ページ、せいぜい長くて四十ページ。書くのにどれくらい時間がかかるかはわからなかったが、書き上がるまでは家から出るまいと決めた。それが新しい計画だった。物語を書く、出来上がるまで家にいる。

画面が黒くなる。ふたたび明るくなると、朝である。マーティンの顔の超クロースアップが現われ、頭が枕《まくら》に載っていて眠っているのがわかる。ブラインドを通して陽がさんさんと差し込んでいる。彼が目を開けて目覚めようとあがくのを我々が見ていると、カメラがうしろに引いて、ありえない、常識の法則を破る情景が映し出される。マーティンは一人で夜を過ごしたのではない。ベッドには一人の女性が一緒にいるのだ。ドリーに載ったカメラがさらに部屋の奥へ引いていくとともに、彼女がカバーの下で眠っているのが見えてくる。脇腹《わきばら》を下にした体は丸まり、マーティンの方を向いている。左腕は彼の胸の上にぞんざいに投げ出され、長い黒髪も隣の枕まであふれ出ている。半睡の状態から徐々に抜け出つつあるマーティンは、そのむき出しの腕が自分の胸に横たわっているのを目にとめ、それから、その腕が一個の肉体につながっていることに気がつき、ベッドのなかでがばっと、電気ショックを受けたような顔で起き上がる。

こうした突然の動きに邪魔されて、若い女はうめき声を上げ、枕に顔を埋《うず》めて、それから目を開ける。はじめは、マーティンがそこにいることにも気づかない。ぼうっとしたままの頭で、何とか意識の世界へ戻っていこうと、女は体を転がして仰向《あおむ》けになり、あくびをする。両腕がぴんとのびるとともに、右手が軽くマーティンの体に触れる。一秒か二秒、何も起こらない。それから、ひどくゆっくり、女は身を起こし、マーティンのとまどった、怯《おび》えた顔にまじまじと見入り、悲鳴を上げる。次の瞬間にはもう、女はカバーをはね上げてベッドから飛び降り、恐怖と恥ずかしさに駆られて部屋の反対側まで駆けていく。女は何も着ていない。一糸まとわぬ姿であり、影がその体を曖昧《あいまい》に隠したりもしない。むき出しの胸、むき出しの腹、目を見張る美しさの裸体を真っ正面からカメラに向けて、女はレンズに向かって突進し、椅子《いす》の背からバスローブを剝《は》ぎとり、大急ぎでその袖《そで》に腕を通す。

誤解を解くにはしばらく時間がかかる。マーティンの方も、この神秘なるベッドパートナーに劣らず苛立《いらだ》ち、動揺しているのである。ベッドから滑り出てズボンをはいた彼は、君は誰なのか、ここで何をしているのか、と女に訊《たず》ねる。そう訊《き》かれて女は気分を害した様子を見せる。違うわ、あなたは誰なのよ、あなたこそここで何してるのよ。信じられないという表情をマーティンは浮かべる。何言ってるんだ？　僕はマーティン・フロスト――君にそんなことを教える義理はないけどね。で、いますぐ君が何者か名のらなかったら、僕は警察を呼ぶ。不可解にもこの一言は女を驚愕《きょうがく》させる。あなたがマーティン・フロスト？　と女は言う。本物のマーティン・フロスト？　たったいまそう言っただろ、とマーティンは刻一刻不機嫌を募らせながら言う。同じこと何度も言わないといけないのか？　あなたのこと知ってるっていうだけよ、と若い女は答える。直接知ってるわけじゃないけど、誰なのかは知ってる。あなた、ヘクターとフリーダの友だちでしょ。

君はヘクターとフリーダとはどういうつながりなんだ？　とマーティンは問いつめる。フリーダの姪《めい》だという答えが返ってくると、マーティンはこれで三度目となる問いをくり返して彼女の名を訊く。クレアよ、と相手はやっと答える。クレア・何だ？　女は一瞬ためらってから、言う。クレア……クレア・マーティン。マーティンはうんざりしたように鼻を鳴らす。何の真似《まね》だ、これって何かの冗談か？　と彼は言う。私のせいじゃないわ、クレアは言う。私の名前なんだもの、仕方ないでしょ。

で、ここで何をしてるんだ、クレア・マーティン？

フリーダが呼んでくれたのよ。

嘘《うそ》をつけ、という表情をマーティンが返すと、彼女は椅子からハンドバッグを取り上げる。何秒か中身を引っかき回した末に、一本の鍵《かぎ》を取り出してマーティンの目の前にかざしてみせる。ね？　彼女は言う。フリーダが送ってくれたのよ。玄関の鍵。

苛立ちをますます募らせつつ、マーティンはポケットに手を入れて、まったく同じ鍵を引っぱり出して、いまいましげにクレアの目の前にかざし、鼻先につきつける。じゃあ何でヘクターがこれを僕に送ってくれるんだ？　と彼は言う。

それは……クレアは彼からあとずさりしながら答える。それは……ヘクターがヘクターだからよ。で、フリーダがこれを私に送ってくれたのはフリーダがフリーダだから。あの人たち、しょっちゅうこういうことやってるのよ。

反駁《はんばく》しようのない論理である。マーティンも二人のことはよく知っているから、彼らがこういう行き違いを犯しかねないというのもわかる。二人別々の人間を、同時に家に招いてしまう。いかにもスペリング夫妻がやりそうなことだ。

打ち負かされた表情で、マーティンは部屋のなかをおろおろと歩き回る。困るんだよ、と彼は言う。僕は一人きりになりにここへ来たんだ。やるべき仕事があるんだよ。君が周りにいると……それじゃ、一人きりにならないだろ？

心配要らないわ、とクレアは言う。私もやることがあるのよ。

クレアは学生であることが判明する。目下、哲学の試験勉強をしていて読む本がどっさりあるという。一学期分の課題図書を、二週間で詰め込まないといけない。マーティンは疑わしげである。可愛《かわい》い女の子が哲学なんかに何の用があるのか？　とその顔は言いたげである。マーティンは彼女に勉強のことを根掘り葉掘り訊きはじめる。どこの大学に行っているのか？　授業の担当教授の名は？　課題図書は何と何？　等々。これらの質問に込められた侮辱にクレアは知らん顔を通す。カリフォルニア大のバークリー・キャンパスよ、と彼女は答える。先生の名前はノーバート・スタインハウスで、授業名は、デカルトからカントまで　近代哲学思考の成立。

すごく静かにしてるって約束するわ、とクレアは言う。荷物も別の寝室に移す。私がいることさえわからなくなるわよ。

マーティンはもう反論が尽きてしまう。わかったよ、としぶしぶ折れて彼は言う。僕は君の邪魔をしない、君は僕の邪魔をしない。それでいいか？

いいわ、とクレアは言う。二人は同意のしるしに握手さえする。執筆に取りかかるべくマーティンがのそのそ部屋を出ていくと、カメラがぐるっと回転し、クレアの顔に少しずつ迫っていく。シンプルだが、雄弁なショットである。落着いた彼女の姿を我々がじっくり見るのはこれが初めてなのだ。この上なく辛抱強く、滑らかに撮られたショットであるため、それを見ている我々は、カメラはクレアの姿をさらそうというより、むしろ彼女のなかに入って彼女の思いを読もうとしているのだ、彼女を暖かく包もうとしているのだと感じる。彼女はマーティンの動きを目で追い、部屋を出ていく姿を見守る。そしてカメラが彼女の前で停止した直後に、ドアがカチッと閉まる音が聞こえる。クレアの顔に浮かぶ表情は変わらない。じゃあね、マーティン、と彼女は言う。その声は小さく、ほとんどささやきというに近い。

その日一日、マーティンとクレアはそれぞれの部屋にこもっている。マーティンは書斎の机に向かってタイプを打ち、窓の外を見て、またタイプを打ち、自分が書いた言葉をもごもごと読み返している。ブルージーンズにトレーナー、とすっかり大学生らしい格好になったクレアは、ジョージ・バークリーの『人知原理論』を手にしてベッドの上に寝そべっている。ある時点で、トレーナーの前面に、哲学者の名前が大文字で書かれていることに我々は気づく。BERKELEY——それは彼女の通う大学の名でもある。ここには何か意味が込められているのか、それとも単なる視覚上の駄洒落《だじゃれ》か？　カメラが二つの部屋をカットで行ったり来たりするなか、クレアが本を声に出して読むのが聞こえてくる。そして、五感に刻まれる種々の知覚や理念も、いかに互いに混ぜ合わされ繋《つな》ぎ合わされたものであれ、それらを認知している精神のなか以外には存在しえないということも、等しく自明であるように思われる。さらにまた——第二に、本物の火と火の理念とでは大違いだ、わが身が焼かれるのを夢に見たり想像したりするのと現実にそうされるのとでは訳が違う、という反論もあろう。

夕方近くになって、ドアをノックする音が響く。クレアは本から目を離さないが、もう一度、もっと大きなノックが聞こえると、彼女は本を置いて、どうぞ、とマーティンに言う。ドアが何センチか開いて、マーティンが部屋のなかに顔をつっ込む。けさは悪かったよ、とマーティンは言う。あんな言い方して、申し訳ない。あんなふうにふるまうべきじゃなかった。それはこわばった、下手くそな謝罪だが、あまりにもぎこちなく、ためらいがちに発せられるものだから、クレアの頰が思わずほころび、相手に同情する気持ちさえわずかに見てとれる。あと一章で読み終わるの、と彼女は言う。三十分したら居間で一緒に一杯やらない？　いいね、とマーティンは答える。どうせこういう破目になったからには、文明人らしくふるまう方がいいよね。

居間にカット。ワインのボトルはすでに開いているが、マーティンはまだ落着かなげである。この不思議な、そして魅力的な哲学書読者をどう捉《とら》えたらいいのか測りかねている様子。不器用にギャグを狙《ねら》って、クレアのトレーナーを指さして彼は言う。そこにバークリーって書いてあるのは、バークリーを読んでるから？　ヒュームを読みはじめたらヒュームって書いてあるやつを着るのかな？

クレアは笑う。違う違う、発音が違うもの、と彼女は言う。口を開けないバークリーと、口を開けるバークリー。開けない方が大学で、開ける方が人間。知ってるでしょ。誰だって知ってるわ。

綴《つづ》りは同じだよね、とマーティンは言う。だから同じ言葉さ。

綴りは同じでも、二つ別々の言葉よ、とクレアは言う。

クレアはさらに何か言おうとするが、マーティンがからかっているのだと気づいてハッと黙る。そしてにっこり満面に笑みを浮かべる。グラスを前に差し出して、もう一杯注いでとせがむ。名前が同じ二人の人間について短篇を書いた人相手に唯名論《ゆいめいろん》の講釈するなんてね、と彼女は言う。きっとワインのせいよ。私、もう頭がボーッとしてるみたい。

じゃああれ読んでくれてたのか、とマーティンは言った。君はこの宇宙であの話を知ってる六人中の一人だね。

あなたの小説は全部読んだわ、とクレアは答える。二冊の長篇も、短篇集も。

だって長篇は一冊しか出してないぜ。

二冊目も書き上がったでしょう？　ヘクターとフリーダにコピーを渡したじゃない。私、フリーダから借りて先週読んだのよ。『写字室のなかの旅』。あなたの最高傑作だと思うわ。

このころにはもう、マーティンがそれまで彼女に対して抱いていた警戒心も、いまやほとんど崩れ去っている。クレアは活気ある知的な、見目麗《みめうるわ》しい人物であるばかりか、マーティンの作品を知っていて、理解してくれているのだ。マーティンは自分にもワインを注ぎ足す。クレアは彼の新作の構造について論じ、マーティンはその鋭利な、しかし好意的なコメントをにこにこ笑って聞きながら椅子に深々と座っている。考え込みがちな、いつも真面目《まじめ》な顔をしたマーティンがガードを解いたのは、映画がはじまって以来初めてである。すなわちミス・マーティンは是認してくださるということだね、とマーティンは言う。ええそうよ、全面的にね、とクレアは言う。ミス・マーティンはマーティンを是認します。この言葉遊びから二人はバークリーの洒落に戻っていき、マーティンはもう一度トレーナーの上の言葉について訊ねる。それはどっち？　人間？　大学？　両方よ、とクレアは答える。あなたが望むとおりのことが、ここには書いてあるのよ。

その瞬間、かすかな悪戯《いたずら》っぽさが彼女の目のなかでキラッと光る。何かを思いついたのだ――ひとつの思い、衝動、突然のインスピレーション。あるいはもしかしたら、とクレアはグラスをテーブルの上に置いてカウチから立ち上がりながら言う。ここには何の意味もないのかも。

それを実証すべく、彼女はトレーナーを脱いで、落着き払った顔でそれを床に投げ捨てる。下にはレースの黒いブラ以外何も着けていない。かくも熱心に人類の思考を学ぶ学徒にはおよそ意外な服装。だがむろんこれもまたひとつの思考であって、その思考を彼女がこの上なくきっぱり大胆に行動に移したいま、マーティンとしては口をあんぐり開けて見とれるばかりである。狂おしい夢想のなかでさえ、こんなに速く事が進んだことはない。

うん、と彼はやっとのことで言う。それも混乱を抹消するひとつのやり方ではあるね。

単純な論理よ、とクレアは答える。哲学的証明。

とはいえ、とマーティンはまた長い間《ま》ののちに先を続ける。一種類の混乱を抹消することによって、君は別種の混乱を生じさせてしまう。

あらマーティン、混乱しないでよ、とクレアは言う。私、精一杯明晰《めいせき》であろうとしてるんだから。

ここには微妙な境界線がある。魅惑と攻撃のあいだの、相手にわが身を投げかけることと自然の成り行きに任せることとのあいだの境界線が。たったいま発せられた言葉（私、精一杯明晰であろうとしてるんだから）とともに終わるこの場面で、クレアは巧みにその両側にまたがってみせる。マーティンを誘惑しつつも、それをきわめて巧妙かつ軽妙にやってのけるものだから、見ている我々としても、彼女の動機を疑う気にはまったくならない。彼女がマーティンを欲するのは、彼女がマーティンを欲するからである。欲望の同語反復《トートロジー》とはそういうものだ。そして、そのような命題が持つ無限のニュアンスをえんえん議論したりはせず、彼女は一気に実践へと飛び移る。トレーナーを脱ぐのは、彼女の意図を野卑に宣言する行為ではない。それは機知が見事に達成された瞬間なのであり、その瞬間、自分と対等の敵に出会ったことをマーティンは知るのだ。

二人はベッドに行き着く。その朝二人が遭遇したのと同じベッドだが、今回は二人ともそこを急いで離れようという様子も見せず、触れあったとたんたがいに逃げ出しあてて服を着ることもない。二人でドアをつき破るようにして入っていって、歩くと同時に抱きあいながら進んでいき、腕や脚や口をぎこちなく絡《から》ませてベッドに倒れ込む彼らを見れば、こうしたまさぐり合いと熱い息とがいかなる地点に二人を連れていくか、何ら疑念の余地はない。一九四六年当時、映画作りの慣習に従うならここで場面を終えたことだろう。ひとたび男と女がキスをはじめたなら、カメラをベッドルームからカットし、飛び立つ雀《すずめ》たちやら、岸に打ち寄せる波やら、トンネルを疾走する列車やらに移るのが監督の義務だった。そうした出来合いのイメージを使って、肉体的情熱の代わり、欲望の成就《じょうじゅ》の代用としたのである。だがニューメキシコはハリウッドではない。ヘクターはいくらでも好きなだけカメラを回しつづけることができるのだ。衣服が脱がれ、むき出しの肉が見えて、マーティンとクレアは愛を交わしはじめる。ヘクターの映画のエロチックな場面についてアルマが私に警告したのは正しかったが、私がショックを受けると思ったのは間違っていた。私にはそれはむしろ抑え気味に思え、その意図の陳腐さにおいてほとんど痛々しく感じられた。照明は暗く、肉体の上には影がまだらに浮かび、全体で長さはせいぜい九十秒か百秒。ヘクターはここで、見る者の欲望をかき立てようとか気をそそろうとかしているのではない。見ている我々に、自分たちが映画を見ているという事実を忘れさせようとしているのだ。マーティンの口がクレアの体にそって降りていきはじめるころには(胸を越えて、右の腰のカーブにそって下り、陰毛を渡って脚の柔らかい内側に入っていく)たしかに我々はその事実を忘れたと思おうとしている。ここでも音楽はいっさい使われていない。聞こえるのは息の音、シーツや毛布のすれる音、外の見えない闇《やみ》に立つ木々の枝のあいだを風が吹き抜ける音だけだ。

翌朝、ふたたびマーティンのナレーションが入る。五、六日が経過することを表わすモンタージュを背景に、小説の進み具合と、クレアへの募る愛について彼は語る。一人でタイプライターに向かう彼を我々は見る。一人で本と向きあうクレアを見る。二人が一緒に家のなかのさまざまな場所にいるのを見る。彼らは台所で夕食を作り、居間のソファでキスし、庭を散歩する。ある時点でマーティンは机のかたわらの床にしゃがみ込んで、ペンキの入ったバケツに刷毛《はけ》を浸し、白いTシャツの上にゆっくりH・U・M・Eと書いていく。そのあと、クレアがそのTシャツを着て、ベッドの上にあぐらをかいて座り、リストの次に載った哲学者デイヴィッド・ヒュームの本を読んでいる。こうしたささやかな場面の合間に、事物のランダムなクロースアップ、マーティンの語りとは一見何のつながりもない抽象的な細部が差し挟まれる。湯が沸いた鍋《なべ》、煙草《たばこ》の煙、半開物たちが、実体のない、形のない、湯気、煙、風――引き延ばされた完璧《かんぺき》な幸福の瞬間を語るが、こうしたおぼろげな事物はなおも画面上を練り歩く。物事の表面を信用しないよう、自分の目がもたらす証拠を疑うよう、カメラは我々に告げているのだ。

ある午後、マーティンとクレアは台所で昼食を食べている。マーティンが彼女に何か話を聞かせている最中（それで僕は奴《やつ》に言ったんだ、信じないんだったら証拠を見せてやろうってね。で、ポケットに手を入れて――）、電話が鳴る。マーティンが立ち上がって、フレームの外に出たとたん、カメラはアングルを反転させ、ドリーでクレアに近づいていく。彼女の表情が、悦《よろこ》びあふれる友愛から心配に変わるのを、恐怖さえそこに混じっているのを我々は見る。それはクエルナバカにいるヘクターからの長距離電話であり、ヘクターの声は我々には聞こえなくても、マーティンの返答だけで彼が何を言っているかは十分にわかる。寒冷前線が砂漠に向かっているらしい。ボイラーの調子が悪いから、予想どおり気温が下がったら点検してもらう必要があるだろう。何か問題が生じたら、連絡すべき相手はジム。フォルトゥナート暖房配管店のジム・フォルトゥナートである。

ごくありきたりの実務的な話なのに、やりとりに耳を澄ましながらクレアはますます落着かなくなってくる。マーティンがとうとう彼女の名前を出すと（クレアにもいま話してたのさ、このあいだ僕がここに来たときに君とやった賭《か》けのことを)、彼女は立ち上がって部屋から飛び出す。いきなり彼女が出ていったのでマーティンは驚くが、その驚きも、次の瞬間に生じたそれに較《くら》べれば何ほどでもない。どういう意味だ、クレアって誰だって？　と彼はヘクターに言う。クレア・マーティンだよ、フリーダの姪《めい》さ。ヘクターの答えは、聞かないでもわかる。マーティンの顔を一目見れば、そんな人間は聞いたこともない、クレアなんて誰のことかさっぱりわからないと言われたことは火を見るより明らかだ。

そのころにはもうクレアは外を走っていて、家から見るみる遠ざかっている。目まぐるしく変わる、ピンポイントのカットの連続のなか、マーティンが玄関から飛び出してクレアを追いかけるのを我々は見る。彼はクレアに大声で呼びかけるが、彼女はそのまま走りつづけ、十秒ばかり過ぎてやっとマーティンは追いつく。手をのばして、彼女の肱《ひじ》をうしろからつかまえ、その体をぐるっと回して立ちどまらせる。二人ともゼイゼイ息を切らせている。胸は大きく揺れ、肺が空気を求めて喘《あえ》ぎ、どちらもまだ喋《しゃべ》れずにいる。

やっとマーティンが言う。どういうことなんだ、クレア？　なあ、いったいどうなってるんだ？　クレアが答えずにいると、彼は身を乗り出し、彼女の鼻先でどなりつける。おい、話してくれよ！

ちゃんと聞こえてるわ、とクレアは落着いた声で言う。どならなくてもいいのよ、マーティン。

たったいま言われたんだが、フリーダには兄が一人いる、とマーティンは言う。で、その兄には子供が二人いるが、二人とも男の子だそうだ。だから甥《おい》は二人いるけど、姪はいないんだよ、クレア。

ほかにやり方が思いつかなかったのよ、とクレアは言う。あなたに信頼してもらう道を見つけなきゃならなかったのよ。一日か二日したら、きっとあなたが自分で勘づくだろうと思って——そうしたらもう、どっちでもいいことになるだろうと思ったのよ。

勘づくって、何に？

それまでクレアは、さも気まずそうな表情を浮かべ、ある程度罪を悔いているようでもあり、マーティンをだましたことを恥じているというよりは、むしろ発覚してしまったことに失望しているように見える。ところが、こうしてマーティンが何も気づかなかったことが明らかになると、その表情は変わる。本物の驚きが、彼女の顔に浮かぶのだ。わからないの、マーティン？　と彼女は言う。一週間一緒にいて、あなたまだわからないって言うの？

彼がわかっていないことは一目瞭然《りょうぜん》である。そして見ている我々もやはりわかっていない。明るく美しいクレアは、いまや一個の謎《なぞ》と化した。彼女が何か言えば言うほど、ますます訳がわからなくなるのだ。

君は誰だ？　とマーティンは言う。いったいここで何してるんだ？

ああ、マーティン、とにわかに泣きそうになりながらクレアは言う。どうでもいいのよ、私が誰かは。

いいわけないだろ。全然よくない。

いいえダーリン、どうでもいいのよ。

何でそんなことが言える？

あなたが私を愛してくれるからよ。私を求めてくれるから。どうでもよくないのはそのことよ。ほかのことは問題じゃないわ。

クレアのクロースアップとともに映像はフェードアウトし、次の像が現われる前に、遠くの方でマーティンのタイプライターがカタカタ鳴っている音がかすかに聞こえてくる。ゆっくりしたフェードインがはじまり、スクリーンが徐々に明るくなっていくにつれて、タイプライターの音がじわじわ近寄ってくるように聞こえる。見ている我々があたかも屋外から屋内へ移動し、階段をのぼり、マーティンの部屋のドアへ近づきつつあるように感じられる。新しい映像の焦点が定まると、画面全体が、マーティンの両目がきっちりフレームに収まった巨大なショットで満たされる。カメラはその位置のまま二拍《ひ》ばかりとどまり、それから、ナレーションが再開されるとともに後方へ退き、マーティンの顔、肩、タイプライターのキーを打つ手を映し出し、やがては机に向かうマーティンの全体像を見せる。うしろ向きに進む動きは中断することなく、カメラはそのまま部屋を出て、廊下をたどっていく。あいにくクレアの言うとおりだったとマーティンは言う。私は彼女を愛していたのであり、彼女を欲していた。でも、信頼できない相手をどうやって愛せる？　カメラはクレアの部屋のドアの前で止まる。テレパシーで念じたかのように、ドアがぱっと開く。そして我々はもう部屋のなかに入っていて、鏡台の鏡に向かって顔にメーキャップを施しているクレアに迫っていく。彼女の体は黒いサテンのスリップに包まれ、髪はシニョンに緩くまとめて持ち上げられ、うなじが露出している。クレアはほかのどの女性とも違っていたとマーティンは言う。誰よりも強く、誰よりも自由で、誰よりも聡明《そうめい》だった。一生ずっと、私は彼女にめぐり逢《あ》うのを待っていたのだ。なのにこうして一緒になれたいま、私は怖かった。彼女は何を隠しているのか？どんな恐ろしい秘密を語るまいとしているのか？　私のなかのある部分は、ここから出るべきだと考えた。さっさと荷物をまとめて、手遅れにならないうちに立ち去るんだ、と。そして別の部分は思った。彼女は僕を試しているんだ、このテストに落ちたら僕は彼女を失うのだ、と。

アイブロウ、マスカラ、頬紅、パウダー、口紅。とまどいに満ちた、己の魂を探るような独白をマーティンがくり広げるのをよそに、クレアは鏡の前で作業を続け、ある種の女から別種の女に自らを変身させていく。直情型のお転婆《てんば》は姿を消して、代わりに、華麗な、洗練された、映画スターばりの誘惑者が現われる。鏡台から立ち上がり、細身の黒いカクテルドレスに身をねじ込み、八センチのハイヒールに脚を滑り込ませると、もうほとんど見覚えのない女性がそこに立っている。何とも魅惑的な姿——落着き払った、自信に満ちた、女の持つ力の具現そのもの。口もとにかすかな笑みを浮かべて、彼女はもう一度鏡で自分の姿を点検し、それから部屋を出ていく。

廊下にカット。クレアがマーティンの部屋のドアをノックして言う。夕食ができたわよ、マーティン。下で待ってるわ。

食堂にカット。クレアは食卓に着いてマーティンを待っている。オードブルはもう並べてあり、ワインの栓は抜かれ、蠟燭《ろうそく》の火が灯《とも》されている。マーティンが黙って部屋に入ってくる。クレアが暖かい、親しげな笑顔で迎えるが、マーティンは目もくれない。用心深げな、いくぶん体調も悪そうな顔で、どうふるまったらいいか全然わからずにいる様子。

疑わしげな目でクレアを見ながら、マーティンは割り当てられた席に歩いていき、椅《い》子《す》を引いて、腰を下ろしかける。椅子はしっかりしているように見えるが、彼が体重をかけたとたんそれはバラバラに崩れる。マーティンは床に倒れ込む。クレアはゲラゲラ笑い出すが、それはおそろしく愉快な、まったく意外な展開である。

マーティンはいっこうに愉快そうではない。尻餅《しりもち》をついたまま、傷つけられたプライドと憤《いきどお》りを抱えて悶々《もんもん》としている。クレアが彼のことを笑えば笑うほど（彼女としても避けようがない――とにかくものすごく可笑《おか》しいのだ）、彼の姿はますます滑稽《こっけい》に見えてくる。マーティンは一言も言わずにゆっくりと立ち上がり、壊れた椅子の破片を蹴《け》ってどかし、代わりに別の椅子をそこに置く。今回はそろそろと慎重に腰を下ろして、椅子の丈夫さをやっと確かめると、次は食べ物に目を向ける。美味《おい》しそうだね、と彼は言う。それは己の威厳を維持するため、気まずさを呑《の》み込むための精一杯の一言である。その一言で、クレアは異様なくらい満足げな顔になる。ふたたびまぶしい笑みを浮かべながら、マーティンの方に身を乗り出し、小説の進み具合はどう、マーティン？　と訊《き》く。

このころにはもうマーティンは、くさび形に切ったレモンを一かけ左手に持っていて、それを搾《しぼ》ってアスパラガスにかけようとしている。クレアの問いにすぐ答える代わりに、彼は親指と中指でレモンを搾る――と、汁が彼の目に飛び込む。マーティンはぎゃっと悲鳴を上げる。ふたたびクレアがゲラゲラ笑い出し、我らがむっつり顔のヒーローはふたたび少しも愉快そうでない。ナプキンを水のグラスに浸し、目をぽんぽん叩《たた》いて痛みを取り除こうとする。彼はすっかり打ち負かされたように見える。この新たな不器用さの露呈に、とことん辱《はずかし》められたかのように見える。やっとナプキンを置いたところで、クレアが質問をくり返す。

それでマーティン、と彼女は言う。小説の進み具合はどうなの？

マーティンはもう我慢の限界に達する。クレアの問いに答えずに、彼女の目をまっすぐ見据えて、言う。君は誰なんだ、クレア？　ここで何をしてるんだ？

いっこうに動じず、クレアは彼に笑顔を返す。駄目よ、まず私の質問に答えてくれなくちゃ。小説の進み具合はどうなの？

マーティンはいまにもプッツリ切れそうに見える。相手のはぐらかしに怒りを募らせ、ただ睨《にら》みつけるだけで、何も言わない。

ねえ答えてよ、マーティン、とクレアは言う。とても大事なことなのよ。

癇癪《かんしゃく》を爆発させぬよう努めながら、マーティンはもごもごと辛辣《しんらつ》な独りごとを呟《つぶや》く。クレアに向けてというより、声に出して考えているような、自分に向かって話すような口調で、ほんとに知りたいのか？　と言うのだ。

ええ、ほんとに知りたいのよ。

わかった……わかったよ、進み具合を話すよ。実は……（しばし考える）……実は（なおも考える）……実のところ、なかなかうまく行ってるよ。

なかなかうまく……それとも、すごくうまく？

うーん……（考える）……すごくうまく。うん、すごくうまく行っている。

でしょ？

でしょって？

マーティンったら。わかるでしょ。

いいやクレア、わからないよ。僕には何もわからないんだ。ぶちまけた話、僕はまるっきり闇のなかにいる。

可哀想《かわいそう》に。自分にそんなに辛《つら》くあたるものじゃないわ。

マーティンは彼女に向かって力なく微笑《ほほえ》む。彼らはある種の膠着《こうちゃく》状態に達したのであり、ひとまず言うべきことは何もなくなる。クレアは食事に取りかかる。見るからに美味しそうに食べ、少しずつ試すように嚙《か》みながら、自分が作った料理の味を楽しんでいる。むむむ、と彼女は言う。悪くないわね。どう思う、マーティン？

マーティンは一口食べようとフォークを持ち上げるが、食べ物をいまにも口に入れようとしたところで、クレアの喉《のど》から発している快楽の静かなうめきに気を奪われて、彼女の方にちらっと目をやる。それで手もとから目が離れたせいで、手首が角度にして数度分、下に折れ曲がる。フォークが口への移動を続けるさなか、サラダドレッシングの細い糸がフォークから垂れて、シャツの前面を滑り落ちていく。マーティンははじめ気づかないが、口が開き、接近しつつあるアスパラガスの断片に視線が戻っていくとともに、起きている事態が突如目に入る。そしてパッとうしろに飛びのき、フォークを手放す。クソ、またやった！ と彼は言う。

カメラはクレアにカットし（彼女はまたもゲラゲラ笑い出す。これで三度目）、彼女のクロースアップにドリーしていく。はじまりのベッドルームの場面の終わりと似たショットだが、マーティンが出ていくのを見守っていたクレアの顔には動きがまったくなかったのに対し、ここでの顔は何とも生き生きして、歓喜にあふれ、ほとんど現実を超越したような嬉《うれ》しさをみなぎらせている。あのころのフェイは本当に生き生きしていたわ。体じゅう生命感にあふれてとアルマが言ったとおりだ。人間の生命感、充足感をこの場面ほどあざやかに捉《とら》えた瞬間はこの映画でほかにない。数秒のあいだ、クレアは何か不滅のものに、混じり気なしの人間的輝かしさの化身になる。それから映像は、揺るがぬ闇《やみ》を背景にしてフェードアウトする。クレアの笑い声はまだ何拍か続くが、その声もやがて崩れていって、一連のエコー、ばらばらの息、遠ざかる一方の反響のなかに溶けていく。

長い静寂が続き、その後の二十秒あまり、スクリーンは一個の夜のイメージに支配される。すなわち、空に浮かぶ月に。雲が漂うように過ぎていき、風が地上の木々のなかをさらさらと抜けていくが、基本的には、我々の眼前にあるのはひたすら月である。これはあからさまな、はっきり意図的な変化であり、いくらも経《た》たないうちに、我々はもう、その前の場面のコミカルなどたばたを忘れている。その夜とマーティンは語る。私は人生でも数少ない重要な決意に達した。もうこれ以上何も訊《き》くまい、と決めたのだ。クレアは私に信頼の跳躍を求めているのであり、私はこれ以上問いつめる代わりに目を閉じて跳ぶことにしたのだ。落ちた先に何が待っているかはわからない。が、わからないからといって危険を冒す価値がないことにはならない。だから私は落ちつづけた……そして一週間が経ち、もう何ひとつ悪いことは起きないんだと思いはじめたその矢先、クレアが散歩に出たのだ。

マーティンは二階の書斎の机に向かっている。タイプライターから顔を上げ窓の外を見ている。アングルが反転して彼の視点に変わると、画面は一人で庭を歩いているクレアを上から捉えたロングショットになる。寒冷前線が事実訪れたのだろう、クレアはマフラーを巻いてコートを着て、両手をポケットに入れている。ちらほら降る雪が地面を彩《いろど》っている。カメラがマーティンにふたたびカットすると、彼はまだ窓の外を見ている。クレアから目が離せずにいるのだ。もう一度反転、ふたたび一人で庭にいるクレアのショット。彼女はさらに何歩か歩き、それから、何の前触れもなしに、ばったり地面に倒れる。それは恐ろしいほど無駄のない倒れ方である。よろめきもせず、めまいに襲われたりもせず、膝《ひざ》が徐々に崩れ落ちたりもしない。ある一歩と、次の一歩とのあいだに、まったくの意識不明状態へと彼女は落下していく。突然、力が容赦なく彼女を見捨てるそのさまからして、死んでしまったように思える。

カメラが窓からズームインし、クレアの力ない体を前景に収める。マーティンがフレームに入ってくる。半狂乱になって、息を切らせて走っている。どさっと両膝をつき、クレアの頭を両手で抱えて命の徴候を探す。物語はもはやまったく予想がつかない。話は別の次元に入ったのであり、ついさっきは首がもげそうなほど大笑いしていた我々も、いまはもう、張りつめたメロドラマのただなかにいる。クレアはやがて目を開けるが、こうして過ぎた時間を通して我々は、これが回復ではなく執行猶予《ゆうよ》にすぎないことを感じとる。これは来《きた》るべき出来事の予兆なのだ。彼女はマーティンの方を見上げて、にっこり笑う。それはどこか霊的な、内面的な笑顔である。もはや未来を信じていない人間の笑顔である。マーティンは彼女にキスし、かがみ込んで両腕で彼女を抱え上げ、家に運んでいく。そのときは大丈夫そうだったと彼は言う。ただのちょっとした失神だと私たちは思った。だが次の日の朝、目が覚めたクレアは高熱を出していた。

ベッドに入ったクレアのショットにカット。彼女の周りをマーティンは看護婦のようにうろつき回って、体温を測り、アスピリンを勧め、濡《ぬ》れタオルでおでこを冷やし、スプーンでスープを飲ませてやる。彼女は何も泣きごとを言わなかったとマーティンは続ける。肌は触ると熱かったが、気持ちは元気そうだった。しばらくすると、彼女は私を部屋から追い出した。小説に戻りなさい、と彼女は言った。ここで君の枕元《まくらもと》にいるよ、と私は言ったが、するとクレアは声を上げて笑い、顔に奇妙な、すねたような表情を浮かべて、たったいま仕事に戻らなかったら私ベッドから飛び出して服をびりびりに裂いて何も着ずに外へ飛び出すわよと言った。それって回復によさそうじゃないでしょ?

次の場面、マーティンは机に向かって、また一ページ小説をタイプしている。音はいつになく張りつめている——キーは激しいリズムでかたかた鳴り、すさまじいスタッカートで仕事は進んでいく——が、やがてその音量も小さくなって、ほとんど静寂近くまで落ち、マーティンの声が戻ってくる。カメラは寝室に戻る。一つひとつ、細部のくっきりしたクロースアップを我々は見ていく。クレアの病床を囲む小さな世界を伝える、静物画ふうの表現。水の入ったコップ、閉じた本の縁、体温計、ナイトテーブルの引出しのつまみ。だが次の日の朝、とマーティンは言う。熱はさらに上がっていた。今日は仕事を休むよ、君が何と言おうと、と私は彼女に言った。何時間か枕元に座り、午後のなかばごろには彼女もいくぶんよくなってきたように思えた。

カメラがすっと引いて、部屋のワイドショット。クレアはベッドの上で身を起こし、たしかにかつての陽気な彼女に戻ったように見える。真面目《まじめ》さを装《よそお》った声で、カントの一節をマーティンに朗読して聞かせている。……我々が目にする物たちはそれ自体においては我々が目にする物ではなく……ゆえに、もし我々が主観を放棄するか、あるいは五感の主観的形態を放棄するなら、あらゆる特性が、空間と時間における物同士のあらゆる関係が、否《いな》、空間と時間そのものが消滅してしまうであろう。

事態は平常に復帰しつつあるように思える。クレアも回復してきたので、マーティンは翌日仕事に戻る。二時間か三時間、一心に執筆を続けたところで一休みしてクレアの様子を見に行く。寝室に入ると、彼女はキルトや毛布の山に埋もれてぐっすり眠っている。部屋のなかは寒い――マーティンの白い息が見えるくらいに。ボイラーのことをヘクターに警告されたのに、どうやらマーティンはすっかり忘れていたのだ。あの電話のあと、狂気じみた出来事があまりにたくさん起きたせいで、フォルトゥナートの名前が頭から消えてしまっていたのである。

だが部屋には暖炉があって、炉床には薪《まき》の小さな山が積まれている。マーティンは火を熾《おこ》そうと準備をはじめる。クレアの目を覚まさぬよう、極力静かに作業を進める。炎が安定すると、火かき棒で薪同士の位置を整えるが、うち一本がごとんと山のなかから滑り出てしまう。その音がクレアの眠りに侵入し、彼女はもぞもぞ動いて、軽いうなり声を漏らしながらカバーの下で体をばたつかせ、それから目を開ける。マーティンは暖炉の前の位置からくるっと身を翻《ひるがえ》す。ごめんよ、起こすつもりじゃなかったんだ、と彼は言う。

クレアがにっこり笑う。いかにも衰弱したような、体力が抜け出てしまったような様子。かろうじて意識があるというふうである。ハロー、マーティン、と彼女はささやく。私のハンサムな恋人は元気？

マーティンはベッドまで歩いていって、腰かけ、片手をクレアのおでこに当てる。すごい熱だよ、と彼は言う。

大丈夫よ、と彼女は答える。気分はいいもの。

今日で三日目だよ、クレア。医者を呼んだ方がいいと思う。

必要ないわ。またアスピリンをくれればいい。三十分ですっかりよくなるわよ。

マーティンは壜《びん》を振ってアスピリンを三錠出し、水の入ったコップと一緒に彼女に渡す。クレアが薬を飲み込むとともに、マーティンは言う。これじゃ駄目だ。やっぱり医者に診てもらわないと。

空のコップをクレアはマーティンに返し、マーティンはそれをテーブルの上に戻す。ねえ聞かせてよ、小説のなかで何が起きてるか、と彼女は言う。そうしたら私も気分がよくなるわ。

休んだ方がいいよ。

お願いマーティン、少しだけ。

彼女をがっかりさせたくないし、さりとてあまり力を使わせてはいけないので、マーティンはほんの数センテンスにとどめて小説の中身を要約する。あたりはもう暗い、と彼は言う。ノードスラムは家を出た。アンナはこっちへ向かっているけど、彼はそのことを知らない。アンナが早く着かないと、彼は自分から罠《わな》に入っていってしまう。

アンナは間に合うの？

それは問題じゃないんだ。大事なのは、アンナが彼のところへ行こうとしているということ自体なんだ。

アンナは彼に恋をしたのね？

彼女なりに、ね。彼のために、自分の命を危険にさらしている。それも愛のひとつの形だよね。そうだろう？

クレアは答えない。マーティンの問いに圧倒され、あまりに強く心を動かされたせいで、何も言えないのだ。彼女の目に涙がたまる。口が震える。恍惚《こうこつ》とした、情熱に満ちた表情がその顔から輝き出てくる。あたかも自分をめぐる新たな理解に到達したかのように、体全体がにわかに光を発しはじめたかのように見える。あとどれくらい？　と彼女は訊く。
二、三ページだね、とマーティンは言う。もうほぼ書き上がったんだ。
いま書き終えなさいよ。

あと回しでいいよ。明日書く。

駄目よマーティン、いま書いて。いまやらなきゃ駄目よ。

カメラはしばしクレアの顔の上にとどまり、それから、彼女の命令の勢いに押し出されたかのように、マーティンがふたたび机に向かってタイプしている。ここから二人のあいだのクロスカットが続く。マーティンからクレア、クレアからマーティン、とくり返されて、十のシンプルなショットのなかで我々はやっと悟る。何が起きているのか、ついに理解するのだ。それからマーティンが寝室に戻り、さらに十のショットのなかで、ついに彼も理解するに至る。

1. クレアが激痛のあまりベッドの上でのたうち、助けを呼ぶまいと必死にこらえている。
2. マーティンがページの終わりまでたどり着き、紙をタイプライターから外して、代わりに新しい紙を入れる。ふたたびタイプをはじめる。
3. 暖炉が見える。火はほとんど消えている。
4. タイプしているマーティンのクロースアップ。
5. クレアの顔のクロースアップ。さっきよりもっと弱って、もはやこらえる力もない。
6. マーティンの顔のクロースアップ。机に向かってタイプしている。
7. 暖炉のクロースアップ。燃えさしが何本かあるのみ。
8. マーティンのミディアムショット。小説の最後の一語をタイプする。しばしの間《ま》。そして、紙をタイプライターから引き出す。
9. クレアのミディアムショット。ぶるっとわずかに身震いし、それから息を引きとるように見える。

10. マーティンが机のかたわらに立って、原稿を集めている。完成した小説を手に持って部屋から出ていく。

11. マーティンが笑顔で部屋に入ってくる。ベッドを一目見て、次の瞬間、笑みが消える。

12. クレアのミディアムショット。マーティンが枕元に座って、片手を彼女のおでこに当てるが、何の反応もない。耳を彼女の胸に押しつけても、やはり反応はない。パニックに襲われてマーティンは原稿を放り投げ、両手で彼女の体をさすりはじめ、必死に暖めようとする。彼女の体からは力が抜けている。肌は冷たい。呼吸は止まっている。

13. 暖炉のショット。消えかけの燃えさしが見える。炉床にはもう薪はない。

14. マーティンがベッドから飛び降りる。その勢いのまま原稿をがばっとつかんで、くるっと回れ右して暖炉の方に飛んでいく。彼は何かに憑《つ》かれたかのように、恐れのあまり正気を失ったかのように見える。やることはもうひとつしか残っていない。それをいまやらねばならないのだ。ためらうことなく、マーティンは小説の一ページ目をくしゃくしゃに丸めて、暖炉に投げ込む。

15. 暖炉のクローズアップ。紙の玉が灰の上に落ちて、パッと燃え上がる。マーティンがもう一ページをくしゃくしゃ丸めるのが聞こえる。程なくして、二つ目の玉が灰のなかに落ち、発火する。

16. クレアの顔のクロースアップ。瞼《まぶた》がぴくぴく動き出す。

17. マーティンのミディアムショット。暖炉の前にかがみ込んでいる。次の一枚をつかみ、くしゃくしゃに丸めて、また投げ入れる。ふたたび燃え上がる炎。

18. クレアが目を開ける。

19. いまや全速力で作業しているマーティン。原稿を次々に丸めては暖炉に放り込む。一枚また一枚と燃え出し、それが隣の紙に引火して、炎はますます強まっていく。

20. クレアが身を起こす。とまどって目をパチクリさせている。あくびをする。ぐいっとのびをする。病気の痕跡《こんせき》は少しもない。彼女は死者の世界から連れ戻されたのだ。

少しずつ意識を取り戻しながら、クレアは部屋のなかを見渡しはじめ、暖炉の前にマーティンがいて一心不乱に原稿を丸めては火のなかに投げ込んでいるのを見て、愕然《がくぜん》とした表情を浮かべる。何してるの？　と彼女は言う。ねえマーティン、いったい何してるの？

君を買い戻してるのさ、とマーティンは言う。三十七ページで君の命を買っているのさ。こんなに得な買い物は初めてだね。

駄目よ、そんなの。そんなこと許されないのよ。

そうかもしれない。でも僕はもうやってるじゃないか。僕がルールを変えたのさ。

クレアは神経が昂《たかぶ》って、いまにも泣き出しそうだ。ああマーティン、あなたわかってないのよ、自分が何をしたか。

クレアの抗議にもひるまず、マーティンはなおも自分の小説を火にくべる。最後のページまで来ると、勝ち誇った表情を目に浮かべて彼女の方を向く。ね、クレア？ と彼は言う。ただの言葉さ。三十七ページ、単なる言葉、それだけだよ。

マーティンはベッドに腰かけ、クレアは両腕を彼に巻きつける。それは驚くほど荒々しい、情熱的なしぐさである。映画がはじまって以来初めて、クレアは怯《おび》えているように見える。彼女はマーティンを求めていて、かつ求めていない。彼女は恍惚としていて、かつ恐怖に包まれている。いままでは、彼女の方こそ強い側だった。勇気も自信もみな彼女が持っていた。ところが、彼女の魅惑の謎《なぞ》をマーティンが解いてしまったいま、クレアは途方に暮れているように見える。私たちどうすればいいのかしら？ と彼女は言う。ねえマーティン、私たちどうすればいいのかしら？

マーティンが答える間もなく、場面は外に移る。我々は約十五メートル離れた位置から、周りに何もない場所にぽつんと立っている家を見る。カメラが上に傾き、右側にパンし、大きなハコヤナギの大枝の上で止まる。何もかもが静止している。風は吹いていていない。枝のあいだを空気が吹き抜けてもいない。葉っぱ一枚動かない。十秒が過ぎ、十五秒が過ぎ、それから、ひどく唐突にスクリーンが真っ暗になり、映画は終わる。

8

その日の午後、『マーティン・フロストの内なる生』のプリントは燃やされた。おそらく私としては、それを見られただけ、ブルーストーン農場最後の映画上映に立ち会えただけで幸運だと思うべきなのだろう。が、私のなかのある部分は、あの朝アルマが映写機を回すことがなかったら、あのエレガントで心にとり憑《つ》くささやかな映画に私が向きあわずに終わっていたら、と思ってしまう。もし私があの映画を気に入らず、出来の悪い、もしくは無能なストーリーテリングの一例と片付けてしまえたなら、話は簡単だろう。だが『マーティン・フロスト』は断じて出来の悪い映画ではなかったし、そのストーリーテリングも断じて無能ではなかった。失われようとしているものの大きさを知ったいま、自分がひとつの犯罪に加担しに三千キロ以上を旅してきたことを私は思い知った。その七月の午後、ヘクターのほかの一連の映画とともに『マーティン・フロスト』が炎に包まれたとき、それは私には大きな悲劇に思えた。この糞《くそ》いまいましい世界の終わりのように思えた。

見ることができたのはその一本だけだった。あと一本を見る時間はもうなかった。『マーティン・フロスト』にしても一度通して見られただけであることを思えば、アルマがノートとペンを用意してくれたのは有難かった。こうした言い方に矛盾はない。あの映画を見なければよかったのに、と思う気持ちはあるが、事実とにかく見てしまったのであり、あの言葉や映像が私のなかに入り込んでしまったからには、それをつなぎとめておく手立てがあるのは幸いだった。その朝メモをとっておいたおかげで、放っておけば忘れてしまったであろう細部も記憶にとどめられたし、もう何年も経《た》ったいまでも映画は頭のなかに鮮明に残っている。書きながら私は手元をほとんど見なかった。学生のころに自分であみ出した、電報のような無茶苦茶な速記法で殴り書きしたせいで、書いたものの大半は判読不能の一歩手前だったが、結局は全体の九十パーセントか九十五パーセントは解読できた。転写には骨の折れる作業を何週間も続けねばならなかったが、科白《せりふ》をひととおり清書し、シーンごとに番号をつけて物語を分解し終えると、映画とふたたびつながれるようになった。それをするには一種トランス状態に入らねばならず、したがっていつもうまく行くとは限らないが、しっかり気持ちを集中して、しかるべき気分に自分を持っていけば、言葉が本当に映像を喚《よ》び起こしてくれる。あたかももう一度、『マーティン・フロストの内なる生』を――少なくとも私の頭蓋骨《ずがいこつ》の映写室に閉じ込められたその断片を――見ている気になれるのだ。昨年、この本を書こうかと考えはじめたときに、私は催眠術師の治療を何度か受けた。一度目は大した収穫もなかったが、その後三回は驚くべき成果が挙がった。それらのセッションの録音を聞くことによって、いくつかの空白を埋めることができたし、消えはじめていたことをいくつもつなぎとめられた。よかれ悪《あ》しかれ、哲学者たちの言ったとおりらしい。我々の身に起きることは、何ひとつ失われはしないのだ。

上映は正午を何分か回ったところで終わった。アルマも私もそのころには腹を空《す》かせて短い休憩を必要としていたから、次の映画にすぐ入る代わりに、弁当を持って廊下に出た。ピクニックをするには妙な場所だった。埃《ほこり》っぽいリノリウムの床に座り込んで、チカチカ光る蛍光灯の並ぶ下でチーズサンドイッチにかぶりつくのだから。だがもっといい場所を外で探したりして時間を無駄にしたくはなかった。アルマの母親のことや、ヘクターのほかの作品のこと、たったいま終わった映画の奇想と深刻さの妙に腑《ふ》に落ちる併存のことを私たちは話しあった。映画というのはどんなナンセンスでも人に信じさせてしまうメディアだけど、今回は本当にやられたね、と私は言った。最後の場面でクレアが生き返ったときは思わず体が震えたな。本物の奇跡を目《ま》のあたりにしている気にさせられたよ。マーティンはクレアを死の世界から救い出すために小説を燃やしたわけだけど、それはブリジッド・オファロンを救っているヘクターでもあり、自分の映画を燃やしているヘクター自身でもある。そういうふうにいろんなことがはね返っていけばいくほど、僕もいっそう深く映画に入っていけたんだ。もう一度見られないのが残念だな。風をちゃんと見たか、木々に十分注意を払ったか、自信がないんだ。

私は必要以上にべらべら喋《しゃべ》りつづけたにちがいない。次に見る作品のタイトルをアルマが宣言すると同時に（『反世界からの報告書』）、建物のどこかでドアがばたんと音を立てた。私たちはちょうど立ち上がりかけたところだった。服からパン屑《くず》を払い、魔法瓶からアイスティーの最後の一口を飲み、中へ戻る態勢を整えていた。テニスシューズがリノリウムをぱたぱた打つ音が聞こえた。ややあって、フアンが廊下の端に現われた。速足で、歩くというよりは走るというに近い進み方で彼が私たちの方へ近づいてくると、フリーダが戻ってきたことを私もアルマも悟った。

それから少しのあいだ、私はいなくなったも同然だった。フアンとアルマは無音で話しあった。手の合図、腕の振り、首をはっきり縦横に振るしぐさを矢継ぎ早にくり出して意思疎通《そつう》を行なっていた。何を言っているかはわからなかったが、やり取りが行き来するなかで、アルマがだんだん取り乱していくのが見てとれた。彼女のジェスチャーが喧嘩腰《けんかごし》より荒っぽく、攻撃的になり、フアンに言われたことを否定する様子はほとんど喧嘩腰だった。フアンは降参の意を示して両手を宙に投げ上げたが（私を責めないでください、私はただ伝言を持ってきただけです、そう言っているように思えた)、アルマがふたたび激しくファンに喰ってかかると、彼の目が敵意に濁った。ファンはげんこつをもう一方の手のひらに叩《たた》きつけ、それからくるっと向き直って私の顔に指を一本突きつけた。それはもう会話ではなかった。言い争いだった。それは突然、私をめぐる言い争いになったのだ。

私はなおも見守り、何の話か理解しようと試みつづけたが、解読のしようはなかった。いくら見てもわからなかった。やがてファンが立ち去った。そのずんぐりと短い脚で彼が廊下を下っていくとともに、何があったのかアルマが説明してくれた。フリーダが十分前に帰ってきたのよ、と彼女は言った。すぐにはじめたいんですって。

ずいぶんすばやかったんだね、と私は言った。

ヘクターの遺体を焼くのは午後五時にならないとはじまらないんですって。そんなに長くアルバカーキで待っていても仕方ないからって、帰ってくることにしたのよ。灰は明日の朝に取りに行くんですって。

じゃあファンと何を言い争ってたの？　全然わからなかったけど、僕に指をつきつけてたよね。指をつきつけられるのって不愉快だよ。

あなたのことを話してたのよ。

そうかなと思ったよ。でも僕がフリーダの計画と何の関係があるんだい？　僕はただの訪問者じゃないか。

あなたにもわかったと思ったのに。

僕には手話はわからないんだよ、アルマ。

でもあたしが怒ってるのは見たでしょ。

もちろん見たさ。でもまだ、なぜだかはわからないよ。

フリーダはあなたにいてほしくないのよ。これは身内のことなんだから、いまはよその者を入れるべきじゃないって言うのよ。

僕を追い出そうとしてるってこと？

そこまではっきりは言わないけど。でも要するにそういうことね。明日発《た》ってほしいって。朝みんなでアルバカーキに行く途中にあなたを空港で下ろすっていう計画なのよ。

だけど彼女が僕を招《よ》んだんじゃないか。彼女、忘れたのかい？

招んだときはヘクターが生きてたから。いまは生きていない。事情が変わったのよ。

それはまあそうかもしれない。僕はここへ映画を見にきたわけだからね。見るべき映画がなくなるなら、僕がいるべき理由もたぶんなくなる。とにかく一本は見られた。あとはもう、ほかの映画が炎に包まれるのを見届けて、さっさと出ていくしかないね。

そこなのよ。それも見せたくないんですって。フアンが言うには、あなたには関係ないことだって。

そうか。それで君もカッとなったわけか。

あなたがどうこうっていうんじゃないのよ、デイヴィッド。あたしの問題なのよ。あなたにここにいてほしいってあたしが思ってること、フリーダはちゃんとわかってるのよ。そのことはけさ話しあったんだもの。それがいまになって約束を破ったのよ。すごく頭に来るわ、彼女の顔をぶん殴ってやりたいくらい。

で、僕はどこに隠れてればいいのかな、みなさんがバーベキューを楽しんでるあいだ？

あたしの家よ。今夜はあたしのコテージに泊まればいいって。でもあたし、フリーダと話すわ。説得するわ。

それには及ばないよ。彼女が僕にいてほしくないって言うんなら、権利を言い立ててもはじまらないさ。僕には権利なんてないんだから。ここはフリーダの土地なんだから、彼女の言うようにするしかないよ。

じゃああたしも行かない。勝手にファンとコンチータと三人で燃やせばいいわ。

もちろん君は行くさ。君の本の最終章じゃないか、アルマ。自分の目で見届けなくっちゃ。最後までやり通さないと。

あなたもそこにいてほしかったのよ。あなたが一緒じゃないと全然違ってしまうわ。

プリントとネガ十四本ずつとなれば、ものすごい炎になるよ。煙も、火も、きっとすごいよ。うまく行けば僕も、コテージの窓から見物できるかもしれないよ。

結局、私は本当にそれを見物することになった。もっとも、見えたのは炎より煙が主だったし、アルマの小さな家の窓は開いていたから、見える以上に臭《にお》いが伝わってきた。燃えているセルロイドは鼻を刺すような刺激臭を発する。煙が流れてこなくなったずっとあとまで、空気に運ばれた化学物質が大気中に漂っていた。その晩アルマから聞いたところでは、地下の貯蔵室から四人でフィルムを運び出すのに一時間以上かかったという。次にそれらを台車に載せてストラップで留め、石ころだらけの地面を押していって、防音スタジオのすぐ裏に持っていった。新聞紙と灯油の助けを借りて、ドラム缶二本に火を点《つ》けた。一本はプリント用、一本はネガ用。硝酸セルロースを使った古い作品は簡単に燃えたが、一九五一年以降に作られた、より丈夫で可燃性も低い酢酸セルロースを基材とするフィルムはなかなか点火しなかった。リールからフィルムを外してひとつずつ火にくべるしかなかったのよ、それで思ったよりずっと時間がかかったの、とアルマは言った。三時ごろにはすべて終えるつもりでいたが、結局作業は六時過ぎまで続いた。

そのあいだの時間を、私はアルマの家で一人で過ごし、追放の身を憤《いきどお》らぬようこらえていた。アルマの前では平気な顔を装《よそお》っていたが、実のところ私も彼女に劣らず腹を立てていた。フリーダのふるまいは許しがたい。人を招待しておいて、来たら招待を取り消したりはしないものだ。もしそうするなら、せめて直接説明すべきであって、こっちの顔を指さしながら別の人間にそのメッセージを伝える物言わぬ使用人を介すべきではない。フリーダの頭が混乱していることは私とて承知している。嵐《あらし》のような出来事と、地殻変動にも比すべき悲しみから成る一日のただなかに彼女がいることはわかっている。だが、いくら事情を斟酌《しんしゃく》してやりたくても、傷つく気持ちに変わりはなかった。いったい私はここで何をやっているのか？　私の顔を見たくもないというなら、何だってわざわざアルマが銃をつきつけてまで私をヴァーモントから引っぱってきたのか？　何といっても、手紙はみんなフリーダが書いたのだ。ニューメキシコに来てヘクターの映画を見てください、と頼んできたのはフリーダなのだ。アルマによれば、私を招くよう彼らを説き伏せるには何か月もかかったという。私はてっきり、案に抵抗したのはヘクターであって、それをアルマとフリーダの二人で説得したのだと思っていた。農場へ来て十八時間経ったいま、どうやらそれが間違いだったことが見えてきた。

もしこんな屈辱的な扱いを受けなかったら、たぶんこんなことをくよくよ考えたりもしなかっただろう。ポストプロダクション用の建物で会話を終えたアルマと私は、昼食の残りをバスケットに戻し、彼女の日干し煉瓦《れんが》のコテージに歩いていった。コテージは母屋《おもや》から三百メートルばかり離れた小さな丘の上に建っていた。アルマがドアを開けると、すぐ足下、敷居をまたいですぐのところに、私の旅行鞄《りょこうかばん》が置いてあった。朝に母屋の客室に置いておいた鞄である。それをこうして誰かが（たぶんコンチータだ）フリーダに言われて運んできて、こっちの家の玄関先に置いていったのだ。それは私には傲慢《ごうまん》で横暴な行ないに思えた。ここでもまた、私は笑って済ませるふりを通したが（まあおかげで自分で運ぶ手間が省けたね、と言った）、その浮ついた科白とは裏腹に、腹のなかは煮えくり返っていた。アルマがフリーダたちに仲間入りしに立ち去ると、私はその後十五分か二十分、家のなかをうろつき回り、あちこちの部屋を出たり入ったりしながら、憤怒《ふんぬ》の念を鎮《しず》めようと努めた。じきに、台車のごとごとという音が遠くから聞こえてきた。金属が石をこすってガラガラ音を立て、フィルムの缶の山同士が時たまぶつかってカタンと鳴って反響する。火刑がいよいよはじまろうとしているのだ。私はバスルームに入って服を脱ぎ、浴槽の蛇口を二つとも全開にした。

温かい湯に浸《つ》かりながら、しばし心を宙に漂わせ、私が理解した限りの事実をゆっくり反芻《はんすう》していった。それから、それら事実の向きを変えて別の角度から眺め、過去一時間に起きた出来事と両立させようと努めた。アルマを相手にしたファンの喧嘩腰、フリーダからのメッセージに対するアルマの辛辣《しんらつ》な反応（いまになって約束を破ったのよ……顔をぶん殴ってやりたいくらい）、私の追放。あくまで推測に基づいた論でしかないが、昨夜の出来事を思い起こし（ヘクターの丁重な歓迎、私にぜひ映画を見せたいという彼の態度）、それをその後の出来事と引き較《くら》べてみると、実はフリーダは最初から私の訪問に反対していたのではないかと思えてきた。私をティエラ・デル・スエーニョに招いたのは彼女だということも忘れてはいなかったが、もしかしたらああした手紙も、何か月もの口論や不和を経た末にヘクターの要求に屈してしぶしぶ書いたのかもしれない。もしそうだとしたら、ここから出ていけという命令も、突然の心変わりなどではない。ヘクターがいなくなったいま、前より思いどおりにやれるようになっただけの話だ。

　それまで私は、ヘクターとフリーダを対等なパートナーと考えていた。アルマが二人の結婚生活について詳しく話してくれたなかで、彼らの意向がずれていたように思えたことは一度もなかったし、私はてっきり、二人の考えは完璧《かんぺき》に調和していたものと思い込んでいた。彼らは一九三九年に、決して公開されない映画を作るという協定を結んだのであり、一緒に作り上げる作品が最終的には破棄されるという考えを二人とも受け入れていたはずだ。それがヘクターが映画作りに戻るための条件だったのだ。野蛮な禁止条項というほかないが、他人とそれを分かちあう喜びという、彼の仕事に唯一《ゆいいつ》意味を与えるものを放棄することによってしか、そもそもその仕事を行なうという決断は正当化できなかった。こうして映画は償いの一形態となったのであり、ブリジッド・オファロンが誤って殺された事件における彼の役割が決して赦免しえぬ罪であることを認める営みになったのだ。私は馬鹿《ばか》げた人間だ。神は私にいくつものジョークを仕掛けた。ひとつの罰の形態が別の形態に変わり、己の決断のこんがらがった自虐《じぎゃく》的な論理にのっとって、その存在を信じてもいない神に対する負債をヘクターは支払いつづけたのである。サンダスキーの銀行で彼の胸を引き裂いた弾丸のおかげで、フリーダとの結婚が可能になった。息子が死んだおかげで、映画作りへの復帰が可能になった。だがどちらの出来事を通しても、一九二九年一月十四日の夜に起きたことに対する責任が免除されたわけではない。ノックスの銃によって生じた肉体的な苦しみも、タディの死によって生じた精神的な苦しみも、彼を解放し自由にしてくれるほど十分恐ろしいものではなかった。それに映画を作る、よろしい。お前の才能と精力をありったけ注ぎ込んで作るがいい。それに命がかかっているかのように作って、そして、お前の命が終わるとともにそれらを破棄せよ。世を去るにあたって、いかなる痕跡《こんせき》も残していってはならない。

フリーダもこれに終始従っていたものの、彼女にとっては同じことではなかったはずだ。彼女は犯罪など犯していない。良心の呵責《かしゃく》の重みに引きずり下ろされてはいないし、死んだ娘を車のトランクに入れて遺体をカリフォルニアの山の中に埋めた記憶に苛《さいな》まれてもいない。彼女は無実なのであり、にもかかわらずヘクターの条件を受け入れ、自分の野心は脇《わき》へ追いやって、その中心的な目的が無であるところの創造行為に身を捧《ささ》げることを選んだのだ。これでもし、少し離れたところからヘクターを見守っていたというなら、私にも理解できただろう。己の考えにとり憑《つ》かれたヘクターを許容し、妄執に凝りかたまった彼を憐《あわ》れみもするが、自分は製作の営みには加担しない、というのならまだわかる。だがフリーダはヘクターの共犯者にして最大の擁護者だった。当初から全面的にかかわっていた。ふたたび映画を作るようヘクターを説き伏せたのも彼女だし(作らないなら出ていく、と脅《おど》かしたのだ)、製作資金も彼女の金だった。衣裳《いしょう》も彼女が縫い、ストーリーボードも描き、フィルムもカットし、小道具もデザインした。楽しめなければ、自分の努力に何か価値があると思えなければ、人はそこまで働くものではない。だが、無への奉仕に費やした何年ものあいだ、いったいいかなる喜びを彼女は見出《みいだ》しえただろう? 少なくともヘクターの方は、欲望と自己犠牲との心理的宗教的葛藤《かっとう》に囚《とら》われたなかで、自分の行ないには目的があるのだと考えることができる。彼は映画を破棄するために作っているのではない――破棄するにもかかわらず作っているのだ。それらは二つ別々の行為だし、何よりいいことに、二つ目の行為がなされるとき彼自身はそこに居合わせなくていい。映画が炎に包まれるときにはもう死んでいて、彼にとっては何の違いもないことなのだ。だがフリーダにとっては、二つの営みがひとつながりであったにちがいない。創造と破壊から成る、単一の、統合された流れの二段階であったにちがいない。はじめからずっと、マッチに火を点けて二人の仕事を滅ぼす役目は彼女が担《にな》わされていたのであり、それをめぐる思いが、時が経《た》つにつれて彼女のなかでどんどん膨らんでいき、しまいにはほかのすべてを凌駕《りょうが》していたのだろう。それは徐々に、それ自身において一個の芸術原理になっていった。ヘクターとともに映画を作りつづけるさなかにも、これはもはや映画を作る営みではないと彼女は感じていたにちがいない。これは何かを壊すために作る営みなのだ。それこそが作品なのであり、したがって、その作品の痕跡がすべて破棄されるまでは作品も存在しない。抹殺される瞬間に、それは初めて存在しはじめる——そして、暑いニューメキシコの昼のなかへ煙がのぼっていくとともに、もう消えてしまうのである。

この考えにはどこかうすら寒い、かつ美しいところがある。それがフリーダにとっていかに誘惑的だったかは私にも理解できたし、おまけに、ひとたびそれをフリーダの身になって見直し、その恍惚《こうこつ》的な否定の力を肌で実感してみると、彼女がなぜ私を追い出したいのかも見えてきた。要するに私がいると、瞬間の純粋さが失われてしまうのだ。映画は純潔のまま、外界の誰にも見られずに死んでいくことになっている。私がその一本を見るのを許されただけでも十分悪いのだ。ヘクターの遺書に並んだもろもろの条項が実行されようとしているいま、自分がつねに思い描いてきた形そのままで儀式が遂行されることをフリーダが主張するのも無理はない。映画は秘密裡《ひみつり》に作られたのであり、同じく秘密裡に消えるべきなのだ。他人の見物は許されない。アルマとヘクターは最後の最後で私を身内の輪のなかに入れようと尽力してくれたわけだが、フリーダにとって私は終始よそ者でしかなかった。アルマは家族の一員であり、ゆえに公式の目撃者に任命された。彼女はいわば宮廷専属の歴史家であって、親の世代の最後の一人が世を去ったあと、唯一生き残る記憶は彼女の本に書かれた記録のみとなる。そして私は目撃者の目撃者である。目撃者の陳述の正確さを確認すべく召喚された第三者である。かくも大きなドラマにあって、ごく小さな役柄でしかない。その小さな役柄を、フリーダは台本から排除したのだ。彼女から見る限り、私ははじめから余計だったのである。

湯が冷めてしまうまで私は浴槽に浸かっていた。それから、タオル二枚で体を包み、さらに二十分か三十分バスルームにぐずぐず残って、ひげを剃《そ》り、服を着て、髪をとかした。アルマのバスルームにいるのは気持ちがよかった。窓際《まどぎわ》の小さな木のチェストの、てっぺんの薬棚にひしめくチューブや壜《びん》を前にして立つ。流しの上のブラシ穴には赤い歯ブラシ。金《きん》やプラスチックの容器に入った口紅、マスカラブラシにアイライナー、箱入りのタンポン、アスピリン、デンタルフロス、シャネル五番のオーデコロン、薬用ボディソープ。それぞれがプライベートな暮らしのしるしであり、ひとつの生活と自己省察の痕跡だった。彼女は錠剤を口に入れ、クリームを肌にすり込み、髪に櫛《くし》とブラシを走らせる。毎朝この部屋に入ってくるたび、いま私が見ているまさにこの鏡の前に立つ。私は彼女について何を知っているか？　ほとんど何も知らない。にもかかわらず、彼女を失いたくないという思いは絶対的に確かだった。明日の朝にこの農場を去ったあとも、ふたたび彼女に会うために断固戦う気だった。私の問題は、とにかく何も知らないことだ。この家の何かがうまく行っていないことはよくわかるが、フリーダに対するアルマの怒りがどの程度のものか見きわめられるほど彼女のことを知っているわけではない。そしてそれが見きわめられないから、いま起きていることに関してどこまで心配したらいいのかもわからない。前の晩に台所で二人が一緒にいるところを見たときは、何らいさかいの気配はなかった。アルマの声にはフリーダを気遣う思いがこもっていたし、フリーダもアルマに今夜は母屋で寝てほしいと細《こま》やかに頼んでいた。家族の絆《きずな》がそこには感じられた。そこまで親しい人同士がたがいにののしりあうのは珍しくない。その場の勢いで、あとになって後悔するような言葉を吐いてしまうことはよくある。とはいえ、アルマの怒りはそれにしても激しかった。女性には（私の経験では）まれな暴力の気配がみなぎっていた。すごく頭に来るわ、彼女の顔をぶん殴ってやりたいくらい。アルマはいままで、こういう科白《せりふ》を何回くらい言ったことがあるのだろう？　そういう無分別な、大げさな物言いを日頃から口にしがちなのだろうか？　それともこれは、フリーダとの関係における新しい展開の表われ、何年も無言の反感が続いた末に一気に生じた変化なのか？　もっと知っていたら、私としてもこうした問いを問う必要はなかっただろう。アルマの言葉は本気で受け止めるべきなのだと、その言い方の途方もなさこそ事態がすでに手に負えなくなりかけている証拠なのだとわかっただろう。

バスルームでの用事を終えて、私は家のなかをあてもなくさまよう営みに戻った。そこは小さな、コンパクトな空間であり、デザインはいささか不細工だが、がっしりした作りではあった。が、狭い家だというのに、アルマはその一部しか使っていないように見えた。奥の一部屋はもっぱら物置になっていた。ひとつの壁全体と、もうひとつの半分にそってダンボール箱が積まれ、床には捨てられた物たちが一ダースばかり散らばっていた。脚が一本なくなった椅子《いす》、錆《さ》びた三輪車、半世紀は経っている手動式タイプライター、ウサギの耳型アンテナがもぎ取られた白黒のポータブルテレビ、いろんな動物のぬいぐるみの山、口述録音機《ディクタフォン》、使いかけのペンキ数缶。もうひとつの部屋にはまったく何もなかった。家具もなくマットレスもなく、電球ひとつない。天井の片隅から大きな、入り組んだ蜘蛛《くも》の巣が垂れ下がっていた。死んだ蠅《はえ》が三、四匹閉じ込められていたが、死骸《しがい》はすっかり干からび、ほとんど重みのない埃《ほこり》のかけらと化していた。きっと蜘蛛もうこの巣を捨ててどこかよそに店を出したのだろう。

残るは台所、居間、寝室、書斎。本当はアルマの本をじっくり読みたかったが、本人の許可なしにそういうことをする権利はない気がした。もうすでに六百ページ以上書き進んだというが、まだ草稿の段階なのだから、書き手から特に頼まれでもしない限り、勝手に覗《のぞ》くべきではない。さっき自分で原稿を指さしはしたものの（あれがその化け物よと彼女は言った）、読んでくれなどとはいっさい言わなかった。彼女との生活を、信頼を裏切ることとからはじめたくはなかった。代わりに私は、彼女が住んでいる四部屋にあるほかのすべてのものを見て時間をつぶした。冷蔵庫の食べ物、寝室のクローゼットの衣服、居間の本・レコード・ビデオのコレクションをつぶさに見て回った。彼女がスキムミルクを飲み、パンには無塩バターを塗ることを私は知った。青を好み（大半は暗めの青）、文学と音楽の趣味は広い——まさに私好み。ダシール・ハメットにアンドレ・ブルトン。ペルゴレージにミンガス。ヴェルディ、ヴィトゲンシュタイン、ヴィヨン。ひとつの隅に、ヘレンがまだ生きているあいだに私が出した本が全部揃《そろ》っていた。研究書二冊、詩の翻訳書四冊。自分の家以外の場所で、六冊がみな揃っているのを見たのは初めてだと思いあたった。別の棚には、ホーソーン、メルヴィル、エマソン、ソローの著作。私はペーパーバックのホーソーン短篇選集を引っぱり出して、「あざ」を探し、本棚の前の冷たい床に座り込んで、幼かったアルマがこれを読んでどんな気持ちがしたかを想像しながら読んでみた。（目先の状況が彼にとっては力を持ちすぎた。時の暗い領域の彼方《かなた》を見通すことができず……）。その最中に、家の裏手の窓を通って、灯油の臭気が漂ってきたのである。

その臭《にお》いは私を狂おしい気持ちにさせた。私はすぐに立ち上がって、またうろうろ歩き出した。台所に入って水をコップ一杯飲み、それからアルマの書斎まで進んでいって、十分か十五分、部屋のなかをぐるぐる回りながら、彼女の原稿を読みたいという欲求と戦っていた。ヘクターの映画が葬《ほうむ》り去られるのを食い止められないなら、せめてなぜそんなことになったのか、理解に努めることはできる。これまで得られた答えはどれもまるで説明になっていない。論の筋道をたどろう、かくも容赦ない陰惨な地点に彼らを導いた思考を見通そうと、私としても精一杯がんばってきたが、こうして火が点《つ》けられたいま、何もかもが突然、馬鹿げた、無意味な、おぞましい話に思えてきた。答えは、理由は、すべてアルマの本のなかにある。この瞬間に到達した思考の起源も本に書かれている。私はアルマの机に向かって座った。原稿はコンピュータのすぐ左にあった。おそろしく分厚い紙束の上に、石を載せて紙が飛ばないようにしてある。私は石をどかして、その下にある言葉を読んでみた。ヘクター・マン死後の生、アルマ・グルンド著。一枚めくってみると、ルイス・ブニュエルの言葉がエピグラフとして記されているのが目に飛び込んできた。『わが最後の吐息』、けさヘクターの書斎で行きあたったまさにあの本からの一節である。しばらくしてから、と引用ははじまっていた。モンマルトルのテルトル広場でネガを燃やそうと私は提案した。皆が同意してくれていたら、私はためらわず実行しただろう。実際、今日もなおやる気はある。自宅のささやかな庭に私の映画のネガもコピーもすべて山と積まれて、それらが燃え上がるさまを私は想像することができる。燃やしてしまったところで、何も変わりはしないだろう（ところが、奇妙なことに、シュルレアリストたちは私の提案に対し拒否権を行使したのだった）。

これでいくらか呪縛《じゅばく》が解けた。ブニュエルの映画なら私も六〇、七〇年代に何本か見ているが、自伝については知らなかったので、たったいま読んだ言葉について考えるのに少し時間が必要だった。目を上げ、つかの間ではあれアルマの原稿から気をそらすことによって、態勢を立て直すことが、これ以上先へ進む前に立ちどまることができた。私は表紙のページを元に戻し、タイトルを石で覆《おお》った。そうしながら、椅子に座った体を少し前に押し出して位置が変わったせいで、いままで目に入っていなかったものが見えた――机の上、原稿と壁のちょうど真ん中あたりに、小さな緑色のノートが横たわっているのだ。学校で使う作文帳の大きさで、表紙はぼろぼろだし布貼《ぬのば》りの背もあちこち傷《いた》んでいることから見て、相当古いものと思えた。これだけ古ければ、ヘクターの日記であってもおかしくない。そしてまさにそのとおりだった。

私はその後四時間を居間で、年代物のクラブチェアに座り、ノートを膝《ひざ》に載せて、はじめから終わりまで二度読み通した。全部で九十六ページあって、おおよそ一年半の時期――一九三〇年の秋から一九三二年の春まで――がカバーされ、ノーラとのある晩の発音レッスンを綴《つづ》った項にはじまり、自分の罪をフリーダに打ちあけてから何日か経った夜にサンダスキーの街を歩き回った描写で終わっている。かりに私が少しでも疑っていたとしても、その疑念はこの日記の記述によって拭《ぬぐ》い去られたことだろう。自分自身の言葉によるヘクターは、飛行機のなかでアルマが語ったのと同じヘクターだった。北西部から逃亡し、モンタナ、シカゴ、クリーヴランドで自殺の一歩手前まで行き、シルヴィア・ミアーズとの堕落せる同盟関係に半年間屈し、サンダスキーの銀行で撃たれて生き延びた、あの苦悩する魂そのままだった。その筆跡は小さな蜘蛛の子のようで、語句にしばしば線を引いて消しては鉛筆で書き足していたし、綴りの間違いやインクのしみもあれば、紙の両面を使ってもいるせいで、判読はかならずしも容易でなかった。だが私は何とかやり通した。少しずつ、結局はほぼ全部読めたと思う。新たに一段落解読するたびに、記されている事実がアルマの説明と合致することが確かめられた。細部に至るまで食い違いはなかった。さっきアルマからもらったノートを使って、重要な項をいくつか書き写した。ヘクターの言葉の実例を手元に残そうと、一語一句そのまま転写した。ブルーベル・インでレッド・オファロンと交わした最後の会話。リムジンの後部席でのミアーズとの陰惨な対決。そして以下の、サンダスキーにいた当時（退院を許可されてスペリング家に滞在していた時期）の記述が、ノートの最後を締めくくっていた——

32年3月31日。夜、Fの犬を二人で散歩させる。アルプなる、ダダの芸術家にちなむ名のくねくねよく動く黒犬。街には人けがなかった。あたり一面モヤで、今どこにいるのかも判《わか》らぬほど。たぶん雨も。が、ひどく細かいので蒸気のような感じ。もはや地に足がついていないような、雲の中を歩いているような感覚。街灯に近づいていくと、いきなり何もかもがゆらぎ、薄ギリの中でキラめきはじめた。無数の点、反射された光の点から成る世界。ひどく奇妙で、ひどく美しい。光に照らされたキリでできた彫ぞうたち。アルプは紐《ひも》を引っぱり、くんくん匂《にお》いをかいでいた。我々は歩き続け、四つ角まで来て、角を曲がった。別の街灯。と、アルプが脚を上げているあいだしばらく待ってい ると、何かが目にとまった。歩道にほのかな光。影のなかから、チカチカとまばゆい光。青っぽい色あい――豊かな青、Fの瞳《ひとみ》の青。よく見ようとかがみ込んだら、石だった。何かの宝石か。月長石か、サファイア、それともただのカットグラスのかけらか。指輪でもおかしくない小ささだし、ネックレスかブレスレットから外れたペンダントかも、イアリングという可能性も。とっさに、これをFの姪《めい》のドローシア（フレッドの四歳になる娘）にやろう、と思った。リトル・ドティ。あの子はよく家に遊びに来る。お祖母《ばあ》ちゃんが大好きで、アルプと遊ぶのも好きだし、Fにもなついている。可愛《かわい》らしい妖精《ようせい》、小間物や飾り物が大好きで、いつも途方もないコスチュームで着飾っている。だから胸の内で、「この石をドティにやろう」と思ったのだ。拾い上げようとしたら、指が石に触れたとたん、それが思っていたのとは違うものであることが判明した。それは柔らかく、触ったとたんばらばらに崩れ、濡《ぬ》れたぬるぬると化した。石だと思ったのは、人間の痰《たん》だった。誰かが通りかかって、歩道にペッと吐いて、その唾液《だえき》が玉に、滑らかで多面体の丸いあぶくになった。光がそれを貫き、反射がそれを光沢ある青色に変えたせいで、しっかり固体に見えたのだ。間違いに気づいたとたん、手がヤケドでもしたみたいにさっと引っ込んだ。嫌な感じだった。すごくいとわしい気分。指は唾液におおわれている。自分のだったらそれほど嫌でもなかろうが、他人の口から出たものとなると何ともいまわしい。ハンカチを取り出して精一杯指をぬぐう。それが済むと、ハンカチをポケットに戻す気にはなれなかった。腕を突き出して指先でつまんで、四つ角まで歩いていって、目にとまった最初のゴミバケツに捨てた。

この言葉が書かれて三か月後に、ヘクターとフリーダはスペリング夫人の家の居間で結婚式を挙げた。そして新婚旅行にニューメキシコへ車で出かけ、土地を買って、そこに住むことにした。二人がなぜここをブルーストーン農場と呼んだかがこれでわかった。ヘクターはすでに青い石を見ていたのであり、それが存在しないこと、これから二人で築こうとしている生活が幻を土台にしていることを知っていたのだ。

焼却作業は六時ごろに終わったものの、アルマは七時近くまでコテージに戻ってこなかった。外はまだ明るかったが、陽は沈みかけていて、彼女がドアから入ってくる少し前、家のなかに光があふれていたことを私は覚えている。陽光の巨大な矢が窓を貫いて差し込み、照り輝く金色と紫色が洪水のようにあふれて、部屋の隅々にまで広がっていた。私にとってはまだ二度目の砂漠の日没であり、これほどまでの輝きに襲われるとは予想していなかった。私はソファへ移って、まぶしさにくらんだ目を元に戻そうと反対側を向いたが、その新たな位置に落着いて何分かすると、背後でドアの掛け金が回る音が聞こえた。さらにいっそうの光が部屋に流れ込んできた。液状化した赤い太陽の奔流、発光の大津波。私はふり向きながら手でひさしを作った。開いた戸口にはアルマが、ほとんど透明と化した姿で立っていた。幽霊のような輪郭が浮かび、光が髪の先端から流れ出ている。炎に包まれた一個の存在。

やがて彼女がドアを閉めると、顔が見えるようになった。居間を横切ってソファの方にやって来るアルマの目に私は見入った。そのときいったい、自分が彼女に何を期待していたかはわからない。涙かもしれないし、怒りとか、何か過剰な感情の発露だったかもしれない。だが彼女は驚くほど冷静に見えた。もはや興奮も冷めて、ただひたすら疲れはて、力が抜けきった様子だった。右側からソファに回り込んできて、顔の左側のあざが私に見えてしまうことも気にしていないふうだった。考えてみれば、彼女がそうしたのはこれが初めてだったが、これを大きな前進と見るべきなのか、単に疲れて注意力が落ちているだけなのかはよくわからなかった。彼女は何も言わずに私の隣に腰かけ、それから私の肩に頭を載せた。両手は汚れ、Tシャツには煤《すす》がついていた。私は両腕を彼女の体に回し、しばらく抱きかかえていた。質問攻めにするつもりはなかった。本人に喋《しゃべ》る気がないのに、無理に喋らせる気はない。そのうちに、大丈夫かい、とだけ訊《き》くと、うん、大丈夫、と彼女は答えた。それ以上話したい気持ちがないことを私は感じとった。こんなに長引いてしまってごめんなさいね、とアルマは言ったが、遅れた理由をひととおり彼女が説明した以外は（ドラム缶、台車などのこともこのとき聞いた）、その夜ずっとこの件には二人ともほとんど触れなかった。焼却が終わるとフリーダを母屋《おもや》まで送っていったのだとアルマは言った。明日の予定について二人で話しあい、それからフリーダに睡眠薬を与えて寝かしつけた。そこでまっすぐコテージに戻りたかったのだが、コテージの電話は調子が悪いので（つながるときとつながらないときがあった）、アルマは大事を取って母屋の電話から私の明朝のボストン行きの便を予約することにした。飛行機は八時四十七分にアルバカーキを発《た》つ。空港までは車で二時間半、それに間に合うようフリーダを起こすのはどうやら無理そうだから、唯一《ゆいいつ》の解決策としてヴァンを呼んで私を迎えにきてもらうことに彼女は決めた。本当はあたしが空港まで送っていって、あなたを自分で見送りたかったんだけど、フリーダと一緒に葬儀店に十一時に着いていないといけないから、アルバカーキまで二度行くのは無理なの。かりに五時にここを出たとしても、空港まで行って帰って葬儀店に行くのに最低七時間半かかるのよ。できないんだから仕方ないでしょう？　これは形式だけの問いではなかった。それは彼女自身についての発言だった。惨《みじ》めな気持ちの表明だった。仕方ないでしょ、できないんだから！　そう言ってアルマは顔を私の胸に埋《うず》めて、いきなり泣き出した。

私は彼女を風呂《ふろ》に入れ、その後の三十分、浴槽の前の床に座り込んで、背中、腕と脚、胸、顔と手と髪を洗ってやった。彼女が泣き止《や》むにはしばらく時間がかかったが、この療法が少しずつ効いてきたようだった。目を閉じてごらん、と私は彼女に言った。動かないで、何も言わないで、ひたすら水に溶け込んで自分を流してしまうんだ。私の命令に彼女があまりに素直に従い、自分の裸を少しも恥じていないものだから、私は感じ入ってしまった。明るいところで彼女の体を見るのは初めてだったが、アルマはあたかもそれが私のものであるかのように、そうしたことをいちいち問う段階を二人ですでに通り越してしまったかのようにふるまった。私の腕のなかで彼女はだらんと力を抜き、湯の温かさに体を預け、私に世話してもらっているという思いに身を委《ゆだ》ねていた。ほかには誰もいない。このコテージで、彼女は過去七年一人で暮らしてきたのであり、もうここを出る時期だということを私たちは二人とも知っていた。ヴァーモントに来るよね、と私は言った。本を書き終えるまでヴァーモントで僕と暮らすよね。僕は毎日君をお風呂に入れてあげる。僕はシャトーブリアンに取り組んで、君は伝記に取り組んで、仕事をしていないときは二人でファックする。家のなかそこらじゅうでファックするんだ。裏庭で、林で、三日間のファックフェスティバルをやる。もう立ち上がれなくなるまでファックして、それから仕事に戻って、二人とも仕事が終わったら、ヴァーモントを出てどこかよそへ行くんだ。君の言うところならどこへでも行くよ、アルマ。どんな案にだって僕は聞く耳を持っている。何が出てきてもちゃんと聞く。

この状況で口にするには、何とも向こう見ずな発言だ。底なしに卑猥《ひわい》な、常軌を逸した提案。だが時間はもうあまりなかったし、私は私たち二人の関係もよくわからぬままニューメキシコを去りたくなかった。そこで思いきって、白黒をはっきりさせようと、思いつく限り最高に下卑た露骨な言い方で己の言い分を提示したのである。あっぱれなことに、アルマは少しもひるまなかった。私が喋り出したとき彼女の目は閉じていて、演説が終わるまでずっと閉じたままだったが、ある時点で、笑みが口もとの皮膚を引っぱっているのが見てとれた（私がファックという言葉を初めて使ったときからだと思う）。そして話が続くにつれて、笑みはますます大きくなっていくように思えた。ところが、私が話し終えても、彼女は何も言わず、目も閉じたままだった。どうだい？と私は言った。どう思う？　どう思うかっていうとね、と彼女はゆっくり答えた。いま目を開けたら、あなたはそこにいないかもしれないって思う。

なるほど、わかるよ、と私は言った。でもその反面、目を開けなかったら僕がいるかいないかもわからないだろう？

開ける勇気がないの。

あるさ。君ならできる。それに君、僕の両手がバスタブに入っていることを忘れてるぜ。僕は君の背骨と、腰のくびれに触っている。もし僕がここにいなかったら、そんなことできないだろう？

どんなことだってありうるわ。あなたは誰か他人かもしれない、デイヴィッドになりすましてるだけかもしれない。ニセ者。

で、ニセ者がこのバスルームで君を相手に何をやってるのかな？

あたしの頭に悪い幻をいっぱい吹き込んでいるのよ、あたしは欲しいものを何でも手に入れられるんだって信じ込ませてるのよ。こっちが言ってほしいと思う言葉を、誰かがそっくりそのまま言ってくれることなんてめったにないのよ。ひょっとしたらあたしいまの言葉全部、自分で言ったのかもしれない。

かもしれない。それとも誰かが、その誰かも君とまさに同じものを欲しているがゆえに言ったのかもしれない。

でもまったく同じなわけないでしょ。ありえないのよ、まったく同じだなんて。どうやってあなた、あたしの頭のなかにあったのとまったく同じ言葉なんて言えるわけ？

口を使って言うのさ。言葉は口から出てくるんだよ。誰かの口から。

じゃあその口はどこにあるの？　触《さわ》らせてちょうだい。その口をあたしの口に押しつけてちょうだい、ミスター。もしその感触があたしの知ってるとおりの感触だったら、それがあなたの口であってあたしの口じゃないと認めるわ。そうしたらあなたの言うこと、ちょっとは信じてもいいかも。

なおも目を閉じたまま、アルマは両腕を宙に上げ、小さな子供がハグかだっこをねだるみたいにまっすぐのばした。私はかがみ込んで彼女にキスした。自分の口を彼女の口に衝突させ、舌で唇を開いた。膝《ひざ》をついて、両腕を湯のなかに入れ、両手を彼女の背中に当て、肱《ひじ》は両方とも浴槽の側面に押しつけていた。そしてアルマが私のうなじをつかんで私の体を引き寄せると、私はバランスを失い、彼女の上にザバッと倒れ込んだ。私たちの頭がしばし湯のなかに沈み、二人でふたたび浮上すると、アルマの目は開いていた。湯が浴槽からあふれ出て、私たちは二人ともゼイゼイ喘《あえ》ぎ、なのにハッと息を一息吸っただけで、もうまた態勢を立て直し、濃いキスを交わしはじめた。それがいくつものキスの最初、無数のキスの最初だった。その後に行なわれた操作が、私にはどうにも説明できない――自分の唇をアルマの唇に貼《は》りつけたまま彼女を浴槽から引っぱり出し、彼女の舌との接触も保ちつづけるという複合的行動がいかにして可能になったのか。とにかく気がつけばアルマは湯から出ていて、私は彼女の体をタオルで拭《ふ》いていた。そのことははっきり覚えている。私がアルマの体を拭き終えると、彼女が私の濡れたシャツを剝《は》ぎとりズボンのベルトを外したことも覚えている。それをしている彼女の姿が私には見える。ふたたび彼女にキスしている自分の姿も見えるし、タオルの山の上に身を沈めて床の上で愛しあう自分たちの姿も見える。

バスルームを出ると、家のなかは暗かった。表の窓からわずかに光が差していた。夕暮れ時の名残りの、細い艶出《つやだ》ししたような雲が地平線に広がっていた。私たちは服を着て、居間でテキーラを二杯ばかり飲んでから、ありあわせの品で夕食を作ろうと台所に入っていった。冷凍のタコス、冷凍のエンドウ豆、マッシュポテト。ここでも場当たりの組み合わせ、手持ちの駒《こま》の有効活用だった。それで十分だった。食物は九分後に消滅し、私たちは居間に戻ってもう一杯酒を作った。そこからあとは、二人でひたすら未来のことを話しあった。十時にベッドにもぐり込んだときも、まだ計画を立てていた。彼女がヴァーモントの丘にやって来たらどんな暮らしになるかをまだ話しあっていた。彼女がいつ来られるかはわからなかったが、農場でのいろんなことを片付けるのも一、二週間あれば足りる、せいぜい三週間だと私たちは思った。そのあいだは電話で話せばいい。電話には遅すぎる時間、早すぎる時間にはファクスを送りあう。雨が降ろうが槍《やり》が降ろうが毎日連絡しあおう、と私たちは約束した。

　私はふたたびフリーダに会うことなくニューメキシコを去った。彼女がコテージまで別れの挨拶《あいさつ》に来てくれれば、とアルマは願っていたが、私は期待していなかった。フリーダはすでに私の存在を抹消したのであり、出発時間の早さを考えれば（ヴァンは五時半に来る予定だ）、彼女がわざわざ私のために眠りを犠牲にするとは思えなかった。結局彼女が現われずに終わると、アルマはそれを睡眠薬のせいにした。ずいぶん楽天的な見方だ。私の読みでは、事情がどうあれフリーダは来なかったにちがいない。たとえヴァンが出るのが正午だろうと。

その時点では、これもべつに大したこととは思えなかった。目覚まし時計が五時に鳴り、出かけるまで三十分しかないとあっては、アルマが名前を口にしなかったらフリーダのことなど考えすらしなかっただろう。その朝私にとって唯一大事だったのは、アルマとともに目覚めて家の表の階段で彼女とともにコーヒーを飲むこと、ふたたび彼女の体に触れられることだった。朦朧《もうろう》として髪はくしゃくしゃ、幸福のあまり頭のなかは空っぽ、セックスと肌の触れあいと新しい生活をめぐる思いに目も霞《かす》んでいた。かりにもう少し気が張っていたら、自分が何をあとにしようとしているかも見えたことだろう。だが私はあまりに疲れていたし、時間的にもごく単純なやりとりをする余裕しかなかった。最後のハグ、最後のキス。そしてもうヴァンがコテージの前に停まって、出ていく時間だった。鞄《かばん》を取りに私たちはコテージのなかへ戻った。そして二人一緒に外に出るときに、アルマは玄関際《げんかんぎわ》のテーブルから本を一冊つかんで私に手渡し（飛行機で読むといいわ、と彼女は言った）、それから最後の最後のハグと最後の最後のキスを交わして私は空港に向かった。道中、半分くらい行ったところでやっと、アルマからザナックスをもらい忘れたことに気がついた。

ほかの日だったらきっと、農場まで引き返してくれと運転手に言ったことだろう。実際このときもほとんど言いかけたのだが、その一言がもたらすであろうさまざまな恥に思いをめぐらした末――飛行機には乗り遅れ、自分の臆病《おくびょう》さをさらけ出し、神経症を抱えた弱虫だという現状を改めて認めることになる――ここは何とかパニックを押さえつけようと決めた。アルマと一緒に、すでに薬抜きのフライトを一回成し遂げているではないか。今度はそれを一人でもやれるかどうか試してみるのだ。何か気をそらすものが必要とあって、アルマが渡してくれた本は結果的にものすごく役に立った。六百ページ以上あって、重さも一キロ半くらいありそうな本で、空を飛んでいるあいだずっと相手になってくれた。『西部の雑草』といかにもそっけなく名づけられた、野生植物を網羅したこの本は、七人のチームによって書かれた（六人は伸張雑草研究家という肩書き、一人はワイオミング在住の植物標本室経営者）、出版元も、西部雑草学会なるいかにもそれらしい団体が、合衆国西部公有地供与大学協同普及事業支援協会と共同で出版していた。概して私は植物学には興味がない。草も木も、名が言えるのはせいぜい二、三十だ。が、九百枚のカラー写真を添え四百を超える種の生息地や特徴を几帳面《きちょうめん》に記述したこの資料に、私は数時間ずっと惹《ひ》きつけられていた。なぜあんなに夢中になったかはわからないが、もしかしたら、ついさっきまであの棘《とげ》だらけで水に飢えた草木の棲《す》む地にいたせいで、あそこをもっと見たい、まだ知り足りないという気持ちがあったのかもしれない。写真の大半は極端なクロースアップで撮られていて、背景にはからっぽの空以外何もない。時たま、周りに生えた草、土の一画、ごくまれに遠くの岩や山が写っている程度。目立つのは人の姿がまったくないことだった。人間の営みには、ごくわずかにも触れていない。ニューメキシコには何千年も前から人が住んでいるのに、この本に並んだ写真を見る限りでは、ここではこれまでまったく何も起きていないような、歴史がまるごと抹消されてしまったような印象を受けた。古代の岩窟《がんくつ》居住民ももはやなく、考古学的遺跡も、スペイン人征服者も、イエズス会司祭も、パット・ギャレットとビリー・ザ・キッドも、インディアンのプエブロ集落も、原爆製造者ももはやない。あるのは土地と、土地を覆《おお》うものたちだけ。干からびた土から生えた、茎や、柄《え》や、棘をつけた小さな花ばかり。文明はわずかばかりの雑草に還元された。それ自体、どの植物も見た目は大したことはなかったが、名前には堂々たる音楽性が備わっていた。じっくり写真を見て説明を読んだあとに（葉身は卵形から槍形……痩果《そうか》は平たく、畝《うね》や皺《しわ》が寄り、毛状の冠毛がある）、私はしばし読むのを中断してそれらの名前をいくつかノートに書きとめた。ノートには『マーティン・フロストの内なる生』の記述がまずあって、ヘクターの日記を書き写したページがそれに続く。その最終ページのすぐ裏の左ページを使って書いた。嚙《か》みごたえある、サクソン的な厚みがそれらの名前にはあって、それを自分で口に出し、感情を排した荒い響きを舌の上に感じるのは楽しかった。いまそのリストを見直してみると、ほとんど無意味な音の羅列に思える。死滅した言語——ひょっとしたらかつて火星で話された言語——に属す音のランダムな集まりにすぎなく思える。バー・チャーヴィル。スプレディング・ドグベーン。ラブリフォーム・ミルクウィード。スケルトンリーフ・バーセッジ。コモン・セージワート。ノディング・ベガースティクス。プルームレス・シスル。スクウェアローズ・ナプウィード。ヘアリー・フリーベーン。ブリスリー・ホークスビアード。カーリーカップ・ガンウィード。スポティッド・キャッツイヤー。タンジー・ラグワート。リデル・グラウンセル。ブレシド・ミルクシスル。ポヴァティ・サンプウィード。スパインレス・ホースブラシュ。スパイニー・コクルバー。ウェスタン・スティクタイト。スモールシード・フォールスフラクス。フリクスウッド・タンジーマスタード。ダイアーズ・ウォード。クラスピング・ペパーウィード。ブラダー・キャンピオン。ネトルリーフ・グースフット。ドダー。プロストレート・スパージ。トゥーグルーヴド・ミルクヴェッチ。エヴァラスティング・ピーヴァイン。シルキー・クレージーウィード。トード・ラッシュ。ヘンビット。パープル・デッドネトル。スパード・アノーダ。パニクル・ウィローウィード。ヴェルヴェティ・ゴーラ。リプガット・ブローム。メキシカン・スパングルトップ。フォール・パニカム。ラットテール・フェスキュー。シャープポイント・フルーヴリン。ダルメーシャン・トードフラクス。バイローブド・スピードウェル。セークリッド・ダトゥーラ。

戻ってみると、ヴァーモントは違って見えた。離れていたのは二晩三日だけなのに、留守にしていたあいだに何もかもが小さくなっていた。すべてが内に向かって閉じ、暗く、じっとり湿っていた。私の家の周りの林の緑も不自然に感じられ、褐色と茶色の砂漠と較《くら》べるとありえないほど生命にあふれていた。空気は水分に満ち、足の下の地面は柔らかく、どこを向いても植物が狂おしく繁殖し、腐朽の驚くべき実例が目についた。水を含みすぎた小枝や樹皮の断片が山道の上で朽ちかけ、木の幹には菌類が梯子《はしご》状に連なり、家の壁には白カビのしみが浮かんでいた。しばらくすると、自分がそれらをアルマの目で見ていることに私は思いあたった。彼女が移ってくる日に備えて、新たな明晰《めいせき》さとともにすべてを見ようとしていたのだ。ボストンへの飛行は思っていたよりずっと楽だった。飛行機から降りるときには、何か重要なことを成し遂げた気がした。大枠から見れば取るに足らないことだろうが、小さな枠のなか、個人的な戦いが勝利し敗北する微小な場にあっては瞠目《どうもく》すべき戦勝と言ってよかった。この三年間、これほど自分が強いと思えたことはなかった。これでほとんど一人前だ、と私は胸のうちで言った。これでほとんど、もう一度人間になる準備が整ったのだ。

その後数日、私はなるべく忙しくするよう努め、いくつもの仕事を同時に進めていった。シャトーブリアンの翻訳に取り組み、事故で壊れたトラックを車体工場へ持っていき、家じゅうを徹底的に掃除した（床を磨き、家具にワックスをかけ、本の埃《ほこり》を払った）。建物そのものの醜さは隠しようがないとわかっていたが、少なくとも一部屋一部屋をできるだけ見苦しくなくして、いままでにはなかった艶を帯びさせることはできる。

ひとつだけ困難だったのは、予備寝室に置いた一連の箱をどうするかだった。私はこの部屋をアルマの書斎にするつもりだった。本を書き上げる場所、独りになれる場所が彼女には必要であり、空いているのはここだけだったのだ。だが家全体の収納スペースはそれほど広くなく、屋根裏部屋もガレージもないので、唯一《ゆいいつ》思いつくのは地下室だった。この案の難点は、床が土であることだった。雨が降るたびに地下室には水がたまる。ダンボール箱など置いたら、間違いなくびしょびしょになってしまう。そういった惨事を避けるため、ブロックを九十六個と、大きなベニヤを八枚買って、ブロックを三段ずつ積んで、いままで来た最悪の洪水でも濡《ぬ》れない高さに壇を作った。さらに、念のため湿気対策として、箱一つひとつを厚手のビニール製ゴミ袋でくるんで、開口部はテープで封をした。これで万全だったはずだが、それでも、箱を地下まで運んでいく気になるにはさらに二日かかった。私の家族を偲《しの》ばせるものすべてが、それらの箱に入っているのだ。ヘレンのワンピースやスカート。彼女のヘアブラシやストッキング。毛皮のフードがついた彼女の大きな冬物コート。トッドの野球グラブや漫画本。マーコのジグソーパズルやプラスチックの人形。鏡にひびが入った金色のコンパクト。ぬいぐるみの熊《くま》フーティ・トゥーティ。ウォルター・モンデールの選挙運動バッジ。もうそうした物たちに用はなくても、どうしても捨てる気になれなかった。慈善団体に寄付することすら考えなかった。ヘレンの服をほかの女性に着てほしくなかったし、息子たちのレッドソックスの帽子がほかの男の子の頭に載るのも嫌だった。それらを地下室に運んでいくのは、終わりのはじまりではなかったのだ。土のなかに埋めるようなものだった。すべての終わりではないかもしれないが、終わりのはじまりではある。忘却へ至る道のりの最初の道標ではある。それを実行するのは辛《つら》かった——といっても、ボストン行きの飛行機に乗ったときの辛さに較べれば大したことはなかった。予備寝室を空にしたあと、私はブラトルバロに行ってアルマのための家具を選んだ。マホガニーの机と、座席の下のボタンを押すと前後に揺れる革張りの椅子《いす》、オークのファイルキャビネット、粋《いき》な多色柄の小型絨毯《じゅうたん》。どれも店で一番の高級品、ハイエンドのオフィス家具だった。全部で三千ドルを超えたが、現金で払った。

私はアルマがいなくて寂しかった。私たちの計画はおそろしく性急に立てたものだったが、私には何の迷いもなかったし、考え直したりもしなかった。何も見ない幸福に包まれて私は仕事に励み、彼女が東部に来られる日の訪れを待った。寂しい気持ちがあまりに募ってくるたびに、冷蔵庫を開けて銃を見た。銃はアルマがすでにここへ来たことがある証《あか》しであり、一度来たことがあるなら、もう来ないと信じる理由はない。はじめは、銃に弾が入っているという事実について特に何も考えなかったが、二、三日するとだんだん気になってきた。それまでは触ってもいなかったが、ある日の午後、用心にと思って、冷蔵庫から取り出して林に持っていき、六発とも地面に撃ち込んだ。爆竹を立てつづけに鳴らしたような、紙袋を破裂させたような音がした。家に戻ると、銃をベッドサイドテーブルの一番上の引出しにしまった。これでもうこの銃は人を殺すこともできなくなったが、だからといって、その力が、その危険さが、失われたわけではない。銃はひとつの思いの力を具現しているのであり、それを見るたび、その思いにもう一歩で自分が命を奪われるところだったことを私は思い出した。

アルマのコテージの電話は気まぐれで、かけてもかならずつながるとは限らなかった。配線が悪いのよ、どこか接触に問題があるのね、とアルマは言った。こっちが番号をダイヤルし、カチカチとクリック音が聞こえたあとに呼び出し音が鳴りはじめても、向こうの電話機のベルが鳴っている保証はなかった。だが、アルマの方からかける分にはおおむね安定していた。ヴァーモントに帰った日、こっちから何度も試みたもののいっこうに成果はなく、十一時になってやっと（つまり山地標準時の九時）アルマがかけてきたとき、今後もこのやり方で行こうと私たちは決めた。つまり、かけるのは私でなく彼女。話し終えるたび、次の電話の時間を決めることで我々は締めくくり、その後は三晩続けて、手品のトリックのようにうまく行った。たとえば、七時、と二人で決めたら、私は七時十分前に台所に陣取り、テキーラをストレートで注いで（私たちは長距離をはさんでもなお一緒にテキーラを飲みつづけたのだ）、七時きっかり、壁掛け時計の秒針が0にたどり着くまさにその瞬間、電話が鳴るのだ。こうした電話の正確さに、私は依存するようになった。アルマが時間をきっちり守ってくれるのは、信頼のしるしだ。二人の人間が、世界の二つの違った場所にいるにもかかわらず、ほとんどすべてのことについて心をひとつにできるという信条表明なのだ。

ところが、このやり方をはじめて四日目の晩（私がティエラ・デル・スエーニョを発《た》って五日目の晩）、電話はかかってこなかった。配線のトラブルでかけようにもかからないのだろうと思ったから、私もすぐには行動に出なかった。持ち場を離れずに、ベルが鳴るのを辛抱強く待ったが、さらに二十分、三十分と沈黙が続くと、さすがに心配になってきた。もし電話が故障しているなら、なぜかけてこないかを説明するファクスを送ってくるはずだ。ファクスは別回線であり、そっちの番号ではトラブルは一度も起きていない。意味はないとわかっていても、私は受話器を取り上げ、こっちからかけてみたが、案の定つながらなかった。それから、何かフリーダ相手の用事で手が放せなくなったのかもと思って、母屋《おもや》の番号にかけてみたが、結果は同じだった。番号を間違えていたらいけないと思って念のためもう一度かけてみたが、やはり誰も出ない。最後の手段として、ファクスで短いメッセージを送った。どこにいるんだ、アルマ？　何かあったのかい？　心配しています。電話が故障なら手紙（ファクス）ください。愛しているよ　デイヴィッド。

私の家には電話機が一台しかなく、それは台所にあった。二階の寝室に上がってしまうと、夜遅くアルマがかけてきたら聞こえないかもしれないと心配だった。あるいは、聞こえても、降りていくのに時間がかかって間に合わないかもしれない。何をしていたらいいのか、途方に暮れてしまった。台所で何時間か、何かが起きてくれればと待ったが、午前一時を過ぎたところでついに居間へ移って、ソファの上に横になった。二人で初めて一緒に過ごした夜、アルマのために間に合わせの寝床に仕立てた、スプリングもクッションもでこぼこになった年代物である。病的な思いにふけるにはもってこいの場所だ。そして私は夜明けまでそれを続けた。自動車事故、火事、医療上の緊急事、階段からの致死的転落等々を想像して自分を苦しめた。どこかの時点で鳥たちが目を覚まし、木々の梢《こずえ》で歌い出した。それから間もなく、私は知らないうちに眠りに落ちた。

私としては、まさかフリーダが、私に為《な》した仕打ちをアルマに対しても為すとは思っていなかった。ヘクターは私が農場にとどまって彼の作品を見ることを望み、彼が死ぬとフリーダがそれを阻止した。そしてヘクターはアルマが彼の伝記を書くことを望んだ。彼が死んだいま、フリーダが今度は、本の出版阻止に乗り出すはずだと、なぜ私は思いつかなかったのか？　状況はほとんど同じである。なのに私にはその相似が見えず、両者の共通性にまったく気がつかなかったのだ。たぶん数字があまりにかけ離れていたせいだろう。映画の方は全部見ても四、五日で済んだはずだが、アルマは本に七年近く取り組んできた。誰かが七年かけた仕事をズタズタにしてしまうほど人が残酷になりうるとは、私には思いもよらなかった。そういう思いを抱く勇気が、私にはまったく欠けていたのだ。

展開を予想できていたら、私はアルマを農場に一人残していきはしなかっただろう。原稿をまとめるよう彼女に強いて、ヴァンに押し込み、あの最後の朝、空港まで一緒に連れていっただろう。かりにそのときは行動に出なかったとしても、とにかく手遅れにならないうちに何か手を打てたかもしれない。ヴァーモントに戻ってから彼女とは電話で四回話していたのだし、そのたびにフリーダの名前は出てきていたのだ。でも私は、フリーダのことを話したくなかった。それはもう私にとっては終わった話だった。未来について話すことしか私には興味がなかった。家のこと、彼女のために準備している部屋のこと、注文した家具のことを、私はアルマに向かってべらべら喋《しゃべ》りつづけた。私は彼女に質問すべきだったのであり、フリーダの様子を詳しく問いつめるべきだったのだ。だがアルマも、私がそういう呑気《のんき》な話をするのを聞くのを楽しんでいるように思えた。彼女自身、引越しの準備に入っていて、服をダンボール箱に詰め、何を持っていって何を残していくかを決めたり、自分の蔵書のどれとどれが私の書斎にある本と重複しているかを訊《たず》ねたりしている段階だった。よもやトラブルが起きるとは、彼女だって思っていなかったのだ。

私が空港に向けて発った三時間後に、アルマとフリーダは骨壺《こつつぼ》を受けとりにアルバカーキの葬儀屋に出かけた。そしてその日の午後、菜園の風のない一角で、バラの茂みやチューリップの花壇のなかに二人でヘクターの灰を撒《ま》いた。それはタディが蜂《はち》に刺されたのと同じ場所であり、儀式の最中ずっとフリーダはひどく取り乱していた。一、二分はこらえていても、やがてまた声なき涙の発作に襲われた。その夜電話で話したとき、フリーダがあんなにもろく見えたのは初めてだとアルマは言った。崩壊にあそこまで近づいたのは見たことがない、と。だが翌朝早くに母屋へ行ってみると、フリーダはもう起きていた。ヘクターの書斎の床に座り込んで、書類、写真、絵の山を自分の周りに円環状に並べて一つひとつ吟味していた。次は脚本だとフリーダは言った。それが済んだら、映画の製作にかかわるほかのすべての資料を――ストーリーボード、衣裳《いしょう》スケッチ、セットデザインの青写真、照明の配置図、俳優への指示――系統的に見ていくつもりだと彼女は言った。何もかも燃やさないといけない、どんな小さな資料も残してはならないとフリーダは言った。

というわけで、私が農場を去った翌日にしてすでに、破壊の範囲は拡張され、ヘクターの意志に関してこれまでより広い解釈を許容するようになっていたのだ。もはや映画だけではない。それらの映画がかつて存在したことを示しうる、すべての証拠を破壊するのだ。

その日もその翌日も火が焚《た》かれたが、アルマはそれに加わらず、手伝いはファンとコンチータに任せて自分の仕事を進めた。三日目、防音スタジオの奥の部屋から背景画が引きずり出され、燃やされた。小道具が燃やされ、衣裳が燃やされ、ヘクターの日記が燃やされた。アルマの家で私が読んだノートすら燃やされたのに、それでもまだ私たちは、事態がどこへ向かっているか摑《つか》めなかったのだ。ノートが書かれたのは一九三〇年初め、ヘクターが映画作りに戻るずっと前のことである。それに唯一価値があるとすれば、アルマによる伝記のための情報としてでしかない。情報源を燃やしてしまえば、万一やがて本が出版されても、語られている物語の信頼性はなくせるというわけだ。それを私たちは理解してしかるべきだったが、その夜電話で話したとき、アルマはこの件に、ついでのように触れただけだった。その日の大きなニュースはヘクターの無声映画に関するものだった。もちろんそれらの映画はすでにコピーが流通しているわけだが、もし農場で発見されたらヘクター・スペリングとヘクター・マンとのつながりを誰かが見出《みいだ》してしまうかもしれないとフリーダは心配し、そこでこれも燃やすことに決めたのである。嫌な仕事だけれど徹底的にやるしかないのよ、とフリーダが言ったことをアルマは私に伝えた。ごく一部分でもやり残したら、ほかの部分もすべて無意味になってしまうというのだ。

私たちは次の夜の九時に(彼女の時間で七時)また話す約束をした。アルマは午後のほぼ半日ソロッコに出かけている予定だった。スーパーで買物をして、個人的な用事をあれこれ片付け、車でティエラ・デル・スエーニョに戻るのに一時間半かかるとしても、六時にはコテージに戻れるだろうと我々は踏んだ。電話がかかってこなかったとき、私の想像力はただちに空白を埋めはじめた。午前一時にソファに横になったころには、アルマが家に帰りつかなかったものと、何か恐ろしいことが彼女の身に起きたものと私は確信した。

結果的に、私の確信は正しくもあり、間違ってもいた。帰りつかなかったという点は間違っていて、その他はすべて正しかった——私が想像したような形ではおよそなかったが。アルマの車は六時を何分か回ったところでコテージの前にたどり着いた。鍵《かぎ》をかける習慣はなかったから、玄関のドアが開いているのを見てもべつに動じなかったが、煙突から煙が出ているのは奇怪に思えた。まるっきり訳がわからない。七月なかばの暑い日に、かりにフアンとコンチータが洗濯物を届けにきたかゴミを出しにきたかしたとしても、いったいなぜ暖炉に火を点《つ》ける必要があるのか？　アルマは車の後部席に買物を残したまま家のなかに直行した。入っていくと、居間の暖炉の前にしゃがみ込んだフリーダが、紙をくしゃくしゃに丸めては火のなかに放り込んでいた。そのしぐさ一つひとつが、『マーティン・フロスト』の結末の、ノーバート・スタインハウスが何とかアルマの母親を生き返らせようと自分の小説の原稿を燃やすシーンそのままだった。紙の灰の断片が暖炉から部屋に漂い出て、傷ついた黒い蝶《ちょう》のようにフリーダの周りを舞っていた。羽根の縁が一瞬オレンジ色に輝いて、それから白っぽい灰色と化す。一心不乱、すっかり作業に没頭していたフリーダは、アルマが玄関から中に入ってきても顔を上げさえしなかった。まだ燃やしていない紙が膝《ひざ》の上に載っていて、8インチ半×11インチの小さな山は二十枚か三十枚か、ひょっとすると四十枚くらいありそうだった。もしこれが残っているすべてだとすれば、残り六百ページはすでに消滅したということだ。

アルマ自身の言葉によれば、私は逆上し、悪意に満ちた非難をフリーダに投げつけ、我を忘れて叫びと悲鳴を発しつづけました。居間を飛ぶように横切っていって、フリーダが身を護《まも》ろうとして立ち上がると、アルマは彼女を脇《わき》へつき飛ばした。覚えているのはそれだけだとアルマは言った。一回だけ、乱暴につき飛ばしたあとはもう、フリーダを置いてコンピュータがある奥の書斎へ駆けていった。燃やされた原稿はプリントアウトにすぎない。本はコンピュータのなかにあるのだ。ハードディスクにフリーダがまだ手を出していなくて、バックアップのフロッピーもまだ見つけていなければ、何も失われてはいない。

一瞬の希望、つかのまの楽天の波とともに部屋の敷居を越える。そして、希望は消えた。書斎に駆け込んだアルマの目に真っ先に飛び込んできたのは、コンピュータがあった場所に広がるからっぽの空間だった。机の上には何もなかった。モニター、キーボード、プリンタ、ラベルを貼《は》ったフロッピー二十一枚を入れた青いプラスチックの箱、資料ファイル五十三冊、すべてなくなっていた。フリーダが何もかも運び出してしまっていた。きっとファンも手伝ったにちがいない。アルマの読みが正しければ、もう何をするにも手遅れだ。コンピュータは叩《たた》きつぶされ、ディスクはずたずたに切り裂かれるだろう。まだそうなっていないとしても、いったいどこから探しはじめればいい？　農場は四百エーカー以上ある。どこか一か所を選んで、穴を掘るだけで、伝記は永久に失われるのだ。

書斎にどれくらいとどまっていたか、自分でもよくわからなかった。数分だろうと思うが、もっと長かったかもしれない。ひょっとしたら十五分くらいいたかもしれない。机に向かって座り、両手で顔を覆《おお》ったことを彼女は覚えていた。泣きたかったと彼女は言った。何ものにも邪魔されずに金切り声を上げてわあわあ泣きたかったのに、まだあまりにショックが強くて泣くこともできなかった。だから何もせずにただ座って、手のすきまごしに自分が息をする音を聴いていた。ある時点で、家のなかがひどく静かになったことに彼女は気がついた。きっとフリーダが立ち去ったのだろう。あっさり外へ出て母屋に帰ったのだろうか。それでいいんだとアルマは思った。いくら言い争おうが理を説こうが、起きたことを元どおりにできはしない。そもそもう、フリーダとは口もききたくなかった。本当にそうだろうか？　そう、本当にそうだ、ときっぱり思った。だとすれば、もうここを出る時が来たのだ。荷物を鞄《かばん》に詰めて、車に乗り込み、どこか空港付近のモーテルへ行く。そして朝一番のボストン行きに乗るのだ。

こうしてアルマは机を離れて書斎から出ていった。まだ七時にはなっていなかったが、彼女にはもう私という人間が十分わかっていたから、私が家にいるにちがいないと確信した。きっとすでに台所の電話のそばをうろうろして、テキーラを注いで彼女からの電話を待っている。彼女も約束の時間まで待つつもりはなかった。何年分もの人生が盗まれ、世界は彼女のなかでいまにも破裂しつつあった。いますぐ私と話さずにはいられなかった。涙が出てきて、言葉が出せなくなってしまう前に誰かと話をはじめたかった。電話は書斎を行った先の寝室にある。廊下に出て、右へ曲がるだけで、十秒後にはもうベッドに腰掛けて私の番号をダイヤルしていたことだろう。ところが、書斎の敷居まで来たところで、彼女は一瞬ためらい、代わりに左へ曲がった。さっき居間じゅうに火の粉が飛んでいたので、私との長い会話に入る前にちゃんと火が消えていることを確かめておこうと思ったのだ。まっとうな選択と言うほかない。そのような状況下にあっては当然の行動である。かくして彼女は家の反対側に寄り道し、次の瞬間、その夜の物語はまったく別の物語に変わった。その夜は別の夜に変わった。そのことが、私にとっては何よりおぞましい。起きたことを妨げられなかったというだけでなく、もしアルマが先に私に電話していたならあんなことも起きなかったかもしれないと思えてしまうことが。居間の床でフリーダが死んでいるという事実はむろん変わりなかっただろうが、アルマの反応はすっかり違ったものになっていたはずであり、彼女が死体を発見したあとの事態もまったく違った展開になっていたはずだ。私と話すことで、アルマはもう少し元気に、より正気になって、ショックを吸収する態勢ももう少し整っていたことだろう。たとえば、フリーダの横を抜けて書斎へ飛んで行ったときに彼女の胸を手のひらで突いたことを私に話していたなら、想定しうる結果を、私があらかじめ警告してやれたかもしれない。バランスを失ってうしろにひっくり返ったりすることもあるからね、と私は彼女に言ってやれただろう。うしろに倒れて、固い物に頭をぶつけたりすることもあるから、と。居間へ行って確かめてごらんよ、フリーダがまだいるかどうか見てきてごらん。そしてアルマは電話を切らないまま居間へ行っただろう。そして私は、死体を発見した直後にまた彼女と話すことができただろう。彼女を落着かせて、はっきり考えられるよう導いてやり、あんな恐ろしい行為に走ろうとしていたその勢いを食い止め、考え直すよう説得することができただろう。だがアルマは戸口に立ってためらい、右ではなく左に曲がって、床の上に転がっているフリーダの死体に出くわし、私に電話することも忘れてしまったのだ。いや、忘れたとは思わない、忘れたなどと言うつもりはない。思いつきがすでに頭のなかで形をなしはじめていて、受話器を手に取る気になれなかったのだ。代わりに彼女は台所へ行き、テキーラの壜《びん》を前に置いて、ボールペンを手にして食卓に座り、一晩かけて私に手紙を書いたのである。

ファクスが届きはじめたとき、私はソファの上で眠っていた。ヴァーモントは朝の六時だったが、ニューメキシコではまだ夜だ。三度目か四度目の着信音で私は目を覚ました。疲れはてて、昏睡《こんすい》状態のような眠りに沈み込んでからまだ一時間も経《た》っていなかったから、一、二度目ではまだ目が覚めず、そのとき見ていた夢の中身が変わっただけだった。それは目覚まし時計と、〆切と、起きて「愛のメタファー」と題した講義を行なわねばならないことをめぐる悪夢だった。私はふだん夢の中身を覚えていることはあまりないが、この夢は覚えているし、目を開けたあとに生じたこともすべて覚えている。私は身を起こし、音が寝室の目覚まし時計から発しているのではないこともいまや理解していた。台所で電話が鳴っているのだ。が、立ち上がってよたよたと居間を通り抜けたころには、ベルはもう止《や》んでいた。機械がカチッと、ファクス受信開始を告げて鳴るのが聞こえ、やっと私が台所にたどり着いたときにはもう、手紙のはじめの方がカールして出てきていた。一九八八年にはまだ普通紙ファクスは存在しなかった。薄っぺらい羊皮紙のような、コーティングを施した紙が巻物状になっていて、手紙を受けとるとそれは、はるか古代から送られてきた文書のように思えた。ユダヤ教のトーラーの断片、あるいはエトルリアの戦場からもたらされた伝言。アルマは八時間以上を費やしてその手紙を書いた。何度も中断してはペンを手にとり、また書きはじめた。夜が更《ふ》けるにつれて酔いもだんだん深まっていき、ようやく書き上がった手紙は二十ページを超えていた。私はそれをはじめから終わりまで、立ったまま、機械から少しずつ出てくるロール紙を引っぱるようにして読んだ。はじめの部分には、私がいま要約した出来事が綴《つづ》ってあった。伝記が燃やされ、コンピュータが消滅し、居間でフリーダの死体を発見したこと。そして最後の部分は、こう結ばれていた——

私にはどうしようもありません。こんなものを負って生きられるほど私は強くないのです。両腕でそれを抱え込もうとするのですが、私には大きすぎて、重すぎて、床から持ち上げることさえできないのです。

だから今夜はあなたに電話しないのです。事故だったんだよ、君のせいじゃない、とあなたは言ってくれて、私はその言葉を信じはじめるでしょう。あなたの言葉を信じたいと思うでしょう。でも私は彼女の体を強く押したのです。八十歳の女性を押していい限度をはるかに超えた強さで押して、彼女を殺したのです。彼女が私にどんな仕打ちをしたかは問題じゃありません。かりにいまはあなたが納得させてくれたとしても、それが結局私たちを駄目にするだけでしょう。これを避けて通る道はないのです。自分を止めるには、真実を捨てる以外に道はありません。そして、ひとたびそうしてしまったら、私のなかの善なるものが残らず死んでいくでしょう。だから私はいま行動するしかないのです、まだ勇気が残っているうちに。アルコールがあって本当によかった。かつてロンドンの広告板にもあったとおり、ギネスを飲めば力がつきます。テキーラは勇気を与えてくれます。

人はどこかからはじめて、そこからどれだけ遠くまで来たと思っても、結局みんなそこへ戻ってきます。あなたに救い出してもらえる、自分をあなたとつなげることができる、そう私は思いましたが、私はずっと彼らとつながっていたのです。夢を与えてくれてありがとう、デイヴィッド。醜いアルマが恋人を見つけて、自分は綺麗《きれい》なんだって思わせてもらった。私相手にそれだけできるんだから、顔がひとつしかない女の子相手だったらあなたにどれだけのことができるでしょう。

これでよかったんだと思ってください。私が本当は何者なのか、あなたが知る前に終わりが来てよかったんです。あの最初の晩、私、銃を持ってあなたの家に行きましたよね？　それがどういう意味なのか忘れてはいけません。そんなことをするのは壊れた人間だけです。壊れた人間は信用できません。彼らは他人の人生に忍び込み、自分に関係ないことについて本を書き、薬を買うのです。薬があって本当によかった。このあいだあなたが薬を置いていったのは本当に偶然でしょうか？　あなたがここにいたあいだずっと、それは私のハンドバッグに入っていました。あなたに渡さなくちゃと何度も思ったのに、そのたびに忘れてしまったのです、あなたがヴァンに乗り込むまでずっと。私を責めないでください。結局私の方があなたよりもっとこれを必要としていたのですから。私の二十五個の、小さな紫色の友人たち。最強のザナックス、とぎれなき一晩の眠りをお約束します。

許して。許して。許して。許して。許して。

そのあと私は電話をかけたが、彼女は出なかった。今回はつながったのに――向こう側で呼び出し音が鳴っているのが聞こえた――アルマが受話器を取り上げなかったのだ。四十回、五十回くらいねばって、その雑音で彼女の集中が切れれば、薬以外のことに彼女の考えをそらせればと私は執拗《しつよう》に願いつづけた。あと五回鳴らしたら違っていただろうか？　あと十回鳴らしていたら、実行を妨げられただろうか？　結局私は電話を切ることにし、紙を出してきてこっちからもファクスを送った。頼むから僕と話してくれ、と私は書いた。お願いだアルマ、受話器をとって僕と話してくれ。その直後にまた電話をかけたが、今回は六回か七回鳴ったところで接続が切れた。はじめはわからなかったが、やがて私は理解した。彼女が壁から線を引き抜いたのだ。

9

私はその週の後半、ティエラ・デル・スエーニョから四十キロ北にあるカトリック系の墓地に眠っている彼女の両親の隣にアルマを埋葬した。親戚《しんせき》がいるといったようなことはアルマから何も聞いていなかったし、グルンド姓の人物もモリソン姓の人物も遺体を引きとりに現われなかったから、葬儀の費用も私が負担した。為《な》すべき陰鬱《いんうつ》な決断がいくつもあった。防腐処置と火葬それぞれの利点、さまざまな木の素材の耐久性、棺《ひつぎ》の価格、等々をめぐるグロテスクな選択。埋葬を選んだことで、今度は服、口紅の色、マニキュア、髪型などに関する選択肢が生じた。そんなことをどうやってなしとげたのか自分でもわからないが、たぶん誰もがそうするように、半分そこにいて半分そこにいない状態、半分心の外に出ているような有様で切り抜けたのだろう。覚えているのは、火葬という案を却下したことだけだ。もう火はたくさん、灰はたくさんだ、そう私は言った。遺体はすでに検屍《けんし》のために切り刻まれていたが、燃やされるのは御免だと思った。アルマが自殺した夜、私はヴァーモントの家から保安官事務所に電話をかけた。ヴィクター・グズマンという名の副保安官が現場を見に送り出されたが、午前六時前に着いたにもかかわらずフアンとコンチータはすでに姿を消していた。アルマとフリーダは二人とも死に、私に送られたファクスの手紙はまだ機械に入っていたが、小さい人たち二人はいなくなっていた。五日後に私がニューメキシコを去ったときも、グズマンら副保安官たちはまだ彼らを探していた。

フリーダの遺体は、彼女の弁護士によって遺書の指示どおりに処理された。ブルーストーン農場の木陰で——母屋《おもや》のすぐうしろ、ヘクターが育てたヤナギとポプラのささやかな林で——葬儀は行なわれたが、私は列席しなかった。いまではフリーダを憎む思いはあまりに強くなっていて、そんな式に出ると思うだけで胸が悪くなった。弁護士にも会わなかったが、グズマンが私のことを彼に話したため、向こうからモーテルに電話をかけてきて葬儀に出ませんかと誘ってきたが、忙しいので、とあっさり断った。それでも相手は何分か、ミセス・スペリングもお気の毒に、アルマも気の毒に、いやあ本当に悲惨な事件でしたねえ、などと並べ立て、それから、ほとんど間《ま》も置かずに、ここだけの話ですがと言ってから、あそこの土地は九百万ドル以上の値がついてるんですよと私に告げた。遺言書の検認が済み次第農場は売りに出されます、売り上げはミセス・スペリング所有の株券の売却から得られた金額とともにニューヨーク市の非営利団体に贈られるんです、と弁護士は言った。どの非営利団体ですかと訊《き》くと、ニューヨーク近代美術館です、と答えが返ってきた。九百万ドルそっくり、古い映画を保存するための匿名《とくめい》の基金に入れられるんです。ずいぶん不思議な話だと思いませんか？　と弁護士は言った。いいえ、不思議じゃありませんよ、と私は言った。残酷で、おぞましい話ではあるかもしれないけど、不思議じゃない。悪趣味なジョークが好きな人だったら、これ一本で何年も笑っていられますよ。

あともう一度だけ農場に戻りたかった。だが、ゲートの前で車を停めると、そこを通過する気力が私には出なかった。アルマの写真が見つかれば、コテージから何か形見の品を持ち帰れれば、と考えていたのだが、ゲートには警察によって黄色いテープで犯罪現場用のバリアが作ってあって、突然気が萎《な》えてしまった。見張りの警官も立っていなかったから、バリアを抜けて敷地内に入るのは訳なかっただろう。でも私にはできなかった。無理だ、と思った。それで車を回れ右し、そのまま走り去った。そしてアルバカーキでの最後の数時間を、アルマの墓石の注文に費やした。はじめは墓碑銘も最低限のものにとどめようと思った。アルマ・グルンド　一九五〇―一九八八。ところが、契約書にサインして石屋に金を払ったあと、私はもう一度店に戻り、気が変わったと相手に告げた。もう一言足してもらいたい、と私は言った。アルマ・グルンド　著述家　一九五〇—一九八八。人生最後の夜に私に送ってくれた二十ページの書き置き以外、私は彼女が書いた言葉を一言も読んだことがなかった。だがアルマは一冊の本ゆえに死んだのであり、その本の著者として記憶されるのが義というものではないか。

私は帰途についた。ボストンに戻る便では何も起きなかった。中西部上空で機は乱気流に入ったが、私はチキンを食べてワインを一杯飲み、窓から外を見た——が、何も起こらなかった。白い雲、銀の翼、青い空。それだけだった。

家に入っていくと、リカーキャビネットは空っぽで、いまさら酒を買いに行くには時間が遅すぎた。そのせいで助かったのかどうかはわからないが、とにかく、出かける直前の夜にテキーラを飲み終えてしまったことを私は忘れていた。人けのとだえたウェストT——の町から五十キロ以内、酔いつぶれることができる見込みはまったくない。ここはしらふのまま寝床に入るしかなかった。朝になると、コーヒーを二杯飲んで仕事に戻った。心づもりとしては、バラバラに崩れてしまおう、前と同じように悲しみと酔いのなかに溺《おぼ》れてしまおうという気でいたのだが、ヴァーモントの夏の朝の光のなか、私のうちにある何かが、自分を破壊へと追いやろうという欲求に抗《あらが》っていた。折しもシャトーブリアンはナポレオンの生涯をめぐる長い省察の終わりに至りつつあった。私は回想録第二十四巻の彼に仲間入りし、退位を余儀なくされた皇帝とともにセントヘレナ島に立った。追放生活はすでに六年に及んでいた。かつてはそれより短い時間でヨーロッパを征服したというのに。いまではもう滅多に家から出ず、チェザロッティによるイタリア語訳で日々オシアンを読んでいた。(……)出かけるとボナパルトは、アロエや、香りのよいエニシダに縁どられた荒れた小径《こみち》を歩き(……)あるいは大地にそって転がるように流れる厚い雲に身を隠した。(……)歴史のこの時点にあって、すべては一日にして萎《しぼ》む。長生きしすぎる者は生きたまま死ぬ。人生を通り抜けていくなかで、我々は三つか四つ、それぞれ違った自分の像を残していく。我々はそれらを、過去の霧を通して、おのおの年齢の異なる肖像画のように眺めるのだ。

仕事を続けられるだけの力が私にはある、と自分をうまくだませたのか、それとも単に感覚が麻痺《まひ》してしまっただけなのか、自分でもよくわからなかった。夏の残りのあいだ、私は別の次元で生きているような気でいた。身の周りの物たちに対して覚醒《かくせい》していると同時に、あたかも体が透明なガーゼでくるまれているかのようにそれらから隔てられていた。私は長時間シャトーブリアンに取り組み、朝は早く起きて夜は遅く寝床に入り、何週間か続けていくなかで筆は着実に進んで、そのうちにプレイヤード版一日三ページというノルマも四ページに増やした。それは進歩に見えたし、進歩に感じられたが、この時期にはまた、ふっと奇妙に注意力が途切れる瞬間に見舞われもした。机から離れるたびに、放心の発作に襲われるような気がした。三か月続けて電話代を払い忘れ、郵便で届く警告の通知をいっさい無視し、ある日回線を外しに電話局の人間が現われるまで放っておいた。二週間後、ブラトルバロへ買物に出かけて郵便局と銀行に寄った際、財布を手紙の束だと思ってポストに放り込んだ。こうした出来事に自分でもとまどいはしたが、一度たりとも、なぜそうしたことが起きているのかじっくり考えてはみなかった。その問いについて考えるとすれば、両膝《りょうひざ》をついて絨毯《じゅうたん》の下のはね上げ戸を開くことになっただろう。その場所の闇《やみ》に眼を向けることは、まだ私にはできなかった。たいていの夜、仕事を切り上げて夕食を終えたあとは、台所で遅くまで、『マーティン・フロストの内なる生』を見たときに取ったメモを書き写した。

私がアルマを知っていたのは八日間だけだった。そのうち五日は離れて過ごし、残り三日間で一緒にいた時間を計算してみると、合計で五十四時間になった。そのうち十八時間は眠りに失われた。さらに七時間は何らかの別離に浪費された(私が一人でコテージにいた六時間、ヘクターと過ごした五分か十分、映画を見るのに費やした四十一分)。すると残りの、実際に彼女を見たり彼女に触れたりできて彼女の存在の輪で自分を包みえたのはわずか二十九時間にすぎない。我々は五回愛しあった。六度の食事を共にした。私は一度彼女の体を洗ってやった。アルマは私の人生に入ってきたと思ったら、またあっという間に出ていってしまった。時には自分が彼女を想像しただけではないのかという気がした。彼女の死と向きあうにあたって何より辛《つら》いのもそのことだった。記憶すべき事柄が乏しいせいで、私は同じことを何度も何度もふり返り、何度も同じ数字を足し算し、同じ貧しい合計にたどり着いた。車二台、ジェット機一機、テキーラ六杯。三度の夜、三つの家の三つのベッド。電話の会話四回。どうしようもなく頭が混乱した私は、自分を生かしておくこと以外、彼女を悼《いた》む方法が思いつかなかった。何か月か経《た》って、翻訳を終えてヴァーモントを去ると、まさにこれがアルマのしてくれたことなのだと私は思い知った。わずか八日で、彼女は私を死者の世界から連れ戻してくれたのだ。

その後私の身に起きたことは重要ではない。これはさまざまな断片から成る書物であり、いくつもの悲しみと、なかば思い出された夢の集積だ。その物語を語るためには、物語自体の出来事に話を限らねばならない。現在の私はボストンとワシントンDCのあいだの大都市に住んでいて、この本が『ヘクター・マンの音なき世界』以来初めて試みた著作だとだけ言っておこう。一時期は教職に戻ったが、その後もっと満足の行く仕事が見つかり、教師業とはすっかり縁を切った。もうひとつ言い添えておけば（どうでもいいと思う人も多いだろうが）私はもはや一人で暮らしてはいない。

ニューメキシコから戻ってきて十一年になるが、その間ずっと、あそこで自分に起きたことを誰にも語りはしなかった。アルマについても、ヘクターとフリーダについても、ブルーストーン農場についても、まったく何も言っていない。かりにそれを語ろうとしたところで、そんな話を誰が信じただろう？　自分の陳述を裏づける証拠も事実も私にはない。ヘクターの映画は焼かれ、アルマによる伝記も焼かれ、人に見せることができるものといえば、私の情けないメモの集積のみ、砂漠で書きとめたわが三部作のみだ──『マーティン・フロスト』の詳述、ヘクターの日記の抜粋、何ものともまったく関係ない大気圏外植物の目録。黙っている方がいい、ヘクター・マンの謎《なぞ》は謎のままにしておくのがいい、そう私は決めた。彼の作品を論じた文章がほかにも現われてきていたし、一九九二年に無声映画の作品群がビデオ化されると(箱入り三本セット)、白いスーツの男は少しずつ信奉者を得ていった。むろんそれはささやかなカムバックでしかない。巨大エンターテインメント産業、十億ドルのマーケティング予算から成る世界にあってはごくごくささやかな出来事でしかない。それでもやはり、喜ばしい出来事であることに変わりはない。ヘクターをこのジャンルにおけるマイナーな大家と評したり、無声スラップスティック最後の巨匠と呼んでいる文章(『サイト・アンド・サウンド』のスタンリー・ヴォーベル)などに行きあたるたび、私としても嬉《うれ》しく思ったものである。おそらくもうそれで十分だったのだ。一九九四年にファンクラブが設立されると、私は名誉会員にならないかと誘われた。ヘクターの作品を扱った最初の、かついまだ唯一《ゆいいつ》の研究書の著者として、人々は私を新しい流れの先駆者と見たのであり、私からの祝福を求めたのである。最新の情報によれば、ヘクターマニア世界友愛会は正規会員三百人を超え、会員の居住地もスウェーデン、日本といった遠隔地にまで広がっている。シカゴで開かれる年次会にも私は毎年会長から招待され、一九九七年にやっと誘いに応じると、講演の最後では総立ちの観衆から拍手を浴びた。その後に続いた質疑応答で、執筆の調査中にヘクター失踪《しっそう》に関する情報は何か見つかりましたかと訊かれた。いいえ、残念ながら、何か月も探したのですが新しい手がかりは何ひとつ出てきませんでした、と答えた。

一九九八年三月に私は五十一歳になった。その六か月後、秋が訪れた最初の日、ワシントンで開かれたアメリカン・フィルムインスティテュートでの無声映画シンポジウムに参加してからわずか一週間後、初めての心臓発作が起きた。二度目は十一月二十六日、ボルティモアの姉の家での感謝祭ディナーの真っ最中に訪れた。一度目はまあ大したことはなく、軽度の梗塞《こうそく》で、いわば無伴奏の短い独唱という程度だったが、二度目は歌手二百人と金管フルオーケストラのための合唱交響曲のごとくに体を貫いていき、私はあやうく死にかけた。それまで私は、五十一歳を老齢と見ることを拒んでいた。特に若くはないかもしれないが、終わりの準備をはじめて世界との和解に努める歳《とし》にはまだ至っていないと思っていた。が、何週間か入院させられて、医者の説明も相当に希望を挫《くじ》く内容だったものだから、さすがに見解を改めざるをえなかった。昔から好んできたフレーズを使うなら、借りものの時間で自分が生きていることを私は思い知ったのである。

長年一人で秘密を守ってきたことが間違っていたとは思わないし、いまこうして語ったことも間違っているとは思わない。事情が変わったのであり、事情が変わるとともに気も変わったのだ。十二月なかばに退院を許された私は、一月前半にはもうこの本を書きはじめていた。いまは十月の末、本を書く計画も終わりに近づくと同時に、私はある種陰鬱《いんうつ》な満足感とともに、この世紀も最後の数週間を迎えていることを思わずにはいられない。ヘクターの世紀、彼が生まれる十八日前にはじまった、まともな精神の持ち主なら誰一人終わるのを残念に思いはしないであろう世紀がいま終わろうとしている。シャトーブリアンの範にならって、書き上げたものを出版するための努力はいっさいしないつもりだ。指示を書いた手紙は弁護士に預けてあるから、原稿がどこにあって私の死後それをどうすべきかは彼がわかるはずだ。私としては百歳まで生きる気でいるが、万一そこまでたどり着かなかった場合に備えて、必要な手はずはすべて整えてある。もしこの本が事実出版されたあかつきには、親愛なる読者よ、これを書いた男はとっくに死んでいると確信していただいていい。

この世には、精神を崩壊させてしまう思いというものが存在する。あまりに力強く、あまりに醜いために、それを考えたとたんに人を損なってしまうような思いがあるのだ。私は自分が知っていることに怯《おび》えていた。自分が知っていることのおぞましさに落ちていくのが怖かった。だから私は、言葉が自分にとって役立つにはもう遅すぎる時期まで、その思いを言葉にせぬまま過ごしてきた。提示できる事実は私には何もないし、法廷での利用に耐えるような具体的証拠もない。だが過去十一年間、あの夜の出来事を何度もくり返し反芻《はんすう》してきたいま、ヘクターの死が自然死ではなかったということを私はほぼ確信している。たしかに私が会ったときも、彼はひどく弱っていた。明らかに余命あと数日という弱りようだった。だが思考は明晰《めいせき》だったし、会話の終わりに私の腕を摑《つか》んだときも、指をぎゅっと私の皮膚に食い込ませたのだ。それは生きつづける気でいる男の摑み方だった。私との用事を済ませるまで彼は自分を生かしつづけるつもりだったのであり、部屋を出るようフリーダに言われて階下に降りていった私も、翌朝当然また彼と会えるものと思っていた。タイミングを考えてほしい——その後いかに目まぐるしく、次々と惨事が起きたかを。アルマと私が寝床に入り、我々二人が眠ったころを見計らって、フリーダが忍び足で廊下を歩き、ヘクターの部屋に入って、枕《まくら》で彼を窒息させた。彼女がそれを愛ゆえに為《な》したと私は信じる。そこには怒りもなければ裏切りや復讐《ふくしゅう》の念もなかった。あるのはただ、聖なる大義に対する狂信者の献身のみ。ヘクターはさして抵抗できなかったにちがいない。フリーダの方が力があったし、彼の人生をほんの数日縮めることによって、彼女としては私を招いたという愚行からヘクターを救う気でいたのだ。揺るがぬ気概を何年にもわたって示してきたというのに、ヘクターはいまや疑念と迷いに屈し、ニューメキシコの生活においてやってきたことすべてに惑いの念を抱くようになってしまっていた。私がティエラ・デル・スエーニョに着いたとたん、彼がフリーダとともに築き上げてきた美しいものは粉々に壊れてしまう。狂気は私が農場に足を踏み入れるまではじまらなかった。私があそこにいるあいだに起きたすべてのこと、私はその触媒だったのだ。致命的な爆発を引き起こす最後の成分、それが私だったのだ。フリーダは私を消さねばならなかった。そして彼女にそれができる唯一の手段は、ヘクターを消すことだったのである。

翌日に起きたことを私はたびたび考える。実に多くが、口にされなかったこと、ささいな空白や沈黙にかかっている。決定的と思えたいくつかの瞬間にアルマから発しているように思えたあの奇妙な受動性、それにきわめて多くがかかっているのだ。朝に私がベッドの上で目覚めると、彼女は私のかたわらに腰かけて、片手で私の顔を撫《な》でている。いまは十時、映写室に行ってヘクターの映画を見ているべき時間をとっくに過ぎているのに、彼女は私を急《せ》かしはしなかった。彼女がベッドサイドテーブルに置いてくれたコーヒーを私は飲み、二人でしばらく喋《しゃべ》って、たがいの体に腕を回してキスをした。午後になって、フィルムが燃やされてしまったあとにコテージに戻ってきたときも、焼却を目《ま》のあたりにしてきた割にはアルマはさほど動じていないように見えた。彼女が泣き出したことは私も忘れていないが、その反応は思っていたよりはるかに穏やかだった。わめき散らしも、怒りを爆発させもせず、ヘクターの遺書によって強制されもしないうちからフィルムを焼いたフリーダのことを呪《のろ》いもしなかった。過去二日間話しあってきたなかで、アルマがフィルムの焼却に反対していることが私にはわかっていた。ヘクターの自己否定の壮大さには畏敬《いけい》の念を抱いていたものの、それは間違ったことだと彼女は思っていた。それについて何度もヘクターと言い争ったことも私に話していた。だとすれば、フィルムがついに焼かれてしまったとき、どうしてもっと取り乱さなかったのか？　映画には彼女の母親が出演し、彼女の父親が撮影したというのに、火が消えたあとはもう、アルマはそれについてほとんど何も言わなかった。あの沈黙について何年も考えてきて、唯一自分で納得できる説、あの晩アルマが示した無関心を十分説明する唯一の筋書きは、フィルムがすべて焼却されてはいないと彼女が知っていたということだ。アルマは実に聡明《そうめい》な、行動力ある人物だった。ヘクターの初期作品だってコピーを作って、世界中の半ダースのアーカイブに送り出したではないか。後期作品についても同じようにコピーを作ったとしても不思議はないではないか？　伝記と取り組むなかで、彼女はあちこちに出かけた。農場から出るたびに、ネガを一つ二つ持ち出して、どこかのラボへ持っていって新しいプリントを作ってもらうくらい訳なかったはずだ。貯蔵室に見張りがついていたわけでもないし、すべてのドアの鍵《かぎ》を彼女は与えられていたから、気づかれずにフィルムを出し入れするのは造作なかっただろう。もしそうだとしたら、きっと彼女はプリントをどこかに隠して、フリーダが死ぬのを待って、それから公開に踏み切るつもりだっただろう。何年もかかるかもしれない。でもアルマは辛抱強い人間だった。まさか自分の生が、フリーダの生が終わったのと同じ夜に終わるなどと、どうして彼女に知りえただろう。私には秘密を打ちあけたはずだ、そんな秘密を自分一人で抱え込むはずはない、という反論は考えられるが、もしかしたらヴァーモントへ来たら話すつもりだったのかもしれない。あの長い、まとまりのない書き置きではフィルムには触れていなかったが、何しろあの夜の彼女は苦悩に苛《さいな》まれ、恐怖と大いなる自己審判との狂乱に包まれていたのだ。私に向かってあの手紙を書きはじめたとき、彼女はもはや真の意味でこの世にはいなかったと言ってよいと思う。だから私に話すのも忘れてしまったのだ。話すつもりでいて、忘れたのだ。そしてもしそうだとしたら、ヘクターの映画は失われていない。行方不明になっているだけだ。いつの日か誰かが、アルマがそれらを隠した部屋のドアを偶然開けて、物語はまた一からはじまることだろう。

　私はその希望とともに生きている。

訳者あとがき

現代アメリカ作家のなかで、ポール・オースターは映画というジャンルと誰よりも豊かな関係を結んできたと言ってよいだろう。オースター作品の物語性に惚《ほ》れ込んだウェイン・ワンが監督した『スモーク』の脚本、そして『スモーク』撮影中にほとんど即興で作られた快＝怪作『ブルー・イン・ザ・フェイス』の監督・脚本、さらにはオースターのロマンチックな一面が浮かび上がる『ルル・オン・ザ・ブリッジ』のやはり監督・脚本、と、一九九〇年代、コンスタントに小説を発表している合間の作業とは思えない豊かな仕事を、オースターは映画においてなしとげてきた。

しかし、オースターと映画のつながりにおけるもっとも豊かな成果といえば、何といっても本書『幻影の書』だと言わねばならない。忽然《こつぜん》と姿を消した謎《なぞ》の無声映画俳優ヘクター・マンの「作品」を語る箇所をはじめ、映画を細部まで詳しく語るときの筆の冴《さ》えは、映画作りの現場に身を置いてきた体験がもっとも実りある形で活《い》かされた結果にほかならない。映画製作にかかわらなければこの作品も書かれなかったとまでは言わないが、かかわったことで、作品の細部がいっそう豊かになったことは間違いない。

映画に限らず、作品のなかに別の作品を盛り込むのがオースターは本当にうまい。『ガラスの街』のピーター・スティルマンが刊行した偽《にせ》歴史書、『リヴァイアサン』の作家ベンジャミン・サックスが失踪《しっそう》前に書いた小説、『ティンブクトゥ』の詩人ウィリーがなかば即興で書いた詩……どれも、その要約・「引用」自体が読んで面白く、かつそれを書いた人物の内面の混沌《こんとん》や葛藤《かっとう》を雄弁に伝え、さらには、それを読んで解釈する別の人物（多くの場合語り手）の性格や世界観もさりげなく浮かび上がらせる。このように、オースター作品にあって作品中作品は少なくとも三重の役割を果たすわけだが、それが今回の『幻影の書』では最大、最良の形で為《な》されているのである。

それにしても、それら映画作品のみならず、作品全体、ストーリーテラーとしてのオースターの力が実に気前よく発揮された一冊である。「次はどうなるんだろう」という、物語というものが与えてくれる一番根本的な興味を大いにそそる展開が、次々惜しげもなくくり出される。むろんオースターがそれまでもすぐれたストーリーテラーであったことは言うまでもないが、この『幻影の書』とともに、その次元はさらに一段高次に上がったように思える。華やかなハリウッド映画界の裏面、セックス産業、といった思いきり通俗的な素材も恐れずに使い、しかもそれがきっちり、この作家の一貫した関心である自己省察のテーマと少しも無理なく結びついている（というより、どんなに通俗的な素材も、私とは何か、という問題にごく自然に奉仕している）ところが素晴らしい。さらに素晴らしいことに、二〇〇二年に刊行されたこの作品で、一段高い次元に達した観のあるストーリーテラーとしての冴えは、二〇〇八年夏に刊行された *Man in the Dark* に至るまで、終始その水準を保ちつづけている。

以下にこれまでのオースターの主要作品を挙げる。

The Invention of Solitude（1982）邦訳『孤独の発明』（新潮文庫）
City of Glass（1985）『シティ・オヴ・グラス』（角川文庫）／『ガラスの街』（新潮社）
Ghosts（1986）『幽霊たち』（新潮文庫）
The Locked Room（1986）『鍵のかかった部屋』（白水Uブックス）
In the Country of Last Things（1987）『最後の物たちの国で』（白水Uブックス）
Disappearances: Selected Poems（1988）『消失　ポール・オースター詩集』（思潮社）
Moon Palace（1989）『ムーン・パレス』（新潮文庫）
The Music of Chance（1990）『偶然の音楽』（新潮文庫）

Leviathan（1992）『リヴァイアサン』（新潮文庫）
The Art of Hunger: Essays, Prefaces, Interviews（1992）『空腹の技法』（新潮文庫）
Mr. Vertigo（1994）『ミスター・ヴァーティゴ』（新潮文庫）
Smoke & Blue in the Face: Two Films（1995）『スモーク＆ブルー・イン・ザ・フェイス』（新潮文庫）
Hand to Mouth: A Chronicle of Early Failure（1997）エッセイ集、日本では独自編集で『トゥルー・ストーリーズ』として刊行（新潮文庫）
Lulu on the Bridge（1998）『ルル・オン・ザ・ブリッジ』（新潮文庫）
Timbuktu（1999）『ティンブクトゥ』（新潮文庫）
I Thought My Father Was God（2001）編著『ナショナル・ストーリー・プロジェクト』（新潮文庫ⅠⅡ、ＣＤ付き対訳版アルク1～5）
The Book of Illusions（2002）本書
Oracle Night（2003）『オラクル・ナイト』（新潮社）
Collected Poems（2004）『壁の文字　ポール・オースター全詩集』（ＴＯブックス）
The Brooklyn Follies（2005）
Travels in the Scriptorium（2007）
Man in the Dark（2008）

また、本作のなかでヘクター・スペリングの作品として詳しく描写されている『マーティン・フロストの内なる生』は、その後より長い脚本が書かれ、彼自身が監督して映画化された。日本では未公開だが、アメリカではＤＶＤ化されているので、興味のある方はご覧いただければと思う（The Inner Life of Martin Frost――ただし、リージョンコードが異なるので日本で通常販売されているＤＶＤプレーヤーでは再生不可なので注意）。

本書を訳すにあたって、映画関係の用語・表現については服部滋さんに、シャトーブリアンについては日本学術振興会特別研究員の片岡大右《だいすけ》さんにご教示いただき、訳文の正確さを飛躍的に向上させることができた。お二人にあつくお礼を申し上げる。

今回も企画段階から一貫して新潮社出版部の森田裕美子さんにお世話になった。一九八九年、森田さんの尽力で『幽霊たち』が刊行されて以来、今年は二十年目にあたる。日本の読書界にオースターという名がここまで定着したのもひとえに森田さんのおかげである。心から感謝する。そして、二十一世紀第一作となるこの傑作の邦訳刊行とともに、ますます多くの方がオースター作品に親しんでくださいますように。

二〇〇八年九月

[文庫版のための訳者追記]

本書の単行本刊行後の、オースターの著作は以下のとおり。

Invisible（2009）
Sunset Park（2010）

また、ヴィレッジブックス発行『モンキービジネス』第13号（Spring 2011）は、「ポール・オースター号」と題し、インタビュー、エッセイなどが掲載されている。

二〇一一年八月

この作品は平成二十年十月新潮社より刊行された。

新潮文庫最新刊

浅田次郎著
母の待つ里
四十年ぶりに里帰りした松永。だが、周囲の景色も年老いた母の姿も、彼には見覚えがなかった……。家族とふるさとを描く感動長編。

羽田圭介著
滅私
その過去はとっくに捨てたはずだった。順風満帆なミニマリストの前に現れた、〝かつての自分〟を知る男。不穏さに満ちた問題作。

河野裕著
さよならの言い方なんて知らない。9
架見崎の王、ユーリイ。ゲームの勝者に最も近いとされた彼の本心は？ その過去に秘められた謎とは。孤独と自覚の青春劇、第9弾。

石田千著
あめりかむら
わだかまりを抱えたまま別れた友への哀惜が胸を打つ表題作「あめりかむら」ほか、様々な心の機微を美しく掬い上げる5編の小説集。

阿刀田高著
谷崎潤一郎を知っていますか
—愛と美の巨人を読む—
人間の歪な側面を鮮やかに浮かび上がらせ、飽くなき妄執を巧みな筆致と見事な日本語で描いた巨匠の主要作品をわかりやすく解説！

高田崇史著
采女の怨霊
—小余綾《こゆるぎ》俊輔の不在講義—
藤原氏が怖れた〈大怨霊〉の正体とは。奈良・猿沢池の畔に鎮座する謎めいた神社と、そこに封印された闇。歴史真相ミステリー。

幻《げん》影《えい》の書《しょ》

新潮文庫　オ－9－14

Published 2011 in Japan
by Shinchosha Company

平成二十三年十月一日　発行
令和　六　年　七月二十日　四　刷

訳者　柴《しば》田《た》元《もと》幸《ゆき》
発行者　佐藤隆信
発行所　株式会社　新潮社

郵便番号　一六二―八七一一
東京都新宿区矢来町七一
電話　編集部(〇三)三二六六―五四四〇
　　　読者係(〇三)三二六六―五一一一
https://www.shinchosha.co.jp

価格はカバーに表示してあります。

乱丁・落丁本は、ご面倒ですが小社読者係宛ご送付ください。送料小社負担にてお取替えいたします。

印刷・株式会社光邦　製本・株式会社大進堂

ISBN978-4-10-245114-4 C0197